徳 間 文 庫

孤独なき地 K・S・P

香 納 諒 一

徳 間 書 店

目次

主な登場人物

K・S・P
沖幹次郎　特捜刑事・チーフ
平松慎也　特捜刑事。沖の部下。通称ヒラ
柴原浩　特捜刑事。沖の部下。通称ヒロ
円谷太一　特捜刑事。沖の部下。通称マルさん
深沢　新任署長
村井貴里子　深沢署長の秘書でキャリア警部
金森　一課刑事。堂本均たちとつるむ悪徳刑事
藤崎　一課刑事。金森の仲間

堀内秀美　新宿署捜査一課長

神竜会（暴力団）
西江一成　組織の幹部
栗原健一　筆頭幹部。五虎界との手打ち式を襲われる

堂本均　裏のクレジットビジネスに手を染める
木梨寛夫　堂本の仲間

紅龍（ホンロン　新興チャイニーズマフィア）
孟沢潤（モン・ザールン）組織のボス
許選平（シュー・シュエンピン）スナイパー。K・S・P前での刑事射殺犯
許美良（シュー・メイリアン）選平の兄。神竜会と五虎界の手打ち式を襲う
許小華（シュー・シャオホア）美良・選平の妹
呉隆盛（ウー・ロンチャン）組織のナンバー2。孟の後継者

黄桂茹（ホアン・グイル）孟沢潤の母親

五虎界（ウーフジェ　チャイニーズマフィア）
朱徐季（チュー・スーチー）組織のボス
冠鉄軍（グエン・チェジュン）朱の右腕。神竜会との手打ち式を襲われる
朱栄志（チュー・ロンジー）朱徐季の使い

東都開発

古橋冬樹　総務部長

前田久夫　総務係長

岡島友昭　総務部社員。堂本に強請られる

須望和将　政治家。民自党議員

一章　狙撃

1

慣れないネクタイを締めて暑苦しい満員電車から降り立った沖幹次郎は、車で溢《あふ》れ返った大久保通りの歩道を歩き出すとともに、首を締めつけるこの暑苦しい代物をいよいよむしり取ってやりたくなった。

朝の九時前だというのに既に街は排気ガスでビルの輪郭がぼやけ始めており、ドライヤーの吐き出し口に立ったみたいな風が吹きつけている。しかも、隣では、改札を抜ける手前で後ろから声をかけてきた平松慎也が、昨夜の女との情事の様などを嬉しげに話し続けているのだ。いつにも増して、最悪の朝だ。

平松は悪い男じゃないし、肝もまあ据《す》わっており、歌舞伎町の悪《ワル》どもを相手にするにはそれなりに頼りになるデカだと言えた。

だから、一年前、この男を部下にと引っ張ったのだ。

だが、平松のほうでは自分が沖の右腕になったつもりで、あれこれと対等の口を利きたがる。それに、女とうまくいった翌日には、こうして所構わずにその話を聞かされるのはたまったもんじゃない。平松には新宿署に勤める沙也加という恋人がいるが、彼女の目を盗んでつきあった女の数は、やつがK・S・Pの特捜部に来てから挙げた悪党よりもずっと多いはずだ。

すらりと背の高い優男《やさおとこ》で、昔から俳優の誰それに似ていると言われて生きてきたようだった。まさかその影響とは思えないが、時折スタンドプレイに走りたがる嫌いがあるのも戴《いただ》けない。

スタンドプレイをする部下などいらないし、ましてや右腕など決していらない。自分ひとりがやりたいようにやればいいというのが、沖の変わることのない信条だった。

警視庁歌舞伎町特別分署《K・S・P》が近づき、その建物を改めて見やり、沖は息をひとつ吐き落とした。

外国人の大量の流入に伴って、年々治安が悪化しつつある歌舞伎町界隈《かいわい》の犯罪を専門に取り締まる目的で創設されたのがK・S・Pだ。歌舞伎町特別分署《スペシャルプリシンクト》の略である。

だが、設立から一年にして、きちんとした庁舎の確保が未だにできず、大久保通りのビルを借りた仮庁舎のままなのだ。

しかもそこは、バブルの煽《あお》りで倒産した某都市銀行の支店だったビルで、見栄えからして締まらないことこの上ない。

　留置場だけは、かつての地下の金庫室を改造して使っているので、逃げ出すことは不可能な鉄壁さを誇るが、近隣の署の連中がその事実を嗅《か》ぎつけ、K・S・Pでは容疑者を大切に金庫に仕舞っているといった陰口を叩《たた》いているらしかった。

　署の正面玄関前に乗りつけた車から、一課の金森と藤崎のふたりが降り立つのを見て、沖はあからさまに顔をしかめた。金森たちは、ワッパをかけた男をふたり連行していた。

　金森には、署の設立当時、ネタを譲ったことがあった。特捜と一課とは仕事の性質上、どうしても時には共通した事件を追うことになる。しかも、K・S・P自体、新宿の治安悪化に業を煮やした都知事や何人かの国会議員たちが、警察官僚を動かして作り出した新体制であり、新宿署や四谷署など近隣各署との縄張りを巡るトラブルが危惧《きぐ》された。

　せめて同じ署の中同士、お互いが匙《さじ》加減を調整し合えば、今後の捜査にプラスになるはずだ。習慣的に沖はそう考え、手柄をひとつ譲ったのだ。デカの世界では、ネタは個々人が抱え込んだ財産であり、貸し借りは厳密にやりとりされる。それはある意味、警察という徹底した縦割り社会の中で、お互いの仕事をやりやすくする潤滑油の役割を果たしているともいえた。

　ところが、金森の考えは違っていた。手柄をひとつ儲《もう》けたあとは、知らんぷりを決め込み、決して埋め合わせをしようとはしない。

とはいえ、沖にはそれで別段裏切られたといった怒りはなかった。沖自身、貸し借りといった風習を、全面的に肯定しているわけでもなかった。ただ、横の繋《つな》がりを無視し、知らんぷりを決め込むデカは、現場で長続きはしないと知っていただけだ。

だが、金森という男の上司へのあからさまな胡麻《ご》擂《ま》りと、出世のためのスタンドプレイぶりには嫌気がさし、既に相手をする気は失せていた。それは沖のみならず、K・S・Pの署員たち全員にほぼ共通した感想だといえた。

今も、このタイミングを見計らい、ワッパをかけたマル被をふたり連れてくるとは、あからさまな点数稼ぎに他ならない。今日から新たな署長が赴任する。しかも、退職間際の腰掛けとしか思えなかった前任者とは違い、四十代のエリートキャリアだ。

赴任初日の挨拶《あいさつ》があるとのことで、普段はノーネクタイの沖たちまで、今日だけは服務規程通りの服装で来るようにと、厳しい達しが回っていた。

沖が苦虫を噛《か》み潰《つぶ》すような顔をした時だった。車を背にして署の入り口へとむかう金森たち四人に、車道から歩道へと乗り上げた自転車が突っ込んで来るのが見えた。

二十代の前半ぐらいの若者で、濃い色のサングラスをかけ、ヘッドフォンをし、何か音楽を聴いている。リズムに合わせて軽く躰《からだ》を揺すっており、その分、前方への注意が疎《おろそ》かになっていた。

金森たちが男の自転車に気づいてよけようとするが、男は男ではっとした様子でハンドルを切り、ふらつき、結果として同じ方向へと寄ってしまった。

肩か脇腹辺りにでもぶつかったのかもしれない。金森が若者を怒鳴りつけようとした。だが、それより一瞬早く、なぜかいきなりバランスを崩し、連行中の容疑者のほうへとぐらついた。

眼鏡をかけた金森の頭部が、見えない手に鋭く引っ張られたように仰《の》け反《ぞ》った時にはまだ、沖にも何が起こったのかわからなかった。

その側頭部が弾け飛んだことに気づくに及び、激しい驚愕《きょうがく》に襲われた。

僅《わず》かに遅れ、鈍く重たい銃声が響き渡った。

狙撃《そげき》だ。どこか距離があるところから狙《ねら》っている。

沖はアスファルトを蹴《け》って走り出した。

何かを考える前の、反射的な行動だった。

通勤途中の人間たちが、駅の周辺ほどではないがそれなりには歩いている。その人間たちの間を縫いながら、付近を埋めて立つビルの上方へと素早く視線を巡らせた。

即死に間違いなかった。金森は隣のマル被にもたれかかり、マル被のほうでは何が起こったのかわからない呆然《ぼうぜん》とした顔で、その躰を支えていた。弾け飛んだ金森の脳漿《のうしょう》や血液を浴び、マル被の顔は真っ赤に、Tシャツはどす黒く染まって見えた。血液は、布地に飛び散った場合、赤よりもむしろ黒く見える。

ちらっと背後を振り返ると、一歩遅れて平松も走っていた。

沖は二発目の銃声を聞いた。

くそ、思わず口に出して罵《ののし》る。

前方に目を戻すと、金森を支えたマル被の顔が血だらけだった。眉間《みけん》に黒い穴が穿《うが》たれ、そこからどくどくと血が溢れている。

被弾の衝撃で躰が背後に撥《は》ね飛ぶというのは、小説や映画が普及させた嘘《うそ》のひとつだ。よほど巨大な口径の弾丸を喰《く》らっても、その衝撃よりは人間の躰の重みのほうが遥かに勝り、膝が頽《くずお》れて倒れるのみだ。

顔を真っ赤に染めたマル被は、金森の死体ともつれ合うようにして倒れた。

付近の女が悲鳴を上げた。

ひとつ、またひとつと折り重なり、大きくなる。

「伏せろ！　みんな伏せろ。車の陰に隠れるんだ」

沖は両手を振り回し、周囲の人間に危険を知らせながら走った。まだ次の弾丸が来るかもしれない。

目の前で同僚とマル被のひとりが射殺される事態に驚き、呆然と立ちつくしていた藤崎が、我に返った様子で自分が連行中のマル被を押しやるようにして車の陰に蹲《うずくま》る。

そこを狙い、さらに次の弾丸が放たれ、藤崎たちが身を隠したクーペの車体に弾けた。

そこから二十メートルほど右にずれた韓国料理店のショーウインドウが粉々になり、沖は舌打ちした。跳弾だ。壁などに、弾丸が浅い角度で当たった場合、めり込まずに跳ねる。この場合、弾丸の速度はほとんど弱められることはなく、殺傷力はそのままだ。

分署の正面付近でたった今起こった出来事を目にし、驚愕に我を忘れていた人々が、ちょうど恐怖の発作に囚《とら》われ出す頃だった。

最初のひとりが近くの人間を押しやるようにして走り出すと、その近くでまた別のひとりも走り出す。

——いかん。

このままだとパニック状態の暴走が始まり、所謂《いわゆる》第二被害が引き起こされる。

「動いてはいかん。全員、その場に伏せてるんだ」

沖は声を張り上げ、付近の人間たちを宥《なだ》めにかかった。

どうしたことか、こんな通勤時間に紛れ込んでいるのが不思議な小柄な老婆が、沖のすぐ手前で呆然と立ちつくしていた。

「危険だ。ガードレールに寄って、伏せてください」

沖が言い、老婆に手を差し伸べようとして屈《かが》んだ時だった。

首筋の辺りを、何かが鋭く掠《かす》めた気がした。

キンという甲高い音が頭の芯《しん》に響き、耳の奥に鋭い痛みが走る。

――俺のことを狙い撃って来た。

――ちきしょう、無差別に撃っていやがるのか。

沖は歩道のアスファルトに、躰を投げ出すようにして倒れた。手振りで老婆に伏せるように命じる。

くそ、いったいどこのいかれた野郎だ。俺をK・S・Pのデカと知って撃って来たのか。

肘《ひじ》でずり、車の陰に移動する。携帯電話を抜き出すと、登録してある平松の携帯にかけた。

平松は、すぐに出た。

「俺だ。どっから撃ってる。おまえんとこから、見当はつくか？」

「駄目だ。駄目です。くそ、なんていういかれ野郎だ。幹さん、どこかに怪我は？」

「生憎《あいにく》と悪運が強くてな」

上半身を持ち上げ、背中をガードレールにつけ、携帯でやりとりをしながらも付近のビルを見渡す。どこだ。どこだ。どこから撃っている。

「あ、莫迦《ばか》――」

電話のむこうで、平松が叫んだ。

理由は、すぐにわかった

分署の玄関から、制服警官がばらばらと走り出てきた。この数が出てきたということは、個人の判断じゃない。上官の指示だ。状況もわからず、命令を出した莫迦者がいる。

「莫迦野郎、戻れ！　狙い撃たれるぞ！」

沖は叫び、手振りで警官たちを押しとどめようとしたが、遅かった。ふたりが続け様に胸を射抜かれ、付近を血の海にしながら倒れた。

その被弾の角度から、ホシのおよその居所が読めた。

沖は脇の下に装着したホルスターから拳銃を抜き取り、大久保通りのむこう側のビルに順に目を凝らした。

落ち着け。自分に言い聞かせる。弾丸の来た方角からして、三つか四つのビルに絞られるはずだ。

俺を狙った弾丸は、首の後ろを掠めたあと、地面で弾けた。敵はかなり高い場所にいる。頭部を出し過ぎて狙い撃ちにされないように気を配りながら、沖はビルの窓をひとつひとつ凝視した。それとも非常階段か。屋上なのか……。

いた！

雑多なオフィスが入った雑居ビル。高さは十階ほどか。その屋上に誰かいる。ライフルの銃身が、夏の晴れ渡った早朝の空を背景に、くっきりと黒く不吉な光を放っている。

「ヒラ」と沖は携帯に呼びかけた。「署の前の信号を渡ったむこう、そこから数えて右に二つ目の雑居ビルだ。屋上に、ライフルを持ったやつがいる」

「待ってくれ。今、確認する」待つまでもなかった。「いた。あの野郎め、舐《な》めた真似《まね》をしやがって。ぶち殺してやる」

威勢がいいのは頼もしいが、大久保通りをどうやってむこうに横断するかだ。むこうからは丸見えだ。しかも、通行人たちを伏せさせようと動き回っただけで、この俺を狙ってきたいかれ野郎だ。

「おまえはどこだ？」

平松に訊《き》きながら見回すと、案外近いビルの陰から顔と親指を立てた左腕を出して合図を送ってきた。

沖は銃口を空にむけて二、三度振り、合図を返した。

「いいか、聞け、ヒラ」と携帯に告げる。「歩行者信号が青になって車がとまったら、俺が飛び出す。俺は横断歩道の方角に走ってむこうを目指すから、おまえはそこから真っ直ぐ車道を横切れ」

「幹さんが囮《おとり》になるってことか？」

「そうだ」

「やつの腕を見ただろ。狙い撃たれるぞ！」

「黙って俺の言う通りにしろ」

沖は怒鳴りつけるように命じて携帯を切った。

すぐにまた携帯が鳴り、ディスプレイを見ると柴原浩からだった。最若手の部下だ。

「どこにいる、ヒロ？」

通話ボタンを押すなり、沖は余計なことは言わずに訊いた。

「署の中です。チーフも傍《そば》ですか？　飛び出した制服がふたり撃たれました」

「わかってる。こっちは署のすぐ表だ。ホシは斜めむかいの雑居ビルの屋上にいる。円谷も一緒か？」

もうひとりの部下の名を挙げて訊いた。特捜は、キャップの沖を含めて四人構成なのだ。

「いえ、まだです。連絡しましょうか？」

「いい、そんな時間はない。歩行者信号が青になったら、俺とヒラでむこう側に突っ込む。おまえも一歩遅れて来い」

「わかりました」と応じたのち、慌《あわ》ててつけ足した。「ちょっと待って下さい、幹さん」

どうしたのかと訊き返す暇もなく、別の声が電話口に出た。

「犯人はどこにいる？　正確な場所を報告しろ。その上で、指示はこちらから出す」

「あんた誰だ？　莫迦言うな。署の表玄関に誰かが姿を現したら、すぐにまた狙い撃ちにされるぞ」

「もうそんなことはせん。現在、裏口から一隊が回ってるところだ」

「もう、だと。——そうすると、さっき制服警官を飛び出させたのは、あんたなのか。このど素人が、部下をふたりも殺しやがって！　おまえ、誰だ？」

吐きつけると、相手は一瞬沈黙した。図星を突いたのだ。命令を出したのは、この莫迦だ。胸の中でさらに罵る。このど素人め。

「私は署長の深沢だ。きみは、特捜の沖君だな。命令に従いたまえ」

携帯から冷たい声が聞こえ、沖は無意識に平手でぴしゃりと頭を叩いた。綺麗に剃《そ》り上げたスキンヘッドが、いい音を立てた。しまった、という時の癖だったが、この音を聞くとなぜか不思議と腹を括《くく》れる気になった。

人差し指の先で二、三度頭の皮膚を掻《か》く間に、すっと妙案が浮かんだ。

沖は携帯電話を口元から離し、通話ボタンを切ってそのまま電源までオフにした。

新任のくそ署長など無視すりゃあいい。携帯の電池が切れたことにでもすりゃあいいのだ。グッドアイデアだ。

ネクタイを緩《ゆる》め、鬱陶《うっとう》しくなって完全に外してポケットにねじ込むとともに、歩行者信号が青になった。

顔を僅かに動かして、平松を見る。

平松はじっと沖を見つめており、沖が頷《うなず》くと頷き返した。躊躇《ためら》わなかった。

沖は車の陰から這《は》い出すと、ガードレールを飛び越えて、信号が赤でゆっくりと徐行に変わりつつある車の間を縫うように走った。

じきに横断歩道に行き当たり、そこをジグザグに走ってむこう側を目指す。車の運転手の中には、まだ何が起こっているのかわからずにいる者も混じっているようだったが、さすがに歩行者は誰もが直面した事態の深刻さに搦《から》め捕られてじっと成り行きを見守っており、そんなふうに横断歩道を走るのは沖ひとりだけだった。

右手に拳銃を剝《む》き出しで握っていることに、走り始めてから気づいてまずいと思ったが、今さら仕舞ったところで遅いだろう。狙撃者は、俺をデカと気づいたにちがいない。これで益々《ますます》狙い撃ちにされる確率が高まったわけか。

銃声がし、足下で銃弾が弾けた。

沖は走るスピードを上げ、停止線に停まった車の物陰に飛び込んだ。

顔を上げると、ちょうど後部シートの脇に当たり、サイドウインドウの中のチャイルドシートに坐った幼子が、きょとんとした顔をこっちにむけていた。

そのむこうから、言問《こと と》いたげに見つめてくる母親らしい女に、沖は身振りで子供を庇《かば》って躰を低くするようにと示した。

ここにいて、もしも狙撃者の銃弾が逸《そ》れれば、この母子を傷つけることになりかねない。車体の中で屋根は一番弾丸を貫通しやすい。衝突のショックを和《やわ》らげる目的がある胴体部ほどには、厚い鉄板が使われていないのだ。

意を決し、車の陰から走り出た。

再びジグザグに走ってむこう側を目指す。

たどり着いてもなお走る速度を緩めず、ビルの壁にぴたっと躰を張りつけた。見上げる。ここならば、屋上からは死角だ。自分の位置を気づかれたと知り、ホシは逃げ出しにかかるかもしれない。急ぐ必要がある。通勤の人混みにでも紛れ込まれたら、またもや大騒動が起こるし、下手をすると見失いかねない。

顔を転じると、一歩遅れて平松がやって来て、そのまま隣のビルの壁に張りついた。身振りで沖に、このまま進むと告げる。平松が取りついたビルのほうが、ホシのいる雑居ビルに近かった。優男だが、こういったシチュエイションになると頼もしい。女の話をくどするのは、この際大目《おおめ》に見てやろう。

沖は頷き返し、自分もすぐに平松に続いた。

雑居ビルの入り口には、五、六段ほどの横に広い階段が、歩道から一メートルぐらい高い位置にあるエントランスへとむかって延びていた。

平松がその階段に足をかけた時だった。

三階の窓のひとつから、まるで何かの生き物が鎌首を擡《もた》げたかのようにしてライフルの銃身が突き出された。

くそ、なんてこった。屋上以外にもうひとり潜んでいた。

「ヒラ、伏せろ！」

沖は叫んだ。

だが、このままでは間に合わないのはわかっていた。銃身の突き出た窓にむけ、沖は続けざまに二発発砲した。

窓から突き出た銃身がぐらついた。

当たったのかどうかはわからない。だが、意表を突いたことだけは確かだろう。

銃口を窓にむけたまま、沖は一歩後ろに下がった。

その時だった。銃口が鋭い動きをし、沖のほうへと回ってくる。窓の奥に人影が見えた。たぶん男だ。帽子を被《かぶ》っている。

その影を目がけ、三発め四発めの銃弾を放った。

今度は確かな手応えがあった。

窓の中の男が仰け反り、姿を消す。

「三階だ。来い」

エントランスの階段にいる平松に告げ、ふたりして雑居ビルに駆け込んだ。

明るい場所からいきなり屋内に走り込んだせいで、目が慣れるまで少し時間がかかった。薄暗く感じられる分、不吉な感じも否めないロビーを横切ってエレヴェーターを目指す。

「警察だ。このビルの中には、銃器を持った人間がいる。すぐに全員、ビルの外に出ろ」

警察手帳を提示する間を惜しんだが、沖が手にした拳銃だけで効果は充分だったようで、エレヴェーターを待っていた人間たちは先を争うようにして逃げ始めた。

やって来たエレヴェーターに、平松とふたりで乗り込んだ。

「おまえは三階を頼む。俺は真っ直ぐに屋上に上がる」

言いながら三階と最上階のボタンを押した。

「ひとりで大丈夫なのか？」

平松が訊いた。

「余計なことを訊くな。そっちこそ、抜かるなよ。弾を喰らってるが、むこうもかなりの腕のはずだ」

「わかってる。任せろ」

言い置くや否や、平松は開きかけたエレヴェーターのドアの隙間《すきま》に躰を押し込むようにして、三階の廊下へと消えて行った。

沖はまた携帯電話を抜き出した。電源を入れ、柴原にかける。

「これから屋上に乗り込む。ビルの出入り口を、表も裏も封鎖しろ」

命じると、手早く携帯を切り、再び電源をオフにした。狙撃者と対峙《たいじ》している最中に、間抜けな署長が電話をしてきたりしたら笑えない。

階数を示すランプが、ひとつまたひとつと上がっていく。

最上階が近づき、沖はドア脇の操作盤がある狭いスペースへと、ぴたっと躰を張りつけた。拳銃を顔のすぐ横に構える。

鈍い振動とともにエレヴェーターが停止し、ドアが開く。

細く尖《とが》らせた唇の隙間から息を吐き抜いた。神経を耳に集め、どんな物音も気配も聞き逃すまいとしていた。頭の中で静かにふたつ数え、最上階の廊下へと飛び出した。

両手で固定した拳銃を、顔の前に突き出していた。左右への素早い対応が可能なように、腕はやや曲げ、ゆったりと余裕を持って備えている。照準は片方の目に合わせつつ、両眼で幅広く前方に注意を払っていた。こういったシチュエイションでは、遠方の敵の眉間を正確に射抜く腕よりも、視界に入る限りの異物に対して、ほぼ条件反射的に的確な対応をすることが要求される。それができなければ、命取りだ。

誰もいなかった。バブル時代には考えられなかったことだが、この不景気で新宿や大久保界隈《かいわい》でも、雑居ビルに空き部屋が増えている。ここもまたその例のひとつらしく、廊下の左右には人気《ひとけ》の感じられないドアが並んでいた。天井灯はついているので、いくつか使用している部屋はあるのだろうが、早朝のこの時間にはまだ来ていないのかもしれない。

拳銃を構え、ゆっくりと進む。なるべく足音を立てないように気をつけているが、革靴ではどうしても音がする。

階段はエレヴェーターホールのむこう側だった。ホールを横切り、壁に躰をつけてそっと踊り場を覗《のぞ》く。上方に注意を払ったあと、念のために下階の踊り場も注意してみたものの、足音ひとつ聞こえなかった。

屋上はこの上だ。そっと上ろうとした瞬間、背後のドアが開き、沖は咄嗟《とっさ》に躰を翻《ひるがえ》して銃口をむけた。

お茶のお盆を胸の前に持った女が、給湯室の入り口で、目を丸く見開いてこっちを見ていた。

驚いて盆を落としそうになり、辛うじて踏みとどまる。

「警察だ。中に入ってろ。誰か怪しい人間を見なかったか？」

低く抑えつけた声で、敢《あ》えて男とは断定はせずに尋ねたが、たぶん男だという気はしていた。

女が無言で首を振る。

沖は入っていろと素振りで再び示し、改めて階段の上に注意を払った。

ゆっくりと、慎重に、階段を上り出す。銃口を上方の死角にむけ、決して逸《そ》らしはしなかった。突然撃って来られたら、こちらは身を隠す場所がない。他でもなくそれは、先手を取られれば殺《や》られるという意味だ。

踊り場からさらに上を覗くと、ぼんやりと外の光が流れ込んでいた。だが、屋上のドアはぴたりと閉まっているのが見て取れた。網入りガラスが人の胸の高さ辺りに塡《は》め込まれたドアで、光はそこを通して射している。

ドアにたどり着き、上体を屈めてドアノブを握り、力を込めた。

鍵はかかってはいなかった。躰を屈めたままでゆっくりと押し開ける。言うまでもなく、網入りガラス越しに狙い撃たれるのを警戒したのだ。

涼しい風が流れ込んできて、思わずひとつ息を吐いた。いつの間にかびっしょりと汗ばんでいる。

見渡せる範囲を見渡すが、誰もいなかった。既に逃げたあとなのか。そろそろ下の出入り口は署の連中が固めているはずだ。だとすれば、どこか途中の階に逃げ込んでいるのか。中には既に社員が出社しているオフィスもあるだろう。人質を取られでもしたら厄介だ。

考えが自分を置き去りにして先走りしたがるのは、緊張のせいだとわかっていた。沖は自らを窘《たしな》め、慎重にドアの隙間を広げた。屋上のどこかに潜んでいる。まずはそう踏んでかかるべきなのだ。

視界が広がった辺りをすぐに狙い撃てるよう、じっと銃口をむけていた。念のためにちらっと上を確認するのも忘れなかった。昇降口の屋根に潜んでいれば、踏み出した途端に背後から狙い撃たれることになる。

半分ほどまでドアを慎重に開けると、あとの半分は両手で拳銃を構え、足の先でドアをむこうへ押しやった。

やはり誰もいない。身を隠す場所などないというのに、人っ子ひとり見当たらない。沖はゆっくりと一歩踏み出した。咄嗟に身を隠せる場所がない屋上の真ん中へと歩みを進めるのは、気持ちのいいものではなかった。少し前に風を涼しいと感じたのは錯覚にすぎず、顳顬《こめかみ》から頬へと汗が伝ってくる。まだ九時前だというのに、太陽は既に銀色をしており、躰を地面に押しつけるみたいな圧迫感で照りつけている。

どこだ……。

――野郎はどこなのだ。

辺りを見渡すうちに、段々と胸の鼓動が速まってくる。沖はそのことに怒りを覚えた。くそ、自分としたことが、びびっていやがる。

いないわけがない。下の階にはいなかったのだ。――だが、ということは、もう次の刹《せつ》那《な》には、自分の眉間に穴が開《あ》いているかもしれない。やつはどこかの物陰に身を隠し、余裕を持って俺を殺す瞬間を待っているのではないか……。

屋上を半ば過ぎまで横切った時、鉄の柵のむこうに無造作に投げ出されたライフル銃が見えた。夏の光を浴びた黒い銃身が、なぜかそこだけ冷たく見える。

沖は移動する速度を上げた。警戒を怠ってはいなかったが、身を守るための慎重さよりも、幾分違うものが頭を擡《もた》げ始めていた。今度はそれが、心臓の鼓動を速くする。

ライフルが置かれた場所にたどり着き、鉄柵から身を乗り出して下を望む。分署が見える。ここから狙い撃ったのは間違いない。

躰を翻し、屋上を見渡す。柵に沿って右へとむかうにつれ、段々と嫌な予感が大きくなる。得物《えもの》を残し、どこへ行った。ホシは足がつく危険を回避し、スムーズに逃げるために得物を残して行ったのだ。それならば、当然ながら退路を確保してあるはずだ。

途中からは走り出した。隣のビルに面した側にたどり着いて下を覗き、思わず大きな音を立てて舌打ちした。

隣のビルのほうが二階分ほど低いが、ビル同士の隙間はほとんどない。高低差を埋めるために、こちらのビルの鉄柵から縄梯子《なわばしご》が垂らされていた。

沖は柵を乗り越えた。携帯を抜き出し、柴原を呼び出す。

「ホシは隣のビルへ逃げた。大久保通りから見て右側のビルだ。封鎖しろ」

手早く命じ、携帯を仕舞い、縄梯子を伝って隣のビルに移る。昇降口を目指して走るが、そのドアに手をかけて中に飛び込もうとし、ふと思いとどまって動きをとめた。もうひとつ先のビルが、すぐそこに見える。屋上は、ここと同じ高さだ。今度は走り寄るまでもなく、ビル同士の隙間がさほどなく、容易《たやす》くむこうにも跳び移れることが見て取れた。

改めて携帯電話を抜き出し、さらにもうひとつ隣のビルも封鎖するようにとの連絡を入れたが、その時にはもう、おそらくホシは既に手の届かないところに逃げおおせてしまっただろうという予感があった。

2

エレヴェーターを降りた時には、もう上着を脱いでいた。首も腕も太く、筋肉がワイシャツを破りそうな勢いで盛り上がっている。

三階の廊下には警察関係者の他に、各オフィスの入り口付近から様子を窺《うかが》う人間たちの姿もあった。

沖を見つけ、柴原がむこうからも走って近づいてくる。

「どの部屋だ?」

一年の間に、余計な説明は省いても、沖の意を汲《く》み取るぐらいには教育してあった。

「そこです。案内します」

柴原は踵《きびす》を返すと、先に立って元来たほうへと戻り出した。

三つほど先、左側のドアを、柴原は開けた。

「野次馬を近寄らせるな。おまえはここで見張ってるんだ。いいか、しばらく誰も入れるんじゃないぞ」

小声で手早く命じ、部屋に入るとすぐにドアを閉めた。

使われていない空き部屋だったらしく、何もなくがらんとしていた。

平松のほかに、制服組がふたりと、一課のデカがひとりいた。血塗《ちまみ》れの男が、床に仰向けに横たわり、胸を上下に大きく喘《あえ》がせている。誰もが手を拱《こまね》き、そんな男を遠巻きにしている状態だった。駆けつけはしたものの、瀕死《ひんし》の男を前に、どうしていいかわからないのだ。詳しく見るまでもない。この出血じゃ、たぶん数分でお陀仏《だぶつ》になる。下手をするとそこまで保《も》たないかもしれない。

「みんな出てくれ。あとは俺たちでやる」

沖は断固とした口調で告げた。制服警官ふたりは表情には出さなかったものの、目の光から内心でほっとしたらしいのが察せられた。

一課のデカのほうは少し違い、戸惑いの色が浮いている。

「幹ちゃん」と、大して親しくもないのにちゃん付けで呼びかけてきた。署の中にはそんなデカが何人かいる。沖のことを、どう扱えばいいのかわからないのだ。

「うちの課のデカが殺られてるんだ。お宅に任せるわけにはいかないぜ」

口ではそう言っているものの、実際には自分がどう身を処すべきか決めかねている。その点もまた素早く察した沖は、顔を近づけてそっと声を潜めた。

「何もお宅のヤマを持ってこうってわけじゃないさ。もう、救急車は手配してある。すぐに飛んで来るはずだ。その前に、ちょっとだけだ。な、ホシと差しで話をさせてくれ。あんたにゃ、決して迷惑はかけない。頼むよ」

話してどうするつもりなのか、言葉足らずな言い方は、言質《げんち》を取られないために敢えてそうしたものだった。

一課のデカは、まだ迷っているようだったが、結局は目を逸らして小さく頷いた。制服警官ふたりとともに部屋を出た。口先ばかりで、自分の手を汚すような肝っ玉はない野郎なのだ。

「もう119番はしたのか？」

自分たちだけになったのを確かめて、平松に訊く。

「ええ、制服の莫迦野郎が」

「まずいな。それじゃ、ほんとに時間がないじゃねえか」

病院になど運ばれたら、絶対安静とかなんとかぬかす医者に遮《さえぎ》られ、話を聞き出すなどできなくなる。その挙げ句にホシはお陀仏で、捜査がやりにくくなるのが、民主警察とかのお定まりの流れだ。

俺がそんなふうにはさせない。沖は上着を平松に放って渡し、血塗れの男にずかずかと近づいた。

「助けてくれ……。医者に……、病院に連れて行ってくれ……」

沖を見上げ、男はかすれた声を出した。

「ほんとのことを言ったら、医者を呼んでやる。いいか、この出血じゃ、すぐに医者に運ばなけりゃおまえは助からん。死にたくなけりゃ、吐くしかねえんだ。誰に頼まれてこんなことをした」

一息に吐きつける沖に、平松が唇を寄せた。

「身元が分かるようなものは、何も持ってませんでした。だけど、たぶん、中国人だ」

それはこの男の微妙なアクセントで沖にもわかった。新宿でデカをやっていれば、そういうことに聡《さと》くなる。

沖は男の顔の傍に屈み込んだ。

「聞こえただろ。今すぐ、何もかも吐け。それが医者を呼ぶ条件だ」

「人権蹂躪《じゅうりん》……。死にたくない……」

そんなふうに言ってから、男はさらに中国語で何か続けた。意味はわからないが、罵《のの》り言葉にちがいない。

「人権蹂躪ね。難しい日本語を知ってるじゃねえか。舐めるなよ。おまえは警官を三人も殺ってるんだ。日本のおまわりは腑抜けばかりと思ってるのかもしれんがな、Ｋ・Ｓ・Ｐじゃそうはいかねえ。新宿に屯《たむろ》してるチャイニーズのひとりやふたり、ここでこのまま見殺しにするのは何でもねえんだ」

男はまた中国語で何か喚《わめ》いた。目に憎悪の炎が燃えている。

その目に沖は逆上した。徒《いたずら》に質問を畳みかけたところで、答えを引き出せないとわかっていたが、怒りで自分が抑えられなくなっていた。悪党が人権などと口にすると腸《はらわた》が煮えくり返る。街のど真ん中でライフルをぶっ放すようなやつに、小指の頭ほどの人権だってあるものか。

「てめえのボスは誰だ？　誰が命じてあんなことをさせた？　屋上にいた野郎は、いったいどこのどいつなんだ？」

胸ぐらを摑《つか》み上げ、男の躰を二、三度激しく揺すった時だった。背後のドアが激しく押し開けられ、男がひとり飛び込んできた。

「ここで何をしてる！」

怒鳴りつけて来る声に、

「邪魔だ。ここは立ち入り禁止だ」

と、沖は背中をむけたままで怒鳴り返した。

男は怯《ひる》むことなく近づいてきて、沖の肩に手を置いた。

「貴様、何をしてる。重傷を負ってる人間を相手に、いったい何のつもりなんだ」

「あんた誰だ。無用な口出しをするんじゃねえ。こいつは、怪我人なんかじゃない。狙撃犯だぞ」

腕を振り解《ほど》いて振り返った。

目のぎょろっと大きな、エラの張った男がこっちを睨《にら》んでいた。堅く吊《つ》り上がった眉が、自らと同じ形の皺《しわ》を何本となく額に刻み、その端はくっきりと深いままで生え際まで続いている。どっぷりと厚い唇と大きな鼻は鬱陶しいぐらいの存在感であり、田舎《いなか》の農夫といった印象だが、顔全体が醸《かも》す――いや、躰全体がと、じきに気づくことになったが――印象は、もっとずっと強面《こわもて》で油断のならない相手だという警報を鳴らしていた。

男の後ろには、署の幹部が何人かと、一課のデカ連中がつき従っていた。

「きみが沖か」

呟《つぶや》くように言ってから、男は厚い唇の片端を軽く歪《ゆが》めた。嫌な感じの笑みだった。

「噂《うわさ》通りの男だな。私は署長の深沢だ」

吐きつけられ、沖は唾《つば》を呑《の》み下した。

「現場の指揮は私が執《と》る。きみは部下を連れて付近の聞き込みに出たまえ」

「待って下さい。狙撃犯を追いつめたのは、私たちですよ。それを外して、聞き込みとは、いったい何を嗅ぎ回れって言うんです。この男は大きな手がかりなんだ。一分ください。それで必ず口を割らせる」

「今のように、怪我人を拷問してか」

「拷問なんかしてない。ちょっと躰を揺すったぐらいでしょ。署長、もしこいつがくたばっちまったら、みすみす手がかりを逃がすことになるんですよ。頼むから、他の連中を部屋の外に出してくれ」

「私の目の前で、莫迦な真似は許さんぞ。きみこそ、即刻この部屋から出たまえ」

言うが早いか、深沢は背後の男たちに目配せした。

いきり立つ沖を、平松が背中から抱き締めるようにしてとめた。

「まずいよ、幹さん。ここは引き下がったほうが良い」

耳元で口早に囁《ささや》かれ、かっとなった。

「この野郎、俺にため口を叩くんじゃねえ。おまえ、何様のつもりだ」

「その男を、すぐに部屋から摘《つま》み出せ」

深沢に命じられ、一課の刑事たちも近づいてくる。

沖は怒りで我を忘れかけたが、なんとか踏みとどまり、平松の手を振り解いて自ら出口にむかった。

「おい」と、背後から声をかけられた。

深沢が真っ直ぐ自分を見ていた。

「ふたりきりで話がある。あとで私の部屋に来い」

黙って部屋を出ようとすると、再び呼びとめられた。

「わかったのか。返事はどうした?」

怒りで頭がくらくらする。スキンヘッドを手でこね回しながら、沖は深沢を睨み返した。

「はい、伺います」

答え、背中をむけた。

3

署長室とその周辺は、まだ段ボール箱でごった返していた。前任者の堺三郎の荷物は、昨日のうちにはすべて運び出されていたので、すべてが新任の深沢の荷ということになる。机もソファも、深沢の好みによって入れ替えられたらしく、見慣れないものになっていた。ヒラのデカが、署長室の家具を見慣れるというのもおかしなものだが、堺は沖に、というよりも特捜部に特別な配慮をしてくれるところがあり、時折ここに呼んでは内々の指示を出していたのだ。

調度品や家具の類《たぐい》だけならばいざ知らず、堺が使ってきた秘書はどこにいったのだろう。彼女の姿が見当たらず、代わりにその机には今、見知らぬ女が坐っていた。

顔は氷のように冷たい美人だが、躰《たくま》のほうはとびきりに熱く、腰が抉《えぐ》ったみたいに括《くび》れている一方、胸の布地はふたつの逞しい膨らみによって、はち切れんばかりに押し上げられていた。

改めて声をかけ、何か話してみたいと思うものの、躊躇《ためら》われてそれもできず、最初に声をかけ、署長に呼ばれたから来たと無愛想に告げたきり、沖はただ黙って辺りをぶらぶらしていた。

だいたいが、女と話すのは苦手なのだ。犯行を自供させるためならば手段を選ばず、手《て》練手管《れんてくだ》を使って落としもするが、それ以外の会話をどんなふうに運べばいいのかがわからない。

生まれた時から手足が人一倍にでかい子供で、沖にはそれがずっと嫌でたまらなかった。高校時代からずっと、靴のサイズは三十センチを履いている。阿呆《あほう》な親父が、子供の時分から町道場に通わせて柔道など習わせたので、手足ともに太くて関節が筋肉に埋まってしまっていた。耳は形の悪い餃子《ギョーザ》のようだし、三十になるかならない頃から頭髪が薄くなり始め、今ではさほど頻繁に剃り上げなくとも、スキンヘッドを保ち続けていられるぐらいしか残っていなかった。ようするに、女とは縁のない人生なのだ。

おそらく嫌がらせの一環として呼びつけたと思っていたので、長く待たされることを覚悟したが、署長の深沢は案外と早く姿を見せた。

「部屋に入りたまえ」

沖にそう命じて忙《せわ》しげに前を素通りした深沢は、

「貴里子君、コーヒーを二杯頼む」

秘書用のデスクにいるあの女を振り返って命じた。

はいと礼儀正しく返事をして遠ざかる女の臀部《でんぶ》を眺めながら、沖はふうんそういう名前なのか、と思っていた。

言われた通りに署長室に入ると、ドアを閉め、ソファに坐るようにと命じられた。

「どうも、先ほどは……」

一瞬どうするか迷ったものの、沖は腰を降ろす前に深沢に頭を下げた。媚《こ》びを売るつもりはなかったが、礼儀知らずな行いは嫌いだった。とはいえ、自分の行動を謝る気にはなれないので、結局口の中でもごもごと言って済ましてしまった。

こうしたところが他人とのトラブルの元になるのだろうが、沖はそれで構わないと思っていた。こっちは一応礼儀を通そうとしたのだ。あとはただつきあいたいやつとつきあえばいい。

「まあ、坐りたまえ。まだごった返してて悪いんだがな」

深沢はそんな沖を幾分面白そうに見やると、改めてソファを手の先で示した。

「男は死んだ」

沖がむかいに坐るなり、すぐにそう切り出してきた。

「何か訊き出せたんですか？」

沖は低く抑え込んだ声で訊いた。

「いいや、駄目だった」

だ。

「こんちきしょう。だから、あの場で私にやらしてくれと言ったんです」

罵倒《ばとう》の言葉を口にすると、あの巨大な目で睨みつけてきた。どうも居心地を悪くする目だ。

沖は目を逸らさなかった。

深沢が、にやっと唇の片隅を歪めた。

「次に容疑者を問いつめたい時は、もっと手早くやれ。私が駆けつける前にな。ああして目にしたら、立場上とめざるを得んだろ」

沖はぎょっとし、新任署長の顔を改めて見つめ直した。

だが、すぐにニヤッとした。この署長、案外と話のわかる野郎かもしれない。内心でそう思っている沖を前に、深沢は続けた。

「きみが狙撃現場のもっとも近くにいた刑事だ。まずはその目にしたことを詳しく話して貰《もら》いたい。時間がないので、単刀直入に訊くぞ。狙撃者は、金森刑事と金森刑事が連行していた容疑者と、どちらを狙ったんだと思うね？」

沖は思わず深沢の顔を見つめ返した。

「そんな莫迦な……。あれはマル被じゃなく、デカのほうを狙ったものだと言うんですか？」

そんなことは、今まで考えもしなかった。

「それをきみに訊いているんだ。どうだね？」

深沢は不機嫌そうに問い返してきた。どうやらこの男もまた、切れ者でそれなりの地位にある人間に特有の短気さを持ち合わせているらしい。つまらないことを訊き返すな、というわけだ。

沖は唇を引き結び、じっと意識を集中した。

金森と藤崎のふたりが、マル被ふたりを連れて署の前で車を降りた時の光景を詳しく脳裏に思い浮かべる。

先に弾を喰《く》らったのは、金森だった。

だが、それは前方に注意を怠った自転車が車道から歩道へと上がってくるのと交錯しそうになり、躰の位置を変えたためだ。

「いや、あれは連行中のマル被を狙ったんですよ。俺にはそう見えた」

「確かだな？」

「ええ、確かです。第一、金森を狙ったのなら、なぜそのあとでマル被の頭を吹っ飛ばしたんです。金森の頭を射抜いたのは、狙撃の直前にやつがよろめき、たまたま弾道上に入ってしまったための誤射ですよ」

「だが、二発目の弾丸は、連行中の容疑者ではなく、金森刑事と一緒に容疑者を連行中だった藤崎刑事を狙ったものだという可能性はどうかね？」

「藤崎を、ですか?」

「そうは見えなかったか、と訊いてるんだ?」

「いいえ、そんなふうには見えませんでしたよ。それに、そんな中途半端な腕の狙撃者じゃなかった。それは署長だって御存じでしょ。署から飛び出てきた制服ふたりの胸元を、次々に射抜いて見せたやつですよ」

睨《にら》み返され、皮肉に聞こえてしまったのかと気がついた。制服連中を表に飛び出させたのは、この男なのだ。

一々腹の探り合いをしたり、言葉の端々に皮肉を滲《にじ》ませるようなやりとりをするのは性に合わない。だから、警察のお偉方などと話すのは嫌なのだ。

「狙撃者は屋上と三階とふたりいた。腕に差があったかもしれん」

深沢が言った。

「で、制服連中を撃ったのは腕が達者のほうで、金森を撃ったのは未熟なほうだと言うんですか? 莫迦莫迦しい」

「だが、それならなぜ腕が達者な狙撃者が、マル被を一発で仕留められず、連行中の刑事を誤射したりしたのだ」

「だから、それは自転車の男がぶつかってきたからですよ」

「それでよろめいた金森刑事の頭部を、誤って正確に射抜いたと言うのかね」

沖は口を噤《つぐ》んだ。この男が指摘するように、金森が狙われたという見方もあるのだろうか。

「だけど、それならばそのあとですぐマル被まで狙撃した理由は？　金森とマル被と、両方狙ってたと言うんですか？」

「標的が金森だったことを隠すための偽装かもしれん」

「なぜそんなことを？」

「私は可能性の話をしてるんだ。とにかく、金森のあとでマル被が射殺されたからといって、狙われていたのがマル被のほうで、金森はただ巻き添えを食っただけだとは断言できんだろ」

沖は眉間に浅く皺を寄せた。本来、動きながら考えるほうで、推理だとか推測だとかを手際よく組み立てるのは苦手だ。

だが、勘は働く。

「署長、まさかあんた、金森が狙われる理由について、何か心当たりがあるんですか？」

「莫迦を言うな。私は今朝ここに赴任してきたばかりだぞ」

沖は相手に悟られないように注意しつつ深沢の様子を窺ったが、何か隠し立てをしているのかどうかはわからなかった。

「とにかく、私には、あれは金森たちが連行中のマル被を狙ったように見えた。不審がおありなら、その点についちゃあ私じゃなく、金森の相棒の藤崎に訊いてくださいよ。さっき署長は、私が現場の一番近くにいたと言ったが、一番近かったのはあいつだ」

「無論、藤崎君には話を訊くつもりだが、今は無理だ。いつ訊けるかも、まだはっきりせん」

「どういう意味です？」

「藤崎は腹を刺されて重体だ。現在、病院で手術を受けてる」

「誰に？」

「逃げたもうひとりのマル被だよ」

沖は深沢を再び見つめ返した。

平手でスキンヘッドをぺろりと撫《な》でる。

「参ったな、こりゃ。もうひとりは逃げたですって。それに、どうも俺にゃよくわからねえや。どうして連行中のマル被が、ナイフなんか持ってたんです？」

「私にもわからん」

沖は腕組みした。どうもこの狙撃事件はわからないことだらけだ。

「で、私をここに呼んだ理由は？　まさか、狙撃時の模様を訊きたいってだけじゃないんでしょ」

沖が言うと、深沢は顎《あご》を引き、やや上目遣いにこちらを見やって唇の片端を歪めた。これがこの男の気に入りの表情らしい。

「察しがいいな。来て貰ったのは、他でもない。この事件の捜査に当たってくれ」

「そうこなくっちゃ。信用して貰って、損はさせませんよ。必ず結果を出してみせる」

「安請け合いはするな。捜査をどう進めるかを言いたまえ。ちなみに、きみは、歌舞伎町の中国人連中とは親しいそうだね。死んだ狙撃者の身元の割り出しはすぐにできるか？　指紋を当たったが、マエはない。身元がわかるようなものも何ひとつ持ってはいなかった」

「あのチャイニーズ野郎ですね。お安い御用だ」

「他にはどうする？」

「殺されたマル被と逃げたマル被の身元は？　まさかそれもわからないなんてことはないんでしょ」

逮捕の時点で、必ず上司に報告を入れている。

「殺されたのは木梨寛夫。逃げたのは堂本均。住所等の詳しい情報は現在調べているところだ。追って報《しら》せる」

「金森たちがこのふたりをパクった容疑は？」

「住居不法侵入と窃盗未遂。今朝、東宝会館裏のたばこ屋が襲われた」

東宝会館裏と聞いて、ぴんと来た。

「米原んとこですか？」

「知ってるのか？」

「ええ、まあ」

たばこ屋はたばこ屋だが、たばこ銭にちょっと上乗せすれば、界隈の優良風俗店の情報を流している酔狂な爺さんだ。

一課の金森と藤崎が、どうして窃盗などを扱ったのかという点が気になった。

「たまたま現場を通りかかったそうだ。物音と悲鳴が聞こえて駆けつけたところ、逃げてくる木梨と堂本のふたりに出くわし、現行犯逮捕した。報告ではそうなってる」

「なるほどな」

と頷いた沖に、深沢は怪訝《けげん》そうな顔をむけた。

「何だ？」

「署長、これはどうも前言を撤回したほうがいいかもしれない」

「――どういうことだね？」

「俺はさっき、狙われたのはマル被のほうだと主張したが、間違いかもしれません」

「それじゃ、やはり金森のほうだと言うのか？」

「いいや、両方狙われた可能性がある」

「ふたりともターゲットだったと言うのか?!」

「もしかしたら、藤崎と堂本まで含めて、四人ともターゲットだった可能性さえあるかもしれない」

「どうもわからんな……。私には、きみの言ってることがよくわからん。なぜ急にそう思いついたのだ？」

「一応、米原の爺さんのところに行って、今朝の状況を詳しく訊いては来ますが、たぶんこの逮捕は出来レースだってことですよ。金森と藤崎は、木梨と堂本って野郎と連《つる》んでたんです」

「どういう意味なんだ、それは？」

「どんな事情があったのかはわからんが、金森たちは、木梨と堂本ってふたりに一枚嚙ませて、事件をひとつでっち上げたと言ってるんです。今までいくつ所轄を回ってらしたか知らんですが、赴任してから数日は、交通違反や売春から始まってチャカの摘発まで、件数が多かったんじゃないですか？　現場のデカは、上に自分を売り込むための手練手管《てれんてくだ》はみんな持ってるんですよ。だが、今朝の金森たちの逮捕が、単純な点数稼ぎを狙ったものじゃなく、何かもっと裏があるとしたら、狙撃事件と繫がるかもしれない」

「だが、なぜそんな？」

「それをこれから調べるんです。私に任せてください。理由を探り出して、また報告しますよ」

深沢は頷いたものの、まだどこか納得できないという表情をしていた。表舞台ばかり歩いてきたキャリアにはわからないことはいくらでもあるのだ。

「それから、ひとつ頼みがあります」

沖はそう言葉を継いだ。

「何だね？　言いたまえ」

「腹を縫ったら、藤崎のやつにすぐに聴取すべきだ。やつはデカなんだ。積極的に協力するでしょ。しなけりゃ、力ずくでもさせる。私にやらせてください」

「負傷した部下の聴取だ。時期を見て、捜査一課長がやることになる。それじゃ、不満だというのかね」

「不満ですね」

「なぜ？」

「身内で何か庇《かば》い立てをするかもしれない。一課長が一枚噛み、何か知ってるかどうかはわからない。だが、そういった点がはっきりしない間は、なるべく身内の庇い立てをする機会を与えないほうが良い」

深沢は二度三度と軽く頷いたが、ポーカーフェイスを保っているので何を考えているのかはわかり難かった。

一拍置き、平手で下顎を撫でながら口を開いた。

「わかった。では、藤崎への聴取は私が直接やる」

「署長が？」

「何かおかしいか？」

「いや、別に」

沖は、デカ仲間で昔から囁《ささや》かれてきた言葉を密《ひそ》かに思い浮かべた。現場に出たがるキャリアにろくな人間はいない。そんなやつは、捜査を引っ掻き回すだけだからだ。

だが、ここで大声で反対を唱えるわけにはいくまい。上司なのだ。

深沢は「当然だ」とでも言いたげに頷き、次の質問に移った。

「逃げた狙撃者の顔や特徴は？」

「それは駄目です。まったくわかりません」

「きみは何も見なかったのか？」

「ええ、私が屋上に上がった時には、もう逃げ去ったあとでした。現場付近を聞き込んでる連中から、何か手がかりは？」

「駄目だな。今のところ、まだ報告は何も上がってこない」

得物を狙撃場所に残し、ビルの屋上を移動し、何気ない顔で通勤の混雑の中へと紛れ込んだのだ。

――いったいどんな野郎なのだ。

プロであることは間違いない。つまり、現場から足がつくような真似は決してしていないはずだ。

今のところは狙撃事件の糸を解きほぐし、誰がなぜ誰を狙ったのかを解明する以外には、あの狙撃犯にたどり着く道は思いつかなかった。

但《ただ》し、問題は、それで間に合うかということだ。やつがあれで仕事を終えたのなら、二十四時間と経《た》たないうちに国外に出てしまうかもしれない。

「ひとつ気になる点があるんですが、いいですか？」

「何だ？」

「野郎は、署から走り出てきた制服警官ふたりを即座に射殺した。周囲の人間がパニックに陥るのを宥《なだ》めようとした私にも、銃口をむけてます」

「警察に恨みを持つ人間だと言いたいのか？」

「そう断言をしていいかどうかはわからない。だが、普通は警官を敢えて狙ったりはしない。社会的に大騒ぎになりますし、俺たちデカだって、身内がやられれば死にものぐるいでホシを追いますからね。それなのに、このホシは無造作に制服二人を射殺した。何か理由があるはずだ」

電話が鳴り、深沢は沖を手で制して机の電話を取った。

やりとりは簡単に終わった。

「金森の細君と子供が来た。これから会わねばならない。今の点は、私も私なりに考えておく。すぐに捜査に出てくれ」

「わかりました」

深沢は、応接ソファから腰を上げかける沖を押し留めた。

「待った。最後にもうひとつ話がある。今度の捜査はきみに先頭を切ってやらせるが、それで結果が出なかった時には、特捜のキャップを辞めて貰う」

「何ですって……?」

沖は思わず動きをとめた。

「責任を取って貰うということだ。後任には、私が選んだ人間を充《あ》てる」

深沢はあっさりと言ってのけた。

「――――」

「きみの噂は聞いてると言ったろ。それに、ここの前任者がきみやきみの班に特別に目をかけていたという話も耳に入ってる。だが、自己流を通して結果が出せないようなら、そんな部下は要らない」

「待ってくださいよ、署長。結果なら、既にこの一年で出して来てる。御存じでしょ。特捜の検挙率は飛び抜けて高い。この街のワルどもを抑えつけてるのは、この俺なんですよ」

「外国人マフィアや日本人のやくざどもと連むことでな」

「連んでなんかいない。あんたにそんな考えを吹き込んだのは、大方デスク組の連中なんでしょうが、俺のやってることを連んでるなんて言ってたら、現場のデカは何もできませんよ。俺は絶対に一線は踏み越えてない。デカが街に出るってことは、事務屋やお偉方が想像するようなことじゃないんだ。それを締めつけ、ワルどもとの癒着はやめろとかなんとか御託を並べ、科学捜査だデータだなんてことばっかり囃《はや》し立ててるから、警官がどんどん腑抜けになっちまうんです」

「御大層な演説は結構だ。だから私は、きみの手腕を大いに見せてくれと言ってる。この目で見たもの以外は信用しないタチでね。私も私の考えを言っておこう。前任者は定年間際で、未来がなかった。だが、私は違う。私はね、きみと心中するような気はないんだよ。たとえ百の結果が出せても悪い噂がつき纏《まと》う部下より、五十の結果しか出せなくとも言われた通りに動く部下を何人か抱えていたほうがいい。組織とはそういうものだよ。違うかね」

違わない。だからクソ食らえなのだ。

「とにかくだ」

と、深沢は話を締め括《くく》った。

「このK・S・Pで今後もきみがやりたいようにやっていられるかどうかは、きみ次第だということだ。私の前で結果を出したまえ。さもなければ、きみはお払い箱だ」

沖は頭に血が上った。

「上等ですよ。すぐに結果をお見せしようじゃないか」

捨て台詞《ぜりふ》を残して席を立ち、後も振り返らずにドアにむかった。

つい何分か前に、このクソ署長に対し、案外と話がわかる野郎かもしれんなどと思ったことさえ腹立たしい。目をギロつかせてニヤッとしていれば、他人を自分の思い通りに牛耳《ぎゅうじ》れると思っているのだ。今に思い知らせてやる。

署長室を出て鼻息も荒く歩き出そうとすると、秘書机の傍に置かれた椅子に、背の高い青年につき添われた中年女が力なく坐っていた。

青年はひょろりと高いだけで、筋肉が充分躰についてはいなかった。その体型からして、まだ二十歳前だと思われた。

金森の妻とその息子にちがいない。

沖は目を合わせないようにしてふたりの前を通り過ぎた。

4

昼時が近づき、気温はもう三十度をとっくに超えていたが、地上十九階でエレヴェーターを降りると風がいくらか涼しかった。

　各居室が独立した作りのマンションで、エレヴェーターの左右に二部屋ずつ、しかも各々が玄関前にちょっとした前庭を持っていた。

　左の二部屋の前庭は、間の鉄柵が取り払われ、大きな丸テーブルが置かれていた。

　その丸テーブルでは、男たちが六人、朝粥《あさがゆ》と油条《ヨーティアオ》を食べながら青島《チンタオ》を飲んでおり、エレヴェーターを降りた沖と平松に一斉に鋭い視線を投げた。

「おまえらにゃ用はない。引っ込んでろ」

　沖はその男たちを一喝し、反対側の部屋へと足をむけた。

　こちらには玄関前の廊下にふたり、ひとりは壁を背にして直立不動の姿勢で立ち、もうひとりは前庭の柵に背もたれ部分を凭《もた》せかけた椅子に坐っていた。

　壁を背にして立った若い男のほうが、弾かれたように沖たちの前に飛び出て来て行く手を塞《ふさ》いだ。

　背が高く、筋骨隆々たる若者だった。わざとサイズが小さめのTシャツを着ているのだろう。それを筋肉が押し上げている。

「なあ、よく躾《しつけ》られているようだが、こういう兵隊を立たせるのは、日本のやくざみたいで格好悪いぞ。それに、どうせ躾るなら、デカの顔ぐらい憶《おぼ》えさせとけよ」

　沖は立ち塞がった若造を無視し、椅子で反《そ》っくり返っている男に話しかけた。

男は短く苦笑を漏らすと、若造に中国語で何か告げた。沖にはもちろん意味は聞き取れないが、新宿でデカをやるようになってから、それが北京語ではなく南方の方言だとは響きでわかるようになっていた。聞いた感じが全然違う。北京語は尖っているし、広東語や福建語など南の言葉は、それと比べると淀《よど》んだ感じがする。

若造が壁際によけて道を空け、椅子でふんぞり返っていた男が立ち上がった。

「どうしたんです、幹さん。こんな朝っぱらから」

崔という男だった。苗字だけで、名前は憶えていなかった。

「もう昼時だぜ。張は中か？　ちょっと会わせろ」

沖がいうと、崔はあからさまに顔をしかめた。

「いつも強引だな、幹さんは。ボスと会う時は、前もって連絡が欲しいと言ってあるはずだ」

「緊急事態だ。なあに、時間は取らせねえよ。協力して貰えば、こっちだって今度お返しはする。張とはそういう話になってると聞いてるはずだぜ」

猫撫で声を出した。

崔は嫌な顔を崩そうとはしなかったが、渋々といった様子でインタフォンを押し、部屋の中と何かやりとりをした。インタフォンから聞こえて来たのは女の声だったが、どの女かはわからなかった。張は、会うたびに別の女と一緒にいる。

応対を終え、崔が門扉を開けた。

女が玄関のドアを開けて顔を出した。初めて見る顔だった。

「ありがとうよ」

沖は崔に礼を述べ、女の後に続いて部屋に入った。

寝室に案内されたが、驚かなかった。居間で会ったことよりも、巨大なダブルベッドに我が物顔で寝そべる張と会った回数の方が多かった。

下半身だけ下着を着けた張は、ベッドに寝ころび、氷を一杯に入れたグラスでレモンティーを飲んでいた。下着はぴちっとしたトランクスで、股間がくっきりと盛り上がっている。

窓の外には、新宿御苑の緑が見えた。遠くに特徴のあるNTTのビルが聳《そび》えている。

窓が全開になっており、それなりに風が抜けてはいるが、夏の熱気を和《やわ》らげるには到底及ばなかった。

「なあ、どうして冷房を入れないんだ?」

沖は暑さにうんざりしながら訊いた。

署を出たあと、とっくにネクタイは外してしまっていたし、上着も持ち歩いてはいなかった。それでも躰はもうシャワーを浴びたようにびしょ濡《ぬ》れで、ランニングもワイシャツも皮膚に貼りついてしまっていた。

「冷房の風は嫌いだ。このほうが、福建の故郷を思い出す」

張は涼しい顔で答えた。

「おまえは大阪生まれだろ」

「先祖の土地というやつさ。血を思い出すという意味だ」

何か応じようかと思ったが、冗談なのか本気なのかわからなかったし、気の利いたことも言えそうにないので黙っていた。

「で、なんだよ、こんな朝っぱらから」

張はもう一口レモンティーを啜《すす》ると、表にいた崔と同じことを言った。

崔と同様、アクセントにも発音にもおかしなところはなかった。このふたりは、大阪生まれの大阪育ちだ。

だが、関西弁の名残《なごり》もなく、東京生まれの人間と何ら変わらない標準語を話す。福建語も北京語も流暢《りゅうちょう》に話すこの男たちにとっては、関西弁と標準語を使い分けるなど苦もないのだろう。

十年ぐらい前にこの街に流れてきた。本人の弁によると、大阪商人の目先の利き方と大陸人の根性を併せ持って生まれたことが幸いし、関西で夜の商売で成功したのち、現在では歌舞伎町にクラブ、居酒屋、カプセルホテル、サウナなどに加え、もちろん風俗関係の店を持って手広く営業していた。

チャイニーズマフィアの勢力図を知るのは簡単で、その街のホステスの割合を見ればいいと言われている。どこ出身のホステスが多いかで、どこのマフィアが街を牛耳っているかが明白にわかるのだ。

連中にとって、それだけホステスは貴重な収入源であり、張のように女たちが男の相手をする場所を確保している人間は、自《おの》ずと発言力や影響力を持つことになる。

大陸や台湾からの中国人の流入に眉を顰《ひそ》め、新宿が日本人の街ではなくなっていくと嘆く人間の大半が知らない事実がある。それは終戦以来ずっと歌舞伎町の不動産の七割から八割は中国人の持ち物であり、その意味ではバブル期に大量のチャイニーズマフィアが入ってくる前からずっと、この街は日本人のものなどではなかったということだ。

現在もなおそういった状況は少しも変わらない。歌舞伎町界隈《かいわい》で本当に力を持つ中国人は、日本のやくざ顔負けの無鉄砲な行動で名を馳《は》せる野蛮なチャイニーズマフィアではなく、ネクタイを締めて銀行や役人、それに日本の政治家などを相手にしている連中なのだ。

この張のように頭が切れて商才に富んだ男は、そういったネクタイ族と夜の世界との橋渡し役を果たすことで、地位と金を我がものにしてきたといえた。他人の国で、勝手にてめえらだけの世界を築いて生きてやがるのだ。

沖はそう思いながら微笑《ほほえ》みかけ、狙撃者の死体の顔をポラロイドカメラで撮影した写真を抜き出した。

「悪いな、起こしちまって。だが、大至急協力して欲しいことがある」

張はちらっと写真を見ただけで、ぷいと顔を背けてしまった。

「朝っぱらから見たい顔じゃねえな」

「まあ、そう言わずにもっとよく見ろよ。知ってる男じゃないのか？」

「知らんよ」

「もっとよく見て答えろ。この野郎――！」

平松が気色《けしき》ばむと、張はそれを嘲笑《あざわら》うように唇を歪めた。

「写真の顔ってのは、じっくり見りゃ誰か思い出すってもんじゃねえ。ちらっと見るだけで充分さ。あんたらが俺んとこへ来たってことは、こいつは中国人なんだろうが、こんな野郎は俺んとこにゃいねえよ」

いきり立つ平松を手で制し、沖は張に顔を寄せた。

「おまえんとこの人間なら、今頃おまえにワッパをかけてるよ。こいつは、今朝、うちの署の前で狙撃事件を起こして、連行中の容疑者とデカとを射殺したんだ」

「お宅の署の前でだと」

「ああ」

「そりゃ傑作だ！」

張はそう言って笑い声を立てると、キッチンか居間にいるらしい女に大声で何か喚き立てた。

今にも殴りかからんばかりの平松の目を見てはっきりと首を振り、沖はここは自分に任せろとの意を伝えた。

「確かに傑作な話さ」

沖は言った。「だから、おまえがこんなに日が高くなるまでベッドで女とお寝んねしてる間に、テレビもラジオもこのニュースで持ちきりになってる。この街のチャイニーズの間にも、この狙撃者の話はすっかり広がってるはずだ。おまえなら、簡単に男の身元がわかるだろ」

「中国人ってだけで、大陸か台湾か、北か南かもわかっちゃいねえんだろ」

「それがどうした。この街は、今じゃおまえら南の大陸人が牛耳ってる。どんな情報でも、おまえらの耳に入らないわけがねえ。二時間やるから、俺の携帯に連絡を寄越《よこ》せ」

張は沖を睨み返したが、やがて右耳を人差し指でほじりながら笑みを漏らした。

「幹さんにゃ敵《かな》わんぜ。わかったよ、手配してやる」

「待て、まだある。狙撃者がもうひとり、現場から逃げた。こっちは何ひとつ手がかりがねえんだ。死んだ野郎といつも組んでたやつがいねえかどうかも知りてえ」

話を聞く途中で、張の顔が厳しくなった。

だが、口調はほとんど変えなかった。

「ふうん、逃亡中ね。ま、そっちはあまり期待しないで待ってろよ。死んだ人間の身元を探るのと、生きて逃げてる野郎の情報とじゃ、天と地ほども違う。無理に聞き回ろうとすりゃ、仲間を売ると思われてこっちが危ねえ」

「ああ、わかってる。だから、これは何かわかればでいい」

引き揚げようとすると、張がとめた。

「待ちなよ、相変わらずせっかちな男だな。暑い中を歩き回ってて、大変だろ。今、女に特製のお茶を淹《い》れさせてる。夏バテに効くぜ。夜もびんびんになる。ま、幹さんはあまり必要ないかもしれんが、そっちの兄さんの容姿からすると、大分女でバテてる口だろ」

張のつまらないお世辞に引っかかり、平松は僅かに相好《そうごう》を崩した。

「なあ、一度訊こうと思ってたんだがな」

平松が言った。「あんた、取っ替え引っ替え女とできちまってて、女同士でトラブルにならないのか？」

「どうしてだ？　俺は関わった女を公平に愛してる。連中は、俺がいた方がいないよりもずっと楽に良い暮らしができる」

「トラブルの元なんかないってわけか？」

張は何も答えずにまたレモンティーを飲んだ。言わずもがな、というところらしい。

女が持って来てくれたのは、張が啜っていたお茶と同じものらしく、同じようにレモンの薄切りがグラスの縁に添えられていた。

女に礼をいって受け取り、口をつけ、沖は噎《む》せ返りそうになって思わず顔を顰《しか》めた。

「何だこりゃ、冗談だろ――。おまえもこれを飲んでるのか？」

猛烈な苦みが口の中に広がり、しかもゴムか何かを燃やしたような嫌な臭《にお》いが鼻につき、とてもじゃないが飲めたものじゃなかった。

張がニヤッとした。

「ああ、こうして毎朝な。薬草と漢方の臭いだ。慣れればなんともない。夜の生活に効くと言ったろ」

「俺たちは御免こうむるぜ」

もう一口飲んで沖は降参したが、ふと隣を見ると平松が鼻を摘み、目をつぶって必死で飲み干そうとしていた。

5

四畳半ほどの広さしかない店内の壁は、様々な種類のたばこで埋められていた。外国たばこはもちろん、紙巻きだけではなくパイプ用の葉や葉巻も扱っている。こんな所に残るのが奇跡のようなモルタル塗りの二階家で、店の奥と二階とが米原の住居だった。ここで子供ふたりを育てたらしいが、とっくに独立し、妻にも先立たれ、今では独り暮らしだ。

店主の米原がたばこ屋の傍ら、風俗店の案内をするようになったのは、妻に先立たれてからのことだった。

たばこ屋は表を開けていたが、店番の姿が見えなかった。

「米《よね》さん」

と中を覗き込んで呼びかけると、しばらくして奥から返事があった。

姿を現した米原は「ああ、幹さんか」と言い、両手を掲げて見せた。

「これのことで来たのかい？」

右手にはガムテープが、左手には厚紙が握られていた。

痩《や》せた老人で、髪はもう完全に白かった。歳を尋ねたことはないが、時折出る昔話の年代や見かけから想像すると、たぶん八十近いはずだ。それにもかかわらず、歯は未だにすべてが自前だそうで、前歯なども陶器のように白く輝いている。萎《しな》びた唇からそれがこぼれる様は、何かすがすがしくも卑猥《ひわい》にも感じられた。

「ええと、あんたのところに今朝、盗みに入ろうとしてた連中がいるだろ」

相手の言った意味がわからないままで応じると、米原は頷いた。

「だから、そのことを言ってるんだよ。ちきしょう、窓ガラスを割りやがって。そこから冷気がどんどん逃げちまうんで、しょうがねえからこうして塞《ふさ》ごうとしてたところさ」

沖は「なるほど」と頷き返し、隣の平松に顎をしゃくった。

「おい、ヒラ。おまえ、やってやれ」

「いいよ、いいよ。デカさんにそんなことをさせちゃ、バチが当たる」

口ではそうは言ったものの、米原は内心ではすっかり期待している様子だった。

ガムテープと厚紙を受け取った平松が渋々と奥に消え、沖と米原とは冷房の効いた店内に丸椅子を並べ、隣り合うようにして坐った。むかい合って坐るほどのスペースはないのだ。

そんなふうに坐ると、店の昔ながらの引き戸越しに表の通りが見える。

日が暮れるとタクシーとハイヤーが数珠繋《じゅずつな》ぎになって進まなくなる通りであり、辺りは飲食店や風俗店などを大量に詰め込んだ雑居ビルが建ち並ぶが、ここからこうして眺めているとなんとなく別世界のようだ。

「時間を取らせちまって悪いが、今朝の出来事を話してくれ」

早速そう切り出すと、米原は心得顔で頷いた。

「なあに、時間ならいくらでもある。それに、ニュースで見たよ。あの金森ってデカ、お宅の署の前で撃たれて死んだらしいな。で、すぐに誰か来るんじゃないかと思ってた。もうひとりのなんとかってデカも、腹を刺されて重体らしいじゃないか。塩梅《あんばい》はどうかね？」

「藤崎だ。まだ絶対安静さ。どうなるかわからん」

答える最中に、ふと米原の言葉に引っかかりを覚えた。

「すぐに誰か来るんじゃないかと思ってたって、なぜだ？　何か気になることでもあったのか？」

「何な、そういうわけでもないが……、俺の店でパクった連中を連れて行って撃たれたんだろ。だから、何か確かめに来るかもしれんと思ってな」

当たり障《さわ》りのない返事をし、老人然とした表情の中に本心を隠しているが、その実、こちらの出方を窺っている雰囲気があった。

「ここだけの話にしておくから、何か気づいたことがあるなら言ってくれ」

沖が幾分声を潜めて言うと、米原は健康そうな白い歯をこぼした。

「そんじゃ言うが、あのデカふたりと俺んとこへ入ろうとしてたコソ泥ふたりとは、連《つる》んでた。グルさ。そうだろ。幹さん、あんたもそう踏んだから、俺んところへそれを確かめに来たんじゃないのかい？」

沖はほうと感心した。

「こりゃ、たまげた。あんたの言う通り、俺もそう踏んでたのさ。ここを表から眺めりゃ、誰かが二階に住んでそうなのはわかるだろ。他にいくらでも無人の店舗や事務所があるのに、そんなとこにのこのこと窓ガラスを割って入ろうとする間抜けがいるか。しかもそれを、たまたま雁首揃《がんくびそろ》えて通りかかったデカふたりが取り押さえるなんて、笑わせるぜ。だが、わからんのは、どうして金森と藤崎のふたりが、そんなことをしたのかって点なんだ。何でもいい。ここであんたが目にして何か気づいたことはないか？」

「さあて、そう言われてもな……」

米原は目をしょぼつかせ、表の通りに顔を戻した。

「容疑者ふたりのほうに、見覚えは？」

「いや、なかったな。初めて見る顔さ。もしかしたら誰かこの界隈のガキが悪さをしたのかもしれんと思って考えてもみたが、違った。連中、何という名前だったかな？」

「木梨寛夫と堂本均」

「死んだのがどっちだ？」

「木梨のほうだ」

言いながら写真を見せると、米原はしばらくじっと眺めていたが、やがて無言で首を振って返して寄越した。
二、三質問を重ねてみたが、特別に訊き出せる話はなかった。
汗をだらだら流しながら平松が戻って来たのを機に沖は腰を上げた。

何か思い出すことがあったら連絡をくれと、念のために釘《くぎ》をさすのを忘れなかった。

沖を見上げ、米原がいった。

「だけど、あれだろ、幹さん。連中が連んでたってことは、現行犯だなんて言って引っ張ったって、結局は代理の弁護士辺りが見舞金を持って現れて、ガラス一枚割っただけだから大目に見てやってくれとか言って起訴にゃしねえ腹だったんだろ」

沖は笑みを過《よ》ぎらせた。キャリアのエリート署長がわからないようなことを、街のたばこ屋の爺が難なく言い当てたと思うと愉快だった。ここで店を開けてる以上、同じようなことに何度か出くわしているのだ。

それにしても、わからなかった。金森と藤崎のふたりは、何のために木梨を引っ張ったのだ。新署長への点数稼ぎだけではないはずだ。勘が告げていた。金森たちが木梨たちを引っ張ったことと、署の前で降って湧いたように起こった狙撃事件とは、必ず何か関係している。

米原の元を辞去して表の通りに出ると、冷房で一瞬引いていた汗が瞬く間に噴き出してきた。

流れる汗も構わずに考え続けるうちに、こう思わざるをえなかった。――結局のところ、最大の謎は、なぜわざわざ署の前を選び、狙撃などという手段によって金森たちの命を奪う必要があったのかということだ。狙撃を命じた人間にとって、そんなことをしてでも阻止せねばならない何かがあったのか。それとも、そうすることでこそ得られるメリットが何かあったのだろうか。

携帯電話が鳴った。平松のほうは流行のポップスを着メロに設定してあるので、沖のものだとすぐにわかった。

ズボンのポケットから携帯を抜き出した沖は、ディスプレイを見て舌を打ち鳴らした。

部下の円谷太一からだった。

今日はまだ一度も顔を見ていない。署長の深沢との話を終えて特捜部の部屋に戻った時には、円谷はもう既に出かけたあとだったのだ。

状況はわかった。追って携帯に連絡を入れるといった、例によって人を食ったような伝言を柴原に託しているだけで、行き先は杳《よう》として知れなかった。

また勝手に単独行動を取っている。自分がそうするのは構わないが、部下にやられるのは腹が立った。

「円谷の野郎からだ」

沖は隣を歩く平松に吐き捨てるように言い、通話ボタンを押して口元に運んだ。

やりとりはあまり時間がかからず、簡単に終わった。

それで機嫌が直ることはなく、むしろ怒りを鎮めるために、平手でスキンヘッドを二度三度と叩く必要があった。ほぼ一方的に円谷が用件を告げただけで、それを聞いているしかなかったのだ。

「とぼけた野郎だ」

携帯をポケットに戻し、沖は憎々しげに吐き捨てた。

「どうしたんです。円谷の野郎、何と？」

平松が訊いた。

「どうも話がわからん……」

物思いに耽《ふけ》りつつ呟《つぶや》いた。

「円谷の野郎が言うにはな、金森には近いうちに逮捕状が出ることになっていたそうだ」

「何だ、そりゃ……。いったい、何の容疑でだよ？」

「わからん。詳しい話は、電話じゃできないってことだ。これから会いに行って来る。ヒラ、おまえはとにかく、金森と藤崎の周辺を調べてくれ。必ずどこかで、木梨や堂本との接点があるはずだ」

「ああ、それはわかったけどさ。――行くのかよ、幹さん。あんまり野郎に甘い顔をすると、つけ上がるばかりだぜ。野郎が上司のあんたを呼びつけるなんて、おかしいじゃねえか。野郎を呼びつけたらどうなんだ」

「俺だって面白くねえが、それがそうはいかねえんだ。この情報の出所は神竜会の西江でな。円谷は今、西江と一緒にいるそうだ」

6

店の個室に足を踏み入れると、ふたりの男がむかい合って食事をしていた。新大久保と大久保駅のちょうど中間辺りにあるフレンチレストランだ。

テーブルにむき合って坐るのはふたりだけだったが、個室の外にひとりと入ってすぐ両側の壁にはさらにふたり、西江の配下が控えていた。

その男たちをぎろっと睨《にら》み回してから、沖は西江と円谷のふたりに近づいた。

テーブルの脇に立ち、坐ろうともしない沖を見上げ、西江が大仰な笑みを浮かべた。

「まあ、沖さん。そんなところに立ってないで、坐ってくださいよ。今、店の者に食べ物を用意させますから」

西江一成。新宿を縄張りとする組のひとつである神竜会の幹部だ。歳は沖とあまり変わらない。甘いマスクをしたやくざで、コーディネーターでもついているのではないかと思いたくなるぐらいにいつでも洒落《しゃれ》た服装をした男だった。ネクタイをしている時はしている時で、リラックスした時にはまたそれに見合うように、自分に合った服を着ている。今日はスーツでぴしっと決めていた。

そのむかいに坐る円谷のほうは、十年一日の如くにまた皺《しわ》と染《し》みだらけのスーツ姿だった。しかも円谷は身長が一六〇センチそこそこの小男なので、冴《さ》えないことこの上ない。こうしてふたりでむかい合っていると、エリートキャリアの上司が下っ端のデカに食事を奢《おご》っているようにしか見えなかった。

ここに来る道すがら、西江と話を始める前に、まずは勝手な単独行動を取っている円谷にがつんと一発喰らわせてやらなければと思っていたにもかかわらず、沖はやくざに見劣りがする円谷を目にすると、そんな気持ちが失せていくのを感じた。

どこか憎めない小男であり、始末の悪いことに円谷というやつは、自分が相手にそんな感じを抱かせることに気づいている節がある。

「結構だ。食事をしに来たわけじゃないんでな。それより、おまえさんが持ってる情報を聞かせて貰おうか」

沖は相変わらず立ったままで言った。

「そう仰《おっしゃ》らずに。ここの食事はなかなかいけますよ。円谷さんにも楽しんで貰ってます」

沖はちらっと円谷を見下ろした。何か声をかけようかと思ったが、やめにする。円谷は沖が入って来たというのにそっちのけで、厚いステーキと格闘していた。

椅子を引き、とにかく坐ることにした。

それに合わせて西江が指を鳴らし、配下に命じて店の人間を呼ぼうとした。

「俺はいらんと言ってるだろ。それより、早く話を聞かせろ。金森にお札《フダ》が出ることになってるとは、どういうことだ？　いったい何の罪なんだ？」

西江は沖の顔を見つめ返してクスッとした。

「相変わらずせっかちな人だな」

手の甲を上にむけ、配下に指を振って見せた。それに応じて配下がドアを出て行ったが、沖はとめるのも面倒なので放っておいた。二度に亘《わた》って、飯などいらないと辞退したのだ。

それでも運ばせるつもりなら、それもよかろう。円谷が今食らいついているステーキはなかなか行けそうだ。

「組織犯罪処罰法違反、ってことになるんでしょうね。組の弁護士に確かめたから、それで間違いないと思いますよ」

「組織犯罪処罰法だ？　いったい野郎が何をやらかしたっていうんだ？」

「売春店からクレジットカードの債権を譲り受けて利益を得ていました」

「わからねえな。もう少し詳しく説明しろ」

沖が言うと、西江はまたにやっとした。デカに一席講釈できるのが、満更《まんざら》でもない気分なのだ。

「違法風俗店は、クレジットカード会社とは契約を結べない。そこにつけ込み、金森たちは、そういった風俗店とクレジット会社の仲介役をし、間で利益を得てたってわけです」

沖は黙って唾を呑み込んだ。

情けない野郎だ。胸の中でそう吐き捨てる。

「元々は堂本と木梨のふたりが始めたビジネスで、三年ほど前からずっと荒稼ぎを続けてたらしいんですわ。そこに、一年ちょっと前から金森と藤崎の野郎たちがたかり始めたんです」

ステーキを食べ終えた円谷が、ナプキンで口元を拭《ぬぐ》いながら代わって言った。

情けない野郎どもだ、と再び口には出さずに繰り返す。

「じゃ、お札は藤崎にも出ることになってたのか？」

デカの自分がやくざ者に問いかけるのは癪《しゃく》に障《さわ》って円谷に訊いた。

「そこんとこは、西江さんの情報網じゃわからなかったらしいです。耳に入ってきたのは、金森の名前だけだそうで。ただ、常識的に考えれば、藤崎にも出ることになってたんでしょうな。それに、堂本と木梨のふたりにも」

円谷はそう答え、西江に話を返すという目配せをした。

「どうやって入った情報かってのは、訊きっこなしですよ」

それを受けて、西江が言う。

「どこの署が金森の身柄を持ってくことになってたんだ？」

「さあてね、それは」

「とぼけるな。誰から聞いたのかなんて、野暮なことは俺も訊かねえよ。だが、逮捕状が出るってネタが入ったなら、当然どこがこのヤマを追ってたのかって話とセットで耳に入ってるはずだ」

「そうでもないでしょ。私はただ、噂で聞きかじった話をしてるだけで、そこまで正確な話はね」

とぼけているのか、本当に何も知らないのか、どちらとも判断がつかなかった。さりげなく円谷のほうに視線をむけるが、目を合わせようとはしなかった。助け船を出すつもりはないらしい。だが、ということは、西江はほんとのことを言っているのか。

「で、おまえはどんな絵を想像してる？」

沖はとりあえず先に行くことにして、問いかけた。西江がどういう目的でこのネタを提供する気になったのかわからない以上、あまり一カ所にこだわれば、聞き出せる話も聞き出せなくなる。

西江の笑みに、我が意を得たりといった雰囲気が滲《にじ》んだ。したい話になったのだ。

「金森には逮捕状が出かかっていた。もっとも、こうしてあの人が亡くなれば、もう出ることもない。つまり、あの人が逮捕され、色々と叩かれて埃《ほこり》が立つことを嫌った人間からすれば、今度の狙撃事件ですっかり救われたことになる」

「それがああして署の前で、金森を弾かせた理由だと言うのか？」

「私の推測ですが、まず間違ってはいないでしょう。どうです？」

「お札が出ることになってた日は？」

「大分詰めに入ってたらしい。まずは二、三日のうちには」

沖はテーブルに目を伏せ、平手でぺろっと頭を撫でた。一応筋は通っている。

視線を上げ、幾分躰《からだ》を乗り出すようにして西江の目を覗《のぞ》き込んだ。

「で、おまえがそれをこうして俺たちに話す理由は何だ？　それもそろそろ聞かせろよ」

西江はドキッとはしたようだが、それで狼狽《うろた》えて目を逸らすようなタマじゃなかった。

「その理由のほうは、私から話しましょうか」

円谷が言った。「さっき、私もまったく同じ質問をこの男にぶつけましてね。それで、自分だけでは手に負えないと思い、こうしてチーフにも来て貰《もら》ったわけでして」

沖は円谷に顔をむけた。

「どういうことだ?」

口を開きかける円谷を制して、西江が言った。

「円谷さんに代わって答えて貰うこともない。私が自分で話しますよ。金森さんが逮捕されることを望んでなかった人間は、他でもない、警察の中にいる。私はそう睨んでましてね」

沖は何度か軽く瞬きをした。

「おまえ、とんでもないことを言い出すじゃねえか。根拠は何だ?」

西江はその問いには答えず、ニヤッとして別のことを言った。

「なるほどね、評判通りの男らしい。気に入りましたよ、沖さん」

「何がだ?」

「何がもないでしょ。普通、こういう話を聞くともっと驚くものですが、あんたの場合は眉ひとつ動かさなかった」

「根拠がはっきりしない話なら、驚くだけ損だろ。それだけの話だ。それからな、やくざのお世辞に一々喜んでるほど暇じゃねえんだ。とっとと先を話せ」

西江は愉快そうにまた唇を歪め、ちらっと円谷を見てから話し始めた。

「根拠なら、はっきりし過ぎてるぐらいでしてね。実を言やあ、木梨と堂本の野郎は、昔は俺んとこにいたちんぴらでして」

「何だと――」

今度もまた驚きはしなかったが、呆《あき》れはしてすぐに問い返した。

「じゃ、おまえがカードの中継ぎで利ざやを稼がせてたのか？」

「私はアイデアを出しただけで、やってたのはあくまであいつらですよ」

「別段、そんなことでおまえのケツに火をつけようなんて思ってねえから安心しろ。で、その先は？」

「さっき円谷さんが言ったでしょ。ところが、一年ちょっと前からは、あの野郎たちに対して手出しができなくなっちまった。手出しをすると、警察からうちの組が狙い撃ちにされる。つまり、連中は後ろ盾を得たんですよ。まあ、こっちもビジネスをひとつ失うのは惜しいが、サツに狙い撃ちにされるようじゃ割りが合わねえ。やつらにはやりたいようにさせることにしたわけでしてね」

だが、機会さえあれば反撃に出る気でいて、目を光らせながら時機を窺《うかが》っていた。そして今、こうして俺たちと会っているというわけか。やくざというのはそういうものだ。

「話を整理したいんだがな、堂本たちふたりと金森たちとが連《つる》んでるってことも、こういうことが起こるまでおまえのほうじゃ何も摑《つか》めてなかったのか？」

「ええ、癪に障ることにね。それに、当然おわかりでしょうが、俺たちを組単位で狙い撃ちにできるってことは、旦那たちにゃ悪いが堂本たちが連んでたのはただのヒラ刑事だけじゃない」

「おまえに指摘されなくてもわかってるよ」

そんなことができるのは、警察の幹部連中の誰かだ。命令ひとつで所轄ひとつぐらいは丸々動かせるクラスの幹部がどこかをターゲットにして、その関係の人間はどんな微罪でも全員叩き込めといった指示を徹底させれば、暴力団だろうと何だろうと潰《つぶ》しにかかれる。マスコミはどこも書かないが、警察幹部とはそれぐらいの権力を持っているのだ。だからこそマスコミだって書けないというべきか。

「で、その野郎が金森たちにお札が出、自分に火の粉が及ぶのを嫌い、今朝の狙撃をさせたって言いたいのか」

「これも辻褄《つじつま》は合ってる。そうでしょ」

沖はただ無言で頭を撫でるだけで、何も答えようとはしなかった。

「おまえ、それを俺たちにこっそりと耳打ちして、それが誰かを突きとめさせようって腹か」

しばらくして、言った。

「そう言われると身も蓋《ふた》もねえが、沖さんだって今度のヤマのホシを一刻も早く挙げたいはずだ。そうでしょ。何しろ、お宅の玄関先で、容疑者と連行中のデカの両方が狙撃されたなんて、前代未聞ですからね。K・S・Pの威信に関わる」

「煩《うるせ》えな。おまえの口から、一々そんなことを言われる筋合いはねえよ。ま、今のおまえの話はきちんと胸に留めておく。その代わり、いいか、堂本の立ち回りそうな先をおまえのほうで見つけろ。容易《たやす》くできるだろ」

「そう言われると思いましてね」

西江は答え、ポケットから素早くメモ用紙を抜き出した。

「これが堂本の女のヤサです」

手際のいい野郎だ。いよいよ警戒してかかるべきだろう。

沖はメモ用紙を摘み、立ち上がった。

「行くぞ」と、円谷を促す。

結局、最初の手下への合図は料理を運ばせろという意味ではなかったのか、ステーキを喰い損なってしまったが、仕方がない。こういうタイプのやくざがこうした手際のよさを発揮して自分のほうからデカに会いたがって来たのだ。まだ何か裏があるのは確実で、しかもそれは本人の口から訊き出そうと粘ったところで、決して明らかになりはしないとわかっていた。

7

「さて、で、どう思う？」

　大久保通りを並んで歩き出すとともに、沖は円谷に訊いた。何を考えているのか、いつでも腹の底が読み難い男だった。西江とのやりとりの間も、ほとんど自分では口を利こうとしないまま、ふたりの様子を眺めていたのだ。

　だが、沖は円谷については、率直さを発揮するのが最良の方法だと最近わかるようになっていた。決して誰かと馴染《なじ》むということのない男であり、例えば神竜会の西江がどんなツテでこの話を円谷に持ちかけてきたのかといったことなどは、いくら問い質《ただ》したところで決して手の内を明かしはしないだろう。だが、捜査中のヤマについては別だという考えは持っている。だから腹の探り合いをするよりも、率直に訊くのが一番なのだ。

　部下に意見を求めるきまり悪ささえ我慢すれば、きちんとした答えを返してくる。結局のところ、腹立たしい男ではあるが、自分とはタイプが違うプロのデカなのだと認めるしかないのかもしれない。歳もいくつか円谷のほうが上なのだ。とりあえずは立てておいて損はない。

沖の問いに答え、円谷は足下を見下ろしながら小声で話し始めた。

「私が気になってるのは、金森と藤崎のふたりがなぜ今朝堂本たちを引っ張ったのかってことですよ。当然ながら、連んでた同士が引っ張ったわけですから、この逮捕は出来レースでしょ。だが、それをした理由が知りたい」

同じところに目をつけてやがる。沖は内心で舌を巻きながら、それを表には現さずに先を促した。

「で、あんたの意見は？」

「ただの推測なら、あります。連中はカードを扱ってた。つまり、支払った連中のほうは誰も彼もそういった意識が高くはないが、客観的に見れば個人情報に触れられたことになる。まして、売春や風俗関係といった、あまり公《おおやけ》にゃしたくないものと関連がある情報です。無論のこと、そういった払いをカードで済まそうって連中ですから、女を買うことを疚《やま》しがるようなタマじゃないでしょう。だが、例えばデカがその気になってもう少しその周辺を調べれば、何かが出てくることは充分にあるでしょ」

「で、それをネタに、強請《ゆすり》を働こうとしてたってわけか？」

沖は幾分身を屈めるようにして言った。小柄な男がそうして俯《うつむ》き加減に小声で話すと、連れはこうせざるをえなくなる。だが、決して自分のほうから伸び上がって相手が聞き易《やす》いようにといったことは考えない男だ。

「チーフの考えはどうです？」

　円谷は逆に訊いてきた。

「ああ、俺も似たようなことを思ってた。堂本たちを何日か勾留すりゃ、あのふたりの身柄を安全な場所に置いとけることになる。まだ聞いてねえかもしれんが、連中の容疑は、たばこ屋の米さんの家への不法侵入の未遂さ」

「なるほど、何日か稼ぎ、その間に金森と藤崎のふたりが金をせしめ、無事に済んだら堂本たちは表に出してすぐにどこかへ飛ばさせる腹だった。やはりそんなとこじゃないですかね」

「だとすりゃ、今度の強請の相手は、よほどデカかった。というよりも、危ない連中だったってことか」

「今度の強請？」

「四人で連んでたんだ。今までだって、さっきあんたが言ったように金森たちがデカの手腕をちょちょいと使い、カードを使った連中の周辺を洗い、強請たかりの真似をしてきたとしても不思議じゃあるまい」

「うむ、そうですね。それが今回は、調べた結果、何か大きな金になりそうな筋に行き着いた。それで出来レースの逮捕で堂本たちを何日か匿《かくま》い、その間に片をつけることにした。勾留中となれば、堂本たちにとっちゃまたとない隠れ家となる。やっぱりこの線ですよ」

「問題は、そういった金森たちの動きと、狙撃で金森たちを葬った人間とがどう関わっているのかってことになるのかもしれんな。マルさん」と、沖は円谷を愛称で呼んだ。「あんた、西江の話をどう思う?」

「誰か警察内部の人間が、金森がパクられて自分に火の粉が及ぶのを恐れ、今朝の狙撃をやらせたって件ですか?」

「ああ」

「あれについちゃ、私はどうもあまりそのまま受け取る気にはなれませんがね」

「なぜだ?」

「警察関係者が黒幕だとしたら、あんな派手なことはしたがらないんじゃないでしょうか。それに、署の前で狙撃するという手段を採らずとも、どこかで金森たちを始末できた気もします。連んでたんなら、そういう機会だってあったでしょうからね」

「だが、金森にお札が出るって情報が入ってから時間がなかったので、苦肉の策としてスナイパーを雇い、あんな手段に出たのかもしれんぞ。たとえ出来レースの逮捕だろうと、一旦堂本たちの身柄が署内に入っちまったら、金森にお札が出た時点で堂本たちだってたぶん再逮捕となる。そうなりゃ、連中と連んでたその誰かにとっちゃ、いつ何時《なんどき》自分の名前が出るのか気が気じゃねえ」

「それはそうですね……。しかし、そうするとチーフは、西江が言ってた線を支持するんですね」

「いいや、それが必ずしもそうでもないのさ。だいいち俺にゃ、西江って野郎が信用できねえ。野郎がこの情報を流して来た裏にゃ、何かもう一枚か二枚思惑《おもわく》が隠されてる気がしてな」

「同感ですよ。だが、それが何かは私にもわからない。ほんとです。ただ、警察の黒幕なんてのが割れてそいつが捕まったところで、あの野郎にゃ何の得もない。嫌がらせを受けた相手が捕まり、溜飲《りゅういん》を下げるってのがせいぜいでしょうか。だが、あいつはそんなことじゃ、わざわざ自分から動いてデカの耳にネタを入れようと考える人間じゃありませんよ」

「何か損得ずくが絡んでる？」

「最近のやくざですからね。どうも私はそんな気がするんです。野郎の思惑が何かって点については、私に少し時間を貰えませんか」

「これはあんたの庭の出来事だ。そこに足を踏み入れる気はねえよ。野郎とのコネクションは、あんたのほうが強そうだしな。せいぜい甘い顔を見せて探りを入れてくれ」

「で、チーフはこれからどうします？　やっぱり堂本の女のところへ？」

西江から受け取ったメモによると、西武新宿線の上石神井《かみしやくじい》駅の傍に、女の暮らすマンションはある。

「いや、それはヒロとヒラのふたりに行かせよう。女をすぐに叩かせたほうがいいな。一課の連中だってぼんくらじゃない。それほど時間を置かずに、この女に目をつけるだろう。そうなりゃ、こっちだけじゃ叩けなくなる」

「で、私はこれからどうすれば？」

一旦また何かが自分のアンテナに引っかかれば、糸の切れた凧《たこ》みたいに飛んでいって戻らないのだろうが、とりあえずは部下として指示を受けもする。各所轄を盥回《たらいまわ》しにされ、どこでも孤立していたらしいこの男が、デカを馘《くび》にならない身の処し方のひとつなのだろう。

「金森と藤崎の暮らしぶりや交友関係について当たってくれ。今はヒラたちにやらせてるから、それを引き継ぐんだ。連中と連んでた黒幕や西江の思惑について、その線から何か出るかもしれん」

「わかりました。ところで、藤崎の事情聴取は？　やはり一課の手からは取れませんか？」

「それは藤崎の麻酔が解け次第、新任の署長が自分でやりたがってるよ」

「署長が……」

円谷はそう呟き、もっと何か口にしかけたようだが、結局呑み込んで言わなかった。自分が深沢自身の口からこう聞かされた時と似たようなことを思ったのだろう。現場に出たがるキャリアにろくな人間はいない。

「当然ながら今度の新署長も、西江が言ってた警察内部の黒幕って線に当てはまりますね」

円谷はふと思いついた様子で、しらっと言ってのけた。

「今度の署長が赴任してきたのは、今日だぜ」

「だけど、上の連中にゃ上の連中の繋がりがある。手を回せば、神竜会の西江んとこにだって、いくらでも圧力をかけられたでしょ。あの署長、前はどこに？」

訊かれても、沖にもわからなかった。数年で入れ替わっては出世をしていく地位の人間たちの経歴になど、興味を持ったことがないのだ。

「ま、新任署長が黒幕かもしれんってのは、酒飲み話にゃ面白いな」

軽くいなすと、円谷は黙って微笑んだだけだった。酒はまったくの下戸《げこ》なのだ。それでも仲間同士の宴席につきあうという気は起きないらしく、仕事が終わればすぐに引き揚げる。家には妻とふたりの娘がいる。

「で、チーフはどうするんです？」

沖は腕時計を見た。

「じき死んだスナイパーについての情報が来る。腹拵《はらごしら》えをして、それを待つさ」

張に区切った二時間がじきに経つ。新大久保駅を越えた辺りなので、行きつけの韓国レストランへ顔を出し、いつもの焼き肉定食でも食べようか。

そう思っているところへ携帯電話が鳴った。円谷が自分のポケットを探ろうとしないのは、平松のように着メロ設定をしてあるからではなく、携帯の電源を入れていた例《ため》しのない男なのだ。相手が残した伝言を聞き、自分が必要と判断した場合に電話をかけ直す。

沖が自分の携帯のディスプレイを見ると、張からだった。

「ちょっと待ってくれ。ちょうど連絡が来たようだ」

沖は円谷に断り、通話ボタンを押して携帯を口元に運んだ。

「死んだ狙撃者の身元だがな、名前は許 選平《シュー・シュエンピン》」

張はいつものように前置きもなく話し出した。

「ちょっと待って。今手帳に書き留めるから、漢字を言え」

告げられた字を書き留める。

「でな、幹さん」と、張は改めて呼びかけてきた。「もしかしたら、あんたが知りたがってたもうひとりのスナイパーのほうも割れたかもしれんぞ。この許の兄が、半年ほど前に、許を頼って新宿に出て来てるんだがな、この兄弟は、故郷の福建省にいた頃はふたりとも猟師だったそうだ。山に入り、熊やら狐やらをズドンと獲《と》ってたんだ。最新ライフルの扱いさえ憶《おぼ》えれば、腕前のほうは間違いない。そうだろ」

「兄の名は」

「許美良《シュー・メイリアン》」と言い、また漢字の書き方を告げ、さらに続けた。「美良はこっちに来る時、

十二、三歳の妹を一緒に連れて来てる。どういう事情があったのかは知らんが、兄妹ふたりで故郷を出て、先にこの国に来てた選平を頼ったんだ」
「弟の選平は、こっちで何をやってた？」

「悪いな、その辺の調べは何もついてない。どこかの身内かもしれんが、それもわからん。あんたが一刻も早く身元を知りたがると思ってな」

「わかった。じゃ、俺のほうで当たる。連中のヤサは？」

「兄のほうは妹とふたりで、足立区の綾瀬にいたらしい。川とＪＲがぶつかる近くのアパートだそうだ」

「感謝する。この借りは返すぜ」

「宜《よろ》しくな」

「待て。念のため、妹のほうも名前を教えろ」

「それは訊いてない。今は必要ないだろ」

「ま、そうだな」

必要なら、ヤサで聞き込めばいい。

礼を言って電話を切ろうとした時だった。乾いた鋭い衝撃音がし、沖は慌てて周囲を見回した。

「おい、何だ?!　今のは銃声じゃないのかよ」

電話のむこうの張が言った。「何かあったのか、幹さん?」

「いや、何でもない。電話を切るぞ」

沖は言い、通話ボタンをオフにした携帯をポケットに戻した。

つい今し方まで隣でやりとりに耳を澄ませていた円谷が、一歩離れた位置でこちらに背中をむけて立ち、じっとひとつの方向を睨みつけるようにしていた。

銃声の方角を見定めたらしい。

「チーフ」と振り返った円谷を促して沖は走り出した。

「今朝死んだスナイパーの身元は割れたぜ。それにな、もうひとりはそいつの兄貴かもしれん」

走りながら告げる。

「さすがだ。早いですね。だが、そいつがまた何かやらかしたんじゃないならいいんですが」

円谷が言うのを聞き、あっと思い至った。

この方向には、大久保通りと区役所通りの中間辺りに、新宿セントラル病院がある。今朝傷を負った藤崎は、現在そこに入院しているはずだった。救急病院の指定を受けているし、K・S・Pの場合は検死解剖もここの医者に依頼するケースが多い。

何ブロック先でもなかった。あそこを狙っての狙撃なら、おそらく今ぐらいの銃声がする。

8

嫌な予感は当たったらしい。病院の一階ロビーはざわついていた。まだ午前の診察の患者が数人、会計や処方箋《しょほうせん》待ちで残っている時間だ。そうした人間たちも、病院関係者も、完全には事態が把握できないままで、不安そうな様子を抱え、増幅し合っていた。

腹を刺された藤崎が収容されているのは、救急病棟か外科病棟のどちらかだろう。沖は受付カウンターに警察手帳を提示し、居所を訊いた。

十階の外科病棟にいると教えられて、エレヴェーターで上がる。

ドアが開くとともに、いよいよものものしい雰囲気に出くわした。三方に延びた廊下のひとつに、寝間着姿の入院患者たちが群がろうとするのを、看護師たちが総出でとめている。

「警察です、落ち着いて。状況がはっきりしたら、すぐに御説明をしますので、患者の方たちは看護師さんの指示で病室に入っててらしてください」

警察手帳を頭上で示し、声を張り上げて告げながら、彼らの先の廊下へとむかう。

深沢が、せかせかと制服警官たちに何か指示を出していた。他の幹部たちの顔も見える。

走って近づくと、深沢も途中で沖たちに気づき、自分のほうからも何歩か近づいて来ながら手招きした。

「おお、早かったな」

「連絡を聞いて来たわけじゃありません。たまたま近くを通りかかった時に、銃声が聞こえたものですから、もしやと思いまして。狙撃されたんですか？」

沖の口早の質問に、深沢は頷《うなず》いて見せた。今朝、署で会った時よりも随分と顔が紅潮している。

「そうだ、藤崎がやられた。私が事情聴取を試みようとしてた矢先のことだった」

「ちきしょう、何てこった」

「むかいのビルだ。既に手配は済ませたが、ちょうどいい。きみらが駆けつけたまえ」

「ちょっと待ってください。いきなりそんなことを言われたって、まずは現場を見せてください」

沖は言い置き、円谷を促して病室に入った。

内心では、ほくそ笑んでいた。署の幹部ばかりを連れて藤崎の事情聴取に来たが、狙撃され、自分たちでは為す術《すべ》もなくいたらしい。だから現場は現場に任せていればいいのだ。

ベッドに、頭部の半分近くを吹き飛ばされた藤崎の死体が横たわっていた。個室の入り口脇の壁に、血と脳漿が飛び散っている。顳顬《こめかみ》辺りを撃たれたらしい。ひとつ残った左目が、虚《うつ》ろに天井を見上げていた。

窓のカーテンが開いているのを知り、思わず大きな音を立てて舌打ちした。窓ガラスにくっきりと弾痕がある。

意に反して真後ろについて来ていた深沢に聞かれたらしいが、どうでもよかった。

「このカーテンは、狙撃後に開けたんですか？」

自《おの》ずと詰問口調になった。

「ああ、まあ……、病院の人間がね……」

言葉を濁す深沢を睨みつけてしまいそうになるのを辛うじて自制する。

「看護師が、聴取前に開けていた？」

深沢は沖の質問に詰まって沈黙した。

こいつらみんな素人かと、胸の中で毒づいた。病院の人間に狙撃の危険を報《しら》せ、署内からそれなりの人手を割き、徹底した警備を行う手筈《てはず》を取らなかったのか。

「だが、窓の外を見たまえ」

そう言いながら、深沢自らが窓辺に歩く。

指摘されて気がついた。ここを狙えるような窓は、何ブロックか先にしかなかった。あとはずっと背の低いビルばかりなのだ。だが、あのビルだとすると、ここから二、三百メートルはある。しかもこの高さならば、風の影響もかなり強いはずだ。並々ならぬ腕というしかない。

「さあ、わかったろ。ぐずぐずしてないで、すぐに狙撃場所にむかいたまえ」

背後から深沢が腹立たしげに急《せ》かすのに、思わずかっとなって怒鳴り返しそうになった。それに先んじて円谷が口を開いた。

「署への連絡で、あのビルの場所は正確に仰いましたか？」

「病室の南側、ツーブロックほど先と告げてある」

「それなら、署から直接駆け付けてる人間に任せましょう。残念ですが、おそらくホシはもう逃げてます。この距離で、正確に頭部を射抜いたプロですよ」

深沢は鼻息荒く肩を聳《そび》やかした。

「きみは誰だね？」

「失礼しました。特捜の円谷です」

「つまり、沖君の部下か。きみの御託を聞いてる暇はない。すぐにあのビルにむかいたまえ」

沖は助け船を出すことにした。円谷が、自分の言いたいことを代弁してくれたのだ。

「署長、自分ももうホシはあのビルにはいないと思います。ただ、ちょうどここに来るまでに情報を得られましてね。今朝私が射殺した狙撃犯の身元が割れましたよ。それに、逃げ去ったもうひとりと思われる人物もです」

「何だと――」

深沢は驚きを露《あら》わにし、すぐに顔を輝かせた。

「でかしたぞ。誰なんだ？」

張から電話で聞いた名前をふたつ繰り返すと、深沢は漢字の書き方を尋ねて自分の手帳に控えた。

「元猟師か。連んで仕事を受けたのも、兄弟なら充分に頷ける。立ち回り先は？」

「ヤサの場所がわかりました」

「よし、すぐにむかいたまえ」

言われなくともそうすると言いたくなるのをぐっと抑えた。

「きみのところだけでは、人数が足りまい。一課の人間をつけさせよう」

今度は抑えきれず、思わず尖った声を出した。

「結構です。私ひとりで充分だ」

「ホシのヤサだぞ」

「これだけの仕事をやってのけたんだ。もうヤサには立ち戻りませんよ。そこから何か手がかりをたぐるしかない」

言い合いをしてもしようがないと思い直し、口調を和《やわ》らげてさらに続けた。

「この類《たぐい》の中国人が滞在してるアパートってのは、デカが大勢で押し掛けるとかえって逆効果なんです。お願いですから、私に任せてください。結果はすぐに報告します」

深沢は例のぎろっとした目で沖を見つめ返したが、やがて短く息を吐いて頷いた。

「よかろう。だが、単独行動は駄目だ。円谷君とふたりでむかいたまえ」

「この男には別に命じてることがある」

「これは私の命令だぞ」

口を開きかける沖の手の甲に円谷がそっと触れた。沖はそれで気を鎮めた。この新署長、前任者の堺の親爺とは随分違う。あまりぶつからないように注意したほうがよさそうだ。

「ところで、ひとつ伺ってもよろしいですか?」

円谷が言った。「署長は先ほど、藤崎の聴取を試みようとしていたところだったと仰いましたが、そうすると、彼の口から何か事件については?」

深沢は不機嫌そうに首を振った。

「まだ聴取を始めていなかったんだ。何も訊き出せてなどおらん」

「聴取は、署長がひとりで?」

「そうだ。それがどうした?」

「いえ、ただ、他のお偉方も廊下においでででしたので」

「病室に入ったのは、私ひとりだ。いったいそれがどうしたんだね?」

深沢はこれ以上話すのを億劫《おっくう》がる態度を見せた。

病室に悲鳴が響き渡ったのは、その時だった。

三人揃って入り口のほうをむくと、制しようとする制服警官を押し返しながら、女が巨大な悲鳴を上げていた。

「あなた――」と叫び、ベッドの死体に走り寄ろうとする。

深沢と沖が慌てて押しとどめた。

「奥さんですか。落ち着いてください。私は署長の深沢です。お気持ちはわかるが、どうか落ち着いて」

だが、半狂乱となった女に聞く耳はなかった。

女とはいえ、興奮した人間を押しとどめるのは一苦労だ。駆けつけてきた別の制服警官の手も借りて、やっと廊下へと連れ出した。

「やれやれ、赴任早々、亡くなった部下の家族との応対ばかりだ」

ハンカチを出し、額の汗を拭いながら、深沢はぼそりと本音を覗かせた。

「何を見ている」

目が合ってしまい、沖は堅い声で詰問された。

「いえ、何でもありません。失礼しました。では、許のヤサにむかいます」

円谷を促して部屋を出かかると、背後から深沢に呼びとめられた。

「いや、もうひとつあった。きみらは、中国語は？」

「ええと、喋《しゃべ》れませんが。新宿でデカをやってるんですよ。その辺りの御心配は――」

深沢は、沖に最後まで言わせなかった。

「では署に連絡をし、私の秘書を連れて行きたまえ」

「すみません、仰る意味がわかりませんが……？」

「彼女の名前は、村井貴里子だ」

「女なんか必要ない。こんな聞き込みは、何度となく経験してるんです」

「そして、力ずくで話を訊き出しては来たが、言葉が通じないために何かを見失ってもいたはずだ。彼女は中国語と英語が堪能だ」

「語学なんかできたって、デカの仕事は務まりませんよ。内勤の女なんか連れ歩くのは辞退します」

「なあ、沖君」と、深沢は沖の名前を呼んだ。「今朝の話を忘れてないだろ。一々私に楯《たて》突《つ》くのは、きみにとってプラスにはならんと思わんかね」

「――――」

「それから、今私に利いたような口は、決して彼女に対してはしないことだ。現在は幹部研修ということで、私の傍について貰ってはいるが、遠からず管理職として独り立ちするはずだよ。いつかきみの上司になるかもしれんな。彼女は警部で、役職では既にきみの上官だ」

沖は平手でスキンヘッドを撫で続けた。

現場に一々口を突っ込みたがる署長に、エリート警部殿の女だと……。前任者の堺の時とは、何もかもが変わろうとしていることを深く思い知るしかなかった。

意気消沈しつつ廊下に出る。

視線を感じて睨み返したが、円谷は素知らぬ振りをしていた。

沖はそっと溜息を吐いた。俺もこの男ののらくら振りを、少しは見習うべきかもしれないという気がしたのだ。

9

神竜会の西江の周辺を探らせるため、円谷は新宿に残しておくことにした。署長の深沢の命令を無視したわけではなかった。沖の持論からすると、キャリアの命令は、彼らの目の届かないところに於いては、可能な限りの拡大解釈が許される。最後にホシを挙げさえすれば、途中はどうでもいいといった解釈だ。円谷を連れて行くかどうかの判断など、どうして一々命令に従う必要があるだろう。

だが、許《シュー》のヤサがある綾瀬にむかう車中、沖は円谷を連れてくるべきだったと悔やんでいた。

深沢の命令で仕方なく同行することになった村井貴里子という女は、覆面パトカーの後部座席に沖と並んで坐るや否や、今までの捜査の進展を聞かせて欲しいと宣《のたま》い、沖が渋々それに応じると、一々細かいところにまで質問を浴びせた。それでもなお到着までに時間が余ると、今度は新宿の暴力団や外国マフィアの勢力地図についてレクチャーを受けたいと言い出す始末で、沖は結局到着するまでの間、ずっと喋りっぱなしだったのだ。

深沢が言っていた通り、やがては管理職になる身であり、本人もすっかりそのつもりでやる気満々といったところか。

ただし、この貴里子という女、話を聞く態度は案外と謙虚で、話し方にもどことなく愛《あい》嬌《きょう》があった。それで新宿の情勢を説明して聞かせる段になると、なんとなく自分が上位に立ったようで心地よくなりかけた。だが、沖はそんな気持ちを押し込めた。キャリアの女を相手に、そんなことを思うのは危険な錯覚だ。

それよりも階級はどうであれ、今は自分が捜査の主導権を握っており、あんたはただの通訳なのだとわからせたかったが、それができないうちに車は目的地付近へと着いてしまった。

「ここらでいい。あとは歩き回って捜す」

沖は運転手に言い置いて車を降りた。

どこで待っていればいいかと尋ねてくるのに、親指で貴里子を差してそっちに訊けと告げてさっさと歩き出す。ヒラのデカが運転手つきの車輌を使えるわけがなく、貴里子に対して用立てられたものなのだ。

張に教えられたアパートは、さほど手間取らずに見つかった。綾瀬川とＪＲの鉄橋に挟まれるような形で建つ、モルタル塗りの二階家だった。電車がある間はずっと、何分か置きに騒音に見舞われ、川から立ち上る悪臭が立ちこめる場所だ。確かこの川は、毎年汚染度全国一位か二位の座を確保し続けている。

資本主義の原則により、当然ながら新宿に巣くう中国人たちにも貧富の差があり、懐が潤った連中は新宿の高層マンションに暮らす。それができない連中は高田馬場や中野、高円寺など、新宿に出やすい周辺部に何人かで部屋を借りる。足立区や江東区などの、しかもこうした条件の悪いアパートで寝起きするのが、最低ランクの人間たちであるのは言うまでもなかった。

「どうするの？」と尋ねる貴里子に、沖は「まあ見てろ」とだけ答え、一階の一番隅の部屋のドアをノックした。

答えはなかったが、しばらく待って今度はけたたましくノックをすると、明らかに日本人以外のアクセントがある男の声が、「誰ですか？」と訊いてきた。

「警察だ。すぐにドアを開けろ」

沖は居丈高《いたけだか》に告げた。

しばらく待ってもドアを開ける気配がないのを知り、今まで以上に激しくドアを叩き出した。

「三つ数える間に開けないとドアを蹴破り、すぐに全員本国に送還するぞ！」

今度はさほど待つ必要もなく、内側からドアが開けられた。ランニング姿の痩せた若者が、恐怖と戸惑いに顔を引き攣《つ》らせ、しきりと瞬きを繰り返しながら沖を見つめている。

「おまえひとりじゃないだろ。奥に何人いる？」

沖は若者の鼻面に警察手帳を突きつけ、押しのけるようにして奥を覗いた。

奥とはいえ、玄関を入ったとっつきがキッチンで、その奥に六畳が一間あるだけだった。その六畳の壁に、二段ベッドが左右にふたつずつ置いてあり、少なくとも合計で八人の人間が寝起きをしているらしかった。今は四人の男たちが、肩を寄せ合うようにして一方のベッドの下段に並んで坐り、何かを哀願するような目をむけていた。

こういう目をした男は嫌いだった。別に国籍も人種も関係ない。こういう目をした人間が嫌いなのだと、沖は思う。男ってものは、こんな目をするべきじゃない。

冷房もないのに窓を閉め切っているために、男の饐《す》えた体臭が溜まってひどい臭《にお》いになっていた。

「ちきしょう、おまえらよくこんなところにいられるな。おい、おまえ、すぐに窓を開けろ」

と、一番奥に坐る男に命じた。

ベッドに部屋のほとんどのスペースが取られ、真ん中の隙間《すきま》は躰を斜めにしてやっと人が擦《す》れ違えるぐらいの幅しかない。

窓を開けるようにと命じられた男が何か中国語で言ったが、沖は無視して手の先を振った。

「つべこべ言わずに、いいから早く開けろ」

だが、そう命じたことをすぐに後悔した。

開けられた窓から、綾瀬川のヘドロの臭いが流れ込んできて、いよいよ我慢がならなくなった。

顔を顰《しか》めつつちらっと背後を振りむくと、いつの間に連れ出したのか、ドアを開けた男を相手に貴里子が玄関先で何か話を聞いていた。

勝手なことを、と思って睨《にら》みつけると、貴里子はその視線を敏感に感じ、沖を睨み返してきた。

沖は思わず気後れし、顔を正面の男たちに戻した。

「よし、これから訊くことに、誰でもいいから素直に答えろ。このアパートに、許って野郎が住んでるな。部屋はどこで、親しくしてたのは誰だ？」

だが、全員が同じような目でこちらを見上げ、じっと唇を引き結んで黙り込むばかりだった。

日本語がわかっているのかどうか釈然としないような沈黙だったが、沖には確信があった。こいつらはわかっている。少なくとも何人かはちゃんとわかっている。それでいてわからない振りを続け、何も答えようとしないのがやつらの手なのだ。

「隠し立てしないほうがいいぞ。許という男が、半年前からこのアパートに暮らしてたのはわかってるんだ」

もう一押しそう脅しをかけようとすると、玄関口から貴里子が「幹さん」と呼びかけてきて、沖は胸の中で舌を鳴らした。

「何だ?」

つい口調も突《つ》っ慳貪《けんどん》になる。

「ちょっと来てください」

「だから何だと言ってるんだ?」

声を荒らげながら玄関口へと引き返したところ、貴里子が顔を寄せてきて潜めた声で告げた。

「許という兄妹は、二階の一番奥の部屋を使ってるらしいわ。その兄妹のことなら、同じ部屋の周という男に訊いたらいいそうよ。何週間か前に、周が病気で寝たきりになった時、主にその妹のほうが親身になって看病して上げたんですって」

沖は驚き、貴里子の顔を改めて見直した。

「どうやってこいつから訊き出したんだ?」

さっきドアを開けた若者を目で差して訊く。

「事情を説明し、誠心誠意訊いたの。でも、この際そんなことはどうでもいいでしょ。早く周という男に直接話を聞きましょうよ」

おもしろくないが、仕方ない。まずは花を持たせることにして、沖はアパートの階段を上った。

だが、一言釘を刺しておくのは忘れなかった。

「なあ、警部さん。あんたは通訳を命じられて来たんだろ。あんまり出しゃばらないでくれないか」

「あら、でも今は私のほうがうまく訊き出したじゃないの」

「誠心誠意なんてやつが、いつでも上手くいくと思うな」

「真に受けないでよ。もちろん、あなたと同じ、答えなければ強制送還すると脅したのよ。でも、私はあなたと違って、無断で住居に侵入するような真似はしなかったわ。それから、警部さんだなんて呼ばないでください。幹さん」

くそ、なんだか調子の狂う相手だ。

「いいから一々出しゃばらずに引っ込んでてくれ。あんたは通訳を命じられたんだ。捜査は俺がやる。それから、そうやって俺を気安く呼ぶんじゃない」

「どういう意味？　わからないわ。あなた幹さんでしょ」

「俺は沖だ。沖幹次郎だ」

吐きつけると、戸惑った様子で目をぱちくりとさせた。

「あら、ごめんなさい。みんなが幹さんって呼ぶんで、てっきり私、苗字だとばかり」

いよいよ調子が狂う。沖はスキンヘッドを平手で何度も擦《こす》り上げ、気を取り直して二階の廊下を奥にむかった。

周は鍵もかけない薄暗い部屋の中にひとりで寝ていた。

部屋の大きさも造りも今の部屋と変わらず、二段ベッドが両側の壁に寄せて並べてあるのも一緒だった。こういったアパートは、予《あらかじ》め家主が外国人を詰め込めるだけ詰め込むつもりになっており、借りているほうもまたこういったところにしか住めない連中なので、あらゆる意味で厄介だ。

「邪魔をするぜ」

沖はそう断り、周の枕元に胡座《あぐら》をかいた。窓際の二段ベッドの下側で、さすがに暑さに耐えかねたのだろう、窓を細く開けていたが、その隙間からは下の部屋と同じヘドロの臭いが流れ込んでいて胸が悪くなる。しかも西日が窓から射しているので、部屋は蒸し風呂のように暑かった。

「周だな。ちょっとあんたに訊きたいことがある。許という兄妹が、この部屋に暮らしていたはずだ。どのベッドなんだ？」

たぶん、通じてはいるのだろう。だが、周は薄目を開けたものの、舌を湿らせるように唇を動かしただけで、何も答えようとはしなかった。

頭髪にかなり白いものが混じっており、頬は瘦《こ》けて目は落ち窪《くぼ》み、無精髭《ぶしょうひげ》を生やしている。実際には四十代ぐらいなのかもしれないが、そんな見た目からは初老という印象が強かった。

貴里子が沖の隣に並び、周のほうに顔を近づけた。

そして、流暢《りゅうちょう》な中国語で周に話しかけた。新宿でデカをやっていると、言葉の響きで、それが北京語らしいことはなんとかわかる。

周は貴里子が話すのをしばらくぼんやりと聞くだけで、何の反応も示さなかったが、そのうちに一言二言答え出した。

「許という兄妹は、確かにこの部屋を使ってたけど、二、三日前にここを引き払って出て行ったそうよ。それから、夏風邪が伝染《うつ》るから、離れたほうがいいって」

「二日なのか、三日なのか。はっきり訊いてくれ」

貴里子は頼まれた通りに確かめた。

「二日ですって」

「使ってたのは、どのベッドだ？」

貴里子が通訳すると、周は自分の真上を指差した。

てある。

沖は上段に躰を乗り出し、見渡した。紙袋やスーパーのビニール袋などがいくつか置い

周が何か言った。

「それは今使っている人間の荷物だって。兄妹のものは、もう何も残ってないそうよ」

まったく、アパートというよりもドヤってとこだ。

「兄妹で同じベッドを使ってたのか……」

これは呟《つぶや》いただけだったが、貴里子が通訳し、「そうですって」と答えを得た。

狭い上に、窓からの直射日光をもろに受けるので、下段よりも遥かに暑そうだ。こんな

に狭いところにふたりで身を横たえて、どんな気分だったのだろう。

「ここを出て、どこに行ったかわかるか？」

「わからないけど、弟が迎えに来て一緒に行ったそうよ」

貴里子が訳した答えを聞き、沖は上段を眺め回すのをやめて周の枕元に再び屈み込んだ。

「弟が、ここに来たのか？　それはこの男だな」

ポケットから許選平《シュー・シュエンピン》の写真を出して見せると、周はそれを見てぎょっとしたようだ

った。

「これはどうしたんだ、病気なのかと訊いてるけど」

「死体の写真だ。余計なことは通訳しなくていい。来たのはこいつかと確かめ、そうなら、

どこに行ったかわからないかと訊いてくれ」

貴里子が訊くと、確かに現れたのはこの男だったが、行く先は見当がつかないとのことだった。

沖は周の顔をじっと見つめた。病気の男は、その視線に気づいたはずなのに、気怠《けだる》げに目をしょぼつかせてこちらを見ようとはしなかった。

沖は周に顔を寄せた。

「俺の言うのを逐一《ちくいち》訳してくれ」

周を見つめたまま、貴里子に告げる。

「なあ、周。おまえ、兄妹にゃ看病して貰ったそうだな。今、あの兄妹に危険が迫ってる。許選平は射殺されて死んだよ。今の写真は、野郎の死に顔だ」

周が顔つきを変え、目をはっきりと見開いた。その目を見つめ返し、沖は続けた。

「すぐに兄妹ふたりを見つけ出して保護しないと、あのふたりも同じ目に遭うことになる。ふたりの命を救いたいだろ」

周は目を逸《そ》らそうとしたが、沖はそれを許さなかった。

「駄目だ。こっちを見ろ。俺から目を背けるんじゃない。あんた、ここで一緒に暮らした兄妹を見殺しにするのか。そんな薄情な真似をするのかよ」

周はやがて細く息を吐き落とし、その息に引きずられるようにして何かを小声で告げた。

「許兄妹がどこにいるのかはわからないって」

貴里子が言った。

溜息が出かかったが、こう続けるのを聞いて興奮した。

「でも、孟沢潤《モン・ザールン》の周りを探ってみたらどうだって」

「確かに孟沢潤と言ったのか?!」

「ええ、そうだけど、誰なの?」

貴里子の問いは無視し、「どうして兄妹が孟のところにいると思うのか訊いてくれ」と重ねた。

貴里子は不満そうだったが渋々従った。

「単純な理由よ。弟の許選平が、孟の下で働いていると、兄の美良《メイリアン》から聞いたことがあるんですって」

沖は頷《うなず》いた。

「わかった。ありがとう、感謝するぜ」

腰を上げかけ、思いとどまった。

「兄妹の写真はねえか?」

周は首を振った。

「妹のほうの名前は何だ?」

もうひとつ思いついて訊くと、今度は答えが返ってきた。

——許小華《シュー・シャオホア》
と、貴里子が手帳に書き取って見せた。

「まだ十二歳だそうよ」

それを見せながら、言った。


アパートの表に出ると、躰に当たる風の流れにほっとした。

「孟ってのは誰なの？」

待ちかねたように貴里子が訊いてくる。

「新宿にゃいくつものチャイニーズマフィア組織があるが、その中でも三本の指に入る《紅龍《ホンロン》》って組織のボスだ。まだ三十そこそこの歳だが、ここ一年ほどで急激にのし上がってきやがった。荒っぽい男で、側近にも血の気の多い連中が多く、要注意人物さ」

「それじゃあ、許兄弟を使って狙撃を行わせたのは、その孟？」

「まだ断定はできんが、有力な線のひとつだろうな」

「で、幹さん」

と、さっき苗字は沖だと訂正したばかりなのに、貴里子はまたそう呼んだ。悪い気分じゃなかった。

「あなたはこれからどうするの？　その孟って男に会いに行くの？」

「ま、近いうちにはな。だが、それはあんたには関係ないだろ。署長は、あんたを通訳代わりに連れて行けと命じたが、それはここまでだ。あの人だってまさか内勤の秘書さんを、チャイニーズマフィアのボスと会わせたくはないだろうさ。署に戻って、机にかじりついたらどうだ」

「もう、わかってよ。それが嫌だから訊いてるんじゃないの」

沖は思わず貴里子の顔を見つめ返した。こんなことを言う女とは思わなかったのだ。

「何も今から孟に会いに行くわけじゃねえよ。捜査にゃ、手順ってやつがあるし、俺はそれを一々あんたに説明するつもりもない。わかったな」

「いいえ、駄目。一緒に連れて行ってちょうだい。これは命令よ。ところで、どうして円谷さんは新宿からここへ一緒に来なかったの。署長はそうしろと言ったんでしょ。私を連れて行かないと、命令違反が深沢さんの耳に入ることになるわ」

沖は歩き出そうと踏み出しかけた足をとめ、くるっと貴里子のほうにむき直った。

貴里子は沖の顔を見上げ、両目を何度かぱちくりとさせた。そうするのが癖なのか。エリートキャリアらしからぬ可愛らしい素振りだ。それとも、男の目を計算してこうしているのだろうか。それならばそれで大したものだ。

「なあ、村井さん」

沖はにやっと唇の片端を歪《ゆが》めて呼びかけた。

「あんた、俺と取引をしようなんて十年早いぜ。報告したいなら、何でもしろ。そして、あんたの嫌いなデスクワークに戻るんだな。現場は俺たちデカのもんで、あんたらお偉方が入ってくる世界じゃないんだ」

10

貴里子と別れた沖は、地下鉄とＪＲを乗り継いで高田馬場に出、そこから西武新宿線で上石神井を目指した。新宿まで車で戻ったほうが早かったが、これ以上貴里子と一緒にいて、また何か突っ込んで訊かれることを思うと鬱陶《うっとう》しかった。

だが、そう思う反面、もう少し話していたいという願いがどこかに潜んでもいたが、沖は自分のそんな気持ちを無視することにした。今まで女にもてたことなどないし、捜査以外の話題が何か見つかるわけもない。だいいち、相手はキャリアの女警部殿なのだ。調子に乗って話し続けていて、捜査の手の内を軒並み明かしてしまうようなことになったら莫《ば》迦《か》莫迦しい。

そろそろ十七時になろうとしていた。暑さは相変わらずで少しも和《やわ》らぐ気配はないものの、あと二時間前後で暗くなる。習性でそろそろ気持ちが焦《あせ》り出す時刻だった。デカにとっては、明るい間と日が暮れてからでは、仕事が大きく変わってくる。それに、今夜はひとつ抜けられない用事もあった。

ＪＲに乗り換える時に一度と、西武新宿線への乗り換えで一度、携帯で平松の携帯にかけた。神竜会の西江から得た情報によって、平松と柴原のふたりを堂本均の情婦である谷真紀子という女のところへ既にむかわせていたが、女は留守との話であり、なかなか身柄を押さえられない様子だった。

だが、幸いにして西武新宿線の車内で平松から電話が来て、駅前の美容院にいるのを押さえたとの話だった。

「駅前ってのは、上石神井でいいんだな？」

「ええ、そうです。堂本があんな狙撃事件に巻き込まれて逃げ回ってるってのに、何も知らないのか、それとも知っててカモフラージュをしてるのか、別段逃げる算段もしてないみたいですね」

「それにしても、よくパーマ屋にいるのがわかったな」

「隣の部屋の女が知ってたんです。日暮れ前には、いつもほぼ決まった時間に、決まった美容院に行ってるってね」

「水商売か？」

「池袋でクラブをやってるそうです。幹さん、今どこです？」

「もうじきそっちに着く。まだパーマ屋に入ったばかりなのか？」

「ええ」

「それなら、俺の行くのを待ってろ。俺が締め上げる」

沖はそう命じて電話を切った。

上石神井の改札を出て見回すと、改めて確かめるまでもなくすぐに美容院が目についた。入り口近くの歩道で、平松がこっそりとこっちに手を振る。柴原のほうは女のマンションの前に残っており、万が一堂本が姿を現した時には連絡を寄越す手筈になっていた。

「どの女だ？」

ガラス戸越しに覗《のぞ》き込んで訊くと、派手派手しい服を着て目鼻立ちのくっきりとした女を平松が指し示した。

「行くぞ」

沖は平松を連れて店内に足を踏み入れた。

入り口近くの美容師が、職業用の笑顔を浮かべて話しかけようとするのを手で制し、無造作に女に近づいて行く。

「谷真紀子さんだね」

フルネームを呼んで問いかけながら、警察手帳を鼻面に突きつけた。

「あんたが一緒に暮らしてる堂本均さんのことで、ちょっと話を訊きたいんだ」

女は目を吊り上げた。

「何よちょっと、いきなりこんなところへ押しかけてどういうつもり。話があるのなら、終わるまで待っててくれないかしら」

「それがそうもいかない事情があってね。今朝の狙撃事件のニュースは見ただろ。御主人を署に連行中の刑事が狙撃されて亡くなり、現在、御主人は逃亡中だ」

「堂本は私の亭主じゃないわよ。おかしな言い方はやめてちょうだい」

今度は幾分声を荒らげ、すぐにそう否定した。

「で、堂本はどこだい？」

女から目を逸《そ》らそうとしないままで問いかける。

「そんなこと、どうして私が知ってるのよ？　こっちが知りたいぐらいだわ。もう三日前から帰ってないんだから、何も知らないわよ」

「じゃあ、堂本が逮捕されたのも知らなかった？」

「知らなかったわ」

「最後に堂本から連絡が入ったのは？」

「だから、三日前に出て行ったきり、何も知らないと言ってるでしょ」

怒っているように見せながら、こちらの質問にはぽんぽんと答えたがるのは、予めどう答えるかを考えていた証拠だ。

さて、あとはどう口を割らせるかだ。

そう思った時だった。店の入り口のほうが騒がしくなったと思ったら、五、六人の男たちが一斉に踏み込んで来るのが見えた。

中にひとり、見覚えのある顔がある。

目にして嬉しい顔ではなかった。

新宿署捜査一課長、堀内秀美。女のように優しげな名前からは想像もできないようないかつい四十男だ。目も鼻も口も、顔からはみ出しそうなほどの存在感をそれぞれに主張しており、白髪混じりの髪はいつでも整髪料で綺麗に後方に撫でつけて固めている。地声がでかく、誰彼構わずガンを飛ばし、傍に寄られるだけで暑苦しい。

しかも、新宿署とK・S・Pの関係が、沖たちにとってこの男の存在をより一層暑苦しくしていた。しかも、歌舞伎町特別分署《K・S・P》が捜査権を主張する界隈は、元々新宿署と四谷署の管轄だったのだ。しかも、特別分署という位置づけから、新宿で発生した凶悪犯罪については、他の所轄内に於いてもある程度自由な捜査権を与えられている。

それを最も面白く思わないのが、新宿署と四谷署で凶悪犯罪を扱う一課の連中であるのは言うまでもない。

堀内は沖と目が合うと、挑むような表情を浮かべた。

敵意を隠そうともしないままで近づいて来る。後ろに引き連れた部下たちが、我が物顔で美容師たちを押しのける。

沖の真横に立ち、ぎろりと冷たい一瞥《いちべつ》をくれたものの、結局完全に無視することにしたらしく、

「谷真紀子さんだね」

と女に呼びかけた。

「そうだけど、何よ次から次に……、誰よあんたは？」

物々しい数の男たちが一気に近づいてきたことに気圧《けお》されたのか、真紀子の声には今までとは違う緊張が漲《みなぎ》っていた。

「新宿署一課長の堀内と言います。堂本均に逮捕状が出ている。その重要参考人として同行願いたい」

「ちょっと待ってよ。どういうことよ？　私、あの人が何をしたって知らないわよ」

真紀子は助けを求めるような視線をあちこちに飛ばした末、沖の顔を睨みつけた。

「ね、どういうことよ。あんたとこの人と同僚なの。重要参考人って何よ。私、何も知らないわよ。ちょっと待ってってったら」

真紀子が言うのを遮《さえぎ》るように堀内が二の腕を摑《つか》む。

身をよじって逃げようとするが叶《かな》わなかった。

「その男は関係ない。話は署で聞く。とにかく、大人しく立つんだ」

「何よ。やめてったら。パーマだって途中なのよ。こんなやり方、ひどいじゃないの」

いきり立つ平松をそっと宥《なだ》め、しばらく真紀子と堀内のやりとりに任せてなりゆきを窺っていた沖は、そこで初めて話に割り込むことにした。

「堀内さん、相変わらず強引じゃないですか。彼女には、うちが今、話を訊こうとしてたところなんだ。割り込んで連れて行こうなんて、ルール違反でしょ」

堀内は造りの濃い顔を紅潮させ、沖のことを睨みつけた。

「沖君だったな。きみにルールがどうこうと言われる筋合いはない。それをしたいなら、うちの縄張りに仮庁舎なんぞを借りてのさばってるきみの分署自体がルール違反だ」

「まあまあ、一課長さん。大勢の人が見てるところで言い争いはよしましょうよ。ここはあんたの顔を立ててもいい。堂本均への逮捕状ってのは、容疑は何です？　ここをいつまでも騒がせてるのも営業妨害だ。だから、その点を教えてくれれば、こっちは手を引きますがね」

斜め後ろで平松が一層いきり立ち、「幹さん」と怒気を含んだ声で囁《ささや》くが、沖は無視して取り合わなかった。

だが、堀内の態度は頑強だった。

「きみにそんな説明をする必要はない」

「それじゃ、ここで延々と言い争いといきましょうか」

堀内があからさまに苦虫をかみつぶしたような顔をする。

「容疑は？」

沖は繰り返した。

「恐喝だ」

「どこの誰に対する？」

堀内は凄《すご》い形相で睨みつけたものの、沖が黙って見つめ返していると、ふっと息を吐き落とした。

「わかったから、女を引き渡して表で待ってろ」

沖は頷《うなず》き、不満げな平松に耳打ちして店を出た。

道の先に、新宿署の刑事に見張られて小さくなっている柴原を見つけ、平松が再び頭から湯気を立てた。

「あの莫迦野郎が」

すぐに事情は見て取れた。堀内たちも、谷真紀子のマンションからここへというルートをたどったのだ。マンションを見張っていた柴原は、それを沖たちに一報しようとしたが、堀内たちに見つかってとめられ、ここまで拉致《らち》されて連れて来られたというわけだ。

縄張り争いをしているデカが、やくざ紛《まが》いのやり方で他班や他所轄の新人を恫喝《どうかつ》して動きを封じる例など、いくらでもある。

「御苦労さん。もうお守《も》りは結構だ」

沖が嫌み混じりに言うと、新宿署の刑事はそそくさと離れて行った。

「このタコ助が。なんで連中が現れた時に一報しねえんだ」

平松が怒りを露わにし、柴原の頭に拳骨《げんこつ》をくれようとするのを沖がとめた。

「よせよ、ヒラ。むこうさんは大勢で押しかけて来たんだ。ヒロひとりでとめられるわけがねえだろが。で、どうしたヒロ、携帯で俺たちに繫《つな》ぎを入れようとしたら、羽交《はが》い締めにでもされたか？　それとも、堀内に一喝されたか？」

「さすがに羽交い締めには遭いませんでしたが、完全に取り囲まれてしまいまして……」

柴原が情けなさそうに言う。

「ちぇ、幹さんも幹さんだぜ。新宿署の連中を相手に、随分と弱気だったじゃねえか」

平松は怒りの矛先を沖にむけた。

「莫迦を言え。むこうは重要参考人で引っ張ろうって言うんだぜ。ごねたってどうにもなるまい。それよりも、新宿署がどんな目的で動いてるのか、可能な限りの手がかりを摑むことじゃねえのか」

沖がそう言った時、真紀子を取り囲むようにして堀内たちが店から出て来た。

沖が寄って行くと、堀内はあからさまに嫌な顔をしたが、部下に命じて真紀子をそのまま車へと引っ立て、自分は沖に目で合図をして道の端に寄った。

「堂本に恐喝を受けていた相手の名は、岡島友昭」

吐き捨てるように、それだけ言う。

「何者です？」

「そこまでサービスする気はない。きみらで調べろ」

ほんの短いやりとりだけで歩き出そうとする堀内を、沖はとめた。

「課長さん。それじゃ、もうひとつだけ。今朝うちの署の前で射殺された金森には、お札が出ることになってたと聞きました。それは、お宅が追ってるこのヤマ絡みですか？」

堀内は歩みをとめ、肩越しに沖を振り返った。

「そんな質問に答えるつもりもない」

そのまま歩み去ろうとしたが、途中で思い直したようで、完全に沖のほうを振り返った。

「ただ、これだけははっきり言っておく。これは俺のヤマだ。おまえらは何も手を出すな」


走り去る新宿署の覆面パトカーを眺めやりながら、沖はしきりとスキンヘッドを撫でた。そうしながら、堀内が最後に言い残した言葉の意味を考えていた。

金森に逮捕状を請求しようとしていたのは、自分だ。あの言葉は、おそらくそういう意味だろう。金森と連んでいた堂本に逮捕状を請求しているという状況から見ても、この推測に誤りはないように思われる。

だが、そうなるとまた、いくつかわからないことが生じる。

「幹さんよ、堂本の情婦を新宿署に連れ去られちまって、これからどうするんだ？　堂本の線は諦《あきら》めるのかよ」

平松が、まだ怒りが冷めやらぬ様子で食ってかかってきた。

「そうかっかするな。それより、おまえに頼みがある。沙也加に言って、新宿署の動きを探ってくれ」

平松がつきあう沙也加は、新宿署の捜査課で内勤をしている。所謂《いわゆる》お茶くみだ。

「何だよ。どういうことだ？　あまりやばいことは頼めないぜ。あいつにだって、署内の立場ってやつがあるだろうからな」

沖は平松と柴原の顔を自分のほうに寄せさせ、数時間前に神竜会の西江から聞いた情報を詳しく話して聞かせた。

「それじゃあ、金森にお札が出かかってて、それを警察内の誰かが阻むために今朝の狙撃を計画したって言うのか？」

平松は目を剝《む》き、半信半疑といった様子で沖の顔を見つめ返した。

新人には刺激が強すぎる話なのか、柴原のほうは無言で目を瞬くばかりだ。

「だけどな、幹さんもマルさんも、西江のやつに踊らされてるだけじゃないのか」

「それならそれで、野郎の目的がわかるまでは踊らされてる振りをすりゃいいさ。円谷が、今、西江の周辺を洗ってる。あの野郎に、何か目的があるのは確かだからな。だが、野郎の言ったのがほんとだとすりゃ、うちの署の前であんなふざけたことをしでかしたのが、内部の人間だってことになるんだ。見つけ出し、吠《ほ》え面《づら》かかせてやる」

「待てよ、幹さん。もしもそうなら、上のほうが絶対に表沙汰《おもてざた》にしたがらないぜ。隠蔽《いんぺい》する動きが出るに決まってる」

「だから沙也加に一肌脱いで貰《もら》ってくれと言ってるんだ」

「どういう意味だよ？」

「堂本に繋がる谷真紀子を押さえ、新宿署がどうするつもりなのかが知りたいのさ。本気で真紀子って女を叩いて堂本の立ち回り先を割り出そうとするのか、はたまた時間稼ぎでもするつもりなのか」

「時間稼ぎ？」

「おまえが今自分で言ったばかりじゃねえか。隠蔽の動きがあるかもしれんと。おまえ、忘れてねえか。金森はうちの分署ができるまで、新宿署の一課にいたんだぞ」

「――そうか、堀内の部下だったわけか。古巣ってのは引っかかるな。だけど、堀内ってのは虫の好かない野郎だが、猪突猛進《ちょとつもうしん》の正義漢って噂だぜ。あのおっさんが、そんな小細工なんぞするかな」

「おまえが堀内の何を知ってるんだ。今度のヤマについちゃ特に、俺たち特捜の四人以外は誰も信じないことさ」

それに沖には、これは俺のヤマだと言い切った時の堀内の目つきがどうも気になっていたのだ。

「わかったよ。じゃ、沙也加に頼んでみる」

「それから、おまえは岡島友昭って男の身元を洗ってくれ。堂本が恐喝してた相手だ。それ以上詳しい話は聞けなかったが、金森たちがやってたカード決済の客のひとりじゃねえかと思う。俺のほうは、柴原と一緒に、孟沢潤の周りを探る。狙撃者の許って兄弟は、孟と繋がりがあるようだ」

いよいよ夕闇《ゆうやみ》が迫り出し、こんな街中《まちなか》でもどこかで虫が鳴き始めていた。蜩《ひぐらし》の声を聞くにはまだ早い季節だ。暑さは一向に和らぐ気配がない。

朝から長い一日が続いているが、夜に入ってからがまた長いことを沖は知っていた。他の所轄ならば、日が落ちてから当たれる先など限られているが、新宿の場合は二十四時間誰かが起きており、逆に深夜や明け方でなければ捕まえて話を聞けない相手さえいる。

孟の動きに目を光らせ、許美良と小華という兄妹の居所を探るのには、昼間よりもむしろ夜の間が勝負となろう。

ちらっと腕時計に目をやり、沖は一転してきまり悪そうな顔をした。

「俺はこれから二時間ほど、どうしても抜けにゃならねえ。ヒロ、歌舞伎町で待ち合わせようぜ」
「はあ、わかりましたが、どちらへ？」
「親父絡みで、またチケットを押しつけられた。末広へ顔を出して来る」

11

沖の父親は、浅草で提灯《ちょうちん》を作っていた。終戦の年に満州で生まれ、あの混乱の中、一歩間違えれば残留孤児になっていたはずだというのが口癖の男だ。若い頃には大酒飲みで、沖の母親を泣かせてばかりいた。

そんな記憶しかないので、特に母親が亡くなってからは、ほとんど交流も途絶えている。たったひとりの家族ではあるが、ここ数年の沖はむしろ、自分には家族などないという実感を抱くことが多かった。

そんな父親が新宿末広亭のチケットを送って来るわけがなく、実際には今夜のチケットは、沖自身が融通の利きそうな筋に頼み込んで分けて貰ったものだった。

強面《こわもて》のデカのイメージを損なうような気がして可能な限り大っぴらにはしていないが、沖は大の落語ファンなのだ。

もっとも、そこには、知らず知らずのうちに父親の影響があるのかもしれない。いくつもの仕事を転々として腰の落ち着かなかった父親は、四十間近になって突如として提灯屋に弟子入りした。その提灯屋の仕事の関係で、寄席や演芸場に出入りするようになり、何度かに一度は沖を荷物持ちとして連れて行ってくれた。

仕事が済んだ父とふたり、客席の隅に紛れ込んで観た落語の魅力に取り憑《つ》かれ、子供時分の出来事など何もかもがどうでもいいと思って暮らしている今ですら、生の高座《こうざ》を観て腹を抱えて笑う快感からだけは離れられずにいる。

そろそろ開演間近い頃、沖は末広亭に滑り込んだ。

既に隙間なくびっしりの状態になった客席に、なんとかごつい躰を割り込ませる。

今夜は林家こぶ平が八代目正蔵を継ぐ襲名公演で、義兄の春風亭小朝や師匠の林家こん平、それに実弟のいっ平なども応援に駆けつけることになっていた。

こぶ平は沖が贔屓《ひいき》にする落語家のひとりであり、たとえ何があってもこの二、三時間だけは仕事を抜けると決めていたのだ。

志ん朝は父の志ん生を目指さなくなってからよくなったというのが沖の持論だった。こぶ平は最初から父の三平を目指していない。だからこの先が一層楽しみだという気がした。残念ながら、こういった話を披露する相手がいないのだが、非番の夜などにひとり部屋で飲みながら持論を確かめるのも楽しいし、志ん生やその長男の馬生のＣＤコレクションを聴いて過ごせば活力の源となる。

だが、開演五分前のことだった。

マナーモードにした携帯がポケットの中で振動し、沖は思わず舌打ちした。

仕方なく抜き出してインデックスを見ると、署からの緊急連絡だった。

通話ボタンを押し、耳に当てる。

「何だと！」

小声で応対を始めたものの、途中思わず声を上げ、周囲の客に睨みつけられた。

オペレーターにちょっと待ってくれと告げると、断腸の思いで腰を上げ、躰を低くして出口を目指す。

「場所はどこだ？　死傷者は？　今、現場はどうなってるんだ？」

表の路地に飛び出すとともに、続けざまに質問を発した。

胸の中で罵声《ばせい》を上げた。まったく今日は、なんていう日だ。署の玄関前の狙撃事件で始まったと思ったら、夜の帳《とばり》が降りるとともに、今度は銃撃事件だ。敵対する連中が、町のど真ん中で銃撃戦を起こしたらしい。

情報によれば、ぶつかったのは中国人のグループと日本のやくざで、やくざのほうはどうやら神竜会らしいとの確認が取れていた。

二章　裏切

1

中国人グループとは、もしかしたら孟沢潤《モン・ザールン》のところの連中ではないのか。

新宿三丁目から歌舞伎町を目指してひた走りながら、沖はそんな嫌な予感を覚えていた。はっきりとした理由は言い当てられず、それはむしろ第六感に近いものだったが、日本のやくざのほうが西江一成が幹部を務める神竜会だと聞いた時、そんな気がしてならなかったのだ。

多くの人間が、歓楽を求めてこの街に流れ込んでくる時間帯になっていた。車はどこも渋滞で、走ったほうが確実に速い。

途中で汗だくになり、歌舞伎町二丁目の現場にたどり着いた時にはもう、水でも浴びたように頭の先からパンツの中までずぶ濡《ぬ》れになっていた。

そこは広いフロアとゆったりと配されたテーブル、それにどの店内にも共通して流れるクラシック音楽などを特徴として都市部にいくつも店舗を持つ喫茶店で、昼間は打ち合わせや息抜きに訪れるサラリーマンでかなり賑《にぎ》わう店だった。確か酒は出さないはずで、九時頃には店を閉める。

風俗やゲーセンなどのけばけばしさとは外観も異にするその店を取り囲んで警察車輛《しゃりょう》が大量に停まり、人と車の通行を制限していた。制服警官が野次馬を捌《さば》いている。

警察手帳を提示してロープを潜《くぐ》った沖は、店の入り口を真っ直ぐに目指した。

店内に一歩足を踏み入れるとともに、舌打ちした。

広い店内のあちこちに、てんでばらばらな格好で死体が転がり、フロアの至る所に赤い血溜《ちだ》まりが出来ている。

くそ、こんな店で、いったい何があったのだ。

現場好きの新任署長が一足先に駆けつけており、姿を見せた沖を見つけて手招きした。

「いったいどうなってるんです？　日本のやくざは神竜会だと聞きましたが、中国人のほうはどこのグループですか？」

沖の問いに、署長の深沢は苦虫を噛《か》み潰《つぶ》したような顔で首を振った。

「まだわからん。貴里子君が来たら通訳を頼み、それを確かめる」

「状況は？」

「それもまだ大雑把にしかわからんが、店の真ん中のテーブルに、日本人中国人双方の人間が三人ずつ坐っていたらしい。だが、話が始まって数分経《た》った頃、突如別の男たちが数人店に押し入ってきて発砲を始めたという話だ」

そう説明しながら、何体かの死体が折り重なるようにして横たわる辺りを指差した。血《ち》糊《のり》も死体の数も、そこが一番多かった。指摘の通りに店の真ん中のテーブルで、四方から狙《ねら》われたらひとたまりもない。

今度は店全体を手振りで示しながら続ける。

「店の他のテーブルには、襲われたやくざと中国人グループのボディーガードたちもいたので、あっという間に銃撃戦は店全体に広がり、こうしてあちこちに死体が転がったってわけさ」

「で、他の客も巻き込まれたんですか？」

「ああ、巻き込まれた。ただし、お茶から夕食や飲み会へと移る時刻だったことが幸いしたんだろう、店は空いていた。それもあって奇跡的に死者はなかったが、三人が軽傷で病院に運ばれてる」

沖は話を聞きながら何歩か移動し、店のあちこちに油断のない視線を飛ばした。真ん中のテーブルで折り重なるようにして死んでいる男たちを再び見やるとともに、ぎょっとして歩みをとめ、目を剝《む》いた。

「おい、人の話を聞いてるのかね」

不快そうに言う深沢に返事をするのも忘れ、沖は小走りでそのテーブルに近づいた。もの凄い形相で天井を睨みつけるようにして死んでいる男を見下ろしたのち、今度はそこから一間ほど離れた位置で、床に顔の右下を押し当てるようにして横たわる死体を見つめた。

「なんてこった……」

呟いたのを、すぐ後ろについて来ていた深沢が聞き咎めた。

「どうしたんだ？　この男たちを知っているのか？」

「新宿で二、三日マル暴連中とつきあったデカなら、このふたりは誰でも知ってますよ。署長だって、近い内に嫌ってほど知ることになったはずだ」

「前置きはいいから、身元を言いたまえ」

「天井をむいてくたばってるのが、神竜会筆頭幹部の栗原健一。そっちで俯せでくたばってるほうは、五虎界で新宿を牛耳る朱徐季の右腕と呼ばれてる冠鉄軍ですよ」

沖が言うのを聞き、深沢も大きな目を一層大きくした。さすがに神竜会と五虎界については説明を要しないらしい。

「手打ちってことか……」

沖の呟きを、深沢は聞き逃さなかった。

「何だ？　手打ちとは、どういうことだ？」

「双方、組織のナンバー2が出て来てるんですよ。ちょっと待ってください」

深沢が何か言いかけるのを押しとどめ、沖はいつも持ち歩いているナイロン製の手袋を抜き出してはめた。

しゃがみ込み、死体の上着の内側を次々に探る。

そのままの姿勢で深沢を見上げ、改めて口を開いた。

「やっぱりだ。どの死体も、チャカもドスも呑《の》んでない。御存じとは思いますが、やくざは手打ちの場合には、決して武器を身に帯びません。さっき、やくざとチャイニーズマフィア双方のボディーガードが店の他のテーブルに陣取ってたと仰《おっしゃ》いましたが、型通りならばボディーガードなどもつけず、二、三人の最少人数だけで会うのがやくざの仕来《しきた》りです。だが、何年か前に、それを逆手に取られ、手打ちに空身で出向いたやくざの幹部が、銃器を帯びて待ち構えていたチャイニーズマフィアに全員射殺されたことがある。ボディーガードを配していたのは、おそらくはそういったことを受け、双方で話し合った結果でしょう」

「しかし、そこに誰か他の組織の人間が襲ってきたというわけか」

「いや、他の組織と決めつけるのは早計じゃないですか。襲ってきた人間の身元は割れてるんですか？」

「まだわからん」

「中国人ですか？　日本人ですか？」

「まだわからんと言ってるだろ」

深沢は益々不機嫌そうになったが、そんなことに構っている場合には思えなかった。

「生き残りの連中は？　ボディーガードも含めて、全員殺されたんですか」

「怪我をした人間がひとり。中国人だ。だが、それはボディーガードじゃなく襲って来たほうだ。逃げ遅れて、駆けつけた警察官に取り押さえられた」

「今どこです？　俺にやりとりをさせてくれ」

「貴里子君の到着を待つ」

「通訳なんか要らない。今までだって、そうだったんだ。それよりも、一刻も早くここで何が起こったのかを把握する必要がある。わからないんですか、署長。もしも手打ちがただの策略で、神竜会か五虎界のどちらかが相手を呼び出した上でドンパチを始めたんだとしたら、下手をすりゃすぐにこの新宿で戦争が起きますよ」

「――――」

深沢は何も言わぬままで唇をむずむずとさせた。いくつかの言葉を口の中で転がしている。そんな莫迦《ばか》なと応じるか、一緒になって緊張して見せるのかを決め兼ねているのだ。

沖は見て取った。どこの署を回ってきたのか知らないが、この署長、まだ新宿の状況がわかっていないことは確かだ。この街の均衡は、薄い剃刀《かみそり》の刃の上に成り立っているようなものなのだ。

店の入り口にちらっと目をやり、舌打ちした。

K・S・P二課の人間たちが現れたのだ。くそ、特捜の連中は何をもたもたしてやがるんだ。

二課は普通、大きな署では、詐欺や汚職等の頭脳犯を扱うが、地方の小規模署などでは暴力団担当、すなわち大規模署の四課に当たる仕事も受け持つ。K・S・Pはあくまでも分署であり、大きな人員を割けないと判断されたのか、四課は存在しない。だが、新宿という街の性質上、実質は二課全体がほぼマル暴担当と化していた。

二課長の柏木は、数人の部下をあちこちに配して近づいてくると、深沢に礼儀正しく頭を下げたあと、敵意と冷笑とを呑み込んだような目を沖にむけた。

「御苦労、後は任せてくれ」

沖はかっとした。

「何を莫迦なことを言ってる。今頃になってのこのこ出て来やがって。先に到着したのはこっちだ。これは俺のヤマだぞ」

「やくざとチャイニーズマフィアの銃撃事件だぞ。完全にうちの管轄だ」

「管轄争いをしている暇はない。すぐに協力して捜査に当たれ」

深沢が一喝した。

何か言いかける柏木を遮《さえぎ》るように、さらに命じる。

「二課は全員、付近の聞き込みだ。それから、神竜会と五虎界の動きから目を離すな。ここで殺されたのは、このふたつの組織のナンバー2同士だ」

柏木は死体の顔を見下ろして、先ほどの沖と同様にぎょっと両目を見開いた。マル暴担当の課長だ。ことの重大さをすぐに悟ったのだ。

「わかりました。——しかし、ここでの現場指揮は？」

だが、あくまで食い下がって訊《き》いた。形にこだわる男なのだ。柔道の黒帯保持者で、警察の大会といえば必ず出場する常連であり、噂《うわさ》では新人が来ると必ずすぐに道場に連れて行くらしい。

「私が執《と》るに決まってる。ぐずぐずせずに、すぐに捜査に当たれ」

深沢が冷たく言い放つと、柏木もさすがに毒気を抜かれたらしく、ちらっと沖に流し目を送って部下のほうに戻りかけた。署長が現場指揮に立つなど願い下げだ、といった気持ちは一緒なのだ。

その時、銃声が響き渡り、店中の空気が凍りついた。

身についた反射で、警官たちは誰もが一斉に身を屈《かが》めた。中には事情聴取中だった目撃者を庇《かば》うようにして屈む者もある。そうしながら、辺りを見回した。特に室内の場合、音が壁に反響するので、どの方向で銃が発砲されたのかを判断するのが難しい。

「厨房《ちゅうぼう》だ――」

そう断言した時にはもう、沖は拳銃をホルスターから抜き、フロアを蹴《け》って駆け出していた。

厨房への入り口脇の壁に躰《からだ》を押し当て、そっと中を覗《のぞ》く。

一歩遅れて駆けつけた柏木が、反対側の壁に張りついた。

厨房ではこちらに背中をむけた制服警官たちが四人、誰もが幾分へっぴり腰な姿勢で、裏口のドアを狙って銃を構えていた。ひとり、店の制服を着た中年の男が腰を抜かし、調理台の陰にへたり込んでいる。

「どうしたんだ？」

潜めた声で訊くと、一番手前の警官が振り返った。

「ドアの外に、男女がふたり。男は傷を負ってるそうで、女のほうは拳銃を持ってます」

沖は頷《うなず》き、床にへたり込んだ男に顔をむけた。呼びかける必要はなかった。目を見開き、必死で沖を見つめている。

「そのままで。下手に動かないほうがいい。その陰にいれば、安全です。だから慌てないで。いいですね」

そう言い聞かせてから、訊いた。

「裏口の外はどうなってます？」

「ここにいて本当に大丈夫なんですね？」

「ええ、大丈夫です。動かないで。教えてください。裏口の外は、どうなってますか？」

「ゴミ置き場です」

「左右どちらが？」

「左」

右側が表に通じている、ということか。

一旦《いったん》躰を引いて背後を見回そうとしたら、深沢がすぐ後ろについていた。

「署長、誰か二、三人表に回らせてください。私が中から行きます」

「ひとりで大丈夫か？」

訊いてくる柏木に頷いてみせると、「わかった。それじゃ、俺が部下を連れて表に回る」とすぐに小走りで遠ざかった。

沖は無言で深沢に頷き、躰を低くして厨房を横切った。銃口はぴたりと裏口を狙って逸《そ》らさない。

サッシのドアの脇に張りつき、銃を顔のすぐ右斜め前にゆったりと構えると、戸口からそっと顔を出した。そして、思った。どこが「女」なんだ。

血塗《ちまみ》れの男が、ゴミ置き場に溜まったポリ袋の中に倒れていた。

その男を庇《かば》うようにして、小学生の低学年ぐらいの痩《や》せた少女が、じっとこちらを睨みつけている。両手で自動拳銃を持ち、重たげに懸命に構えていた。

ふたりとも、よれたTシャツにジーンズ姿だった。

ゴミ置き場は店の側面の行きどまりにあり、袋小路だ。どこにも逃げ場はなかった。少女も、少女に庇われている男も、当然それを知っている。知っていながらここに倒れ、警察が駆けつけて来るまで身動きできずにいたのは、男のほうにもう動くだけの力が残っていないからだと見て取れた。弾がどこに入ったのかわからないが、出血の量を見ただけでももう長くないことはわかる。

だが、現段階では最高の証人だ。通りがかりの人間がたまたま撃たれたわけじゃない。状況から見て、事件の関係者だ。店内のあの惨劇に関わっている。

そこまで思うとともに、突然閃《ひらめ》きを得た。そうして一旦閃きを得てからは、なぜ真っ先にこのことを思わなかったのかと不思議だった。

男と少女。

ドヤに等しいアパートの、西陽とヘドロでとてもじゃないがまともに過ごせそうもないベッドで肩を寄せ合うようにして眠っていた兄と妹。

許《シュー》兄妹にちがいない。

沖はゴミ置き場と反対方向、すなわち表の通りへの出口をちらっと見やった。拳銃を構え、兄妹に狙いを定めた柏木たちによって塞《ふさ》がれている。

僅《わず》かな迷いがあった。いきなりのこういった展開で、防弾チョッキを着けていなかったことが悔やまれる。少女は興奮状態にあり、しかも、既に一発発砲している。兄と自分を守るためなら、また引き金を引かないとは限らない。

だが、このまま膠着《こうちゃく》状態が続けば、おそらく兄は助からないだろう。

そうなれば、誰があの男と弟のふたりに今朝の狙撃を依頼したのかを訊き出せなくなるかもしれない。十二歳の妹では、細かい事情までは知らないかもしれないのだ。なんとかして兄のほうの口を割らせたい。

「拳銃を下げてくれ。俺が説得する」

沖は柏木たちに告げた。

「よせ、無茶をするな」

柏木が言うが、取り合わなかった。

彼らが銃口を下げるのを確かめ、「ウエイ」ととりあえず中国語で呼びかけてみる。

「我是你的朋友《ウォシニーダポンヨウ》。想話一話《シアンホアイホア》」

我ながら拙《つたな》いと思う中国語で話しかけて様子を見るが、通じているのかどうか、少女はぴくりともせずに固まったままだった。

――ええい、なるようになれだ。

沖は胸の中でそう吐き捨てると、拳銃をベルトの背中に挟んだ。

「これからそっちにゆっくりと歩いていく。銃は持ってない。いいな」

日本語でそう告げ、上着の前を開いてホルスターが空なのが見えるようにした状態で、ゆっくりと一歩踏み出した。

銃口に晒《さら》され、すぐに自分のしたことを後悔しながら両手を上げる。目の前の少女からは、追いつめられた野良犬のように不安で毛羽立った臭いがしていた。しかも、彼女は血塗れの兄を必死で守ろうとしているのだ。いつ発作的にまた引き金を引かないとも限らない。

「撃つな。このままじゃ、あんたの兄さんは死んじまうぞ。病院に連れていく必要がある」

そう話しかけつづけながら、必死で中国語の単語を思い浮かべた。

「不打《ブーダー》、你哥哥《ニーガーガー》、死《スー》。医院《イーユエン》、医院《イーユエン》」

文法などわからないので、ただ単語を並べ立てる。

通じてくれと祈るが、少女の顔つきに変化はなかった。

「わからないか。このままじゃ、おまえの兄貴は助からないんだぞ」

そう告げながらじりっともう一歩近づこうとすると、少女は拳銃を構え直した。

立ちどまらざるを得なかった。これ以上近づく決断がつかない。額が汗ばんでいることに気づくとともに、一筋が顳顬《こめかみ》から垂れてきて目に沁《し》みた。

少女が中国語で何か捲《まく》し立てた。

甲高い声が、興奮振りを伝えるだけで、何と言っているのかはわからなかった。

「どいて、幹さん」

背後から声が聞こえてちらっと見ると、村井貴里子が立っていた。

柏木が貴里子に何か言いかけたが、それをぴしゃりとはねつけた彼女は、少女に中国語で話しかけながら、ゆっくりとこちらに近づいてきた。背筋を伸ばして進むその足取りには自信が感じられる。

言葉の響きから、彼女が今口にしているのが、所謂《いわゆる》普通話《プートンホア》と呼ばれる北京語ではなく、南方のどこかの方言らしいと判断できた。おそらく福建語だ。

貴里子は少女に途切れなく語りかけながら足を前に運んできて、じきに沖のすぐ隣に並んだ。

「このままだと兄貴が死んじまう。すぐに病院に連れて行くように手配すると伝えてくれ」

沖が声を潜めて言うと、「それはもう伝えてあるわ」と低く応じ返した。「救急車がじきに表の路地に来るそうよ」

「そう伝えてくれ」

「伝えてる」

「じゃあ、なぜ拳銃を下ろさない」

「このまま自分が病院につき添うといって譲らないの。拳銃を下ろせば、兄さんと引き離されると思ってるのよ」

救急車のサイレンが聞こえ出し、貴里子が中国語でそれを伝えた。

「拳銃をこっちに渡して、救急隊員に兄貴を渡すように言ってくれ。銃を下ろさなければ、救急隊員は近づけないと説明するんだ」

「あの子も一緒に病院に行くと保証するわ。いいわね」

「わかった、それでいい。他のやつが何と言おうと、俺があんたを全面的に支持する」

「事情聴取は？」

「あとでいい。あの子を兄貴から引き離そうとするような真似《まね》は、俺がさせない」

ちらっとこっちに顔をむける貴里子に、沖ははっきりと頷いて見せた。

貴里子が少女に語りかけるのに併せ、今度は少女の目をじっと見つめて何度も頷く。

息をとめて見守る中で、少女は両手で構えていた拳銃の銃口をゆっくりと下げた。

近づこうとする貴里子をそっと手で制し、沖が静かに歩み寄った。

「小華《シャオホア》でいいんだな。さあ、拳銃を寄越してくれ」

できるだけ穏やかな口調で告げ、慎重に拳銃に手を伸ばす。

銃身を上から包み込むようにして摑《つか》み、少女の目を見て頷くと、躊躇《ためら》うような間が僅かに空《あ》いてから重さが増した。少女が力を抜いたのだ。

沖は手を伸ばした時と同じようにゆっくりと戻し、その拳銃をハンカチで包んでポケットに入れた。

「救急隊員を頼む」

背後にむかって腕を振り、それからすぐに貴里子を見た。

「小華を頼む」

貴里子はそう言われる前に、少女の前でしゃがみ込み、その華奢《きゃしゃ》な躰を抱いていた。スカートのスリットが割れ、ストッキングに包まれた太股《ふともも》が覗《のぞ》く。

救急隊員たちが血塗れの男を担架に乗せた。

兄を表の路地に停めた救急車へと運ぶ彼らにつき纏《まと》おうとする少女を、貴里子が抱きかかえるようにしてとめる。

沖は彼らとともに救急車へと歩いた。

途中で柏木に小声で呼びかけた。

「カシワさん、あんた、俺よりは中国語が喋《しゃべ》れるな。一緒に来てくれ」

「おう、わかった」

救急車に一緒に乗り込もうとするふたりに驚き、救急隊員たちがとめようとするが、沖たちはそれを押し戻した。

「ちょっと待ってよ、幹さん」

貴里子が沖の二の腕を摑んでとめた。

「これはどういうことなの。この子を兄と一緒に病院に運ぶって約束はどうなったのよ？」

「村井さん、あんたは娘を連れてパトカーに乗ってくれ。行き先は新宿セントラル病院だ。妹はまたそこですぐ兄貴に会える」

「彼女は救急車に乗りたがってるわ」

「いいから、言われた通りにしろ」

「どうして。兄さんとは離さないと約束したじゃないの」

「病院で会えると言ってるだろ。わからんのか、莫迦野郎。デカの仕事をしろ」

沖が貴里子を怒鳴りつけると、彼女のすぐ隣で沖を見上げていた小華が激しく泣き出した。

乳歯から永久歯へと生え替わる時に何かあったのか、前歯が緩んで隙間《すきま》ができている。少女が大きな口を開けて泣き出すとそれが露《あら》わに見え、心が微《かす》かに痛んだが、沖は考えないことにした。病院に着けば、この男は手術室に担ぎ込まれてしまう。話を訊くとしたら、救急車の中しかチャンスはないのだ。

乗り込み、男の両側に陣取った。救急隊員が後部ドアを閉める。

さすがに胸の位置には別の救急隊員が坐り、止血を図りながら脈を取っているので、腹ぐらいの位置にしか陣取れなかった。

そこから男の顔のほうに躰を乗り出した。

「おい、俺の声が聞こえてるか。おまえは許美良《シュー・メイリアン》だな。今朝、K・S・Pの正面で狙撃《そげき》を行ったのは、おまえとおまえの弟だ。そうだな」

沖が言うすぐ後ろから柏木が片言の中国語で続ける。

だが、沖たちの声が聞こえているのかいないのか、男はただ苦しげに呼吸を繰り返すばかりで、何も答えようとはしなかった。

沖は構わずに重ねた。

「おまえらを雇ったのは、孟沢潤か。そうだな。答えなくてもいいから、頷け」

だが、相変わらず何の反応もない。

しばらく待って、再び問いつめようとしかけた時、男の唇が僅かに動いた。

救急隊員を押し退《の》けるようにして、沖と柏木が揃《そろ》って耳を寄せる。

唇から、弱々しい声が押し出された。

「妹を頼むと言ってるぞ」

柏木が言ったが、それぐらいの中国語は沖にもわかった。

「妹のことは俺たちが配慮してやるから任せろ。だから話せ。今朝の狙撃をおまえら兄弟に依頼したのは、孟なんだな？　理由は何だ？　なぜ金森たちの命を狙った」

男は何も答えない。

「やめてください、刑事さん。相手は怪我人なんです。それ以上やると、上を通して正式に抗議しますよ」

救急隊員が割って入ろうとしたが、沖は一睨みにした。

「したけりゃしろ。俺たちはこの街の秩序を守ってるんだ」

男の胸ぐらを絞め上げた。

「答えろ。何で孟はおまえらに金森たちを狙撃させた？　今夜、神竜会と五虎界の手打ちを襲わせたのも孟の差し金なのか？」

唇がまた微かに動いたが、今度は沖には聞き取れなかった。

柏木に目を馳《は》せる。

柏木は考え込む表情を浮かべたが、沖に急《せ》かされて口を開けた。

「裏切られた……。おそらく、やつはそう言ったんだ」

「裏切られただと？　誰にどう裏切られたんだ？」

質問を重ねようとしたが叶《かな》わなかった。救急車が停まった。病院に到着したのだ。後部ドアが引き開けられ、慌《あわ》ただしく担架が担ぎ出されて行くのを、沖たちは手を拱《こまね》いて見送るしかなかった。

2

現場にとんぼ返りをした時には、署長の深沢が目撃者たちに事情を聴取した刑事からの報告を受け、現場を具《つぶさ》に調べ、事件のおよその経過を把握し終えていた。

それによると、神竜会の人間は栗原を含めて三人、五虎界のほうも冠を含めて三人が、共に店の真ん中のテーブル付近に折り重なるようにして死んでいた。

その他に、店のあちこちに、神竜会と五虎界のボディーガードと思われる男たちの死体が、合計で七体転がっていた。

六時前後に、先に神竜会の人間たちが、そしてそれから五分としないうちに五虎界の人間がやって来た。別に付近の客を追い払ったわけではないが、近くのテーブルにいた他の客たちはそれぞれに異様な空気を察し、自然に店を出るか他のテーブルに移るかしたらしい。

栗原と冠が低い声で何かを話すのをウエイターが耳にしているが、内容まではわからなかった。

そうして男たちが落ち着き、注文のコーヒーを運んで五分と経たないうちのことだった。

男同士、ふたり連れの客が店に入ってきて、奥の壁際のテーブルに陣取った。

それから間もなく、拳銃を持った三人の男たちが店に突っ込んで来るなりいきなり拳銃を発砲し出すとともに、そのふたり連れと、それから別にひとりでコーヒーを飲んでいた男もまた、神竜会と五虎界の男たちを狙って発砲を始めたそうだった。

そのひとりでコーヒーを飲んでいた男というのが、小華の兄の美良だった。

別にもうひとり逃げ遅れ、現在、署で取り調べを受けているのは、三人で店に突っ込んできた男たちの中のひとりで、やはり中国人だという。まだ確認が取れてはいないが、美良と同じく孟の指図を受けた男である可能性が高いのではないか。

この合計六人の男たちは、あの店にいた神竜会と五虎界の連中を皆殺しにすると、表の出入り口と厨房の先の裏口へと、二手に分かれて逃走した。

「三人が店に飛び込んできた時に、許美良が真ん中のテーブルにいた栗原や冠たち六人に銃を突きつけて動きを封じ、その間に他の連中がボディーガードの男たち全員を射殺し始めたそうだ」

深沢の説明に、沖と柏木のふたりは揃って得心顔で頷いた。

「襲って来た連中は、栗原たちが手打ちのために集まったと知ってたんだ」

柏木が呟くように言う。

「ああ、そうらしいな」

沖が応じた。「それを知っててここに襲って来て、そして、手打ちをぶち壊した」

こうして状況がはっきりすれば、先刻危惧《きぐ》したような、神竜会か五虎界どちらかが手打ちの振りをして相手を呼び出し発砲した結果、反撃を喰らって自分たちのほうにも死者が出たといった想像は打ち消された。

だが、それで事態がマシになったわけではなかった。

神竜会も五虎界も、組織のナンバー2のタマを取られたのだ。襲って来たグループを草の根を分けても探し出し、報復を企てようとするはずだ。

上手く事を収めなければ、新宿に血の雨が降ることには変わりはない。

「神竜会のほうは、俺たちで徹底的に締め上げ、連中が下手な動きをしないように目を光らせる」

柏木が言った。「だが、問題は五虎界だな」

深沢を半ば無視する形で、沖に直接話しかけたが、本人はそのことに気づいていないようだった。現場のデカの血が染みついており、無意識にそんな行動を取らせている。

柏木が指摘する通りだった。日本のやくざとは違い、マフィア化した中国人どもは、組織の全体像が把握しにくい。五虎界の頭である朱徐季とも、どこで会えるのかわからない。

だが、必ずすぐに見つけ出し、短慮を起こさないようにと釘《くぎ》を刺さねばならない。ここはおまえらの国じゃない、勝手な振る舞いは許さないとわからせるのだ。

「そっちは俺がやる。朱を見つけて、話をします」

「大丈夫なのか？」

深沢が訊き返すのに、「任せてください」と沖は太鼓判を押した。

「それじゃ、俺は、連行された中国人の取り調べを」

柏木が言うのには、首を振って見せた。

「あんたのほうは神竜会で手一杯だろ。中国人はうちに任せてくれ」

「あんたんとこは、四人しかいない。朱を見つけるので手一杯のはずだ。取り調べは二課でやる」

「つまらない言い争いはよせ」

深沢が割って入った。

「男の取り調べは二課に任せる。特捜部は朱と孟の居所を、全力を挙げて探し出せ。沖君、新宿のやくざや外国人マフィアのことならすべて把握してるというのが、きみの自慢だろ、是非ともここで腕前を見せてくれたまえ」

「――わかりました」

そう言わざるを得なかった。

「で、許美良からは何か訊けたのか？」

「いえ、何も」

沖はそうとだけ答えて目を逸らした。

それとなく柏木の様子を窺《うかが》うが、沖と同じく許が「裏切られた……」と呟いたことを告げるつもりはないようだった。この一言から何か進展があるかもしれない。今、深沢に明かしたところで、自分たちの手柄にはならない。

「二課で人手を割き、許兄妹からの聴取も試みてくれ」

そう言いかける深沢を、沖がとめた。

「待ってください、署長。躰を張ってあの兄妹を説得したのは私だ。その任務は、私がやらせて貰《もら》いますよ」

「説得に成功したのは、きみではなく貴里子君だろ」

うっと詰まると、深沢はそんな沖を見てにやっとした。

「いいだろう。君に任せよう。だが、わかってるだろうが、あの美良という男が今朝の狙撃の実行犯なら、何か話されては困ると考える連中が口を塞《ふさ》ぎに来るかもしれん。その点も充分に気をつけてくれたまえよ」

言わずもがなだ、と沖は胸の中で吐き捨てた。

「それから、ふたりともよく聞け。このヤマは、絶対にうちで解決する。何があろうとも、決して他の署にホシをかっ攫《さら》われるんじゃないぞ。私の着任早々、そんなことは絶対に許さない。新宿の治安は我々Ｋ・Ｓ・Ｐが守れることを示すんだ」

3

病院に戻ったのは十時近かった。朱を探すため、ありったけのコネを使って各方面にタネを蒔《ま》いた。闇雲《やみくも》に街を彷徨《うろつ》き回れば居所を摑めるような相手じゃない。数多くのチャイニーズマフィア組織が新宿に根を下ろす中でも五虎界だけは別格で、しかもその長老格である朱徐季には誰も逆らえないという噂だった。

沖自身、朱には一度も会ったことがなかった。五虎界に当たりをつける必要がある時にいつでも応対したのは、今夜殺された冠鉄軍であり、朱の意見は冠を通して伝え聞くしかなかったのだ。

冠が殺され、朱はどのような動きを見せるのだろう。

襲撃を企てたのが孟であることは、ほぼ間違いがあるまい。もしも朱が孟を消し去る決断をすれば、沖たち警察がその居所を見つけ出すよりもずっと素早く見つけ出し、グループ全員の息の根をとめかねない。朱にとっては、孟をひねり潰すなど、赤子の手を捻《ひね》るようなものではないのか。

だが、それはどうしても避けねばならなかった。孟が殺されれば、今朝の狙撃をなぜ企てたのか、その理由を訊き出せなくなる。神竜会の西江が言っていたような、警察内部に金森の逮捕を望まない人間がおり、あの狙撃の裏にはそういった人間の思惑《おもわく》が絡んでいるという話の真偽も確かめられなくなるのだ。

西江といえば、あの男がそれを耳打ちしてきた狙いはいったい何なのだろう。あの男は、今夜の手打ちについても何か知っていたのだろうか。

そもそもが、この手打ちとは、いったい何についてのものなのか。そして、襲撃者たちがその場を襲った理由は何なのだ。

考えれば考えるほどに、わからないことが多すぎた。

いや、ほんのいくつかの手がかりを摑めただけで、まだ何一つわかっていないというしかない。

その中でも最も気になってならないのは、今朝の狙撃とつい数時間前に起こった襲撃事件とは、何か関係しているのかということだった。

――いや、必ず何か関係しているはずだ。

同じ日に、血腥《ちなまぐさ》い事件が続いたことは、決して偶然とは思えなかった。

しかし、そう思いながらもなお、どこかでそれを否定したいと願う自分もいた。

このふたつの関連を解き明かし、その背後にあるものを見つけ出すなど、生半可なことでは不可能だとわかっていた。

許小華は集中治療室《ICU》の廊下にある長椅子に、貴里子と並んで坐っていた。

そこに通じる通路には、制服警官がふたり立ち、人の出入りをチェックしていた。K・S・Pの前で狙撃を企て、さらには傷を負って入院した藤崎の病室をも狙撃させた連中だ。ここにも襲って来ないとは限らない。何しろ許兄妹は、孟に繋《つな》がる有力な証人となり得るのだ。

もっとも、その狙撃を実行した人間は、現在は集中治療室のベッドに横たわり、チューブとコードに繋がれてこんこんと眠り続けている。

制服警官たちは沖に規則通りの敬礼を示したが、小華は沖の靴音が近づいても顔を上げようとはせず、貴里子のほうは沖を見て僅かに顎《あご》を引いたように見えただけで、何も言おうとはしなかった。

そうして顎を引いたのを、会釈したのだと考えることにして、沖は貴里子に声をかけた。

「許の様子は？」

「一応手術は上手くいったわ。弾は太股に一発と脇腹に一発入ってた。出血はひどかったけれど、幸い内臓の傷は浅かったという話で、命は取り留めたそうよ」

「いつになったら話せる？」

「それはまだ、改めて主治医に訊いてみないことにはわからないわ」

「なぜ訊いてない？」

沖の口調に籠《こ》もった苛立《いらだ》ちに気づいたのだろう、貴里子は幾分険しい光を込めた目で見つめ返してきた。

「麻酔が解けてから、改めて診察してみないことには何とも答えられないと言われたからよ」

「そうか――」

と応じ、沖はちらっと小華を見下ろした。

少女はまるで沖などここにいないかのように、じっと自分の足下を見つめている。その姿は他人をすべて自分の世界から押し出すことで、集中治療室のベッドに横たわる兄とのみ同調したがっているもののように見えた。

朝からずっと駆け回りっ放しで、躰がもう鉛のように重かった。沖は小華の隣に並んで腰を下ろしたかったが、それには彼女と貴里子に少しずつ横にずれて貰わなければならず、この場の雰囲気からしてそうしてくれるとは思えなかった。

「彼女からは何か訊けたのか？」

顎の先で小華を指して訊いた。

ふと思った。この少女は、どの程度日本語がわかるのだろうか。

「何かって、何？　私は妹を血塗れの兄から引き離し、救急車にまで乗り込んで尋問をするような誰かさんとは違うもの。今はまだ、この子の気持ちが落ち着くのをじっと待ってるだけよ」

チクリと皮肉で攻めてくる腹らしい。躰の疲労で、そういうことにつきあうのは億劫《おっくう》だった。

沖は左足を一歩引いて躰のむきを斜めにすると、貴里子がいるのとは反対側の頬を吊《つ》り上げ、平手でスキンヘッドを撫《な》で上げた。

「何か困ったことを言われると、すぐにそうするのね」

指摘され、手をとめる。

「沖さん」と、貴里子は苗字を呼んだ。「あなた、この子との約束を破ったのよ」

「破ってなどいない。兄貴を病院に運び、この子だって今こうしてここで、兄貴の回復を待ってるじゃないか」

「違うわ。あなたはこの子に、兄さんと一緒に病院に連れて行くと約束したのよ。それなのに、救急車から追い出して、自分たちが乗り込んだ」

「野郎は救急車の中でくたばっちまうかもしれなかったんだぞ。手術だって、上手くいくとは限らなかった。どうしても尋問の必要があったんだ」

「それであなたが危惧《きぐ》した通り、美良が救急車の中で死亡していたのなら、どうするつもりだったの？」

「どういう意味だ？」

「そうなっていたら、あなた、この子が兄を看取る機会を奪ったことになるのよ」

沖は息を深く吸い込み、吐いた。

そうすることで、胸の中の怒りを冷ましたかった。

「なあ、あんたの言いたいことはわかったから、こんなところで言い争いはやめないか。きっとこの子だって驚いてる」

貴里子は沖を冷ややかに見やり、頷いた。

「いいわ。どうわかったのかはわからないけれど、あなたがそう言うのなら、やめましょう」

沖は黙って頷き、廊下の左右を見渡した。

右側の突き当たりに飲み物の自動販売機が見える。

空腹だし、喉も渇いていることを思い出した。

「何か飲み物を買ってくる。彼女にも何がいいか訊いてくれ——」

そう言いかけたが、やはり駄目だった。怒りを抑えきれるタチじゃないのだ。

「なあ、俺がどうわかってるかわからないってのは、どういう意味なんだ？　道徳を説きたいのなら、学校の先生にでもなってろ。俺たちの仕事はそんなことじゃない」

貴里子はすっくと席を立ち、間近から沖の顔を睨みつけた。

「話をやめようと言ったのは、あなたじゃないの。蒸し返さないでよ。自分たちの仕事がどういうものかは、あなたに言われなくたってわかってるわ。あなたの行動は、捜査上必要だったと言うんでしょ」

声を高めまいと抑えてはいるが、充分に怒りは籠《こ》もっていた。

「その通りだ」

「でも、私が言ってるのはそんなことじゃない。それならば、どうしてこの子とあんな約束をしたのよ」

「――――」

沖は黙って貴里子を見つめ返し、何度か忙《せわ》しなく瞬きした。

結局のところ、この女は何を言いたいのだ。それはなんとなくわかるようにも思えたが、わかると認めるのも億劫だった。デカとして何年かの年月を重ねれば、誰でも彼女が言うようなことは考えなくなる。

「すまん、蒸し返して悪かった。この話はやめよう」

ポケットに小銭を探った。

「俺は冷たいものにするが、あんたはどうだ？　その子にも訊いてくれ」

話す途中で思いついた。

「ずっとここにいて、まだ飯を食ってないのか？」

「――あなたには関係ないでしょ」

声は冷たいままだった。

「おまえさんのことじゃない」

目で小華を指すと、貴里子はひとつ息を吐いた。

「ごめんなさい、かっかして。そうね、食べてないわ」

沖は訊こうか訊くまいか考えた。

「ええと、それでこれから、この子をどうするつもりなんだ？」

「この時間じゃ、児童福祉施設に頼むってわけにはいかないわ」

「それに、そんなところじゃ警備ができない」

「――この子も命を狙われると言うの？」

「兄貴たちとずっと一緒に行動してたのだとしたら、孟について何か証言できるかもしれない。そして、孟のほうでもそう考えれば、当然それを防ごうとするはずだ」

貴里子は無言で沖を見つめた。それならばどうすべきか訊きたいが、訊いてどうなるものかわからずにいる。彼女の沈黙はそんなふうに見えた。

「私のマンションに連れて行くわ」

どうするか、自分自身で結論を出した。

「――あんたが一晩面倒を見るというのか？」

「この子の兄は、今夜は麻酔で眠りっ放しよ。離れたがらないので仕方なくここにいたけれど、いい加減に何か食べさせて上げたいし、それから一緒に連れて帰る。マンションはオートロックだし、部屋には別に安全セキュリティーもつけてあるの。私のところなら、安全よ」

「署長の許可は取ったのか？」

「報告するわ。駄目とは言わないでしょ。他に手がないのだから」

沖は考え事をする時の癖で平手をスキンヘッドに伸ばしかけたが、途中ではたと気づいてやめた。貴里子はこれを、困り事に出くわした時の癖と思っているようだ。

「外で何か食べるのはやめた方がいい。護衛がしにくい。マンションの場所は？」

「高円寺よ。護衛なんか要らないわ」

「いいや、駄目だ。俺が車で送る。食事はあんたの家に着いてからにしろ。それから、明日の朝も、俺が迎えに行くまでマンションから動いてはいかん」

そこで言葉を切りかけたが、何か言い足りない気がして慌ててつけ足した。

「言っとくが、あんたのためじゃないぞ。この子を守るためだ」

貴里子と目が合い、沖はすぐに顔を背けた。

「そんなことはわかってるわ」

一呼吸分ぐらいの間を置き、貴里子が言った。

その口調は平坦だったが、冷たさはいくらか薄れたと思いたかった。

4

貴里子のマンションは早稲田通りに面して建っていた。マンションの部屋にはまだ引っ越し用の段ボール箱が至るところに積み重ねてあり、腰の落ち着け場所に苦労するほどだった。

沖はコンビニの袋を手に提げて居間の入り口に立ったまま、困惑気味に辺りを見回した。実際のところ困惑していた。車で貴里子と小華《シャオホア》のふたりを送り、途中で夕食の買い物をした。貴里子はそうする途中でも、そこまで神経質になる必要はなく、どこか外で夕食を摂ればいいと主張したが、それを説き伏せた形だった。

沖が夕食をまだ摂っていないと知ると、沖の分も買って部屋で一緒に食べればいいと誘ってくれた。

見かけによらずさばけた女で、男を部屋に上げるのを何とも思わないのかもしれないが、沖のほうはそういった好意を示されるのにはあまり慣れていなかった。しなくていいような緊張まで強いられる気がして落ち着かない。それを気取《けど》られるのも嫌で、貴里子と目を合わせないようにして部屋を見回していたら、そんな態度を見咎《みとが》められてしまった。

「いやね、レディーの部屋をじろじろ見ないでよ。失礼でしょ」

「別にじろじろ眺めてなどいない。それに、来たくて来たわけじゃないんだ」

「好意で誘って上げたのだから、感謝して欲しいわ」

コンビニの代金は俺が全部払ったのだといい返そうとしたが、莫迦らしくなってやめにした。女と軽口を叩《たた》き合う趣味などない。これを軽口というならば、の話だが。

「幹さん、悪いけれど、部屋の真ん中の段ボールを少し隣の部屋に運んで、食べる場所を作ってくれない。私は台所でちょっとお味噌汁ぐらい作るから」

「案外と女らしいところもあるんだな」

驚いて呟くと、軽口だと取られたらしく、

「私を何だと思ってるの。よほど忙しくない限りは自炊よ。忙しいことなんか、前の署じゃ滅多になかったし」

と口を尖《とが》らせて言い返された。

貴里子は小華に何か声をかけ、段ボール箱から出したクッションを渡して坐らせ、キッチンに消えた。

沖は言われた通りに段ボールを持ち、隣の部屋に移動した。

カーテンを引いた窓際に、セミダブルぐらいの大きさのベッドが置いてあるのを見つけ、ドキッとした。

微かにいい匂《にお》いがした。

「ちょっと、またじろじろ見てるんじゃないでしょうね。壁際に本棚があるから、その前に置いておいて」

キッチンから声がして、言われた通りに従った。

「莫迦なことを言うな。じろじろ眺めたりなどするものか」

癪《しゃく》に障《さわ》って言い返すが、心持ち声が掠《かす》れてしまったことに気づいてまた癪に障る。

「やけに重いが、中身は全部本なのか？」

何往復めかで、訊いた。

「ええ、そう。キャリアの女は、それぐらいの本は読むのよ」

何と応じていいかわからず黙っていると、カウンターキッチンのむこうからこちらを覗《のぞ》き込むようにしてにこっとした。

「お味噌汁ができたから、そろそろ食べましょうよ。もう三人でむかい合って坐れるでしょ」

「ああ、大丈夫そうだな」

「新しいテーブルをまだ買ってないの。これまで住んでいた部屋では完全に畳の暮らしだったから。適当な段ボールをテーブル代わりに真ん中に置いて」

沖が言われた通りにしていると、一度部屋に出てきた貴里子は、段ボールのひとつから平たい板を一枚抜き出してキッチンに戻った。

それにお椀《わん》をふたつとスープカップをひとつ載せて戻ってきた。画板だった。絵が趣味なのか、と沖は思った。

貴里子は画板をそのまま段ボールに載せ、「テーブル代わりよ。お椀の数がまだないから、私はスープカップを使うわ」と沖に言ってから、壁際にクッションを抱いて坐る小華に中国語で声をかけて手招きした。

だが、小華は動こうとはしなかった。まるで誰にも背中を見せてはなるものかとでも言うように躰を壁に寄せ、クッションの陰に顔を隠すように埋めている。

「おい、ちょっと画板をもう一度持て」

沖は言うと、自分は下の段ボールを持ち、ふたり揃って小華のほうへと移動した。

「さあ、お嬢ちゃん。食べようぜ。俺も腹がぺこぺこだ。おまえさんだって、そうだろ。兄さんのことは、心配いらない。わかったな」

日本語で話しかけ、コンビニの袋から出したサンドウィッチとおにぎりの両方を両手にひとつずつ持って差し出した。

だが、何の反応もなかった。

貴里子が中国語で話しかけるが、それも無視し、じっと床を見下ろしている。

「どうやらまだ、警戒が解けちゃないようだな。食べ出そうぜ。そのほうが、いいかもしれん」

沖は貴里子に言い、おにぎりを開けた。

念のため、「こうやって海苔《のり》を巻くんだぜ。どうだ、やってみろ」と、包装のビニールの剝《は》がし方を教えるが、少女はクッションと溶け合ってしまったかのように反応がないので食べ出した。

「新宿の前はどこにいたんだ？」

「秋田よ」

サンドウィッチのほうを口に運び始めた貴里子が応えて言った。

キャリア職は沖たちとは違って国家公務員であり、したがって異動も日本全国に跨《また》る。数年でひとつの地方を経ながら、異動毎《ごと》に出世していく仕組みだ。

その中でも、当然ながら、大阪、名古屋、福岡などの大都市の警察に配属されるのがエリートコースであることは言うまでもない。女警部殿は、どうやら男社会の警察の中では、処遇に苦労をしているらしい。

「生まれはどこなんだ？」

「大阪」

「関西なのか」

「何？　おかしい？　実家は恵美須《えびす》町よ。って言ってもわからないかもしれないけど、二階の私の部屋からは真正面に通天閣が見えるわ」

坂田三吉縁《ゆかり》の地とは、とんだ警部殿だ。

「どうして関西弁が少しも出ないんだ？」

「英語と中国語を話すのよ。フランス語だって、ある程度なら話せるわ。どうして東京弁が話せないと思うの」

恐れ入ったという感じで肩を竦《すく》めて見せると、貴里子は楽しそうに笑った。そうしてリラックスした表情で笑うと、描き込んだような綺麗な笑い皺《じわ》が目尻に伸びることに初めて気がついた。

「秋田弁もマスターしたのか？」

「容疑者の取り調べで使いたいと思ったのだけれど、そんな機会もなかったわ。いつでも上に祭り上げられてただけで、現場の捜査には手出しができなかったの」

現場は俺たちノンキャリのものなんだ、という持論を口にしそうになり、慌てて引っ込めた。せっかくいい雰囲気で話しているというのに、水を差したくなかったのだ。

小華はそれからもしばらくはじっと動かなかったものの、やはり空腹を感じていたのだろう、沖と貴里子が会話を交わしながら食事を頬張っていると、自分もサンドウィッチを開けてパクつき始めた。俯《うつむ》き、パンや中身をぼろぼろとクッションに落としながら食べているが、貴里子は見て見ぬ振りをしている。

「貸してみろ。こうやるんだ」

沖はおにぎりに取りかかろうとする少女の手からそれを取り、包装の真ん中にある帯状のビニールを破り取ってから、中の海苔をご飯に被《かぶ》せ、残りのビニールを抜き取った。

「ほら、こうすると手が汚れない。ジャパニーズマジックおにぎりだ」

そう言いながら、おにぎりを差し出し返した。隣で貴里子が通訳して聞かせてくれていた。

ひとつ呼吸を置いてから、小華はおにぎりを受け取り、沖に微かに微笑《ほほえ》み返した。

それほど時間もかからずに食事が済むと、貴里子がキッチンに立ち、小華にオレンジジュースを持ってきた。

「コーヒーを飲む？」と沖に訊いた。「いいエスプレッソ・マシーンがあるの。これだけはないと一日も我慢できないので、越して来てすぐに出しておいたのよ」

「ああ、貰いたいな」

貴里子はキッチンに戻り、じきにいい匂いがし出した。

「たばこを喫《す》いたければ、ヴェランダでどうぞ」

そんな声が聞こえたが、「いや、いい」と答えた。

「なあ、孟沢潤《モン・ザールン》のことを訊いてくれないか？　この子も孟に会ったのかどうかが知りたい」

エスプレッソを啜《すす》り出してじきに、沖は貴里子に言った。

「それならさっき、ふたりきりの時にもう訊いてみたわよ」

「で、何かわかったのか？　駄目だったんだろ。もう一度訊いてみろ」

貴里子はいくらか不服そうな顔をしつつ、沖の言葉に従った。

だが、小華は口を噤《つぐ》んだまま、何も答えようとはしなかった。

沖は少女に向き直り、直接話しかけた。それを貴里子が通訳する。

「なあ、二番目の兄貴の選平《シュエンピン》は、孟の下で働いてたんだろ？　どこに行けば孟に会えるか、何か知らないか？」

少し待って、また言った。

「上の兄さんの美良《メイリアン》は俺に、裏切られたと言ったんだ。どういう意味か、きみなら何か見当がつくんじゃないか？　兄さんは、今夜、孟に頼まれてあの喫茶店に行ったんだろ？」

駄目だった。食事の最中の幾分打ち解けた雰囲気は消え、少女は再び頑《かたく》なな沈黙のむこうへと身を隠してしまっていた。

沖はさらに問いかけようとしたが、貴里子が掌をその顔の前に差し出してとめた。

「これ以上は駄目。この子を泊めるのは私だし、今日病院でこの子にずっとついてたのだって、私なのよ。どういうタイミングで何か聞き出せそうかどうかは、私が判断する。ここでこれ以上何か訊いても、ただ彼女を頑なにさせるだけだわ」

沖は何か言い返そうとして、やめた。ここは貴里子の言葉に従ったほうがよさそうだ。エスプレッソのカップを飲み干した。

なんとなく物足りず、もう少しこの部屋に留まっていたかったが、貴里子はお代わりを勧めてはくれなかった。

「わかったよ。ここはあんたの言う通りにしたほうがいいだろう」

言いながら手帳に自分の携帯の番号を認《したた》め、破り取って差し出した。

「万が一だが、何か気になることがあったら、すぐに俺の携帯にかけろ。深夜でも遠慮はいらん」

「あなたの家の場所は？」

「西新宿だ。高層ビルが途切れた先さ」

「じゃあ、それほど遠くはないわね。でも、車で飛んできて貰っても、二、三十分はかかるでしょ」

「深夜なら、十五分ぐらいだろうさ」

「わかったわ。ありがとう」

沖は明日の朝の迎えに来る時間を決め、貴里子の部屋をあとにした。

エレヴェーターで階下へ降り、路上駐車した車に乗って走り出してもなおしばらくは、彼女の淹《い》れてくれたエスプレッソの味が口に残っていた。

5

翌朝、沖は七時半に貴里子のマンションを訪ねた。幸い深夜に携帯が鳴って起こされるようなことはなかった。

マンションの駐車場は地下にあったが、部屋に上がって帰って来るまで大した時間はかからないと思ったし、来訪者用のスペースがあるのかどうかを確かめていなかったので、昨夜と同様にエントランス脇に停めた。上りの車線は混み始めているが、マンションが建つのは下り側だし、路肩に車輪を乗り上げて停められたので邪魔にはなるまい。

暑さが本格的になるにはまだ間のある時刻だが、湿度は高く、昨日に続いてすがすがしいとは言い難い朝だった。エントランスの階段を上がり、エレヴェーターで上り始めた時には、ポロシャツの下に着たランニングにうっすらと汗をかき始めていた。昨日は新署長の赴任初日だということで、スーツにネクタイ着用をきつく言い渡されていたが、二日目の今日はどうでもいいだろう。自分で勝手にそう判断して、服装は普段通りに戻していた。

貴里子は既に出かける準備を済ませており、すぐに小華とふたりで出て来た。ポロシャツにジーンズ姿の沖を見て、微かに「あら」という表情を過《よ》ぎらせたようだが、特に何も言おうとはしなかった。

少女は昨日と同じTシャツとジーンズだった。下着だけは、昨夜、コンビニに寄った時に、貴里子の機転で買っていたが、他はそういうわけにもいかなかった。

「昨夜はあれからシャワーを浴びさせて、私のパジャマを貸して上げて寝かせたのよ。その間にTシャツは一応洗って乾かしておいたわ」

戸締まりをしてエレヴェーターにむかって歩きながら、自然とそんな会話になった。この気候では、一日着た服はもう汗まみれで翌日は着られない。

エレヴェーターに乗り込んだ。

「でも、シャワーに入れるのに服を脱がして驚いたんだけれど、躰中何かに食われて赤くなってるのね」

「虱《しらみ》じゃないのか」

沖が言うと、貴里子は目をぱちくりとさせながら小華を見下ろした。

「私、虱は見たことないから、わからないけど……」

「足立のあのドヤ紛《まが》いのアパートで、虱にでもたかられたのかもしれんぞ」

「それじゃあ、あとで塗り薬も買って上げなくちゃ。でも、あまり痒《かゆ》がっていなかったけれど」

中国にいる頃から、蚤《のみ》や虱にたかられるのには慣れているのかもしれない。そう思ったが口にはせず、ただ「そうか」と応じた。

「それに、服を脱ぐとがりがりで、肋骨《ろっこつ》が全部見えちゃってるの」

「同じベッドで寝たのか？」

「そうよ」

「なあ、この子が持ってるぬいぐるみは何なんだ？」

部屋を出て来た時からずっと小華が抱え続けている頭の大きな熊のぬいぐるみを目で差した。訊くタイミングを計っていたのだ。

「私のよ。この子にあげたの。抱き枕代わりに使ってただけで、別に少女趣味じゃありませんからね」

沖は軽く笑って頷《うなず》いた。

言うべきかどうか迷い、一言釘を刺しておくことにした。

「なあ、この子をあんたの家に泊めるのはこれっきりだ。署に着いたら、彼女の今夜の泊まり先を手配してくれ。わかってるかと思うが、事件の関係者にあまり深入りしない方がいいんだ。そんなことをしてたら、デカは身が保《も》たない」

「──そんなことはわかってるわよ」

案の定、そう言い返す仕草には、不服そうな感じが滲《にじ》んでいた。

「それならいいんだが、あんたは深入りしそうなタイプに見えたもんだからな」

今度は何も答えてはくれないうちに、エレヴェーターが一階に着いた。

小華を真ん中に挟んで歩き出す。

ロビーを横切ると、僅かの間に日射しが強くなっており、エントランスの外は景色が何もかもくっきりと焼きつけられたみたいに見えた。

自動ドアを抜け、大庇《おおびさし》の下を出て何段かの階段を下る。

「昨日と同じ場所に停めてあるんだ」

そう告げて車にむかい、リモコンキーでドアロックを解除した時のことだった。

沖はふと顔を転じて通りを見た。

十数メートルほど先に駐車された車が、緩やかに発進してこちらに走って来るのが見えた。

遮光フィルムを貼《は》っているので車内が見難いが、運転席と助手席に男が乗っている。

確かめるでもなくそんなことまで見て取り、目を離しかけた時のことだった。

助手席の窓が開き、中から腕の先が突き出された。

その時点ではもう、沖は貴里子と小華のふたりを庇う体勢に入っていた。考える前に躰が反射的に動いていたのだ。

突き出された腕に拳銃があった。

「危ない、伏せろ！」

沖は声を上げ、貴里子たちに覆い被さるようにして自分の車の陰に倒れ込んだ。

銃声が続けざまに響き、車のボディーに堅い物がめり込んだ振動が走る。

ピシッと甲高い音がした。

サイドガラスを弾が貫通したのだ。

沖は拳銃を抜き出した。

そっと顔を抜き出すと、車は既に走り去ったあとだった。

ナンバーを苦もなく記憶するが、盗難車に決まっている。

一発叩き込んでやろうか。この距離ならば、威嚇に充分な発砲が可能だとわかった。だが、街中でそんなことをすればお偉方の怒りに触れて懲罰が待っており、少なくとも数日はデカとして動き回ることなどできなくなることも知っていた。

それでも拳銃を構えたまま、何歩か進みかけた時、頭のどこか片隅で警報が鳴った。

――簡単すぎる。本当にこれで終わりなのか。

銃を構えたままの姿勢で躰を翻《ひるがえ》し、車が走り去ったのと反対側の歩道にむき直った。

薄い色のサングラスをかけた男がひとり、電柱の陰から拳銃で小華たちを狙っていた。

二段構えで襲って来たのだ。

今度は躊躇《ためら》わずに引き金を引いた。

機を逃せば、取り返しがつかなくなる。そんな状況の時には躊躇わずに発砲すべきなのだ。守らなければならない人間の命や、時には自身の命すらなくしかねないのは、それを躊躇った時だと知っていた。その結果、あとで懲罰だなんだと騒ぐ連中がいるのならば受けて立てばいい。

沖の放った銃弾が電柱のコンクリートで弾け、男は明らかにはっとした様子で身を引いた。

それでも小華たちを狙って撃って来たが、一旦《いったん》不意を喰らって落ち着きを失ったら、よほど腕のいい人間でなくては正確な射撃は不可能だ。

「ここにいろ。動くんじゃないぞ」

沖は貴里子に言い置くと、拳銃を顔の前で構えた姿勢で駆け出した。

銃口をむけてくるが、洒落臭《しゃらくさ》い。男の足を狙って引き金を引いた。

僅かにずれ、男の足下で弾丸が弾けた。

男が背中を向けて逃げ出した。

すぐ先の路地を折れて姿を消す。

路地の入り口にたどり着いて見やると、その路地をまだ真っ直ぐに駆けていた。

さらに追うか、再び咄嗟《とっさ》の判断を迫られる。

「村井さん」と、大声で呼びかけた。「あんた、拳銃は？」

「秘書に携帯許可は出ないわよ！」

貴里子も同様に辺りを憚《はばか》らぬ声で返事をした。

深追いは思いとどまり、油断なく周囲に視線を巡らせた。第二の襲撃者がいたのだ。さらにいないとは限らない。さっき車で遠ざかった男たちが、引き返してどこかで様子を窺《うかが》っている可能性だってあるかもしれない。そう考えると、貴里子と小華をここに残して自分だけが遠ざかるのは、得策には思えなかった。

沖は車に走り戻り、貴里子たちを車内へと急《せ》き立てた。

「ふたりとも後部シートに乗れ」

押し込むように乗せ、拳銃を剝き出しで構えたままで周囲を油断なく見渡しながら、車の鼻面を回って運転席に乗り込んだ。

すぐに車を発進させた。

無線でK・S・Pを呼び出し、襲撃事件の発生を告げる。

だが、習慣的な判断で素早くそうしたものの、報告の途中で沖ははっと息を吞んだ。頭の中に一瞬の空隙《くうげき》が生じたのち、フル回転で動き出す。

「報告は以上だ。現場の検証を頼む。証人の少女の保護は引き続きこっちでやる」

口早に現状報告だけ済ませると、忙《せわ》しなくそう言い置いて一方的に無線を切った。

そのままスイッチをオフにする。

「どうしたの？　今、スイッチを切らなかった？」

見咎めた貴里子が、助手席と運転席の隙間から上半身を乗り出すようにして訊いてきたが、しばらくは無言で取り合わなかった。そうしながら、頭を整理していたのだ。

「なあ、あのマンションに越したのは、いつなんだ？」

「一昨日引っ越しが終わったばかりよ。秋田になかなか後任者が来なくて、引き継ぎを終えるのがぎりぎりになってしまったの」

「だが、昨日は分署に、現住所を報告してる」

「いいえ、新しい住所は、ここが決まった時に総務に届けたわ。もう公務員庁舎はうんざりだったから、住まいだけは早目に手を打っておいたの。でも、なぜ？　ねえ、何を考えてるのよ？」

「なぜあの連中が、あんたのマンションの場所を知っていたのかをさ」

「――――」

「警察官の住所は、外部には厳重に秘密にされてる。だが、内部に情報を漏らす人間がいたとすれば、話は別だ」

「まさか……」

「何がまさかなんだ」

言いかけ、沖は口を閉じた。

署長の秘書として、この女は金森にお札が出かかっていたことぐらいまでは知っていたとしても、金森があぁしてＫ・Ｓ・Ｐの正面で射殺された一件に、誰か警察内部の人間が関わっている可能性までは知らないのだ。これは沖と円谷とで神竜会の西江から仕入れたネタだ。

　バックミラーを覗くと、貴里子もミラー越しに沖を見ていた。ここで徒《いたずら》に心配をさせても、混乱を招くだけかもしれない。それに、本当に警察内部に密通者がいるのだとすれば、なるべく大っぴらに騒ぎ立てない方がいい。

「――まあ、俺の考え過ぎかもしれんがな。いずれにしろ、小華には、これからは厳重な警備をつける必要がありそうだ」

「ねえ、幹さん。あなた、何かもっと他にも根拠があって、警察内部の人間が誰か情報を漏らしたのかもしれないとすぐに思いついたんじゃないの？」

　訊かれ、沖は表情を動かさないように注意しながらもう一度バックミラーに目をやった。今度は貴里子は、ミラーのほうを見てはいなかった。沖を直接、斜め後ろから凝視している。刺さるような視線を感じ、首筋の辺りがむずむずした。平手でスキンヘッドを撫でたりしないように注意する。それにしても、勘のいい女だ。

「別段そういうわけじゃないさ。だから、俺の考え過ぎかもしれんといっただろ」

　貴里子はまだどこか疑わしそうな顔で沖を見ていたが、やがて鼻孔を僅かに動かして息を吐き出した。

「まあ、いいわ。今ここで詮索《せんさく》していてもしょうがないもの」

沖も同じようにふっと息を吐きかけた時、貴里子が追って言った。

「でも、そうだとしたら、変よ。嫌だわ……」

すっかり口調が変わっていた。

「何が変なんだ？」

「だって、私のマンションの場所は、総務を当たれば誰でもわかったかもしれないけれど、小華を私のマンションに泊めることは、昨夜病院を出る時に、電話で署長の深沢さんにしか言ってないのよ。そうでしょ」

沖はふと気がつくと、右手をステアリングから離し、掌でしきりとスキンヘッドを擦《さす》り続けていた。

6

「それじゃ、署長の深沢が怪しいと言うのかい？」

話を聞いた平松は、沖のほうに顔を寄せて訊き返した。

二丁目の裏手にある新宿公園の木陰で、並んで調理パンにかぶりついていた。

沖は貴里子たちを署に送り届け、署長の深沢に厳重な警備の必要性を強く主張したのち、午前中一杯は朱徐季《チュー・スーチー》の居所を何とか探し当てようと様々な方面を歩いて情報を求めていたが、当たりはなかった。

昨日、新宿署の堀内が名前を出した岡島友昭について調べ、併せて新宿署の一課の動向についても恋人の沙也加に探りを入れろと命じていた平松の報告を聞くため、ここでこうして待ち合わせたのだ。

太陽は空の一番高いところに陣取って、焼けた鉄板みたいにぎらついていた。屋外で昼食になどしたくはなかったが、どこかの店で食事をしながら捜査の話をするわけにはいかない。時間を惜しみ、公園でパンを囓《かじ》ることにしたのだった。

「別にまだ深沢が怪しいと断定したわけじゃない」

沖は言い、額の汗を手の甲で拭《ぬぐ》った。

「だけど、小華って娘が村井のマンションにいると知っていたのは、深沢だけだったんだろ」

「彼女が報告したのは深沢だけだと言ってるだけさ。深沢がその後、誰かに漏らしたか、さらに上の人間に報告したのかもしれん」

「誰にするんだよ？」

「そんなこと、今、わかるか」

「だけど、いずれにしろ深沢って署長は要注意だな」

沖は無言でちらっと平松の顔を窺い見た。どうやら新署長に対して、あまりいい感情は持たなかったらしい。

「ま、その件は俺に任せておけ。どうなってるのか、探りを入れるさ。内部に情報を漏らしてる人間がいるとしたら、いつ俺たちだって背後から刺されないとも限らない。そんな野郎は必ず見つけ出し、締め上げてやる」

「わかったらすぐに教えてくれよ」

「ああ、もちろんだ。それより、そっちの報告をしろよ。堂本が強請《ゆすり》をかけてた岡島ってのは、どんな男だったんだ？」

「歳は三十六歳。独身で、東都開発という会社の総務部にいる。会社の住所も、自宅のマンションも、両方調べておいた」

「独身ね」

「それがどうかしたのか？」

「堂本は、というか、その背後にいた金森たちは、風俗店とカード会社の間を取り持ち、そこから得た情報で強請をかけていた可能性が高い。そうだろ。だが、その場合、家族持ちのほうがターゲットになり易《やす》いんじゃないかと思ってな。例えば風俗の女に深入りしたとしよう。その場合、家族に知られたくなければ云々《うんぬん》となるわけだろ」

「なるほど、そうだな。だけど、例えば何か社会的に公にされたら困るような趣味の持ち主だって線はどうだい？　ＳＭだとか、幼児プレイだとか、あるいはこの岡島って野郎が買ったのは、女じゃなく男だったのかもしれないぜ。ただの風俗なら別段笑って済ませても、そういった変わった趣味や嗜好《しこう》についちゃ、大っぴらになったら周囲の見る目が変わっちまう。堂本たちは、風俗店の払いをカード会社に取り持つうちに、そういった噂も段々と耳に入るようになっていたんじゃねえかな。もしかしたら予《あらかじ》め馴染《なじ》みの店のいくつかに声をかけ、変わった趣味嗜好の客が来たら耳打ちするようにと頼んでいたのかもしれないぜ。あとはそいつを訪ね、脅しをかける。後ろにデカがついてるんだから、怖いものなしさ」

「なるほど、そんな線かもしれんな」

「だけど、どうもわからないな。そんなケチな強請にしちゃ、事がでかくなり過ぎてる。そうだろ。うちの分署の前の狙撃にしろ、昨夜の銃撃事件にしろ、なんだかあちこちでえらく焦臭《きなくさ》いことになってるじゃねえか。それとも、何もかもひとつの線に結んで考えないほうがいいんだろうか。どう思う、幹さん」

「いいや、全部一本の線で結ばれてるんだ。時間が経てば経つほどに、俺はそんな予感が強まってるよ」

「でも、それなら――」

「ケチな強請じゃなかったってことさ。たぶん、その先で何かでかいヤマを掘り当てたんだ」

と、沖は昨日円谷と交わした意見を平松にも開陳した。

「だから金森と藤崎の野郎は、堂本たちを一旦勾留する形で安全な場所に置き、その間に事を済ませる計画を立てた。だが、そんな金森たちにお札が出るという情報が流れ、金森たちが捕まれば、強請のネタが公になることを危惧した連中が、昨日の朝の狙撃を企んだんだ」

「そうすると、狙撃犯を雇ったのは、金森や堂本たちに強請られてた人間ってことか？」

「何か違う線の結び方もあるのかもしれんが、とりあえずはそう結んで進んでみようぜ」

捜査の進展には仮定が必要なのだ。

見込み捜査の弊害などと言い立てるマスコミや、そういった外部の意見に踊らされる上層部の連中には何もわかっちゃいない。仮定を立てなければ、どこにむかって進めばいいのかわからない。進み方がわからなければ、一日二十四時間の間に調べるべきことがわからない。躰はひとつしかなく、デカの数には限りがあるのだ。

「そうすると、岡島が勤めてる東都開発ってとこがちょいと気になるな」沖はそう続けた。

「何をやってる会社なんだ？」

「半導体関係ってやつだよ」

「具体的には、何をやってるんだ？」

「半導体関係だから、そういうのを作ってるんでしょ」

平松はシラッと言ってのけた。何もわかってはいないのだ。

黙って見ていると、「夕方までに調べておく。それでいいだろ」と言い足した。

結局、昨日から半日以上かかって何を調べていたのだという言葉が出かかったが、それを封じるように平松がさらに続けた。

「だけどさ、新宿署の一課の動向についちゃ、どうも妙なことがわかったぜ」

「沙也加から訊き出したのか？」

「ああ、今朝まで一緒だったんでな」

そんなことは訊いてない、と胸の中で言う。

「昨日、堀内は、堂本のスケの谷真紀子って女を引っ張ったじゃないか。それで署に連れて帰るなり、上司と衝突したらしい」

「なんでだ？　捜査方針が対立したのか？」

「いや、沙也加が聞き耳を立てて耳に入ったことしかわからないが、どうやら新宿署のおえら方には、もう堂本を追う腹はないようだぜ」

「どういうことだよ？　堀内が独断で捜査を進めてるだけだというのか？」

「そういうことらしい。谷真紀子も、ほとんど詳しい聴取もなく解き放されたそうだ。なあ、もう一度ヒロのやつをあの女に張りつかせたらどうだ。新宿署が堂本の線を追わないのなら、うちが単独でやれるぜ」

「それはそうだな」

と呟《つぶや》きながら、沖は灼《や》けた地面を見つめてスキンヘッドを撫でた。反射光で眩《まぶ》しい地面は、そうしてじっと見ていると網膜がちりちりと焼けるような気がする。

「だが、どうして新宿署は堂本の線を追うのをやめたんだ？　堂本を吐かせりゃ、金森や藤崎のやってたことがはっきりする。それなのに……。まさか、それを嫌ったってわけか……」

これは平松に話しかけたわけじゃなく、半ば独り言だった。

金森はK・S・Pの一課に来る前、新宿署の一課にいたのだ。

金森がしていたことがばれると困る人間が、今も新宿署の上層部にいるということなのか。

その人間が内部の情報を外に漏らしている可能性はないか。

だが、貴里子のマンションの場所と、そこに小華がいる情報を摑むことができたのは、他署ではなくK・S・P内部の人間だと考えたほうがいいのではないのか。

それとも新宿署とK・S・Pと、所轄や分署の双方に強い影響力を発揮でき、情報も思いのままに入手できる人間が誰か関わっているのだろうか。

もしもそうだとすれば、この警察組織のとんでもなく上の人間ということになる。

「幹さんは、新宿署の捜査がストップしたことにも、内部の裏切り者が裏から手を回したと思ってるのか？　だけど、新宿署の上の連中が何を考えてるのかはわからないけれど、とりあえず堂本の線を追うのをやめたことについちゃ、ある程度の理があるみたいだぜ」

「それはなぜだ？」

「岡島友昭は、堂本に強請られてたって訴えを取り下げたらしいのさ。そうなると、新宿署には動く材料がなくなる」

「何？　岡島が訴えを取り下げただと――？」

「ああ、そうだけど」

「なんでおまえ、それをもっと早くに言わないんだ」

沖の剣幕に、平松は黙って両目を瞬いた。

沖は平松を促して立ち上がった。

「おい、予定を変更だ。これから岡島って野郎を訪ねるぞ。なんで訴えを取り下げたのか、締め上げるんだ。ついでに東都開発って会社も見て来ようじゃないか」

だが、この聞き込みは完全な空振りに終わった。

浜松町のオフィスビルのひとつに入った東都開発の受付を訪ねて警察手帳を提示し、総務の岡島に会いたいと申し出たところ、大阪支社に転勤になったと言われてしまったのだ。

「いつ転勤されたんです？」

そう食い下がると、受付でははっきりした話はわからないとのことだったので、沖は少し迷ったのち、総務の人間に取り次いで貰うことにした。

本人に会えなかった以上、ここで引き下がって様子を見、じっくりと攻めてかかる手もあるとは思ったものの、こう申し出てどんな人間がどんな応対をするかを確かめたいという興味が勝ったのだ。

応接室に通され、事務の服を着た女にお茶を出されたまま、十五分近く待たされた。焦《じ》れかけた頃にドアにノックの音がし、背広姿の男がふたり順番に入ってきた。ひとりは五十代の前半ぐらいで胃の弱そうな瘦身《そうしん》の男で、もうひとりは四十代の半ば、そして対照的にいかにも押しが強そうながっしりとした男だった。

立ち上がり、沖たちが名刺を出すと、引き替えにふたりも名刺を差し出し返した。予想に反してがっしりとした若い方の肩書きが総務部長で、歳がいった男のほうが係長となっていた。

「どういった御用件でいらっしゃったのでしょう？」

四十代の男のほうが尋ねてきた。名前は古橋冬樹となっていた。もうひとりは、前田久夫。

「岡島さんにお話を伺いたかったのですが、転勤されたということでしたので、ちょっと」

と、沖は曖昧《あいまい》に切り出した。

「岡島にどういった御用件でしょうか？」

古橋が訊くのを半ば無視するようにして、

「転勤なさったのは、いつなんでしょう？」

と訊き返した。

「一週間ほど前ですね」

古橋が答え、隣の前田のほうに目をやると、そちらが正確な日付を口にした。

日付を思い出して口にしたような様子をしていたが、どこかわざとらしい雰囲気があった。

「で、岡島に、警察の方がいったいどういった御用件なんでしょうか？　彼に何か？」

と古橋が繰り返した。

「いや、そういうわけじゃないんです。ただ、岡島さんは、このところ、ある男たちから強請られていたようでしてね。それで警察に相談されていたんです。この件については、何か御存じでしたか？」

訊き返すと、古橋は、「ええ、まあ……」と口を濁した。

「御存じだったんですか？　どうなんです？」

さらに確かめると、しきりと目を瞬きながら、

「詳しくは知りませんが、なんだかそういった話は聞いたことがあります」

と応じた。

どうやら押しは強そうに見えるものの、警察からこうして突っ込まれることには慣れていないらしい。古橋の態度から、沖はそんなふうに読み取った。

もう一歩切り込んでやろうとした時、間の悪いことにポケットの携帯電話が鳴った。よほど大事な聞き込み先の場合は、予め携帯を切っておくのが常だったが、普段はそういうわけにはいかない。いつ何時、緊急の連絡が来るかもしれないのだ。

「ちょっと失礼します」

沖は古橋と前田のふたりに断り、携帯電話を抜き出してディスプレイに目を走らせた。署からではなく、ディスプレイには貴里子の携帯の番号が表示されていた。

通話ボタンを押して耳に当てる。

「どうした、緊急の用件なのか？」

挨拶《あいさつ》もなく、いきなり問いかけた。

「ええ、緊急よ」と、貴里子は応じた。「病院にいるのだけれど、小華《シャオホア》の兄の美良《メイリアン》の容態が急変したの」

「なんだって。──で、どうなんだ？　危ないのか？」

「医者はそう言ってる」

くそ、昨夜の診断は何だったのだ。こんなことなら、どんな無理を押してでも、もっと早くにあの男から話を聞き出しておくのだった。

沖は貴里子を待たせて古橋たちに「ちょっと失礼」と告げると、平松を促して応接ソファを立った。

念のために部屋の外に出て、平松の耳元に口を寄せた。

「病院からで、許美良《シュー》の容態が急に悪化したらしい。俺はこれからすぐに飛んでいかねばならん。この先の聴取は頼む」

「くそ、で、助からないのかよ?」

「医者はその可能性を示唆《しさ》してるらしい」

「わかった。じゃ、ここは俺に任せてくれ」

頷《うなず》く平松をその場に残して沖は駆け出した。

電車と車とどちらが早いか、素早く頭の中で東京の地図を思い浮かべる。平日の昼下がりだ。ここからならば、麻布、南青山と抜けて信濃町経由で行けば、おそらくはタクシーのほうが早いだろう。

沖は表でタクシーを拾った。

7

病院に駆けつけ、集中治療室が近づくとともに、けたたましい泣き声が聞こえてきた。

何か小さな獣が腹の底から絞り出すようなその声に、病院関係者も、警察関係者も、他のベッドを訪れた見舞客たちも、そこに居合わせた誰もが搦《から》め捕られ、動作のひとつひとつが水の底にでもいるかのように重たくなっていた。

さらに何歩か歩みを進めるうちに、沖自身もまたその呪縛《じゅばく》の中へと搦め捕られてしまった。

廊下の先に、少女が見えた。

少女は両手両足をばたつかせ、背後からの制止を必死で振り切ろうとしていた。

小華だった。

貴里子と婦警ふたりの合計三人が、彼女の躰を押さえつけ、宥《なだ》めようとしているが、どうにも手に余る状況なのが見て取れる。

「駄目だった。助からなかったわ」

近づく沖に気づいた貴里子が、低く押し殺した声で告げた。

小華のこの様子を見れば、それは既にわかっていた。

「ほんの少し前だった。どうしてもと望むので、小華を兄の遺体に会わせたのだけれど、それからずっとこの調子なの」

小華は両目の瞼《まぶた》を腫《は》らし、洟水《はなみず》さえ垂らしながら泣き喚《わめ》いていた。喉は嗄《か》れ、声はどこか苦しげに掠《かす》れている。息が続かずに小刻みにしゃくり上げるように勢いが衰えかけても、少しするとまた大変な声になる。一定の年齢以上の人間には決してできないような泣き方で、小華は自分の兄の死を悲しんでいるのだ。

沖は平手でスキンヘッドを撫でた。どうもこういうのは苦手だ。

「――で、美良の遺体はどこなんだ？」

「今はまだ集中治療室のベッドにそのままよ」

「この子は、つまり、その……、亡くなる前の兄貴と何か言葉は交わせたのか？」

訊いてしまってから、つまらないことを訊く自分に嫌気がさした。つい昨日、そんなことになどおかまいなしに、兄につき添いたがる少女を除《の》け者にして、救急車の中で美良を問いつめたばかりじゃないか。

「つまり、俺たちにとって何か手がかりになりそうな会話があったのかという意味だが」

すぐにそうつけ足したが、貴里子はこちらの胸の内を見透かすような顔で首を振った。

「会話なんか交わしてないわ。意識が戻らず、そのままだったんだもの」

「ちきしょう。それにしても、医者の野郎は何をしてやがったんだ？　大丈夫だという話だったはずだろ」

「急性の腹膜炎を起こしたそうよ。それでショック状態に陥ったという話だった」

沖は苦虫を噛み潰《つぶ》したような顔で小華を見下ろした。

「なあ、どうしてこの子を兄貴と引き離したんだ？」

問いかけると、貴里子が睨みつけてきた。

「そんなの決まってるでしょ。死体なのよ。傍《そば》に置いておいたら、きっと、精神的にいい影響を及ぼさないわ」

「だが、この子の兄貴なんだぞ」

「――――」

今度は何を言っているのだという顔で見つめ返すだけで、何も口にしようとはしなかった。

「まだこの部屋の中にいるわけだな」

「そうだけど――」

沖はそれほど長くは考えなかった。

婦警たちの制止を振り切ろうと暴れる少女の前に屈み込み、その華奢《きゃしゃ》な両肩を半ば押さえつけるようにして摑《つか》むと、真正面から顔を覗き込んだ。

「謂《ウェイ》、你想見你哥哥嗎《ニーシャンジェンニーガーガーマ》」

小華は大きく何度も頷いて、中国語で何か喚き始めた。何を言っているのかは皆目わからなかったものの、構わなかった。これだけ大きく頷いているのだ。

沖は少女の手を引き、集中治療室のドアへとむかった。

「ちょっと待ってよ。何をする気なの」

背後から貴里子が声を上げたが、振りむかなかった。

「決まってる。気が済むまで兄貴と一緒にいさせてやるんだ」

「ちょっと、莫迦《ばか》なことをしないでよ。もう彼は死んだのよ。しかも、酷《ひど》い状態だわ」

「それがどうした。身内が死んだら、しばらくは傍で死を悼むだろ。この子もそれをしたがってるだけだ」

「子供の精神状態に悪い影響を及ぼすと言ってるでしょ。このことがトラウマになったら、一生残るのよ」

沖は貴里子を振りむき、睨みつけた。

「あんたにこの子の気持ちや将来のことがわかるのか？」

「――だけど」

「死体だろうと何だろうと、脳裏に焼きつけておいたほうが幸せかもしれん。それは誰にもわからないことだろ」

「そんな無責任なことを言わないでよ」

「何が無責任だ。この子の人生は、この子にしか背負えない。この子が今、気が済むようにすればいいいんだ」

吐き捨てるように言い、あとは貴里子を無視し、沖は集中治療室のドアを開けた。

死体の傍には看護師と若いインターンらしき男がおり、険しい顔でここには今入らないようにと言い立てたが、一睨《ひとにら》みすると竦《すく》んだように口を閉じた。

「部屋を出るのはおまえらだ。つべこべぬかすと、ケツを蹴り出すぞ」

沖は一喝した。


泣き喚き続けていた少女は、兄の傍に寄り添ってからは静かになった。

ベッドの傍に備えつけてあったガーゼを水道で湿らせ、兄の両頬や唇、額、生え際、それに髪の毛などを、黙々と静かに拭《ふ》き始めた。

ガーゼを探して手渡してやったのは、沖だった。ベッドサイドに陣取るなり、Tシャツの裾《すそ》を捲《まく》り上げて兄の顔を拭き出そうとする小華をとめ、周囲に何か使えるものはないかと探したのだ。

少女の背後に陣取り、じっと腕組みをしていたら、やがて背後のドアが静かに押し開けられた。

邪魔はさせないぞと言うつもりで振り返ると、貴里子だった。唇を引き結んで沖の顔を見つめ返し、何も言わずに小さく頷いた。

沖の隣にすっと並び、しばらく黙って小華の様子を眺めていた。

「――静かになったわね」

やがて、言った。

沖は自分が突《つ》っ慳貪《けんどん》な口調になっていることに気づいたが、どうしようもなかった。

「ちょっと話があるの。外に来てくれるかしら？」

「ああ、そうだな」

「わかった。行こう」

しばらくは兄妹ふたりきりにしておいて大丈夫だろう。そう判断し、貴里子について部屋を出た。いつの間にか廊下には、Ｋ・Ｓ・Ｐでマル暴を担当する柏木が来ていた。やはり報せを聞いて飛んで来たのだ。

「死んじまったそうだな」

目で簡単に挨拶を交わし、柏木は言った。

「ああ、容態が急変したそうだ。くそ、結局、聞き出せたのは、救急車の中のあの一言だけだったな」

裏切られた、という一言は、この柏木と一緒に聞いたのだ。

「あとは手がかりは、あの小華って小娘だけか」

柏木は言い、集中治療室のドアを目で指した。

「ところで、あの小娘を泊めた村井さんのマンションが襲われたそうじゃねえか」

沖に目を戻し、続けた。

「ああ、襲われた」

「あんたも居合わせたそうだが、襲ってきたのは中国人か？」

「わからんよ。見かけだけじゃ、わからんだろ。それを訊きたかったのか？　別に何か話があるんじゃないのか？」

沖のほうから促した。

柏木というのは、話の周辺を探るようにいくつか話題を振ってから、いよいよという感じで本題を持ち出すところのある男だった。そのほうが仕事をした気になるのかもしれないが、なんでもできるだけ単刀直入に済ませたい沖の性格には合わなかった。

柏木はちらっと貴里子を見やってから視線を戻した。

「実はな、入国管理局から署のほうに連絡が入り、小華の引き渡しを促してきたそうだ」

沖は右の眉をぴくっと動かした。

「送り返すわけか」と、呟《つぶや》くように言った。

「不法入国が明らかなんだ。仕方あるまい」

「まあ、それはそうだが」

「捜査に協力が必要だからと引き延ばすとしても、せいぜい数日が限度だろ。で、荒療治かもしれんが、今日は一日俺たちのほうであの子を預かり、手がかりを探してみることにした。署長も了解済みだ」

「——手がかりを探すって、どうするんだ？」

「うちのほうで押さえてる孟沢潤《モン・ザールン》の息がかかった場所を連れ回りながら、話を訊くのさ」

「何だと？　待てよ。そんなことを、署長がオーケーしたのか。そんな強引なことをして、彼女にもしものことがあったらどうするつもりだ？」

「俺たちが厳重にガードして、あの子は決して車の中から出さない。車の窓にゃ、決して外からは見えないように、遮光フィルムが貼ってある。だいいち、幹さんよ。あんたから、強引だなんてことで批判されたくねえな。あんたがいつもやってることだろ」

「それで結果が出る時しか、強引にはやらんぜ」

「気に入らんな。俺たちじゃ結果を出せんと言うのか」

「そんな手で結果など出せやしねえと言ってるんだ。わからんのか？　署の前での狙撃にしろ、昨夜のドンパチにしろ、首謀者が孟だとすれば、野郎は今、街の奥深くに潜ってる。表面的にわかってるような場所にいくら目を光らせたところで、野郎にゃたどり着けないぜ」

「俺たちの情報力を舐《な》めるなよ。こっちは毎日専門に、暴力団や外国マフィアを相手にしてるんだ」

「あんたらの情報力を過小評価してるわけじゃない。俺たち警察が普段摑んでるような線から追って行こうとしても、孟にたどり着くことはできないし、そんなことのために小華を連れ出して危険に晒《さら》すことにゃ意味がないと言ってるんだ」

柏木は目を逸らし、何度か深く息を吐いた。

鼻孔が小さくひくついている。怒鳴り散らしたいのを我慢し、なんとか怒りをやり過ごそうとしているのだ。

「とにかく、深沢さんが承諾したことだ。小華を連れて行くぞ。どうせこのまま入管に渡したところで、危険が待ってることにゃ変わりがないんだ」

「勝手にしろ。だが、今はまだ兄貴と別れを惜しんでるところだ。もう少し待ってやったらどうだ」

沖は吐き捨て、柏木の前から退いた。

「待って。私が小華につき添うわ」

貴里子が言った。

「そんなことは聞いてない」

柏木が言うのを、遮《さえぎ》った。

「小華から目を離さないようにと、署長から直接命令を受けてます。それに、あなたの語学力じゃ、彼女と細かい会話はできないでしょ。少しでも情報を摑みたいなら、私も連れて行くことね」

柏木は面白くないという表情を過《よ》ぎらせたが、結局頷いた。

「ねえ、ところで入国管理局に渡しても危険が待ってるって言ったけど、あれはどういう意味なの？」

貴里子が訊いた。

柏木は困惑を過ぎらせ、沖のほうへと視線を投げた。

その目の動きを見つけ、貴里子が今度は沖を見つめる。

「ねえ、どういうことよ、幹さん？　ふたりとも、何か知ってるならちゃんと言ってくれませんか」

詰問され、沖は柏木に目配せするが、柏木には何も言う気配がなかったので仕方なく口を開けた。

「小華は昨夜のドンパチの目撃者だ。それに、兄ふたりがスナイパーだったことから考えれば、むこうに帰ればおそらくすぐに口を塞《ふさ》がれる」

貴里子は両目を大きく見開いたのち、忙《せわ》しなく瞬きを始めた。

「そんな莫迦な……。だって、日本の入国管理局が、中国政府にむけて送り返すのよ」

「だが、その先は政府とは無関係な世界だ。腹が立つ話だが、俺たちにゃどうにもできないんだ」

　柏木が声を潜めるようにして、言った。

「だけど……」

　貴里子は言いかけ、ふっと息をとめた。

　そうすることでその先の言葉を自ら検討したらしい。さほどの自信はなさそうに、続けた。

「だけど、私たちの手で今度の事件を解決できれば、そんな危険もなくなるんでしょ」

　頷いて貰いたがっているのだとわかった。沖はスキンヘッドを撫でた。

「なあ、村井さん。解決ってのは、どういう意味だ？　署の表玄関が汚されたんだ。俺たち全員の面目にかけても、もちろん狙撃の黒幕は挙げるし、昨夜のドンパチだって必ず首謀者を挙げて見せる。だが、それはあくまでそれだけのことで、それで新宿のチャイニーズマフィアが根絶やしにできるわけじゃないし、ましてや海を越えたむこうの世界の出来事は、俺たちにゃどうにもできやしないんだ」

「だけど……」

　貴里子はもう一度呟いた。

　今度は強い口調で続けた。

「だけど、それならば事件が解決したところであの子が殺されるのがわかっていて、今度の事件解決の手助けだけさせるってことなのね」

「そんなふうに決めつけないでくれないか。あの子のおかげで今度のヤマが解決すれば、上を通じて、入管に可能な限りの働きかけはするさ。そうすりゃ、中国政府に対して入管からまた口添えをしてくれるはずだ」

柏木が言い難そうに口にするのを、貴里子は冷たく遮った。

「お為ごかしを言わないで！　それで何が変わるのよ。何も変わらないのがわかっていて、ただそう言ってるだけでしょ」

黙って両目を瞬く柏木を後目《しりめ》に、貴里子は集中治療室の中へと消えてしまった。

柏木が横目で沖を見て苦笑した。

「参ったな、まったく……。なあ、幹さんよ。女エリート警部殿にとっちゃ、俺たちゃまるで血も涙もない人間に思えるらしいぜ」

沖は横目で柏木を見つめ返したが、唇にも頬にも苦笑を返す気配はなかった。

「その通りじゃないか。俺もあんたも、目の前のヤマの解決を考えてるだけの卑劣漢さ。それともあんた、あのガキに何かしてやれるのか？」

柏木は再び言葉に詰まった様子で両目を瞬いた。

沖は続けた。

「できることとできないことがあるし、俺たちゃ正義の味方ってわけでもない。ただ、自分が担当する縄張りの秩序を、全力で守ろうとしてるだけだ。そうだろ。それを認めるのが嫌なら、あの女もあんたも、とっととデカを辞めちまえばいいのさ」

柏木の顔から戸惑いが払われるとともに、見る見るうちに陰湿な怒りが全身を占めた。

「けっ、片意地張りやがって。そんなことばかり言ってるから、あんたは警察の中で孤立するんだよ」

そう吐き捨てた時点で既に躰のむきを変え、集中治療室のドアに手をかけていたが、

「いけ好かねえ野郎だ」

とつけ足すことを忘れなかった。

沖は貴里子と柏木が消えたドアに一瞥《いちべつ》をくれると、短く自嘲《じちょう》的な笑みを浮かべ、病院の廊下を遠ざかった。

8

病院を出るとすぐに携帯で柴原と円谷に連絡を取り、柴原の方には谷真紀子に張りつくようにとの指示を出した。元々柴原には堂本均の行方を探させていたのだが、今のところは手掛かりなしとの報告だったのだ。金森や藤崎が何を企《たくら》んでいたのかを知るには、堂本を見つけ出すのが最も近道であることは考えるまでもなかった。

だが、それは当然のことながら、署の真ん前で容疑者を連行中のデカを射殺するなどという大それたことを考え出した人間にだってわかっている。事件から既に二十四時間以上が経過した現在、堂本が生きている可能性はそれほど期待できないのではないか。沖の勘がそう告げていた。堂本探索を、まだ駆け出しの柴原ひとりに任せているのは、そういうわけだった。

むしろ、搦《から》め手《て》から行く方がいいと、鼻がその方をむきたがっている。

それ故に、円谷の方には、捜査先に関する具体的な判断はすべて任せるので、とにかく神竜会の動向に詳しく目を光らせてくれと命じてあった。

あの狙撃に警察内部の人間が関わっている可能性を示唆してきたのは神竜会幹部の西江一成であり、同日の夜の銃撃によって命を落としたのは、同じく神竜会の筆頭幹部である栗原健一だったのだ。このふたつが、いったいどう関わっているのか。神竜会の中で、何かが起こっているのだろうか。

とにかく西江という男が、情報を流してきた狙いが知りたい。

もちろん、その情報の正否もだ。

そして、今ひとつの突破口は、一見まったく無関係に見える、東都開発という会社にありはしないだろうか。

「で、どうだった？　あの総務部のコンビからは、あの後どんな話が出たんだ？　あいつら、岡島友昭が強請《ゆす》られてることを知ってたくせに、どうも言葉を濁したがってたみたいだが」

新宿コマ劇場の正面で平松と待ち合わせた沖は、平松が姿を現すなり、挨拶もそこそこに早速訊いた。

時間が惜しい。報告を受けるのはここで立ち話で済ませ、これからまた夜までふたりで五虎界《ウーフジェ》の動きを探り、これ以上下手な騒ぎを起こさないようにと脅しをかけておくつもりだった。

できれば朱徐季《チュー・スーチー》本人と差しで話がしたい。それも、夜の帳《とばり》が降りるまでの間にだ。この街に夜の闇が屯《たむろ》すれば、昨夜のドンパチの延長でまた何が起こるかわからない。

「ああ、のらりくらりの連中さ」

平松はたばこを抜き出して銜《くわ》え、さりげなく、しかし油断のない視線を辺りに飛ばしながら話し始めた。

午後三時。四六時中人でごった返しているこの広場に、おそらくは一日のうちで最も人気の少ない時間だった。とはいえ、あちらにぽつりこちらにぽつりと、数人ずつの人溜まりができている。事件の話は無論のこと、自分たちがデカだとわかってしまうような会話すら第三者には聞かせられない。

「幹さんが帰ったあとも、のらくらと何かはぐらかそうとしてやがってな。岡島が誰かに脅されてるらしいのは知っていた。だけど、具体的なことについては、本人が何も話したがらなかったので知らないの一点張りさ」

「まさか、はいそうですかで帰って来たわけじゃあるまいな」

「話の腰を折るなよ。で、そんな話が罷《まか》り通ると思うのかとちょいと一喝してやったら、今度はこうだ。そう言えば、タチの悪い女に引っかかったと漏らしたことがあるけれど、どうも穏便に話がついたらしいので、まさか警察沙汰《ざた》になっているとは思わなかったんだとさ」

「じゃ、岡島が訴えを取り下げたことは、今日俺たちが訪ねるまで何も知らなかったと言ってるわけか？」

「訴えたのも、それを取り下げたのもな」

「で、大阪への転勤の理由のほうは？」

「それは業務の一環であって、この件とはまったく無関係だそうだ」

　沖は頷いた。

「なるほど、そうかい。どうやら大阪にいる岡島友昭に、すぐにも話を訊いたほうがよさそうだな。それと、東都開発って会社の詳細だ」

「ああ、わかってるって。会社のパンフレットを貰っておいたし、署でホームページにアクセスし、それから軽く会社四季報にも当たっておいた。そろそろ創業五十年を迎えるが、会社が大きくなったのはおよそ二十年ぐらい前からで、現在は二部だが株式も上場してる。オーナー会社で、今の社長は沢村和弥って男だ」

「待て、今、名前を控える」

話をとめ、沖は手帳にボールペンを走らせた。

「会社を大きくしたのは、この二代目社長だな。八〇年代の初めに、コンピューター産業が大きくグローバル化した時期に、一歩先んじて純水の生産販売部門を大きくしたんだ」

「その純水ってのは、何だ？」

「訊かれると思ったよ。純粋の純に水さ。俺も東都開発の会社説明で読んだ程度しか知らないが、半導体を作る時に使う水で、純度が百パーセントのものだそうだ。ちょっとした埃《ほこり》や不純物が命取りになる半導体製造で、この純水は絶対に欠かせないらしい」

「で、半導体の需要が広がるに連れて、東都開発も成長を遂げたってわけか」

「そういうことだ。なあ、だけど金森たちは、半導体の水なんかを売ってる会社に、いったいどんな狙いをつけたんだろうな？」

「会社の経営自体に何か弱みがあるのかもしれないぜ。岡島も、今日相手をしたあのふたりも、みんな総務の人間だ。つまり人事から経営まで、会社の中枢を取り仕切ってるってことさ。もしもここに何か叩けば埃が立つような傷があったとしたら、どうだ」

「なるほどね」

「とにかく東都開発って会社から何か出ないか、少し周辺を詳しく聞き込んでくれ」

「わかったよ。で、岡島本人への聴取は？」

「大阪なんだぜ。とりあえず俺たちじゃどうにもできない。上を通じて府警に協力を仰ぐさ」

「つまり、深沢を通じてってことか？」

「そうだな。しょうがないだろ、署長なんだぜ」

「大丈夫なのかな、あの野郎に手の内を明かして。やつがあの村井って女秘書の自宅を教え、今朝の襲撃をさせたのかもしれないんだぜ。そうだとしたら、俺たちが東都開発に注目してることを知らせないほうがいいんじゃないのか？」

「莫迦言え。相手は同じ署の署長なんだぞ。隠しきれるものじゃない。むしろ、何をしてるかを隠したりすりゃあ、ほんとにあの野郎が裏で何か動き回ってた場合、俺たちが警戒してるってことをわからせちまって逆効果だ。それよりも、普通に振る舞い、情報をやつに上げるのさ。それでどう動くか、見てやろうぜ」

「なるほどな。じゃ、そうしよう」

平松は頷き、たばこを捨てた。

目は油断なく周囲を見回し続け、沖を見てはいなかった。顳顬《こめかみ》に細い血管が何本か浮いている。

沖もまた、既に少し前からわかっていた。勘に引っかかってきた存在を、思い過ごしだと何度か退《しりぞ》けたものの、今や警戒を示したほうがいいと身構えるまでにはっきりと周囲の様子がおかしくなっていた。

「なあ、幹さん――」

小声で呼びかけてくる平松に、沖は微かに頷き返した。

「ああ、わかってるさ」

それにしても、どういうことだ……。胸の中でそう問いかけた。昼日中の新宿コマ劇場前の広場であり、しかもこっちはデカがふたりなのだ。

それにもかかわらず、今やもう明らかだった。いつの間に湧いて出たのか、目つきの悪い男たちが広場のあちこちに三人、四人と屯し、こちらの様子を窺っている。それもほんの少し前からは、あからさまな視線を送るようになっていた。完全に取り囲まれている。

メイン通りの他、この広場の周辺へと延びる何本かの広い道はもちろんのこと、細い路地や主立《おもだ》ったビルの出入り口付近にも、必ず誰かが陣取っている。

背広を着た者からラフなポロシャツやアロハ姿の者まで様々だが、誰もが東洋人であり、何か武器を忍ばせていそうなバッグ類を携帯したり、あるいは上着を着たりしている。

ざっと数えて、三十人近い。

遠目にする顔つきからすれば、日本人、韓国人、中国人のいずれかだが、日本のやくざはこんなことはしない。今起こっている事件と関係しているとすれば、韓国人でもないだろう。

それにしても、いったいどこから尾《つ》けられていたのか。ここにいる俺たちに偶然気づき、この人数を集めたわけがない。俺が許美良《シュー・メイリアン》の亡くなった病院から尾けられたのか、平松が東都開発から尾けられたのか。どちらだとしても面白くなかった。東都開発や美良が入院していた新宿セントラル病院が、この連中の網の中にあったということだ。

「なあ、どうする？　携帯で応援を呼ぶか？」

平松が訊いた。

「連中がここで何かしでかす気なら、そんなことじゃ間に合わんよ」

「だけど、近くの交番から飛んでくるぜ」

「それで間に合うと思うか？　まあ、落ち着け。今はまだ何もされちゃいないんだ」

「俺にゃあんたの落ち着きぶりが、時々、頭のネジが何本か抜けてるためじゃないかと思える時があるよ」

沖は何も応えず、不敵に唇を歪《ゆが》めた。

男がひとり、こちらへと真っ直ぐに近づいて来た。

男と言うより、まだ若者と呼んだほうが適当な年齢であり、格好もラフなTシャツにジーンズだった。

初めて見る顔だ。

沖の目を見つめ、沖がその視線を捉《とら》えて見つめ返しても、決して目を逸《そ》らそうとはしなかった。

ほとんど瞬きすらしていないように見える。

「K・S・Pの沖さんですね」

目の前に立つと、ほとんど沖と同じぐらいの背丈だった。一七〇センチそこそこ。だが、こうして近くに立たれるまでは、もっと上背があるように感じさせた。痩身であることと、背筋をぴんと伸ばした美しい歩き方のせいだろう。いや、もうひとつ理由があると気がついた。躰の均整が、ちょっとないぐらいに取れている。しかも、近くから見ると、痩せてはいても、胸も両腕も筋肉が下からTシャツを押し上げている。

「おまえは誰だ？」

「朱《チュー》の使いの者です」と、若者ははっきりと答えた。

「なるほどね、そういうことかい」

「そういうとは、何です？」

「顔を晒《さら》したことのない悪党は、大仰な芝居がかった登場の仕方が好きな野郎らしいってことさ」

若者は、ただ立っていたと言うしかないような沈黙を空けたのちに、改めて言った。

「一緒に来ていただけますね。あなたとお話しになるそうです」

「話があるなら、てめえのほうから出張って来いよ。だいいちな、おまえら、自分たちがどういう立場かわかってるのか。デカに顔を晒して脅しをかけるとは、いい度胸をしてるじゃねえか」

横合いから平松が食ってかかるが、若者は再び黙り込み、まるで何も聞こえないかのように無視し続けた。ちらとも平松を見さえしない。

「この野郎、若造のくせに、何だその態度は！　人が話してる時は、こっちを見るもんだぜ」

平松が胸ぐらを摑み上げると、冷ややかな笑みを浮かべて見つめ返した。

「気に入りのTシャツなんだ。首元を伸ばさないで欲しいですね」

「なんだと、この野郎！」

「よせ、ヒラ」

若者の挑発に易々《やすやす》と乗りかかっているように見える平松を、沖はとめた。

若者は唇の端を歪めて平松を見つめ、平松が渋々手を離すと、そのままの表情で沖のほうに顔を戻した。

若者と呼ぶのが不適当なほどに老成した笑みが、そこにはあった。

目の表情が乏しいのだ。それが若さを押しやっている。

そんな感想のすぐ後ろから、自分でも予期していなかったようなひんやりとした感覚が頭を擡《もた》げ、あっという間に背中全体に広がった。

微かな寒気を覚えていた。

それを目の前の若者に悟られまいと、腹に力を込める必要があった。

突然、わかったのだ。目の前のこの男は、途轍《とてつ》もなく危険な人間だ。似たような目をした男たちと、沖はデカになってから何人か出会っていた。その全員が、冷酷で残忍な犯行を躊躇《ためら》いなく行った犯罪者だった。

だが、この若者の場合はさらに何かが違う。

危険な目の色——それよりも、躰に染みついた臭《にお》いとでも言うべきか——をそっと隠し、他人の目に触れないようにして生きている。何かの拍子に、それがふっと垣間見《かいまみ》えてしまうだけだ。

理性なのか、精神力なのか、それとも強い美意識か、正体はよくわからないが、何かが危険な雰囲気をこの若者の内面に押し込めて、外からでは極力わからないようにさせている。

「おまえ、名前は?」

沖は訊いた。

若者は礼儀正しく微笑んだ。

「私はただの使いですので、名乗るような者じゃありませんよ」

「俺は礼儀正しい性格でね。名前のわからない相手と話してるのは気持ちが悪いんだ。朱のところへ案内するつもりなら、おまえも名乗れよ」

「朱栄志《チュー・ロンジー》」

「朱だと？　朱徐季の身内か？　息子か何かなのか？」

「いいえ、あの方の息子だなんて、畏《おそ》れ多い。それにしても、質問好きな刑事さんですね。だが、こんなところでお日様に照りつけられながら、いつまでも立ち話でもないでしょ。そろそろ来ていただけませんか？　それとも、怖いんですか？」

　最後の問いをする前に、計ったような間を空けた。

「こっちからも用があったんだ。望むところさ。案内してくれ。この傍か？」

「来ればわかります」

　沖を促すように背中をむけかけたが、一緒に平松が来ようとするとすっと立ち塞《ふさ》がる格好で身を翻《ひるがえ》し、静かにゆっくりと首を振った。

「あなたは対象外です」

「なんだと、この野郎――」

　沖は平松を制した。

「よせ、ヒラ」

「だけどよ、幹さん」

「大丈夫さ。それに、おまえは一緒に来ないほうがいい。俺にもしものことでもあった場合、朱徐季がやったんだと証言できる貴重な証人だ」

「ちぇっ、笑えない冗談だぜ」

舌打ちする平松を残し、沖は朱と名乗る若者と一緒に歩き出した。

路地を抜け、JR脇の車道に出ると、そこに車が停まっていた。

「どうぞ」

と、若者が沖を促した。

9

意外と言えば意外な場所に連れて来られたと言わざるを得なかった。

午後のそろそろ遅い時間に差しかかろうとしている新宿御苑は、新宿コマ前の広場よりもよほどすっきりと空《す》いており、空が広かった。

池の畔《ほとり》の四阿《あずまや》の前で、母親と我が子らしいふたりがアヒルを見て戯《たわむ》れていた。

もう少し近づくと四阿との角度がずれ、その屋根の下にひとりで坐る老人が見えた。母子と連れとも取れるしそうでもないとも取れるような、微妙な位置関係だ。

さらに近づくうちに、母子連れは、沖と沖を案内する若者のふたりと入れ違うようにしてその場を離れて行った。

ひとり残された老人が、池から沖のほうへと顔を転じた。

「新宿はごみごみしておって、あまり好かんのだ。ここだけが、唯一好きな場所でね」

四阿に作りつけられた、コンクリートの表面に木目を塗りつけた長椅子の隣に坐るようにと手振りで促しながら言った。

「あんたが朱徐季か？」

挨拶もなく尋ねたが、嫌な顔ひとつすることなく頷いた。

「ああ、そうだ」

沖はその場に立ったまま、値踏みするような視線を隠さなかった。

小柄な老人だ。おそらくは立っても中学生ぐらいの背丈しかあるまい。少し大柄な子供といった大きさで、近づくまで四阿にいるのがわからなかったのは、そのためだった。

地肌が透けて見えるぐらいの量しかない頭髪は真っ白で、黒い物は見当たらなかった。

和紙を丸めて伸ばしたように、顔全体に細かい無数の皺《しわ》が寄っている。目も口も小さめで、しかもそれが鼻を中心にして真ん中に寄っているような印象があり、目鼻口よりもむしろその無数の皺のほうが目を引くほどだ。眼鏡はかけておらず、口髭《くちひげ》も顎鬚《あごひげ》も生やしてはいない。

「新宿が嫌いなら、なんでわざわざ牛耳《ぎゅうじ》ろうとする？」

　隣に並んで坐り、沖は言った。

「望む望まざるにかかわらず、誰かが街の秩序を保つ必要があるだろ」

　とぼけたことをいう野郎だ。そう思って薄い笑みを浮かべると、老人は同じような笑みを浮かべて沖に視線を返した。

「それはあんたの役割じゃない」

「どうかな。沖さんだったね。あんたらの力が充分なら、警察署の前で刑事が狙撃されるようなことはないように思うがね」

　口の減らない野郎だ。

　それにしても、この男はいくつなのだろうか。ふと考えてみたが、わかりにくかった。デカになってじきに染みついてくる能力はふたつ。ひとつは人が嘘《うそ》をついているかどうかを見抜く目と、もうひとつは、およその年齢を四、五歳幅ですぐに見抜く力だ。

だが、この老人に限っては、六十歳から八十歳ぐらいまでの何歳と言われてもおかしくないし、年を誤魔化されても見抜けない気がした。六十ならば、太平洋戦争後の生まれだが、八十ならば終戦の年にはもう青年だ。その違いは、言うまでもなくでかい。

　微妙に日本人とは違う発音やアクセントが混じっているが、老人の日本語はほぼ完璧《かんぺき》なものだった。流暢《りゅうちょう》と言うべきだろう。

「御託を並べるのはいい。いったい俺に何の用だ?」

沖が言うと、朱はさらに顔を沖のほうに回して笑った。

細い皺の一本一本が少しずつ配置を変え、その結果として微笑みを形作ったような、何か薄気味が悪くて実感に乏しい笑みだった。

「これは妙なことを言うな。あんたのほうが俺に用があるんだろ? 昨夜から、そう言って回ってると聞いたぞ。それで時間を取ってやることにしたんだ」

とぼけたことをぬかしやがって。沖はそう思って老人を睨《にら》みつけようとし、思いとどまった。自戒する必要を感じたのだ。

居所はおろか、顔さえ割れていなかった五虎界《ウーフジェ》のボスが、自分のほうからわざわざ会うことにしたのだ。何か理由があるにちがいない。目的、というべきか。表面上のやりとりに感情を動かされていたら、きっとそれを見逃すことになる。

「俺の用は簡単さ」

口調にあまり起伏をつけないように気をつけながら、沖は言った。

「この街でこれ以上、血を流させるわけにはいかねえ。夜になっても、絶対にドンパチを始めるな」

「それは警告かね。命令かね」

「命令に決まってる。おまえ、何か誤解してるようだがな、この街の秩序を守ってるのはおまえじゃない。俺なんだ」

朱《チュー》は薄く微笑《ほほえ》んだ。

ほうと思った。その笑みは、またもや皺《しわ》のいくつかを僅かに動かした程度のものではあったが、今度はある種の実感が籠《こ》められていた。嘲笑じゃない。どちらかと言えば、好々爺《こうこうや》が孫の戯言《ざれごと》を愛《め》でるような笑みに近いのではないか。

「勇ましいことだな。俺たちではなく、俺と来たか」

「とにかくだ。孟《モン》とのドンパチはやめろ。野郎は俺たちのほうで必ず見つけてパクる。だから、決して抗争など起こすんじゃない。わかったな」

「抗争など起こりはしない。必要なら、すぐに取り除くだけだ。あんたら警察の助けを借りる必要はない」

「私的制裁など、許さんぞ。他人の国で、勝手なことをするんじゃない」

「日本人もしたはずだぞ。俺たちの国でな」

沖はすっと目を細め、老人の横顔を凝視した。

そうされていることを知ってか知らずか、朱はただ池のアヒルを眺め回すだけだった。

その横顔には、少しも力が入っている様子が窺《うかが》えない。

いつにない遣り難《にく》さを感じ、戸惑いが芽生えた。のっぺりとした壁を相手にしているかのようで、相手の考えがわからない。

「あんたと歴史論議をするつもりはない。とにかく、孟のことは俺たちに任せるんだ。いいな、わかったな」

老人がこちらにむき直った。

沖はどきっとし、そんな自分に微かに腹立ちを覚えもした。相変わらず躰のどこにも力が入っていないような雰囲気には変わりがないが、それにもかかわらずこの小柄な老人にむき直られると、言うに言われぬ圧迫感を感じる。

「そこまで言うなら訊くがな。あんたら、孟のことをどこまでどうわかってる？」

「どうもこうもあるか。昨日の朝、俺たちの玄関先で容疑者を連行中だったデカを狙撃させたのは、あの男だ。それに、それから十二時間と経たないうちには、あんたの右腕の冠《グエン》と神竜会の筆頭幹部の栗原のふたりを含む合計十三人を殺害してる」

「で、孟がそんなことをしでかした動機は？」

「それは今、捜査中だ」

「事件の背景は？」

「捜査中だ。外部の人間に話すことじゃない」

「隠してるのか。それとも、訊かれても何も話せるようなことなどないのじゃないのかね」

むかっ腹が立つのを抑えきれなかった。

それは半ば図星を指されたためだともわかっていた。

神竜会と五虎界の間で、何が起こっているのだろうか。そこに孟沢潤《モン・ザールン》が率いる紅龍《ホンロン》はどう関わっているのか。東都開発はどうなのだ。金森と藤崎の腐れデカコンビは、堂本や木梨などという小者を手懐《てなず》けることで、いったい何を企んでいたのだろう。神竜会の西江がそっと耳打ちしてきたように、警察内部から情報を漏らしている人間がいるのだろうか。

そもそも西江が耳打ちをしてきた目的は何だ。

そんなふうにいくつかを並べ立てただけでもう、わからないことだらけだと言うしかない。

「何もわからんのなら、余計な口出しをせんことだ。そうだろ」

黙り込むしかない沖を前に、老人は冷たく言い放った。

沖は息を吸い、吐いた。そうしながら、丹田《たんでん》に力を溜めることを意識する。

単刀直入にいくことにした。

「そんなことを言うために、わざわざあんたが自分で出むいて来たわけじゃないんだろ。あんたのほうの用件は何なんだ？　いい加減に、話したらどうだ」

朱は小さな躰を子供のように左右に振って尻の位置を直し、躰ごと沖のほうにむき直った。

「沖さん。実は、あんたを見込んでひとつ頼みがある」

「何だ？」

「冠鉄軍《グエン・チェジュン》に線香を上げたい」

「――――」

「やつは身寄りがない。日本の法律では、そういった人間の死体は地方自治体の責任で火葬され、無縁墓地に葬られることになる。そうだろ」

「それは日本人の場合だ」

沖が言いかけると、朱は初めてそれを遮《さえぎ》るようにして言った。

「やつは日本人だよ。法律的にはな。日本生まれの日本育ちで、戸籍だってちゃんとある。ただし、親兄弟は誰も残っちゃいない。ガキの時分から、孤立無援のひとりぼっちさ。どうだ、俺の頼みを聞いてくれんか。日本の役所の手で灰にされるなど、やつが喜ぶわけがない。その前に、せめて心を込めて焼香してやりたいのさ」

「日本人なら、日本人らしく、東京都の厚意で荼毘《だび》に付されるのに感謝すりゃいいだろ」

「つまらんことをぬかすな。よほど頭が悪い人間でなけりゃ、わかるはずだ。戸籍は日本人でも、やつの心は中国人だ。俺の右腕をずっと務めてきたんだぞ。そんなことを喜ぶわけがないと言ってるだろ」

沖は唇を引き結んだ。やがて僅かに尖らせ、首を左右に小さく振りながら、朱の顔をじっと見つめ返した。

「どうしてこの俺にそんな頼み事をするんだ？」

「あんたの噂は、時折聞いてた。融通を利かせてくれそうなデカだとな」

「線香を上げて手を合わせる。本当にそれだけなのか？」

「ああ、そうだ」

「それをさせたら、孟のことは俺たちに任せるか？」

「果たせない約束はできんな」

「それなら、あんたの頼みを聞く見返りは何だ？」

「俺が一目置いてやる」

「何だと？　おまえ、何様のつもりだ？　いったいそれに何の意味があるんだよ？」

「この街じゃ、大きな意味があるだろ。何かあったら、この俺が便宜《べんぎ》を図ってやると言ってるんだ」

「チャイニーズマフィアのボスに便宜を図って貰う必要などない。ギブ・アンド・テイクさ。見返りがないなら、頼みは聞けない。わかったな」

朱は沖に冷ややかな視線をむけ、鼻で嘲《あざけ》った。

「日本人だな。目先のことしか見えん」

沖は何も言わなかった。そして、朱があとを続けるのを待った。それぐらいの辛抱は心得ているつもりだ。

だが、苛立ちが頭を擡《もた》げ始めるまで、朱は何も言おうとはしなかった。

「情報をやろう。西の共和会が動き始めている。まだ本庁も、新宿界隈《かいわい》のどこの署の四課も知らないはずだ」

「どんな動きを始めてるんだ？」

「決まっているだろ。この新宿に出て来るのさ」

「共和会は既に新宿に根城を持っている。傘下に収めた組だってひとつやふたつじゃない」

「ああ、そうだな。デカのあんたほどじゃないが、俺だってそれぐらいのことはわかってるさ。だが、それはあくまでも根城であり、出先機関であって、新宿を本格的に取り込んでいるわけじゃない。この街にゃ、相変わらずたくさんのヤクザ組織が屯《たむろ》している」

沖は突然に喉の渇きを覚えた。

「――共和会が本格的な進出を目論《もくろ》んでいるというのか？」

「この街を牛耳《ぎゅうじ》れば、大阪から西をすっぽり取り込むのと同じぐらいの上がりが見込める。そうだろ」

沖が口を開きかけるのを、朱はすっと手を伸ばしてとめた。

「これ以上の質問はなしだ。人間、欲をかいちゃいかん。焼香の手筈《てはず》を整える見返りとしちゃあ、ここまでの話で充分だろ」

頭をフル回転させる必要がある。

だが、腹立たしいことに、朱徐季《チュ・スーチー》はもう話を締め括《くく》ったつもりらしく、おつきの朱《チュー・》栄志《ロンジー》という青年に顎《あご》をしゃくった。若者が近づいてきて、腰を上げようとする老人に手を貸す。

「待て。まだ話は終わっちゃいないぞ」

「終わりさ。焼香の段取りがついたら、連絡を寄越せ。場所は、冠の死体が安置されてる病院で構わん」

「共和会が本格的な進出を目論んでいるという情報を、どこから仕入れたんだ？」

「聞こえなかったか。これ以上の情報はなしだと言ったはずだぞ。それともあんた、老人よりも物忘れが激しいのか」

立ち上がった朱は、沖をおちょくるように言い、ふわふわっと空気をいくつかに区切って抜くような笑い声を漏らした。

沖は立った。

「共和会などに新宿を渡すつもりはない。だから五虎界と神竜会で手打ちをする。俺たち警察にも、それを黙認しろと言いたいわけか」

吐きつけてみたが、朱は今度はもう何も答えなかった。

「これが私の名刺です。連絡はこの番号にお願いします」

青年が沖の前に立ち塞《ふさ》がるように立ち、携帯番号を書いた名刺を差し出した。

10

新宿御苑を出た沖は、そのまま徒歩で二丁目から三丁目にかけての細い路地を斜めに歩いた。そうしながら、朱徐季との会話を反芻《はんすう》していた。

あの老人が、自らわざわざ出てきたのだ。右腕だった冠鉄軍に焼香をしたいというのは、嘘偽りのない本心かもしれない。だが、大阪に本拠を置く共和会が新宿への本格的な進出を目論んでいるという情報を警察に流すこともまた、大きな目的だったのではなかろうか。

歩き出してじきにそんな結論を得ていた。

共和会は西日本というよりも、この国最大の暴力団組織であり、その勢力範囲は国内だけに留まらずアジアの国々にまで及んでいる。

無論、東京への本格的な進出を目論んだことも何度となくあり、そのためにはまず新宿を手中に収める必要があった。だが、共和会の何度かのトライも、最終的にはこの新宿という街の混沌《こんとん》に阻まれてきたと言うべきだろう。

旨味《うまみ》の多いこの街には、無数のヤクザ組織が巣くっており、混沌とした状態を呈している。互いが互いを牽制《けんせい》し合い、潰《つぶ》し合い、仮初《かりそ》めの友好関係を結んだり、一触即発の危機を招いたり、明日のこの街の情勢がどうなっているのか、誰にも予想がつかないのだ。

したがって、頭を潰せばそれで足りるといったやり方で勢力を伸ばし、街を手中に収める手法は、ここの新宿には通用しない。そして、いくら東京の各地に足場を築いたところで、新宿を牛耳らないことには本当の意味で東を制したことにはならない。

だが、現在の新宿の状況はどうか。

それを考えた時、沖は躰の奥に痛いような寒気を感じた。

神竜会と五虎界。もしもこのふたつを叩き潰すことに成功し、このふたつを自らの傘下に収められれば、新宿の裏社会の情勢は大きく変わる。百パーセントとまでは言えないまでも、街を牛耳るといった表現に近い状況が生まれるかもしれない。もしも共和会がそれを狙っているのだとしたら……。

そして、それを阻むためにこそ、神竜会と五虎界という人種も背景も異なるふたつの組織が、手打ちを試みようとしているのだろうか。

日本人と中国人は決して相容《あいい》れることはない。歴史に目をむける必要などない。この街を見ていればそれははっきりとわかる。しかし、新宿という美味《うま》いパイを自分たちの手中に収めておくためならば、手打ちも充分に考えられるだろう。

それが昨夜の、お互いの右腕同士に当たる栗原健一と冠鉄軍が会った目的だったのか。

それでは、許美良《シュー・メイリアン》たち孟の手の者がその場を襲い、栗原と冠のふたりを含む合計十三人もの人間を殺害したのは、なぜなのか。新宿ではチャイニーズマフィアの新興勢力に過ぎない孟が、朱が率いる五虎界と対抗するために、日本最大の暴力団である共和会と通じたということか。

だが、それでは金森たちを署の正面で狙った昨日の朝の狙撃は、どう関わっているのだろう。

東都開発という会社に目をつけたのは間違いで、自分たちは見当違いの方向を目指そうとしていただけなのか。

いや、そう断じるのは早急すぎる。朱徐季が漏らした一言だけで、共和会が新宿に今また触手を伸ばそうとしていると考えることなどできない。あの老人はただ警察を煙《けむ》に巻くために、ありもしない情報を流しただけかもしれないではないか。

どうも気になってならないのは、小華《シャオホア》の兄である許美良が漏らしたあの「裏切られた」という一言だが、いったいこの言葉は何を意味しているのだろうか。

くそ、まるで目の前でジグソーパズルのピースを盛大にひっくり返されたような気分だった。それも、二組か三組のパズルが入り組んでいるのを感じる。正しい場所に正しいピースを当て嵌《は》めようとする前に、どのピースとピースが同じ絵柄を浮かび上がらせるものなのかをまず判断しなければならないだろうが、それさえわからないのが現状だ。

いずれにしろ、共和会が本当に東へと動く気配があるのかどうかを、大至急確かめる必要がある。

だが、そう思うや否や、沖はふっと躊躇《ためら》いを覚えた。もしも警察内部に情報を漏らす人間がいた場合、警察のそんな動きはすぐに相手方に筒抜けになるということだ。

そもそも相手方とは、いったい誰なのだ。

沖は悟った。考え過ぎれば身動きが取れなくなる。慎重に足を踏み出そうなどと思っていたら、このままにっちもさっちもいかなくなる。このひとつしかない躰をフルに使って動き回る中で、自《おの》ずと活路が開けるのを待つしかないのだ。

まずは共和会関係の情報を、一刻も早く確認することだ。それには一旦署に戻り、話を署長の深沢に上げる必要がある。

だが、そう思って間もなく、携帯電話が鳴り始めた。

明治通りと新宿通りの交差点に差しかかったところだった。


「すみません。ほんのちょっと目を離した隙《すき》に、さっと逃げられてしまいまして……」

駆けつけた沖を見つけると、柴原はまだどこかに幼さの残る顔をすぼめた両肩の間に埋め、消え入りそうな声で詫《わ》びた。

「もう詫びは電話で充分に聞いたさ。そんなことはいいから、すぐに一緒に来い。谷真紀子のマンションへ案内しろ」

沖は柴原の言葉を途中で遮るようにして言った。

昨日と同じ、上石神井の駅前にある真紀子が行きつけの美容院の前だった。

今日もまたここに髪を直しに来た真紀子は、昨日と同じ席で美容師に頭をいじらせていたが、柴原が安心してふと目を離した隙に、店の人間に耳打ちし、裏口からどこへともなく姿を消してしまったそうだった。

既に柴原が美容師に確かめていたが、真紀子が店にいる間には、携帯にどこからか連絡が入ったような形跡はなかった。だが、彼女がそうして積極的に姿を消したということは、堂本から何らかの形で繋ぎが入った可能性が高いと見るべきではないか。店に入る前に携帯に連絡が来たのかもしれないし、誰かがどこかでこっそりと伝言を運んだのかもしれない。

いずれにしろ、これは柴原を責めるようなミスではなく、沖自身が自分を責めるべきだった。状況を見誤った。勘が鈍ったのだ。特捜の部下は三人で、自ずと手配りをできる先には限りがある。それで谷真紀子には柴原をつけることにしたのだが、こういうことになるのなら自分か平松が女を見張るのだった。

だが、それをしなかった理由のひとつには、自分たちK・S・Pで女に張りつかずとも、新宿署の一課が目を光らせているはずだとの読みがあった。一課長の堀内は堂本均の捜査に上からストップをかけられたようだが、あの男がそんなことで引き下がるとは思えなかったのだ。

谷真紀子が暮らすマンションは、駅前から徒歩で五、六分のところにあり、小学校と中学校らしい校舎が並ぶ敷地のすぐ裏手だった。この時間にはもうとうに生徒は残っていないようで、夕暮れを迎えようとする人気のない校庭に砂埃《すなぼこり》が立っていた。

「真紀子の部屋は？　管理人室はわかるか？」

エントランスに小走りでむかいながら柴原に尋ねた沖は、すっと足をとめた。勘が半分は外れていなかったことを知った。

マンションの正面に停まった車の後部ドアが開き、男が降り立つのが見えたのだ。

沖の視線に気づいたのか、あるいは既に車内からこちらが見えていたのかもしれない、降り立つなり険しい視線をむけて来る。新宿署一課長の堀内だった。状況が見て取れた。柴原だけじゃなく、この男の部下もまた真紀子に撒《ま》かれたということだ。

「ここに何の用だ？」

地声が大きな男だが、周囲の耳を気にしたようで、幾分潜めた声だった。それでも充分に不快な感じは滲《にじ》んでいた。

「課長さんと同じですよ。谷真紀子に逃げられた。せめて部屋に、何か堂本に繋がる手がかりがあればと思いましてね」

「昨日言ったはずだぞ。これはうちのヤマだ。手出しをするんじゃない」

「そうは言っても、課長さんのところは、堂本の捜査から手を引いたはずじゃないんですか？」

　沖が言うと、堀内は巨大な目を一層大きく見開いて、射すような視線をむけて来た。

「そんな話をどこから聞いたんだ？」

「なあに、ほんの噂ですがね。だが、その様子じゃ、やっぱり本当だったようですね。だから谷真紀子のことも、昨日ああして俺たちの前から連れ去ったくせに、ろくろく調べもせずに解き放したんでしょ。その上でこうして姿を消されたとあっちゃ、とんだポカですな。手を引くのは俺たちじゃなく、一課長さんでしょ」

「おまえ、俺を怒らせたいのか？」

「そういうわけじゃありませんよ。ずけずけと何でも言っちまうのは性格でしてね。気に障《さわ》ったのなら謝ります」

　沖は軽く頭を下げると、すっと堀内の横を擦り抜け、エントランスの階段を駆け上がった。ロビーを抜け、二階を目指す。不意を突かれた堀内が慌《あわ》てて追う。

　堀内に絡むように見せて長々と喋《しゃべ》りながら、その実、沖は柴原から聞いた真紀子の部屋を横目で探していたのだ。マンションとはいえ、屋外廊下に面してドアが並ぶ安っぽい作りで、表の通りから様子が窺える。見当をつけた部屋の窓には、明かりが見えた。堀内よりも先に着いていた部下たちが、既に中に上がっていると見るべきだ。エントランスなどで押し問答をするよりも、とにかくこっちも部屋に入り込んでしまうことだ。

案《あん》の定《じょう》、ドアを開けると、取っつきのキッチンで男がひとりテーブルのメモ用紙を漁《あさ》っており、奥の部屋にはもうひとり、別の男の姿も見えた。新宿署の刑事たちだ。

ノックもなくいきなりドアを開けた沖を、ぎょっとした様子で睨みつける。

「入るな。邪魔だ。とっとと失せろ」

すぐ後ろを追ってきた堀内が、背後から沖の二の腕を摑《つか》んで力を込めた。

「まあ、そう言わず、手はひとつでも多いほうがいいんだ。一緒に手がかりを探しましょうよ」

沖はあくまでもふてぶてしく言い、靴を脱いで上がり込んだ。

ごつい沖の力に抗しきれず、堀内も引きずられるようにして中に上がる。

戸口でひとり躊躇う様子を見せる柴原に視線を投げ、沖は「おまえはそこにいろ」と我が物顔で命じた。

「どうだ、何か出たのか？」

新宿署の刑事に、馴れ馴れしく話しかけながらも、目は油断なく部屋を見渡していた。

堀内とここで出くわしてしまったのは、いかにも間が悪いと言うしかなかった。警察組織では、上下関係は絶対だ。のらくらと引っ張って居坐ったところで、すぐに追い出されることにはなるだろう。

「堀内さん、教えてくれませんか」

「何だ？」

「なぜお宅の上司は、堂本への捜査にストップをかけたんです？　それはどこから出た命令ですか？」

　堀内は沖に渋い顔をむけた。

「命令は命令だ。それに従うのが俺たちの仕事で、どこから出たかなど俺は知らん。だいいち、それがおまえに何の関係がある？」

「課長さん。あんた、従った振りをして、相変わらず部下を谷真紀子に張りつかせてたんでしょ。従ってないじゃないですか」

「今日は真紀子を尾《つ》けさせてたわけじゃない。何か危険が及ばないかとそっとガードをさせてただけだ」

　沖は苦笑を嚙み殺し、スキンヘッドを平手で撫でた。いけ好かない相手だと思っていたが、この男、案外と自分に似ているのかもしれない。いや、似ているからこそ、いけ好かない相手に思えるのだろうか。

「それなら話は早いや。こうして彼女が姿を消した今、一刻も早く見つけ出さないことには、その身に何が起こるのかわからない。この際、縄張り意識は抜きにして、一緒に谷真紀子を捜しましょうよ」

「どうしてそんな話になるのかわからんな」

「頑固もいい加減にしたらどうです。状況は一刻を争うんだ。俺たちよりも先に堂本の行方を捜してる連中が真紀子たちを見つければ、真紀子も堂本も揃って消されるかもしれないんですよ」

「そんなことは、言われんでもわかってる。だから俺たちの邪魔をせず、とっととここから立ち去れと言ってるんじゃないか」

まったく頑固も甚だしい。肩で大きく息を吐き、一歩も引かないといった様子でこっちを睨みつける様は、まるで野生の猪でも見るようだ。

そう思いながら視線を逸らし、再び部屋を見渡した沖は、はっとして一点に目をとめた。

箪笥《たんす》の上に、写真立てがいくつも立っている。そうするのが趣味だったらしく、仲間同士で撮《うつ》した写真を、かなりの数並べているのだ。店で騒ぐお客らしい様子の男たちと一緒に撮したものも混じってはいたが、その多くは仲間内で飲んで騒いだ時のもののようだった。

目を凝《こ》らしそうになり、思いとどまった。

堀内の視線を気にしたのだ。自分が写真に注意を払ったことを知れば、この男もまた必ず同じ線をたどろうとするにちがいない。

慌てて写真立てから視線を外し、改めて堀内を睨みつけた。

「これじゃ話にならない。それじゃ、俺たちは俺たちで勝手にやらせて貰う」

そう吐き捨てると、沖は部屋の出口を目指した。

「行くぞ、ヒロ。駅前の美容院に戻り、付近の聞き込みだ」

「一応、既にもう周辺は聞き込んでありますが」

「つべこべ言わずに、一緒に来い」

柴原を押し出すようにして部屋を出た。

堀内に何か不自然な様子を悟られたかと危惧《きぐ》したが、それでもあの場にあのまま留まっているよりはマシなはずだった。留まっていれば、何に興味を持ったのかまで悟られかねない。

ああして捜査協力を持ちかけはしたものの、何か手がかりが見つかりそうとあっては話は別だ。こっちで囲い込むに越したことはない。

「おい、ヒロ」

マンションの表に出ると、沖は柴原に顔を寄せて囁《ささや》いた。

「署長に話があるんでな、俺は一旦署に戻るが、おまえはここで時間をやり過ごしてろ。そして、堀内たちが引き揚げたら真紀子の部屋に入り、箪笥の上に並んでた写真立てをそっくり持って来るんだ」

「写真立て、ですか。じゃあ、チーフ。何か見つけたんですね」

沖は小さく首を振った。

「それはまだ俺にもよくわからん。何を見つけられるか、俺も早く知りてえよ」

11

新署長は不機嫌だった。

ノックをして署長室に入った沖は、応接ソファを勧めても貰《もら》えず、自分のデスクで書類から目を上げようとしない深沢の前にしばらくそのまま立っているしかなかった。

「今、何時だと思ってる?」

やがてすっと顔を上げ、冷ややかな視線をむけられてもなお、沖にはまだ深沢が何に苛立っているのかわからなかった。

「もう夕刻だぞ。こんな時間まで、何の報告もないままで勝手に動き回っていて、それがきみのやり方なのか」

「ええ、まあ、お耳に入れるべきことがない限りは、自分で勝手に動くようにしてるもんですから」

言ってしまってから、まずいと思ったがもう遅い。前の署長の堺が勝手にやらせてくれていたので気にもとめずにいたのだが、どうやら型通りに報告を受けることで部下を掌握したいタイプの男らしい。

「では、こうして現れたということは、さぞや大事な報告があるんだろうな」

目を細め、嫌みを口にする深沢を、沖は内心苦々《にがにが》しい気分で見つめ返した。

だが、そんなことはおくびにも出さず、これをいい機会と切り出すことにした。型通りにやりたがるキャリアにつきあっていたら身が保《も》たない。

「実はそうなんです。大至急お耳に入れ、判断を仰ぎたいことができました」

「何だね？　言ってみたまえ」

深沢が訊いた。皮肉にまともに答えられて、いかにも仕方なく訊き返すといった口調だった。

「共和会が本格的に新宿への進出を狙っているらしいとの情報が入りまして。本庁や府警に協力を仰ぎ、大至急ことの正否を確かめていただけないでしょうか」

「――共和会が、だと」

「何かそういったことが、署長の耳には入っていませんか？」

「いや……、そんなことは、まったく聞いてなどないぞ。いったいどこから仕入れた情報なんだ」

「朱徐季に会いました」

「五虎界の朱徐季と会ったのか？　いったい、いつ？」

「二時間ほど前に」

「どこで？」

「いったいきみはどういうつもりなんだ?!」

いきなり怒鳴りつけられ、驚きはしなかったものの戸惑いは隠せなかった。

「と仰《おっしゃ》ると?」

「と仰ると、だと?」

深沢は席を立ち、机の端を回って沖に近づき、鰓《えら》の張った顔を思い切り寄せてきた。

「きみは我々全員が今、懸命に朱徐季を探していることを知っていて、たったひとりであの男と会ったと言うのか?」

どうやら会話の矛先《ほこさき》が面倒なほうへむきそうだと思いながら、沖は苛立ちを懸命に抑え込んだ。

「聞いてください、署長。新宿コマの前の広場で、いきなりむこうの部下が繋ぎを取って来たんです。それで、朱が私に話があるということで、車で御苑まで連れて行かれました」

「新宿御苑」

「それできみは、署に何の連絡を入れることもなく、チャイニーズマフィアの言うことに唯々諾々《いいだくだく》と従ったというわけかね」

くそ、と内心で罵《のの》り声を上げる。自分が辛抱強いタチでないのはわかっていた。この調子のやり取りがもうあと少しでも続けば、堪忍袋の緒が切れるだろう。

「コマでは平松が一緒でしたので、俺が朱と一緒だったことはやつが知ってました」

「それならばなぜ平松君が署に連絡して来なかったのかね」

沖はひとつ息を吐き出した。

新宿御苑を出たのち、平松を安心させるつもりで一報はしてあったが、それは沖と平松の間のことであって、双方とも署に連絡を入れるなど思いもしなかった。いつでもそうして来たし、それで何の支障もなかったのだ。

新任署長のつまらないこだわりで、えらく時間の無駄をしているような気がする。

「署長、今は私を責めるよりも、朱がもたらした情報を至急確認して貰えませんか。それが何より大事だと――」

「そんなことはわかっている。それよりも、きみは朱と会ったにもかかわらず、そんな口先の情報を聞いただけで別れたのかと言ってるんだ。どうして署に引っ張って来なかったんだ」

「冗談を言わんでください」

よせと胸のどこかで自分の声がしていたが、抑えきれずについ沖は口調を荒らげてしまった。

「いったい何の容疑で署に連れて来るんです。うちの分署の前で狙撃を行ったスナイパーと孟沢潤との関連は一応わかっているが、朱との関係は何も出ていない。夜の銃撃についちゃ、殺されたのは朱の右腕の冠であって、やつはあくまで被害者の側なんですよ」

「私だって、そんなことはわかってる。だが、このまま朱徐季をのさばらせておけば、必ず報復戦が起こるぞ」

「かと言って、容疑者でもない男を、強引に署に連れて来るわけにはいかんじゃないですか」

「きみらしくないな。何でもやる男だという評判はどうなった」

沖はいよいよ募る怒りを抑え込むために黙り込んだが、深沢のほうは逆にそれで勢い込んだらしかった。

「それに、朱と会ったのは二時間前だと言ったな。それから今まで、いったいどこでどうしていたんだね」

「――実は、谷真紀子が姿を消しまして、彼女のアパートに飛んで行きました」

「堂本均の情婦か」

「ええ」

「姿を消したというのは、それはどういうことかね？」

「おそらく堂本から繋ぎが入り、こっそりと会いにむかったのだと思います」

「会いにむかったと思いますだと。いったいきみは何をやってるんだ？　私の言葉を忘れたわけではあるまいね。きちんと捜査ができないのならば、特捜のキャップは別の人間に替わって貰うぞ」

「まだ捜査の途中です。必ずホシは俺の手でパクって見せますよ」

「口では何とでも言える。我々に必要なのは結果だ」

怒鳴り合いになりそうなのを、深沢の卓上電話が鳴り出すことでとめた。

だが、胸を撫で下ろすのは早かった。電話のやりとりが始まってじきに、深沢の言葉からおよその内容を察したのだ。

受話器をフックに戻した深沢は、険しい顔を沖にむけた。

「新大久保の廃ビルで、女の刺殺体が見つかった。身につけていた免許証から、谷真紀子と断定された」

「ええい、くそ――」

沖は吐き捨てた。

言い訳のしようがない。谷真紀子への張り込みを新米の柴原ひとりに任せた自分の判断ミスだ。

真紀子が殺されたということは、既に堂本は真紀子を殺《や》った人間たちの手に落ちた可能性が高いと見るべきかもしれない。堂本のほうは、おそらくは拷問にかけられ、知っていることをすべて吐かされた上で殺される。

「正確な場所を教えてください。すぐにむかいます」

「今さら飛んで行ったところで、何か手がかりがあると思うかね」

何も言い返せなかった。確かにホシがよほど間抜けでない限りは、谷真紀子の殺害現場に何らかの手がかりを残すことなどないだろう。

「それに、まだ私の話は終わってはおらんぞ。とにかく、この先は、何でもすぐに私に報告を上げるんだ。それが嫌なら、ポストを変える。いいな、わかったな」

「はい、わかりました――」

そう答えるしかなかった。

だが、同時に、頭のどこかで思っていた。この男は、本当にただ型通りの報告をさせ、自分の指揮能力を示したいだけなのか。もしかしたら、平松が言うように、この男から外へと情報が漏れている可能性はないだろうか。

深沢がメモを差し出した。

「これが廃ビルの住所だ。一応渡しておくが、今言ったように、現場に駆けつけたところで、あまり役には立たんだろ。この先、どうするつもりだ?」

「とにかく、少し時間をください」

沖は押し殺した声で答えた。東都開発の件も、円谷に西江の周辺を探らせていることも、ましてや警察内部に情報を漏らしている人間がいる疑いがあることも、何もかも告げる気は失せていた。

報告などくそくらえだ。自分のこの手で決着をつければいい。いつもそうしてやって来たのだ。——ただし、だからどこの署でも長続きせず、いくつもの署を転々とすることになったわけだが。

「結果を出せ」

冷ややかに告げる深沢に頭を下げ、部屋を出ようとした時のことだった。

再び深沢の卓上電話が鳴った。

受話器を取り上げる深沢に背中をむけて戸口に歩いたが、沖は途中で呼びとめられた。

「待ちたまえ、沖君」

振り返ると、深沢が片手を差し上げ、平手を沖のほうへと突き出していた。

「何だと……。莫迦《ばか》な……、いったいきみらは何をしてるんだ！」

電話のむこうの相手に対して一頻《ひとしき》り怒りを爆発させた深沢は、受話器をフックに叩きつけるように置き、まだ怒りが冷めやらぬ目で沖を睨みつけた。

「まったく、今日は何という日なんだ。二課の柏木君からだった。孟沢潤の居所を探すために連れ出した許美良の妹が、彼らの目を盗んで行方《ゆくえ》を晦《くら》ましたそうだ」

「許小華がいなくなったんですか？」

「今そう言っただろ」

「村井さんも一緒だったのでは……？」

「そうだ。彼女も今、必死で少女の行方を捜してる。着任早々、まったく、どういうことになっているんだ」

　そんなことは知ったことか。

　沖は頭を下げて署長室を出た。

　深沢がたった今口にした言葉だけは、消えずに頭の中で反響し続けていた。まったく、どういうことになっているんだ……。真紀子は殺され、許小華には逃げられて、数少ない手がかりが益々《ますます》減ってしまった。

　だが、泣き言を言っている場合でないのはわかっていた。一刻も早く小華を見つけ出さないことには、彼女にもまた真紀子と同じ運命が待っている。

　沖は携帯電話を抜き出し、着信履歴から貴里子の携帯の番号を出してかけた。

　貴里子はすぐに電話に出た。

「小華のことを聞いた。今、どこなんだ？」

　余計なことを言わずに問いかける。

「本町一丁目よ。水道道路はわかる？」

「もちろんだ」

「不動通り入口というバス停があるのだけれど、そのすぐ傍」

「新国立劇場の辺りか？」

「ええ、その少し先よ」

周囲にアパートやマンションが多い普通の住宅地だ。

「なぜそんなところに？」

「小華が、このバス停の名前を告げて、ここのすぐ近くにいたことがあると言ったのよ。でも、あの子、元々この辺りで私たちを撒《ま》くつもりだったのかもしれない」

「何？　それはどういうことだ？——いや、待て。話はそっちに合流してから聞く。すぐに車でむかう。近づいたらまた電話をする」

沖は告げ、携帯を切った。幸い、今朝貴里子と小華を迎えに行った関係で、自分の車を署の駐車場に入れてある。車輌係《しゃりょうがかり》で書類手続きをする必要なく走り出せる。

階段を駆け下りると、ちょうど下から上がってくる柴原と出くわした。

「持って来ましたよ、チーフ。写真立てから写真だけ出して、全部残らず持って来ました」

沖の姿を見つけ、柴原は内ポケットから出した右手を振った。

ふたりは階段の踊り場の端に寄った。

「よし、見せてみろ」

写真を受け取り、沖は手早く捲《めく》り始めた。

何もデカの目が特別なわけではなく、人間の目は無意識のうちに多くのものを見ている。ただ、それでふと気になった何かに、きちんと注意をむけるかむけないかの違いがあるだけだ。

何が気になったのかはわからないままだった。だが、確かにあの時、あの部屋で、この何枚かの写真のうちの何かが気になったのだ。

「谷真紀子が死体で発見されたぞ」

手許《てもと》の写真から目を離さないままで、柴原に告げた。

「そんな……」

柴原は小声でそう呟《つぶや》いただけで絶句した。

「チーフ、俺の責任です……。俺が彼女から目を離したから……」

やっとそれだけ口にしたのがわかったが、沖は構わずに写真を捲り続けた。思いやりに溢《あふ》れた上司ならここらで手をとめ、慰めの言葉のひとつも言うのだろうが、そんなことは億劫《おっくう》だった。大切なのは、手がかりだ。

「これだ——」

沖は思わず声を高めた。

一枚の写真を、改めてじっと凝視する。

そうか、そういうことだったのか。胸の中で、一語ずつ刻み込むかのようにそう呟いた。

写真には、四人の男女が写っていた。谷真紀子、堂本均のふたりと、見知らぬ男女がふたり。真紀子が女のほうと、堂本が男とそれぞれ肩を組み、二組のカップルと言うよりもむしろ仲のいい四人組といった感じだ。

ハイネケンの緑色の立て看板が四人の横にあり、背後の空には東京タワーと満月が見えた。

「この写真がどうしたんです？」

待ちかねて尋ねる柴原にむけ、沖はにやっと笑いかけた。だが、瞳には答えを見つけた誇らしさよりもむしろ、どんよりとした鈍い怒りの光があった。

「昨日、金森が射殺される直前に、自転車で車道から歩道に乗り入れてきて、堂本たちを連行してる金森たちにぶつかって来た野郎がいるんだ。その直後に、金森は頭部を狙撃されてよろけたのさ」

「——それがこの男なんですか？」

「ああ、間違いない。あの時は濃い色のサングラスをしてたが、それぐらいじゃ俺の目は誤魔化されん」

「でも、そうしたらいったい、どういう……。狙撃者の仲間なんでしょうか？」

「いや、こうして堂本と真紀子のふたりと親しげに連《つる》んでるんだぜ。それよりもむしろ、昨日連行されてた堂本や木梨の仲間だと見たほうがいいだろう。忘れたのか、堂本のやつは、金森の相棒の藤崎を刺して逃げたんだぞ。連行中の容疑者が、いったいなぜナイフなど持ってたのかという点については、まだ何もわかっちゃいない」

「それじゃあ」

「俺も狙撃の混乱で、この野郎が金森にぶつかったところまでしか見ちゃいないのさ。金森と木梨が頭を撃ち抜かれて周囲が大騒ぎになる中で、こいつが堂本のほうにこっそりとナイフを渡したか、あるいはこの野郎自身が堂本を連行中の藤崎を刺したことだって考えられる」

「――でも、そうするとチーフが言ってた、金森さんたちと堂本たちとはグルで、金森さんたちが誰かを強請《ゆす》るのに、堂本たちを予《あらかじ》め保護する目的で連行したという推理は間違いってことになるんですか？」

「わからんよ。金森たちはそのつもりでも、堂本たちには違う思惑《おもわく》があったのかもしれんし、途中で何か事情が変わったのかもしれん。何でもかんでも、頭の中だけじゃ解けねえさ。その点を考えてるより、野郎を見つけ出して吐かせることだ。それには、頭を悩ます点は別にあるぜ」

言いながら、沖は改めて写真に顔を近づけた。

「くそ、店の名前が写ってりゃよかったんだが、そうはいかねえな」

シチュエイションからすると、連《つる》んで飲んでいた店の前で撮影した可能性が高いのではなかろうか。だが、写真のバックは自分たちが飲んでいた店ではなくて東京タワーにした。飲んで出てきたら、月とタワーとが綺麗だったので、並んで撮ることにしたというところかもしれない。

この写真の中に、何か手がかりがあるはずだ。必ず見つけねばならない。

そう思って隅々にまで細かく目を凝らすが、生憎《あいにく》手がかりになりそうな店やビルの名、通りの名さえ何一つ写ってはいなかった。

「でも、チーフ。これなら案外と早くこの店を見つけられるかもしれませんよ」

横合いから写真を覗き込んでいた柴原が言うのに、沖は「何？」と問い返した。

「見てください。道は東京タワーの建つ方角にむかって真っ直ぐに延びてます。それに、ちゃんとした大通りです。しかも、月は東京タワーの右側に写ってますが、これはどう見ても夕暮れじゃありませんから、西の空に傾き始めてるってことで、まず西から東をむいて撮ったわけじゃないとわかります。同じく、南から北では、月はタワーの左に来るはずです。残った方向はふたつですけど、東京タワーのすぐ東側は増上寺で、この広さの道は思いつきません。そうなると、北から南に延びる通りが残ります。たぶん桜田通りか日比谷通りじゃないでしょうか。しかも、東京タワーがこれだけ大きく見えるってことは、芝か愛宕《あたご》、せいぜいが虎ノ門か西新橋辺りまでのどこかじゃないかと思うんですが」

普段はおどおどしてあまり喋りもしない新人刑事の顔を、沖はじっと見つめ返した。

「おまえ、なかなかやるじゃないか」

柴原は嬉しそうな顔で瞬きした。

「それじゃ、早速その辺りを車で流し、こんな景色が写せる場所を見つけ出すんだ」

三章　暗転

1

携帯で連絡を取り、どこかわかりやすい場所で合流することにした結果、結局最初に貴里子が電話で言っていた不動通り入口のバス停前で落ち合った。

バス停から邪魔にならないぐらい距離を空《あ》けて車を停めるとすぐ、待ちわびた様子で歩道を近づいてくる貴里子を見つけた。貴里子はひとりだった。

「柏木たちは？」

車を降りた沖は訊《き》いた。

「歌舞伎町一帯を探してる」

「なんでむこうを？」

「ここに来る前は、あの辺りで中国マフィアの溜まり場になったような場所を虱潰《しらみつぶ》しにしてたから、小華《シャオホア》が私たちを撒《ま》いて、こっそりとそのどこかへ戻ったんだと思ってるのよ」

「それは予《あらかじ》め柏木のほうで、孟《モン》やその一派が立ち寄りそうだと目をつけてた場所なのか？」

「――そうでもなかったみたい。彼もそこまではっきり何かを摑《つか》んでたわけじゃなくて、南方系の中国人の店や彼らが屯《たむろ》する場所を虱潰しにしてたの」

貴里子の説明を聞き、沖は胸の奥に苦いものが拡がるのを感じた。柏木のやつは、小華には危険のないようにすると言ったくせに、南方系の中国マフィアが屯した場所を堂々と連れ回れれば、警察に協力していると疑われ、それだけであの子への危険が増すとは思わなかったのか。

いや、いずれにしろ本国に送還された後のあの子には、死以外の運命はないにちがいない。それがわかっていて何もできないこの自分は、いったい柏木とどこが違うというのだ。

「ねえ、幹さん。このまま行方がわからなかったら、あの子、どうなるのかしら？」

問いかけてくる貴里子と目が合った。

沖はすっと視線を逸《そ》らし、スキンヘッドを撫《な》でながら周囲を睨《ね》めつけるように見回した。

孟の手下たちが自分たちよりも先にあの子を見つければ、やはり消されてしまうだろう。

だが、もしも連中にも見つからなければ、新宿のどこかで生き延びる道もあるのかもしれない。その場合、たったひとりでこの街に投げ出されたあの子が生き延びるには、どんな手段で金を稼がねばならないかを想像するのも容易《たやす》い。だが、それでも確実に殺されるとわかっている本国に連れ戻されるよりはまだマシではないのか。

とりとめもなくそんなことを思いかけ、沖は思いを堰《せ》きとめた。

そんなことを考えていても仕方がない。事件の解決のためには、あの子の協力が必要だ。そのためにあの子を見つけ出し、この手に保護する。それがデカの仕事なのだ。

「とにかく、私、もう少し歩いてみるわ」

何も答えない沖に業を煮やしたかのように、貴里子が再び口を開いて言った。沖は段々気づき始めていた。この女は、俺に劣らず短気だ。

「見つけると言って、どうするんだ？　闇雲《やみくも》にただ歩いたところで、見つかるわけなどないぞ。迷子を探すのとは訳が違うんだ。あの子はあんたたちから意図的に逃げたんだろ。すぐにどこかに姿を隠してしまったさ」

「でも、それならどうすればいいのよ？」

尋ね返す口調には、短気さから来る苛立《いらだ》ちよりもむしろ、沖に助けを求めたい気持ちを押し込めているような感じがあった。

「そう言われてもな……」沖は自らも手探りするつもりで問い返した。「そう言やあんた、電話で、小華のやつは最初から自分たちを撒くつもりで、この界隈《かいわい》に連れて来たのかもしれんと言ってたな。あれはなぜなんだ？」

「それは、この辺りにいたことがあると話したくせに、いざ連れて来たらここも違うあそこも違うみたいにあちこち私たちを連れ回して、その挙げ句に逃げてしまったからよ」

「どうやって逃げたんだ？」

「図書館のトイレの窓から抜け出したの。おしっこがしたいと言うので、すぐそこにある図書館のトイレに連れて行ったのね。私が見張ってたんだけど、気がついたらいなくなってて……。今時、女子トイレの個室に大きな窓をつけてるところなんかないのよ。しかも、それが開いて表と出入りできるなんて。ああいう公共施設の整備の遅れは呆《あき》れたものよ」

腹立たしげに捲《まく》し立てる貴里子を、沖は横目で見ていた。

「しかし、それはトイレの窓がたまたま開いたから逃げたってことで、最初からあんたたちを撒くためにこの界隈に連れて来たって話にはならんだろ」

「逃げた時の状況はそうだけれど、この辺りを歩いても、全然要領を得なかったんだもの。あの子にああして逃げられてしまったら、出鱈目《でたらめ》を言ってたんだって思うでしょ」

「小華は、何と言ってあんたたちをここまで連れて来たんだ？」

「ねえ、こんな話をしていて、何かになるの？」

「いいから、俺が訊いてることに答えてくれ。それとも、ただここらを闇雲に歩き回るって以外に、小華を見つける手だてが何かあるのか？」

　貴里子は一瞬きっと目を剝《む》きかけたが、思い直した様子で言った。

「山手通りから折れたところに、幡ヶ谷不動尊と不動通り入口というバス停が並んでる。その辺りに、窓から自分たちと同じ年頃の子供たちが通う学校が見えるアパートがあって、そこに暮らすおばさんの家に何日か厄介になってたことがあると言ったのよ」

「そのおばさんってのは、いったい何者なんだ？」

「孟の手下の母親らしい。その手下の名前まではわからなかったけど、小華がその部屋にいた時に、孟も一度訪ねて来たことがあるらしいわ」

「なあ、小華は、あんたにそう話して聞かせたわけだな」

　沖はふとある思いつきを得て訊いた。

「ええ、そうよ」

「あんたが中国語がべらべらなのはわかってる。だが、小華のほうは、漢字の読み書きはどうなんだ？」

「――読み書きはほとんどできなかったわ」

「それじゃ、小学校だとかアパートってのはまだしも、山手通りだとか、不動尊だとかって固有名詞は、どうやって確かめたんだ？」

「私が書いて見せたのよ。もちろん、その前に彼女から詳しく話を聞いた上でのことよ」

「ちょっと待て」

沖は言い置くと、車の助手席のドアを開けて、積んだままのロードマップを取り出した。カーナビを使う手もあるだろうが、今の自分の目的のためには一々画面をスクロールさせるのが億劫《おっくう》な気がしたのだ。地図でたどる方がずっと手っ取り早い。

「何をする気？」

「山手通りかその周辺に、不動尊という名のバス停があるところが他にないかを探すんだ」

「ちょっと待って。それじゃ、私が間違ってたというの。でも、聞いてよ、幹さん。小華は読み書きはできないけど、山手通りというのも不動尊というのも、字の形はちゃんと憶《おぼ》えてたのよ。それに、不動尊というバス停だけじゃなく、その隣にもうひとつ不動通り入口というバス停が並んでるの。ここしかないはずよ」

「それはわからんだろ」

沖はまずはこの界隈のページを開いた。そこから山手通りに沿ってたどってみるつもりだった。山手通りは北上すると板橋で中山道にぶつかって終わる。逆に南下すると、品川までだ。とりあえず北上してみたが、山手通りにも、そこから左右のどちらかに折れた辺りにも、不動尊と名のつくバス停はなかった。

「そんなことをしても時間の無駄よ。あなたたちのように、紙に漢字を書いて意思の疎通を図ってたわけじゃないのよ。口頭でやりとりをした上で確かめたんだもの。間違いようがないわ。思い出したけど、もうひとつあったわ。電車の駅が近いとも言ってたの。ここなら、京王新線の初台《はつだい》も幡ヶ谷も近いでしょ」

「少し黙っててくれ」

沖はただそうとだけ告げ、今度は山手通りを南下した。代々木公園の横を通った向こうが代々木八幡だが、不動尊は見当たらない。その先で山手通りは新旧に分れたのち、中目黒から先は新山手通り一本となる。目黒通りとクロスした先で、沖は指をとめた。

目を上げると、思ったよりもずっと近くから貴里子が地図を覗《のぞ》き込んでいてどきっとした。目黒不動尊と不動尊門前というバス停が並んでいる。目黒不動が近いのだ。

「でも、まさか……」

「ここなら電車の線路も近いぞ。東急目黒線が通ってる。なあ、小華は、ほんとに不動尊と不動通り入口というバス停の名を正確に憶えていたのか？　さっきのあんたの話によると、不動とつくバス停がふたつ並ぶのはここしかないとあんたが見当をつけ、そこからこのふたつのバス停だと決めつけたんじゃないのか？」

「でも、山手通りから折れた先と言ったのよ。目黒不動尊のバス停は、もっと入り組んだ先でしょ……」

そう抗弁しかけたが、貴里子は途中でやめ、改めて言い直した。

「ごめんなさい。あなたの言う通りかもしれない。中国語が喋《しゃべ》れるからと言ったって、ネイティブと変わらないほどに完璧《かんぺき》だとは言えないし……、それに、もしかしたらそれ以前に、もっと冷静に他の可能性も検討するっていう基本的なことが抜けてたのかもしれない」

「まだ、俺のほうが正しいとも決まったわけじゃないさ。ただ、柏木たちは歌舞伎町を当たってる。こっちまで同じ線を当たっても仕方がないから、苦し紛れに見つけたみたいなもんだ」

素直に詫《わ》びられたのがかえってきまり悪く、沖はそんなふうに言葉を濁した。

「いいえ、きっと幹さんの言う通りよ。あの子には私を騙《だま》すつもりなんかなくて、本当に記憶の場所を探してたんだわ。それなのに、私が勝手に誤解してしまって、だからいくら付近を歩き回っても、目当ての場所が見つからなかったのよ。あの子、右も左もわからないこんな場所で、たったひとりで放り出されて、もしも孟や朱《チュー》の手下に見つかったらどうなるのかしら――」

「悲観的な想像をしてもしょうがねえだろ。目黒に移動するぞ。そして、小華があんたに話したという、小学校が見えるアパートに住む中国人のおばさんってのを見つけ出すんだ」

沖は貴里子を促して車に乗り、走り出した。

そうして間もなく、携帯電話が鳴った。ディスプレイを確かめると、柴原だった。通話ボタンを押して耳に当てた。

「何、そこまでわかったのか。でかしたぞ。よし、わかった。俺もすぐに合流する。おまえのほうが先に着いたら、部屋に明かりがあるかだけ確かめろ。間違えてもおまえだけで入るんじゃないぞ」

柴原の報告を聞き、そんなことを一気に捲し立てた。

通話を終えた時には、助手席の貴里子にも、電話のおよその内容は察せられていた。

「堂本の足取りを追ってる柴原からだった。やつの親しい友人のヤサが割れた」

「そっちに行かなければならないのね」

「ああ、柴原だけで乗り込ませるわけにゃいかんし、一刻を争うかもしれん」

万が一、堂本が消されずに潜伏しているのを押さえられたとしたら、捜査が一気に何歩も進展するのは言うまでもない。

「わかったわ。ここで下ろして頂戴。あとはタクシーでむかう。こっちは私ひとりで大丈夫よ」

気丈に言う貴里子に、沖はすぐに首を振ってみせた。

「駄目だ。あんたひとりでやらせるわけにはいかん」

「子供扱いしないで。駆け出しの刑事じゃないのよ」

だが、現場を大して踏んだこともないキャリアなのだ。

「あんた、わかってんのか。もしもそのおばさんのアパートを探り当てられたとして、その女は孟の手下の母親かなんかなんだろ。あんたひとりで、どうするんだ？　平松に連絡を取ってむかわせる。そうだな、さっきと同じように、今度はむこうのバス停で合流するんだ」

「――わかったわ」

「間違ってもあんただけで探し回ろうなんてするんじゃないぞ」

ちょっと前に柴原に念押しをしたのと似たようなことを口にし、たじろいだ。

貴里子が刺すように睨《にら》んで来たのだ。駆け出しのデカじゃない、と繰り返したいのだろう。どうも女は扱い辛《づら》い。

2

柴原の報告によれば、堂本たちが写真を撮った場所は、桜田通りにある《ブロードウェイ》というパブの真正面だった。そこのオーナーに写真を見せると、四人揃《そろ》って常連だったとの話で、他のふたりの身元もすぐに割れた。男のほう――すなわち昨日の狙撃《そげき》時に自転車に乗っていたのは、武田茂夫といい、六本木のどこかでバーテンをしている。女のほうは、見込んだ通りに武田の彼女で崎村早苗といい、やはり六本木でホステスをしているとのことで、オーナーはこのふたりが一緒に暮らすアパートの住所をちゃんと営業用に控えてあった。

そこは六本木トンネルの近くで、住所から言えば西麻布だった。すぐ間近に六本木ヒルズの高層ビルが聳《そび》えるが、六本木通りを隔てて反対側のこの辺り一帯は再開発とは無縁であり、全体に小振りのビルが並び、中には古びた日本家屋や年代物のアパートなども混じっている。

武田と早苗が暮らすのは、そんなアパートの一軒だった。

カーナビで近くまで来たことを確かめ、停めやすい場所に車を停めてあとは徒歩で近づくと、一足先に来ていた柴原が物陰から手招きした。

「あのアパートの二階です」

と指差した部屋には明かりがあった。

屋外廊下が玄関同士を繋《つな》ぐ作りで、玄関脇の、おそらくはキッチンのものと思われる曇りガラスの窓が見える。

「いるらしいな」

「ええ。でも、僕は二十分ぐらい前に着いたんですが、その間は人の出入りは何もありません」

「わかった。それじゃ早速行こうぜ」

と促した時だった。

「おい、おまえら、ここで何をしてる」

背後から低く抑えた声で呼びかけられ、振りむいた沖は思わず胸の中で舌打ちした。

新宿署の堀内が立っていた。くそ、なんでここがわかったのだ。蛇の道は蛇というが、油断のできない男だ。

「なあに、ちょっとしたルートでここに行き着きましてね。一課長さんこそ、ここをどうやって見つけたんです？」

沖が言うと、堀内はこっちの内面を見透かすようにニヤッとした。

「俺もちょっとしたルートってやつさ」

とのみ答え、当然といえば当然だが、手の内を明かそうとはしなかった。

今夜の堀内はひとりだった。上から捜査にストップをかけられたのを押し切り、谷真紀子の身辺を警護すると言い張って部下を張りつかせてはいたものの、さすがにその先は自分だけで動くしかなかったということか。課長は既に管理職であり、部下を指揮する立場にある。いくら本庁ではなく所轄とはいえ、普通はひとりで捜査に歩くことなどないのだが、あくまでも頑固な男らしい。

「さて、それじゃここから先は俺がやる。悪いが、おまえらにゃ手を引いて貰《もら》おうか」

「冗談言うな。昨日は美容院で真紀子を渡しましたが、今度はそうは行きませんよ」

「ただで引き渡したわけじゃないだろ。こっちだって見返りで情報を提供したぞ」

「だが、そうして課長さんのほうであの女をかっさらった結果、結局ろくろく調べもしないで帰すことになったんでしょ。あの女が殺された責任の一端は、課長さんにあるはずですよ」

堀内は苦々《にがにが》しそうに沖を睨みつけた。

「おまえとここで議論をしているつもりはない。これは命令だ。おまえらは手を引け」

「そんな命令は知りませんよ。こっちが先乗りです。それに、あんたは俺の上司でも何でもない」

「先乗りって言うが、まだたどり着いてないだろ。ここはただの路上だぜ」

命令命令命令とキャリア職の人間のように繰り返さなかっただけマシというものだが、それで怒りが減るわけじゃない。

だが、沖が言い返すより早く、甲高い悲鳴がふたりの言い争いを中断させた。

柴原も含めた三人が、一斉にアパートへと顔をむけた。間違いない。あのアパートだ。

悲鳴が長く尾を引き聞こえる。

窓を照らす明かりの中を、人影が素早く過《よ》ぎるのが見えた。

「行くぞ、柴原」

沖は柴原に命じて駆け出した。

「念のためだ。おまえは裏に回れ」

アパートの門代わりとなったブロック塀の切れ目に駆け込みながら、後ろを来る柴原に命じた。

「駄目だ。青二才に何ができる。俺が裏に回るから、おまえらふたりが表から入れ」

それを遮《さえぎ》り、堀内が言った。口は悪いが、どうやら柴原の身を案じたらしい。

沖の答えも待たずにアパートの建物に沿って裏へと走る堀内と別れ、沖たちふたりは鉄の階段を二階へと駆け上がった。

「武田さん、崎村さん。いますか、警察です。今の悲鳴は何ですか？」

ドアを拳で叩《たた》きながら呼びかけると、今度は大きな物音がした。そして、くぐもった女の悲鳴が続く。

ノブに手をかけたが、鍵が締まっている。

沖は躰《からだ》を引いて適度な間を開けると、躊躇《ためら》いなくドアを蹴《け》り開けた。

中に飛び込もうとして、その寸前に思いとどまった。男たちがふたり。揃って拳銃を持っているのが見えたのだ。

慌《あわ》ててドアの陰に身を隠した目と鼻の先を、空気を鋭く切り裂いた銃弾が掠《かす》めて行った。

銃声はなかった。

サイレンサーを装着しているのだ。

普通のヤクザ者やチャイニーズマフィアのごろつきどもは、そんな手の込んだ真似《まね》をしない。

——いったいどんな連中なのだ。

沖は拳銃を抜き出した。

「莫迦《ばか》野郎、窓越しに狙《ねら》い撃たれるぞ！　もたもたするな。腹に力を込めろ」

突然の発砲に遭遇し、明らかに血の気が失せた顔の柴原を叱《しか》りつけた。

慌てて躰を低くする柴原に、今度は身振りで落ち着くようにと示し、沖はそっとドア枠から顔を出して中を覗いた。

奥の部屋の物陰から、ひとりが顔と腕だけ出し、こちらの動きを窺《うかが》っていた。その男が発砲しそうなのを察し、沖は慌てて顔を戻した。

だが、その僅かな間にも、中の様子は見て取っていた。手前のキッチンに、背中を血で赤く染めた女が倒れていた。おそらくもう死んでいる。それから奥の部屋に、後ろ手で縛られて壁に寄りかかった男がいた。距離もあるし、男の全身が見えたわけではないので、こちらは生きているのかどうかはっきりとはわからなかった。しかし、それが堂本均であることは確かだった。やはりここに逃げ込んでいたのだ。

窓の開く音がする。裏手に逃げようとしている。

「ここは任せて、おまえは裏に回れ」

沖は柴原に命じた。堀内だとて、いきなり拳銃を持った相手と出くわせば被弾しかねない。

柴原は頷《うなず》き、二、三歩そのままの姿勢で廊下を後じさってから、躰のむきを変えて走り出した。

沖はもう一度中を覗いた。

男がひとり、むこうの窓枠を乗り越えようとしていた。片手で抱きかかえるようにして黒い鞄《カバン》を持っている。もうひとりは、さっきの場所からこっちに銃口をむけて牽制《けんせい》している。二人組か、それ以上らしい。

くそ、ここで撃ち合うわけにはいかない。この安アパートの壁ならば、楽々と銃弾が抜ける。先ほど敵が発砲した銃弾の行方も気になるところだ。こんなところで撃ち合いになれば、関わりのない人間が流れ弾に当たって命を落としかねないのだ。

「大人しく観念しろ。ここは包囲されてるぞ」

無駄なこととは思いつつ、中の男に呼びかけた。

すぐ隣の部屋の玄関が開き、中から主婦らしい女が顔を出した。

「警察です。危ないから、外には出ないで。家の中で、躰を低くしてるんだ」

早口で叱りつけるような口調で告げると、女は慌ててドアを閉めた。

また部屋を覗くと、窓辺にいたひとりは既に姿を消し、ほんの僅か前までこっちを牽制していた方の男が窓に取りつこうとしていた。

「動くな。動くと撃つぞ」

沖は拳銃を躰の前で構え、玄関からキッチンへと飛び込んだ。

窓から半身を乗り出した姿勢で男が振りむく。顔を見た。引き金を引こうとした瞬間、男はふてぶてしく笑った。ほぼ同時にきな臭い匂《にお》いが鼻を突き、部屋の隅に炎が見えた。

男が窓のむこうに姿を消す。

部屋の中に飛び込むと、押入の前に引き出された布団が燃えていた。なんて野郎だ。火をつけやがった。炎を上げ始めた布団のすぐ横で、虚《うつ》ろに目を開いた堂本均が、壁に背中をつけて坐っていた。死んでいる。

「窓から出たぞ。ふたり組だ。注意してくれ」

沖は窓にむかって呼びかけた。今さらこんなことを叫んだところで、既に堀内たちと出くわしているかもしれない。

自らは流しに走ろうとして思い直した。

開けっ放しの押入から別の布団を引き出し、それを畳で燃える布団に押し被《かぶ》せる。炎を押し包みはしたが、これで消しとめられたわけじゃない。どうするか考えるより先に躰が反応した。布団を二枚抱え上げ、風呂場を目指す。新たな酸素を見つけた炎が再び大きさを増し、両手にピリッと痛みが走る。

肩で打ち破るようにしてガラス戸を押し開けると、幸いなことに浴槽に残り湯があった。沖はそこに布団を投げ入れ、蛇口を捻《ひね》ってその上からシャワーの水を盛大に浴びせかけた。逸《はや》る心を抑えつつ、念入りに水をかける。

さすがに大丈夫だろうと判断して風呂場を駆け出ると、窓辺に走って外を見下ろした。裏手はアパートのほんの僅かばかりの庭とブロック塀を隔てた先が、幅三メートルほどの路地だった。逃げた男たちの姿も、堀内たちの姿も見当たらない。

「堀内さん――。柴原――」

夜の闇に目を凝らして呼びかけたが、返事もなかった。

くそ、どうなったのだ。

窓枠を乗り越えて飛び降りようとした時、背後から堀内の声に呼びとめられた。

「無駄だ。逃げられちまった。逃走用の車を用意し、仲間が運転席で待ってたんだ。ナンバーは憶えたが、おそらくそこからは何もたぐれまい」

振り返ると、堀内が部屋の入り口に、若い男の首根っこを捕まえて立っていた。その後ろに柴原もいた。

「だが、その代わりにこいつを押さえたぞ。アパートの裏の暗がりで、じっと息を殺して震えてやがった」

堀内がそう言ったのは、武田茂夫のことだった。

「それにしても、ひでえな。あの中国人どもめ。惨《むご》いことをしやがる」

武田の首根っこを押さえたまま、キッチンに俯《うつぶ》せで倒れた女と部屋の壁に背中をつけて死んでいる堂本を順番に見渡し、呟《つぶや》いた。

「中国人ってのは、確かなんですか？」

沖は聞き咎《とが》めて訊いた。

「ああ、中国語を喋ってたよ」

「あいつら、逃げる時に火もつけやがった。消しとめましたがね」

沖はそう言いつつ、堀内と武田に近づいた。

「早苗……」

武田が震える声を出した。真っ青な顔で女の死体を見下ろしている。目の前の出来事を信じかねている口調だったが、堀内が僅かに手の力を緩めると、女の傍らに突っ伏して泣き始めた。

「おい、若いの。中に入ってドアを閉めろ」

堀内はそんな武田に一瞥《いちべつ》をくれただけで、すぐに背後を振り返って柴原に命じた。

沖は武田の脇に立て膝を突き、いきなりその前髪を鷲掴《わしづか》みにして自分のほうをむかせた。

「色男。おまえが震えてアパートの裏に隠れてる間に、おまえの彼女はこんなことになっちまったぞ。今の野郎たちはいったい誰なんだ？」

「知らない……。俺は何も知らないんだ……。くそ、あいつら、なんでこんなことを……。ひでえことをしやがって……」

　武田はそれなりに整った顔立ちをしていたが、今は涙でその顔がぐしょぐしょだった。

「莫迦野郎。知らないわけがあるか。おまえ、堂本をここに匿《かくま》ってたんだろ。昨日の狙撃の時に、おまえもあの場にいたな」そこまで吐きつけ、思いつき、沖はさらに重ねた。

「今の野郎が抱えて逃げた鞄には、何が入ってたんだ？」

「知らない……。俺は何も知らない……」

　莫迦のひとつ覚えのように同じ言葉を反復するだけの武田に舌打ちし、その頭を揺すぶってやった。

「おまえのせいで、こんなことになったんだ。この部屋の様子をよくその目に焼きつけやがれ」

　堀内が黙って沖の肩に手をかけた。やり過ぎるなと言っているのだ。沖は目を剝《む》き言い返そうとした。

「ここじゃ所轄が違う」

　それを制するようにして、堀内が言った。冷静に潜められた声だった。「誰かが既に通報してるかもしれんし、してないにしても、俺たちが一報入れにゃならん。しかし、所轄の人間がやって来て一から説明をし、その上で所轄の介入なしにこの男に聴取するのは難しい」

言いたいことはすぐにわかった。だが、それがこの男の口から出たことに驚いた。所轄を締め出し、自分たちだけで捜査を進める。それは沖にはあたりまえのやり方だとさえ言えたが、この堀内は何でも四角四面に物事を進めたがるデカではなかったのか。

「俺は自分の車で来てる。この先どこへ移動しようと、署のお偉方の知ったことじゃない。どうです？」

腰を上げ、相手と同じように声を潜めて、沖は言った。

「それじゃ、おまえの車で行こう。ただし、全員でってわけにはいかん。誰か所轄にそれなりの説明をする人間が必要だ」

沖と堀内は、玄関に立つ柴原へと顔をむけた。


青山墓地に車を停めた。この広大な墓地の中には、車も通れる舗装道路が延びており、夜間でも別段通行を制限されることなく通り抜けられる。暗くなってからは、桜の花見の季節以外には徒歩でやって来る人間はほとんど途絶える場所だ。

ハンドルは沖が握り、後部シートに堀内と武田が並んで坐っていた。堀内のほうがずっと尋問しやすい位置にいるが、そこまでこだわってみても仕方がない。同じ車内で話を聞くのだから、この先のことはわからないにしろ、今は協力体制でいけばいい。

「なあ、あんたら、こんなところに車を停めて、これは正式な取り調べなのかよ。こんなことをしてもいいのかよ」

　沖はサイドブレーキを引くと、喚《わめ》き出す武田のほうへと躰を捻ってむき直った。武田は表情を引き攣《つ》らせ、涙で充血した両眼を吊《つ》り上げていた。人気のない場所に車を停めて何が始まるのかを恐れている。

「つべこべ言うな。正式な取り調べが受けたけりゃ、すぐにでも取調室に連れて行ってやるが、それで困るのはおまえ自身だろ。喰《く》らい込みたいのか。デカ殺しは罪が重いんだ。共犯だってだけで、十年近くは喰らうぞ」

「――いったい何の話をしてるんだよ。デカ殺しって、何なんだ。俺はそんなことは何も知らないぞ」

「おまえが堂本にナイフを渡したのはわかってるんだ。野郎はそのナイフで連行中の刑事を刺して逃げた。その刑事は、病院で命を落としたぞ。つまり、おまえはデカ殺しの共犯ってわけさ」

　この男が堂本にナイフを渡したというのは何の証拠もない推測にすぎなかったし、実際には堂本に刺されて病院に運ばれた藤崎は、スナイパーによって殺されたわけだが、はったりをかますことにした。新聞をきちんと読む男には見えなかったし、だいいちこの状態で、冷静に物事を考えられる頭があるとは思えなかった。

狙いは当たり、武田は見る見るうちに慌て出した。

「あのデカ、死んだのか……」

「ああ、昨日な」

「なあ、俺は何も知らないいんだ。共犯なんて、とんでもねえ……。ナイフだって、堂本の野郎がただデカを脅して逃げるだけだからって言うんで渡したんで、まさか野郎がそれで刺しちまうなんて思いもしなかった。俺は無関係なんだよ。なあ、信じてくれよ、刑事さんよ」

猿のように歯茎を剝き出しにし、武田は沖と堀内の顔を交互に見やりながら、助けを求めるように捲し立てた。

こうなった人間は唱《うた》い出す。デカ同士の隠語でいう、ハチを割るというやつだ。

沖がちらっと目配せを送ると、堀内は目顔で頷いた。任せる、やって見ろ、と言っている。その裏には、武田を取り調べる中で、自ずと見えてくる沖の手の内も見極めようという腹があるのかもしれないが、それはまあ仕方があるまい。

「知ってることを何もかも洗いざらい話すなら、おまえが有利になるような弁明を一緒に考えてやろう」

「ほんとか?」

「おまえが洗いざらい話したらだぞ。もうおとぼけはなしだ。さっきおまえの部屋にいた二人組は、どこの連中なんだ？」

「わからない。ほんとだよ。それはわからないんだ。信じてくれ。だけど、鞄の中身ならわかってるぜ。あの中にゃ、堂本が強請《ゆすり》に使ってたネタのビデオが入ってたのさ。どんなツテがあったのかわからねえが、あいつと木梨の野郎は、変態趣味やＳＭ趣味の野郎たちがプレイしてる場面をこっそりと撮影し、それをネタにそいつらを強請ってたらしいんだ」

およそ察した通りの流れのようだ。所謂《いわゆる》風俗関係の支払いをカード会社に取り持つうちに、そういった世界に詳しくなり、なんらかのツテで表沙汰《おもてざた》にされては困るような映像を入手できるようになって、それをネタにそこに映る連中を強請り始めた。

そこに金森と藤崎のふたりが嚙《か》んできて、甘い汁を分け合ったのち、最後には何かデカい強請を狙った。だが、そんな時に金森に逮捕状が出ることとなり、それを恐れた何者かが金森たちの口を封じたのだ。

そこまで考えをたどり直して、沖ははっと気がついた。

「おい、おまえさっき、堂本がおまえに連絡を寄越し、連行中のデカから逃げ出したいから手を貸してくれと頼まれたと言ったが、それはいつのことなんだ？」

「だからそれは、昨日のあの狙撃事件の二時間ぐらい前だよ。まだ明け方だってのに、電話で叩き起こされて、こっちはいい迷惑だったんだ」

「やつはおまえに、何と頼んだんだ。正確に思い出してみろ」

「だから、デカから逃げるのに手を貸せって。謝礼はたっぷりするからって言ってよ。K・S・Pって言うのか、その分署の前に車が着いて俺たちが降りたら、自転車で近づいて来て、こっそりとナイフを渡してくれって言うのさ。俺はそんなことなどできるわけがないって言ったんだがな。あの野郎、大丈夫だ、できる、理由は言えないが、きっと大混乱になるはずだから、その隙《すき》を狙って渡せばいいんだからってよ。——だけど、俺はほんとにあの野郎がデカを実際に刺しちまうなんて思ってもなかったんだぜ。あの野郎だって、きっとそんなつもりなんかなかったのさ。それなのに、デカがあんまりしつこくするから、もみ合いになって、気がついたらあんなことになっちまってたらしいんだよ」

「もういい、野郎に殺意がなかったことはわかったから、ちょっと黙れ」

沖は捲し立てる武田の言葉を遮《さえぎ》った。

無意識にスキンヘッドを平手で撫でる。

どういうことだ。この男の話からすれば、堂本は予めあの朝の狙撃を知っていたことになる。そして、その混乱に便乗して、自分だけは逃げようとしていたのだ。

金森と藤崎、それに堂本と木梨の四人が連《つる》み、強請る相手を物色して、美味《うま》い汁を吸っていたことには間違いがないようだ。だが、その先にはもう一枚何か裏がある。少なくとも、堂本には何か別の思惑があり、それに則《のっと》って動こうとしていたらしい。

「なあ、これぐらいでいいだろ」

と、探るような目をむけて来る武田を沖は睨《にら》み返した。

「莫迦野郎、まだ始めたばかりじゃねえか。岡島友昭って名前に聞き覚えはあるか？」

「知らねえよ。なあ、刑事さんよ。俺はほんとに、堂本たちがやってたこととは何も関係ねえんだ。何か訊かれたってわからねえよ」

「東都開発はどうだ？」

「知らねえって……」

答えは一緒でも、微妙に口調が変わっていた。

「言っちまえよ、武田。おまえのダチだけじゃねえ。彼女までああして殺《や》られてるんだ。知ってることを話して仇《かたき》を取れよ」

「さっきのふたり組を雇ってるのは、東都開発の人間なのか？」

「そうかどうか、これから調べるんじゃねえか」

武田は目を伏せ、思い悩むような顔をしたが、決して長いことではなかった。

「堂本たちは、東都開発の誰かを脅すことで、その会社の何かどでかい秘密を摑《つか》んだらしいのさ。もしかしたら、それが今刑事さんが言った、岡島って野郎のことだったのかもしれねえ」

「どでかい秘密って、何だ？」

「詳しい話は何もわからないよ。ただ、その東都開発ってとこは、表沙汰にできないような金を現ナマで総務の人間があっちこっちに運んでるらしいぜ。俺が聞いたのはそんな話だけで、その先は何もわからねえ。昨夜、堂本の野郎が酔った拍子にぽろっと喋ったんだが、もっと詳しく教えろと詰め寄ってみたけど、金が入ったら匿《かくま》って貰《もら》った礼はするからって繰り返すだけで、駄目だった。俺を仲間にするつもりはハナからなかったのさ」

東都開発の裏金ルートを摑んだということなのか。それとも、その金の使用目的を摑んだのか。――詳細については、これから自分たちで探るしかあるまい。

今日の午後にあの会社で会った、古橋と前田という総務部の人間ふたりの顔が脳裏を過《よ》ぎる。どことなく木で鼻を括《くく》るような応対をするふたりだった。それに、この時期に、岡島が会社の辞令によって大阪に転勤させられたこととも符合する。金森や堂本たちは、岡島を突破口として、東都開発という会社そのものに狙いを定めていたのだ。東都開発のほうは、企業ぐるみで裏金の秘密を隠そうとしている。

だが、孟《モン》や朱たちチャイニーズマフィアは、そこにどう関わっているのだろうか。あるいは、連中が関係するのは、何かべつの線だと考えるべきなのか。

「さて、そうしたら今度は、さっきのふたり組が襲って来た時のことを聞かせろよ」

話を黙って聞いていた堀内が、沖がそんなふうに筋道をたどり直している間に口を開いて訊いた。

「そう言われてもな……。俺は表に出てたんだ。野郎たちが部屋の中でどんなことをして

「たのかはわからねえ」

「おまえ、何でアパートの裏になんか隠れてた?」

「それは、野郎たちが見えたからだよ……。だけどよ、まさか十五分かそこらで、早苗と堂本を殺しちまうなんて思わねえじゃねえか。あいつら、とんでもねえよ、ちきしょう」

「おい、待て。十五分かそこらって、おまえ、連中が部屋に入るところからずっと見てたのか？」

聞き咎《とが》めて堀内が訊いた。

「そうじゃなけりゃ、あんなところに隠れてねえよ」

武田は拗《す》ねたような口調になった。

「どういうことだったんだ？　ちゃんと話せ」

「地下鉄の駅に行くのに、アパートの表から普通に行くと、路地を一本余計に歩かなけりゃならないんだよ。それで、いつも裏側に抜けてから真《ま》っ直《す》ぐに行くんだ。今夜もそうしてちょっと歩き出したら、アパートの真裏に車が停まったのさ。しかも、人相の悪い連中が降りるじゃねえか。もしやと思ってこっそりと戻って様子を窺《うかが》ってたんだよ」

話を聞くうちにむかっ腹が立った。この莫迦は警察に連絡もせず、何が起こっているのかわからないなどと思いながら、物陰に隠れて震えていたのだ。

「で、おまえはどこへ行こうとしてたんだ？」

堀内が冷ややかに訊くと、武田は顔を逸《そ》らして忙《せわ》しなく瞬きを繰り返した。

「スポーツジムさ」

「ジムだって？　ふざけたことをぬかすな。この薄ら莫迦が」

堀内は声を荒らげ、武田の頭髪を鷲掴みにした。

「おまえが膝を抱えてぶるぶる震えてる間に、おまえのダチと彼女はあいつらに殺されてるんだ。ふざけたことをぬかしてやがると、はっ倒すぞ」

沖は黙って見ていることにした。この一課長、なかなかやる。

「痛えな。やめろよ。やめてくれ」

武田は顔を歪《ゆが》め、またもや猿のように歯茎を剝《む》き出しにした。

「話は最後まで聞いてくれって。そのジムには、藤崎ってデカが会員になってたらしいんだ」

「藤崎がだと？　で、そこに何の用があった？」

「堂本に頼まれたんだよ。金森と藤崎ってデカたちが、そのジムのロッカーに大切な物を預けてるから、こっそりと行って取って来てくれってな」

口を開こうとする沖を堀内が手で制した。そして、自ら訊く。

「ロッカーのキーは？」

武田が渋々と差し出すのを、素早く受け取ってポケットに納めてしまった。沖は胸の中で舌打ちした。くそ、やはり自分が後部シートの隣に陣取るべきだった。

「なあ、刑事さんよ。何もかも話したんだ。俺を守ってくれるんだろ。事件が片づくまで、どこか安全な場所に匿ってくれるよな。な、刑事さん」

武田は沖と堀内の顔を何度も交互に見つめ、必死の形相で訴えた。

「ああ、わかったよ。だから、ちょっと車で大人しく待ってろ」

沖は武田にそう告げると、

「一課長さん、ちょっと」

と、堀内を促して車を降りた。

車から何歩か離れて足をとめ、後ろをついて来ている堀内を振り返り、すっと右手を差し出した。

「どうした？」

堀内はしゃあしゃあと訊いた。

「スポーツジムのロッカーのキーを渡してください。一課長さんがわざわざ足を運ぶほどのことじゃない。俺がやりますよ」

「なあに、俺は現場が好きでね。自分でやるさ」

「じゃ、一緒に行きましょう。捜査協力ですよ」

「何の話だ？　別におまえと協力するなんて言った覚えはないぞ」

「今さらそれはないでしょ。担当の所轄を締め出して武田のやつを締め上げてるのは、そういうことでしょうが」

思わず口調を強めると、堀内は沖を睨みつけた。だが、これまでとは違い、どこかに沖とのやりとりを楽しんでいるような雰囲気があった。

「わかったよ。それじゃ、一緒に行こうじゃねえか。お互い、手がかりの囲い込みはなしだ。上手《うま》くすりゃ、そのジムのロッカーから、金森たちが東都開発につけ込もうとしてた裏金ルート絡みのネタが出るかもしれん」

「じゃあ話がつきましたね。で、あの野郎はどうします？」

沖は親指を立てて背後の車を指した。

「野郎のことは俺に任せろ。堂本を匿ってただけで、事件に嚙んでるわけじゃない。別段、命をつけ狙われるとは思えんが、手の届くところに置いておいたほうがいいだろう」

「それじゃあ、野郎は頼みます」

言いながら、沖は別のことを考えていた。

「ところで、ひとつ教えて欲しいんですが、新宿署の中で、課長さんたちが金森たちを洗うのにストップをかけた人間は誰なんです？」

「それはどういう意味だ？　岡島が訴えを取り下げ、金森たちにワッパを掛けられるだけの他の証人となると、まだ洗い出しきれなかった。それでこういうことになったが、やむをえんさ」

「そんなたてまえを言うのは、課長さんらしくないな。金森たちへのお札が取り下げになったのは、確かにそういう事情でしょうが、昨日、あんたが谷真紀子を引っ張ってあれこれと叩こうとしたにもかかわらず、それをとめた人間がいる。それは誰かと訊いてるんです」

「なぜそんなことを知りたいんだ?」

「誰かが金森たちのやったことを調べさせまいとしてる。それは俺たちに命令を出せる立場にいる誰かだ。そんな気がするんですが、どうですか?」

「おまえこそ持って回ったような言い方をするじゃねえか。何が言いたい?　なぜそんなふうに思うんだ?」

沖は僅かに迷ったが、打ち明けることにした。この男はこっち側の人間だ。捜査の進め方や哲学といったものは違うのかもしれないが、昇進試験や人事異動にばかり気を配っている連中とは違う、本物のデカのひとりなのだ。

それでもさすがに、西江の名前は伏せておくことにした。

「ある暴力団の幹部が、昨日、耳打ちして来たんですよ。射殺された金森にはお札が出るはずだったとね」

堀内は驚きを露《あら》わにした。

「その幹部ってのは、誰だ?」

反射的にそう訊きかけたが、すぐに苦笑で自らの問いを打ち消した。

「と訊いて、答えるわけはねえな」

沖は顎《あご》を引いて頷きながら話し続けた。

「同じK・S・Pにいる俺たちにとっちゃ、寝耳に水の話だった。それがなぜか、裏社会の人間に漏れてやがった。俺は誰が漏らしたのかを知りたいんです」

「その同じ人間が、俺が金森にワッパを掛けようとするのも邪魔立てしたというのか？」

「そして、金森の野郎があぁして射殺されたあとは、その先のことを調べようとするのを邪魔立てしてる」

堀内は唇を引き結んで俯《うつむ》いた。舗装された道から墓石が並ぶ間の細い砂利道へと入り、砂利を靴底で擦《こす》るようにして何度か鳴らしてから沖を振り返った。

「おまえのほうで、目星はついてるのか？」

「いいえ、まだ」

ちらっと深沢の顔が過ぎる。まだどんな人間かもわからない新署長だ。今日の叱責《しっせき》だとて、ただ型通りに部下を把握したいという、キャリアにありがちな教条主義にすぎないのかもしれない。だが、やはり注意は怠《おこた》らずにいるべきだろう。

いずれにしろこの口吻《くちぶり》では、堀内にも見当はつかないようだ。そうだとすると、やはりよほどの大物と見るべきなのか。もしもそうなら、組織の命令系統の中に紛れて身を隠し、沖はもちろんのこと課長の堀内にも到底手の届く相手じゃない。

　ふと思いつき、持ちかけてみることにした。

「大阪に行ってる岡島友昭に揺さぶりをかけたいんですが、新宿署のほうから府警に協力を仰げませんか？」

「なぜだ？　そっちじゃまずい理由があるのか？」

「そういうわけでもないんですが、ちょっと新任署長とやり合っちまいましてね。頼み辛いんですよ」

　そう言葉を濁す沖を、堀内はしばらく探るような目で見ていたが、やがて小さく頷いた。

「わかった。その件はこっちで引き受けよう。なあに、もしも邪魔が入るようなら、誰が邪魔をするのかがはっきりして話が早い」

「お願いします」

「気持ちが悪いから、頭を下げるな。俺だって岡島の野郎は叩きたいんだ。何もおまえのためにやるわけじゃない」

　沖は平手で後頭部を撫でた。

　携帯が鳴り、沖と堀内はそれぞれポケットを探った。

　鳴っていたのは沖の携帯だった。

　ディスプレイに、貴里子の携帯の番号があった。

「もしもし、村井です。見つけたわ。あなたの言った通り、目黒不動尊のバス停の傍に、それらしい中国人が暮らしてる」

「小華《シャオホア》が一緒かどうかは確認が取れたのか？」

「それはまだ。でも、あまり見かけない小さな女の子が遊びに来てるのを見かけたって話は、管理人から聞けたの」

「平松は？」

「一緒よ」

沖は素早く天秤《てんびん》を働かせた。

「俺もすぐに合流する」

じきにそう告げ、近くまで行ったら携帯に連絡をするとつけたして電話を切った。

小華の安否を確かめるだけならば平松に任せておけばいいが、貴里子によれば小華と一緒にいるのは孟《モン》の手下の母親らしい。この女を問いつめれば、孟の居所について何か手がかりが得られるかもしれない。

いや、そもそもそんなこと以前に、今朝、貴里子のマンションの前で襲ってきた男たちが孟の手下だとすれば、小華の命が危ない。あの少女は、金森たちを狙った狙撃を誰が許《シュー》兄弟にやらせたのかを知る生き証人となるかもしれないのだ。狙撃を企てた張本人が孟なら、小華を生かしてはおかないはずだ。

携帯を仕舞いながら、堀内の探るような目に気がついた。

「小華ってのは、おまえの分署の前で狙撃を行った兄弟の妹か？」

蛇の道は蛇だ。こっちの捜査についてもポイントは密《ひそ》かに押さえている。

「ええ、まあ」

「行方がわからなくなってるのか？」

「なあに、すぐに見つけますよ」

「それじゃ、ここから別行動ってことになりそうだな。ジムのほうは任せろ」

沖が口を開きかけるのを掌《てのひら》で制してニヤッとした。

「俺は約束は破らんよ。ロッカーの中身についちゃ、あとできちんと教えてやる。墓地の中に置いていかれたんじゃ不便でならねえ。俺と武田をそこらの地下鉄の駅で降ろしてくれ。ジムの場所を訊き、場合によっちゃパトカーを手配する」

そう言い置いて車に戻ろうとする堀内を、沖は後ろから呼びとめた。

「一課長さん、あんた、どうして上の命令を無視してまで、このヤマを調べるんです？」

堀内は足をとめ、先ほど砂利を靴底でこねくり回したのと同じようにアスファルトを擦った。

「金森ってデカは、昔、俺の下にいたんだ」

振り返って言った。

「知ってますよ、野郎はK・S・Pができた時に、そっちの一課から移ってきた」

「そのことを言ってるんじゃねえ。昔、野郎がまだ駆け出しのデカだった頃だ。ブクロで、俺が野郎をデカとして一から仕込んだ」

「だから何なんです？」

「それだけだ。悪いか。だがな、野郎がデカにあるまじきことをしてたのなら、俺がこの手でワッパを掛けねばならんと思ったのさ」堀内の目が鋭さを増した。「どうした。何か言いたいようだな？」

「別に。俺の問題じゃないんでね。ただ、珍しいことを言うんですね。デカ同士ってのは普通は庇《かば》い合うもんだ」

「本気でそう思ってるのか？」

「本気ですよ。ただし、自分が気に入った仲間の場合ですがね」

「それなら金森なんて野郎は当てはまらん。俺の顔に泥を塗りやがって。生きていたら俺がこの手でパクり、取調室でひいひい言わせてやっていたところだ」

頑固なだけじゃない。思ったよりもずっと真っ正直な男なのかもしれない。

だが、よくぞこれで課長の職にまで出世できたものだ。

「おい、沖」

初めて呼び捨てにされた。

「おまえにひとつ言っておくことがある。俺を一課長さんと呼ぶのはよせ」

「何でです？　誰でもそう呼ぶでしょ」

「だが、おまえにそう呼ばれると何か莫迦にされてる気がするんだ」

3

物陰に停めた車の助手席に、貴里子が滑り込むようにして乗り込んできた。

目黒不動の参道を中心に拡がる商店街の中だったが、大方の店は既にシャッターを下ろしていた。

「平松は？」

「なんとか部屋の中の様子が探れないかと、近くのビルの屋上に上ってるわ」

「どのアパートなんだ？」

と尋ねる沖に、貴里子は指先を動かして「三軒先よ」と告げた。「二階の一番手前、階段脇の部屋がそう」

ここからでも様子を窺えないでもないが、もう少し近づいたほうがいいだろう。だが、車でないほうがいいかもしれない。

「部屋を借りてる中国人の名は？」

「黄桂茹《ホアン・グイル》となってるわ。一緒に木田祐二って男の名が並んでる。管理人から聞いたら、夫婦だそうよ」

「その管理人が見た女の子ってのは、まだその部屋にいるはずなんだな？」

「帰るのは見てないって言うし、私がここにたどり着いてから人の出入りはないわ」

「女の子の特徴は、小華と一致するのか？」

「年格好は一致する。でも、それ以上のことはちょっとわからない」

沖は頷《うなず》き思案しながら、平松の携帯にかけた。

平松はすぐに電話に出た。

「着いたな。こっから幹さんの車が見下ろせるよ」

「どこにいるんだ？」

「アパートの斜めむかいのビルの屋上さ。小華がいるかもしれねえ部屋の窓が見下ろせるんだ。何カ所か試したが、たぶんここが一番覗《のぞ》きやすいと思うぜ。リビングのほうはカーテンが閉まっちまってて駄目だが、こっからなら台所の窓が細く開いてるのが見えるのさ。だけど、時々人が横切るだけで、今のところ小華は確認できねえよ」

沖は考えた。小華が中にいるのなら、こんなところでいつまでも見張っていても時間の無駄だ。だが、もしも管理人が見かけた少女というのが小華とは別人だった場合、無闇に部屋を訪ねてそれがもしも小華に知れれば、もうここには現れないかもしれない。宅配便か何かを装ってドアを開けさせてみるか。やはり慎重を期し、もう少し張ってみたほうがいいだろうか。


「人影以外には何か見えないのか？」

「そう言われてもな……。待ってくれ、双眼鏡を使う。床にスーパーの袋みたいのが置いてある。あとは黒い鞄《カバン》だな。その鞄の上にぬいぐるみが乗ってる。小華って娘は、鞄は持ってなかったのか？」

沖が興味を惹《ひ》かれたのは、もうひとつのほうだった。

「何のぬいぐるみだ？」

「熊だよ。かなりでかいぜ」

沖のすぐ真横に耳を寄せていた貴里子が、その手の携帯をひょいとかすめ取った。

「それは首に大きな鈴をつけて、タータンチェックのベストを着てる？」

「なんで知ってるんです？」

と平松が問い返した。


チャイムを押してもすぐには返事がなかった。

インタフォンがあるような洒落《しゃれ》たアパートじゃなかった。沖はドアを拳で叩きながら、「黄さん」と呼びかけた。すぐ横の曇りガラスの窓が細く開いている。その隙間《すきま》から覗くと、貴里子が小華にやったぬいぐるみが確かに見えた。キッチンと奥の部屋の境目に黒い旅行鞄が置いてあり、その上にちょこんと坐っているのだ。

「間違いない。あのぬいぐるみよ。私が小華にあげた物だわ」

貴里子が小声で言った。

顔を引き、もう一度ドアを叩こうとした時だった。

「あんたたち、なにをひとの家をのぞいてるんだ。ケーサツ呼ぶよ」

奥から中年の女がにゅっと現れ、沖たちを見咎《みとが》めて声を荒らげた。

沖は警察手帳を取り出し、提示した。

「黄だな。俺たちが警察だ。ここに小華って娘が来てるだろ。すぐにドアを開けろ」

女ははっきりと顔色を変えた。狼狽《うろた》えた様子で部屋の奥に目を走らせるが、

「そんなむすめ、しらない。いそがしいんだ。帰って帰って」

と、片言の日本語で捲《まく》し立てながら、手の甲をこちらにむけて犬でも追い払うように振った。

「小華がいることはわかってるんだ。つべこべ言わずに、ここを開けろ。言う通りにしないと、おまえも小華もまずいことになるぞ」

こちらの言うのは通じたらしい。だが、怯《ひる》むことはなかった。その逆に女は目を三角に吊り上げ、今度は中国語で何か捲し立て始めた。今までよりもずっと凄《すご》い剣幕だ。

貴里子がそれを遮《さえぎ》るように中国語で応じると、意表を衝《つ》かれた様子で一瞬口を噤《つぐ》んだ。貴里子は窓の格子《こうし》越しにぬいぐるみを指差して何か言った。それに対して女がまた言い返す。そうしている間に、部屋の奥で、窓を開け放つ音がした。思った通りだ。

「ヒラ、娘が逃げるぞ！」

沖は携帯で平松を呼び、そう告げた。

アパートの裏側には平松が待機している。窓を開けて小華が飛び降りそうな素振りを見せたら、姿を現してそれをとめろと予《あらかじ》め命じてあった。子供が下手に飛び降りれば、足の骨を折りかねない。

だが、あの娘に対して示す思いやりは、そんなこと以外に何かあるのではないだろうか。

黄が背後を振り返ってからまた何か捲し立てたが、貴里子が中国語で答えて何か言うと静かになった。顎を引き、油でも流し込んだみたいなとろんとした目で、じっとこっちを睨んでいる。

「あの女は何と言ったんだ？　教えてくれ」

沖は貴里子に訊いた。

「小華は自分で育てるって。警察には渡さないと言ってる」

沖は黄の視線を受けとめ、見つめ返した。

「莫迦野郎、そんなわけにいくか。勝手にこの国に入って来て、そのまま暮らし続けるなどできないんだ」

「自分の養子にするって」

とぼけたことをぬかしやがって、と、今度は口に出さずに胸の中で言った。

「とにかくここを開けろ。こんな状態じゃゆっくり話もできないだろ。何か言い分があるなら聞いてやる。だから、鍵を開けて俺たちを中に入れるんだ」

「だめ、あけたら、あんたたち、小華をつれていく。そうでしょ」

気の強い女らしく、頑として引こうとはしなかった。

厄介だ。強引に押し入ることはできない。女が中から鍵を外さない限り、令状なしでは立ち入れないのだ。

「連れて行きはしない。だけどな、その子は命を狙われてるんだ。ここにいたら危ないかもしれない。あんたがその子のためを思うなら、俺たちを中に入れて話を聞いてくれ」

「ケーサツなんかがまもらなくても、孟がこの子をまもるよ」

懐柔策に出ようと思ったのだが、女の答えを聞いて頭に血が上った。

「ド阿呆《あほう》が！　孟がその子の口を塞《ふさ》ごうとしてるかもしれんと言ってるんだ。つべこべ言わずにここを開けろ」

だが、女は負けてはいなかった。

「孟にそんなことはさせないよ」

「でかい口を叩くな。おまえにそんなことができるのか」

「できるさ。孟は私の子だ！」

沖も貴里子も、思わず窓枠のむこうの女を見つめ返した。

小華は黄桂茹の隣にぴたりと寄り添い、自分の体重をそっくり預けるようにもたれ掛かっていた。そんな彼女は、この少女を知ってからの中で最も幼く見えた。ふたりの兄の死という現実にむき合ってずっと張りつめていた気持ちが、いくらかでも緩《ゆる》んだにちがいない。

結局こうして部屋に入れて貰えるまでには、さらに二十分近い時間が経《た》っていた。それも女の要望によって沖と貴里子のふたりだけで、アパートの裏側を張っていた平松は締め出されたままだった。

「あたしがこの子をまもるから。わかったね」

そうして間近《まぢか》にむかい合ってからも、女は念を押すようにそう繰り返した。

沖はそれを遮るように身を乗り出した。部屋に入れた以上、あとは甘い顔をする必要はないのだ。

「そんな話はあとだ。孟の野郎はどこにいる。お袋なら、知ってるはずだ。野郎の居所を教えろ」

　だが、そう吐きつけるなり、黄の膝にもたれ掛かる小華からきつい顔で睨みつけられてしまった。どうもやりにくい。

「孟になんのようさ？　あの子とはずっとあってないよ」

「嘘《うそ》をつけ。あんたは以前、この小華と兄とをここに泊めたことがある。それは孟の差し金だったんだろ」

「孟とはあってない」

　黄はそう繰り返した。

　日本語が不自由で中途半端なやりとりになるのか、こちらの追及をかわすために言葉がきちんと話せないような振りをしているのか、こういった連中と話す時にいつでも感じる疑念が芽生える。

　沖は改めて女を観察した。最初は五十過ぎのような気がしていたのだが、こうして部屋の蛍光灯の下でむき合うと、案外に肌が若々しかった。短く切り揃えた髪型は男とも女ともつかないもので、実際にこの黄を後ろから眺めたら、ごつい体型とも相俟《あいま》って一瞬どちらか考えてしまうだろう。白髪が生え際に目立っており、しかも頭頂付近は毛が薄くなっているために、光に透けて円形の禿《はげ》っぽく見える。

「会ってないなら、どうして孟がこの子に手を出さないなんて断言できるんだ？」

　そう切り込むと、黄はうっと黙り込んだ。答えに詰まった様子だった。

「今朝、この子は襲われてるんだ。あんたが知らないだけで、息子が手下を差しむけたのかもしれないじゃねえか」

さらにそう追い打ちをかけると、きっと両眼を吊り上げて睨んできた。

沖は容赦しなかった。

「黙ってたらわからんぜ。そうじゃないと言うなら、あんたの息子と直接話させろ。連絡先を知らないとは言わせんぞ」

黄は目を逸らし、何かを考え込んだ。

小華を見下ろし、その視線に気づいた小華が見上げ、ふたりは互いの顔を見つめ合う格好になった。

「孟《モン》と許《シュー》はともだちさ。幼時的朋友《ヨーシダポンヨウ》、おさななじみだよ」

黄が吐き捨てるように言った。

「一番上の兄の許美良《シュー・メイリアン》とか？」

「そうよ」

頷いてから、貴里子にむかって中国語で話した。

「同郷で育ったらしいわ。孟沢潤《モン・ザールン》と許美良とは同じ歳で、親友だったと言ってる。その関係で、許の弟の選平《シュエンピン》が出て来た時も、自分の店で雇ったらしい」

友情物語を聞いている暇はなかった。

「なあ、そんな話で騙されると思うなよ。許兄弟は、むこうにいる時も人を殺して金を貰ってたんだろ。孟は兄弟の腕を必要として、こっそりと日本に呼び寄せた。そうだな」

兄弟がかつて猟師だったという話は既にわかっていたが、揺さぶりをかけるためにそうぶつけると、黄はいよいよカッとなった。

「バカいうな。許たち、いい兄弟。ふたりはリョーシだった。ひとごろしじゃない」

「莫迦はどっちだ。いい兄弟が警察署の前で人を狙撃するか」

「ねえ、小華が怖がるから、もう少し声を落としてよ」

貴里子が小声で窘《たしな》めるのを、沖は聞こえない振りをした。

「むこうで何をしてたかなんかはどうでもいい。孟が人を殺させるためにあの兄弟を呼んだことには変わりがねえんだ。いいか、よく聞け。人を殺させるために、許たちを日本に呼んだのさ。違うなら、何か言ってみろ。あんたの息子は、自分の幼馴染《おさなな》《じ》みの兄弟をそんなことに使い、そして妹を誰も身寄りのないこの国でひとりぼっちにしたんだよ」

黄の顔が蒼白になる。

挑発するために言っているつもりだったのに、吐きつけると自分が本当に誰かにこの怒りをぶつけたかったのだと知れた。

だが、そうすべき対象はこの女じゃない。

「今すぐ息子に連絡しろ。わかったか」

「あの子はなにもしてないよ」

黄はそう言い返したが、口調はずっと弱々しくなっていた。

「してないかどうか、会って話せばわかる」

伏せかけた目を貴里子のほうにむけ、中国語で何か言った。

「孟に会わせたら、小華を自分のところに残すかと訊いてるわ。自分がちゃんと育てるからって」

沖はすぐに首を振った。

「駄目だ。そんな取引は論外だ」

「ねえ、幹さん」

貴里子が小声で沖を呼んだ。

「話なら、あとにしてくれ」

沖は突《つ》っ慳貪《けんどん》に言い返した。その目の色から、この女が言いたいことがわかった気がしたのだ。

「今、お願いよ」

貴里子は引かなかった。「ねえ、私たちがこの子を連れ帰ったら、いつそのまま入管に渡さなければならなくなるかもしれないのよ。そして、入管を通じて中国本国に連れ戻されれば、きっと殺される。そうでしょ。でも、今ならばそんなふうに私たちが手を出せなくなる前に、何か方策を考えられるかもしれない」

「孟が小華をバラすつもりなら、ここにいたって安全じゃない」

「母親がこう言ってるんだもの。信じてもいいんじゃないの」

「孟がその腹なら、母親の目の前からでもこの子を連れ去るぞ」

「それは孟にそういうつもりがあった場合でしょ。今朝、襲って来たのが、孟の手下だとはっきりしてるわけじゃないわ」

「あんた、甘いな」

沖はそう呟《つぶや》いた。現場を知らないキャリアがしゃしゃり出るなという言葉を呑《の》み込む。この女に嫌われたくないという気持ちが、一瞬、過《よ》ぎったのだ。既に手遅れかもしれないが……。

「ねえ、それじゃあ孟と話してみて、あなたが大丈夫だと確信できたら？」

「野郎は狙撃を企てた有力容疑者だぞ。警察と会うわけがない」

「だけど、この人は会わせると言ってるのよ。少なくとも、連絡を取らせてみたらどう。それで孟と話せたら、大きな進展でしょ」

「――――」

何か言いくるめられたような気がする。

だが、そう悪い気分でもなかった。

「ねえ、幹さん」

「俺は沖だ。気安く呼ぶな」


一時間ほど経過した。

さすがに沖は焦《じ》れ始めた。

黄はすぐに自分の携帯でどこかに連絡を取り、今息子に取り次がせると言ったにもかかわらず、その後、何の連絡も来なかったのだ。小華は黄と貴里子のふたりと何か中国語で会話をしたり、相手をして貰って戯れたりしていたが、少し前から眠たそうな様子を示し出し、今では黄が奥の部屋に布団を敷いてやって寝かしつけていた。

いっそのことあの女が息子との繋ぎに使った携帯をせしめてしまってはどうだろう。先方の電話番号を摑めば、電波を追うことで現在位置を割り出せる。何度かそんなふうに思いかけたものの、沖は思いとどまっていた。今はあの女を警戒させないほうが得策に思えたし、先方の携帯を追ったところで、たどり着けるのは孟の部下までかもしれない。

奥の部屋で電話が鳴り、黄が何か応対した。

ちらっと貴里子がこちらを見て頷いた。応対する中国語を耳にし、相手が孟らしいと悟ったのだ。

黄はすぐにこっちに出てきて、携帯電話を沖に差し出した。

「息子だ。あんたとはなすといってる」

沖は頷き、受け取った。

「孟沢潤だな」

「ああ、そうだ。あんたは？」

「K・S・Pの沖だ。話はお袋から聞いたな。おまえと会って話したい」

沖の言葉に、孟は電話のむこうで低い笑い声を漏らした。

「何がおかしい？」

「あんたら、俺を追ってるだろ。会うのは駄目だ」

孟の話す日本語は、その母親よりもずっと綺麗で流暢《りゅうちょう》だった。

「隠れてるのは、狙撃をおまえがやらせたからなんだな」

「知らねえよ」

「お袋さんが、小華の面倒を見たいと言ってる。許はおまえの親友だったそうじゃねえか。おまえが殺しをやらせた挙げ句、兄弟揃って死んじまった。小華は今や天涯孤独だ。おまえだって心が痛むだろ」

「俺は小華を殺さない。お袋から聞いたが、今朝、小華を襲ったのも俺じゃない。あの子はお袋に任せてくれ」

「そんな言葉が信じられるか」

「信じて貰うしかない」

「おまえじゃないなら、誰なんだ？　誰が小華を殺そうとしてる」

「わからねえ」

「都合が悪くなると、知らねえ、わからねえか。ふざけるな」

「とにかく、俺は小華を殺さない。それだけだ。あんたとこれ以上話すことはない」

「待て」

　沖は頭を素早く巡らせた。この一時間近くの間、漠然と連絡を待っていたわけじゃない。電話を切られてしまえばそれで細い糸が途切れてしまう以上、それなりの手を考えねばと心構えをしていたのだ。

　だが、そうして用意した話のどれに食いついてくるのかはわからない。ぶっつけ本番の一発勝負というしかない。

「おまえ、新宿の縄張りをめぐって、朱徐季《チュー・スーチー》とやり合う腹なのか。それならば警察を味方につけておいたほうがいいぞ。朱の野郎は、おまえひとり捻《ひね》り潰《つぶ》すぐらいは何でもないと言ってたな」

「朱と会ったのか？」

　孟はそう訊き返してきた。とりあえず引きはあったのだ。

「ああ、会ったぜ。むこうから会いたいと言って来たんだ」

「朱がおまえに何の用だったんだ？」

「俺は誰からも頼られてるんだよ」

「つまらないはぐらかしはよせ」

声に苛立ちが籠《こ》もっている。それを隠そうとしている節もある。気になっているのだ。

「なあ、孟。おまえは今、どんな問題に直面してるんだ？　どうして金森たちを狙撃させた？　朱が相手だ。手詰まりになりかけてるんじゃねえのか？　なんなら警察を利用しろよ」

「口車には乗らないぜ。あんた、俺にワッパを掛けようとしてるんだろ」

「おまえが狙撃をやらせたんだろ。どうしてだ？　理由を言え」

吐きつけた。

沈黙が流れるだけで、今度は否定をしなかった。

僅かな迷いがあったものの、もうひとつ手駒を切ることにした。たとえこっちの読みが外れたとしても、何か反応があるはずだ。

「共和会が新宿を狙ってる。それに対抗するために、五虎界《ウーフジエ》と神竜会が手打ちをすることになった。だが、おまえはそれをぶち壊したくてまたヒットマンを放った。俺はそう踏んでるが、そうか？」

再び沈黙が降りた。

「朱に話を聞いてそう考えたのか？」

慎重というべき口調になっていた。

「そうだ」

「共和会がこっちに出てくるって話も朱から聞いたんだな」

「そうだ」

「沖と言ったな。明日、こっちからまた連絡する。携帯の番号を教えろ」

沖は教えた。

この先どう運ぶかわからないが、相手は餌《えさ》に食いついて来たのだ。

「それから、俺は小華を殺さない。そんなことを恐れてるなら、おまえの読み違いだ」

孟は最後にもう一度そう告げ、電話を切った。

4

携帯電話を閉じて目をやると、黄《ホアン》と小華《シャオホア》のふたりがじっとこっちを見ていた。

「どうだい、あの子はこの子をころしたりしないよ。はっきりとこれでわかったろ」

黄がいかにも腹立たしげに言う。

沖は睨《にら》み返した。

「そんなことが信用できるか」

「だけど、これでやくそく、はたしたんだ。今夜はさっさとかえっておくれ。あの子があんたにでんわするやくそくしたんだろ。かえらないなら、とりけさせるよ」

「けっ、口の減らない婆《ばばあ》だぜ」

吐き捨て、腰を上げた。ちらっと小華に目をやると、不安そうな顔で見上げていた。黄の手を必死で握り締めている。一緒に連れて行かれることを恐れている。

「とにかく今夜のところは引き揚げる。だが、そのガキは不法入国者なんだ。ここから目を離さないからな。妙なことを考えるんじゃねえぞ」

口調を荒らげると、黄の腕を握った小華の手の甲が白くなった。力を込めたのだ。沖は目を逸らして部屋の出口にむかった。

だが、貴里子はついて来ようとはしなかった。戸口で振り返ると、小華に近づいてその前に屈《かが》み込み、顔を寄せて何事かを囁《ささや》いていた。小華もまた、中国語で何かを言っている。

沖は仕方なく先に部屋を出、アパートの屋外廊下で貴里子を待った。

ほどなくして出てきた彼女とふたりで階段を下りる。

「今夜はありがとう、幹さん。あなたのおかげで小華を見つけられたわ」

「別に改まって礼を言われるようなことじゃない」

幾分照れ臭かったこともあり、沖は突《つ》っ慳貪《けんどん》に言い返した。

不満げな顔で表の路地に待っていた平松が近づいて来た。貴里子はふたりを順番に見てすぐに告げた。

「署への連絡は、私からしておきます。小華を逃がしてしまったのは、私の責任だもの。私から署長に詫《わ》びてちゃんと話すわ」

「それはあんたに任せるよ。ただ、その時、署長に一緒に進言してくれ。ここに誰か警備をつけるべきだ」

「見張りとは言わないの？」

「言い方なんてどうでもいい。とにかく署長に事情を説明し、アパートの前に誰か張らせるんだ。孟《モン》の野郎は、小華には手を出さないと言ったがな、信用などできない。命令を受けた手下がやって来るかもしれんし、黄って婆が小華をどこか俺たちの目の届かないところに隠そうとする可能性だって考えられる。それに、朱《チュー》だって何かしでかさんとも限らないんだ」

　貴里子は伏し目がちに何かを考えている様子だった。やがて頷《うなず》いた。

「わかったわ。じゃあ、その件も署長に言うわ」

「そうしてくれ。俺が張りついていてもいいんだが、今夜、堂本を襲って殺した野郎たちがいるんだ。署に戻り、前科者やブラックリストの顔写真を当たらねばならん」

「特捜の刑事が張り込むような仕事じゃないもの。大丈夫。私から署長に連絡して人を回して貰うから。近くの交番からもすぐ来させるわ。それじゃあ、ここで別れましょう」

「JRか地下鉄の駅まで送るぜ。どうせ通り道だ」

「ありがとう。でも、大丈夫。目黒線の駅がすぐそこだもの」

貴里子はそう答え、平松にも今夜の張り込みをつきあって貰った礼を述べると、ふたりに背中をむけて遠ざかった。


目黒駅の傍で平松を降ろした。潜伏中の堂本が殺害された時の模様と、堂本を匿《かくま》っていた武田から聞き出した話を手短に話して聞かせ、明日も引き続き東都開発の周辺を当たるようにと命じていた。

あの会社が今度のいくつかの銃撃事件と何らかの形で深く関わっている予感は、武田から聞いた断片的な話によっても強められていた。堂本が武田を使って取りに行かせようとしていた鞄には、いったい何が入っていたのか。否が応でも期待が膨らむ。

ちょうどそんなふうに思っていたところに携帯が鳴り、通話ボタンを押すと堀内からだった。

「堀内だ。沖か?」

「ええ、私です。連絡が遅かったですね」

別れてから、既に二時間以上経っていた。スポーツジムのロッカーから鞄を出すだけにしてはかかり過ぎだ。

「そう言うな。中身の確認に、署に戻る必要があったんだ」

「署にですか？　で、鞄の中には何が入ってたんです？」

「大量のビデオテープだ」

　答える声は不機嫌そうだった。

「それだけですか？　ビデオってまさか？」

「ああ、そのまさかだよ。署に戻って何本か再生した。どれも、反吐《へど》が出るような変態プレーが映ってるものばかりだった」

　不機嫌そうな声の訳を知った。

　堂本たちが強請《ゆすり》に使っていたビデオなのだ。

「くそ、堂本が持って歩いてた他にも、もう一山あったってわけか。東都開発の裏金の流れを示す帳簿とかメモとかは？」

「そんな物はなかった」

「――本当でしょうね」

　一応念を押すと、「莫迦野郎、そんな嘘などつくか」と怒鳴りつけられた。

「時間が許す限り、念のためにすべてのビデオに目を通してみるつもりだ。だが、とにかくは堂本を殺《や》った連中の身元を洗うことが先決だ。こっちでもリストを洗うが、おまえもやれ」

「わかってますよ。私もこれからK・S・Pに戻り、署のコンピューターに噛《かじ》りつきます。だが、顔写真を眺め回すのは退屈な作業だ。気分転換にビデオを眺めつつ進めたらいいでしょ」

強面《こわもて》の一課長が新宿署の一室に閉じ籠《こ》もり、眉間《みけん》に皺《しわ》を寄せてそんなものを端から見ていく図がおかしくてからかったら、堀内はいよいよ頭から湯気を立てたようだった。

「くだらんことを言ってるんじゃない。ホシにゃ、おまえのほうが接近してるんだ。おまえもサボらずに写真照合をしろ。何かわかったらすぐに連絡を寄越せ。いいな」

大声でそうがなり立てると、沖が何か応えるのも待たず、一方的に電話を切ってしまった。

沖はニヤッとし、署に戻るつもりで車を出した。案外とからかい甲斐《がい》のある男だ。

だが、すぐにふと頭の片隅に引っかかっているものの存在に気がついた。

まさかとは思う。しかし、自分たちに背をむけて夜道を遠ざかる貴里子の姿を思い出すと、その予感を払拭《ふっしょく》できなかった。

前の信号が赤に変わりかけている。一旦《いったん》停止し、それで一応考えてみようと思ったところ、背後のタクシーに警笛を鳴らされた。

沖は舌打ちしたものの、躰のほうが無意識に反応してアクセルを踏んでいた。ただし、直進するわけではなく、ウインカーを出して左折した。さらに先で左折して、進行方向を完全に百八十度変える。

目黒通りを引き返し、目黒不動のほうに折れた。黄のアパートが近づくと、フロントガラスの先に貴里子の姿が見えた。案の定だ。沖はステアリングから左手を離してスキンヘッドを撫でた。

貴里子はこっそりと物陰に立ち、黄の部屋の窓を見上げていた。

僅かな躊躇《ためら》いがあったものの、それよりも怒りのほうが大きかった。あの女、自分のやっていることがわかっているのか。車ですぐ横まで近づき、サイドガラスを開けて顔を出した。

「このクソ暑い中で立ってることもないだろ。乗れ」

貴里子はすぐ横に停まった車から沖が顔を出したことで驚いたらしく、しばらく無言で沖の顔を見つめ返していた。

「――どうして戻って来たの？」

探るような声で訊いてくるのを遮《さえぎ》り、沖は声に力を込めた。

「つべこべ言っていないで、とにかく乗れ」

「これは私がひとりでやってることで、あなたには関係ないわ。あなたにはあなたの仕事があるんでしょ。私のことは放っておいて」

「いいから乗れと言ってるんだ！」

辺《あた》りを憚《はばか》る押し殺した声ではあったものの、怒りを込めて怒鳴りつけると、はっとしたように目を見開いた。

まだ躊躇っている様子だったが、やがて素直に助手席に乗った。

沖は躰を捻《ひね》って背後に来る車がないことを確かめ、バックで黄のアパートから遠ざかり、目立たなそうな場所に駐車した。こうしておけば、フロントガラスの先にアパートの様子を窺っていられる。窓にはまだ明かりがついていた。

その明かりを見やりながら、いくつかの言葉を頭の中で出し入れした。

「署長への報告はどうしたんだ？」

結局は単刀直入に訊くことにしたが、彼女がここにこうしてひとりでいるということは、答えは聞かずとも察しがついた。

「どうしてそんなことを訊くのよ？」

「答えてくれ。署長に連絡したのか？　したのなら、なぜ分署や付近の派出所から、警備の警察官が来ていない？　あんたは自分ひとりで、ここで何をしてるんだ？」

貴里子は下顎を引いて俯《うつむ》いた。しばらくの間はそんな姿勢で、心持ち上目遣いにフロントガラスを見つめていたが、こちらにむけてきた顔にはもう馴染《なじ》みになりつつある強情そうな光があった。

「幹さん、あなたを巻き込みたくないの。だから、この件には関わらないで。何か処分を受けるのなら、私ひとりで充分だわ」

「村井さん――」

と言いかけたが、遮られた。

「いいから、ちょっと黙って聞いて。小華の居所を報告したら、あの子はやがて入管の手で中国に送り返されるわ」

「不法入国者なんだ。仕方がなかろうが」

「送り返されれば、殺されるのよ」

沖はひとつ息を吐き落とし、平手でスキンヘッドを撫で回した。

「で、あんたは署に報告もせず、ここでひとりで何をやってるんだよ?」

「私は念のための見張りよ。孟の部下が、小華にちょっかいを出して来ないとは言い切れないでしょ」

沖は長く溜息を吐《つ》いた。

「拳銃も警棒も携帯していない女が、ひとりでここで見張りをしていて、もしも孟の部下が本当に現れたらどうするつもりなんだ?」

貴里子はカチンと来たらしく、表情を険しくした。

「そうしたら、悲鳴を上げるなり、火事だと大声で叫ぶなりして、誰でもいいから人を呼ぶわよ」

「そんなことをして刺された人間を、俺は何人も知ってる。なあ、いいか。ここはあんたがこの間までいた、秋田のど田舎《いなか》の署とは違うんだぞ。そして、俺たちが今相手にしてるのは、分署の前で狙撃を行わせたり、警察官であるあんたのマンションの場所をいとも容易《たやす》く嗅《か》ぎつけ、その前で待ち伏せてチャカをぶっ放すような人間たちなんだ」

「だけど……」

「いいから今度はあんたが黙って俺の話を聞け。いいか、命が惜しいなら、絶対にひとりでこんな勝手なことをするんじゃない。俺は脅しで言ってるんじゃないんだぞ」

貴里子は何か言い返そうとしたようだが、思い直したように俯いて詫びた。

「ごめんなさい……」

だが、やはりそれだけではやめなかった。

「でも、幹さん。それならば小華はどうなるのよ？　私は、あの子がこの先殺されるのを、みすみす黙って見てるわけにはいかないわ」

沖は口を開きかけ、閉じた。「甘いな」という、黄の部屋で一度口にしたのと同じ言葉が喉を突いて出かかったが、言わなかった。

携帯を抜き出し、少し前に別れたばかりの平松にかけた。

「俺だ。悪いが、黄のアパートを見張っておくことにした。俺が明け方まで張るが、その後は署に戻り、堂本を襲ってきた男たちの顔を写真と照合せねばならん。五時頃に代わってくれないか。ああ、必要なら、その後はヒロの野郎に代わらせる」

告げながらも、しかし、心のどこかにわだかまりがあった。こんなことをしてどうなるといった、いつしか躰に染みついた虚無的な声もする。

電話を切ると、貴里子がじっとこっちを見ていた。

きまり悪くて目を逸らし、フロントガラスに目をやった。

「上への報告もなしに勝手なことをやるのは、特捜のいつものやり方だ。あとは俺たちでやる。女がいたって、足手まといなだけだ。あんたは帰れ」

「――ありがとう、幹さん」

「別にあんたに礼を言われる筋合いはない」

しっとりとした声で言われたことにドキッとし、益々目を合わせられなくなり、口調も一層冷たいものになった。

「ただし、だ。永遠に張りついてるわけにゃいかねえんだ。あの娘が黄なんて婆さんのところにいて、本当に安全なのかどうかわからんままじゃしょうがねえぞ。まずは明日、あの婆さんのことを、もっとよく調べる必要がある。それに、黄を調べりゃ、孟のことだってもっとわかるだろうしな」

「わかった。じゃあ、それは私がやるわ。署には小華の行方を捜してると言えばいいもの。私が自分で調べる」

沖はちらっと貴里子を見、唇の片端を歪めた。

「あんた、変わった女だな。こんなことをしてると、出世に響くぞ」

「幹さん。キャリアが誰も彼も出世のことしか頭にないと考えてるのなら、デカにあるまじき観察不足よ」

「キャリア連中など観察する趣味はない」

ぷっと噴き出す声がして目をやり、沖は思わずはっとした。こんな笑顔をする女なのか。思わずそう思わざるをえなかった。目が綺麗なへの字になり、右頬にだけ縦に切り込んだような靨《えくぼ》が出ている。急に何歳か若返り、華やいでいる。冷たそうな印象が完全に消えていた。同じ顔をしたまったくの別人が、すっと目の前に現れたような感じだ。

心の動揺を悟られたくなくて、沖は不機嫌そうに唇を引き結んだ。

「どうした。あとは引き受けると言ったんだぞ。あんたはもう帰れよ」

「そんなふうに追い出さなくたっていいでしょ。明け方まで、私もつきあうわ」

「ふたりで張ってる必要などない。あんたはあんたで必要なことをやれ」

「わかった。でも、もう少しだけいさせて」

別に何か特別な意味のある言葉を言われたわけではないと思うのに、我知れず心臓がどきんと打ち、そんな自分が不快だった。

「さっき、小華と何を話してたんだ?」

「ああ、部屋を出る時のこと？　あれは彼女に、ここが好きかって訊いたのよ」

「そしたら、何だと？」

「ここに黄さんといれば寂しくない。兄さんたちは死んじゃったけど、もう寂しくないって言ってたわ。あの子、故郷の村に帰っても、もう誰も家族はいないんだもの。この国で自分の生きられる場所を探すしかないのよ。ね、そうでしょ、幹さん」

沖は何も答えなかった。

5

明け方に黄のアパート前の張り込みを平松と代わって貰った沖は、車でK・S・Pに戻り、小会議室のソファに身を横たえて二時間ほど眠った。自宅に戻る時間が惜しかったし、戻って眠ってしまったら、そのまま寝過ごしてしまう危険もあると思ったのだ。

そこはかつてこのK・S・Pのビルが地方銀行の支店だった頃には、重役室にでも使われていた様子の部屋だった。分署には取りたてて仮眠室などは備えられていない。だから捜査で泊まらざるをえない時には、結構ここを利用する習慣があった。だが、隣の広間は交通課と庶務課によって使われているため、内勤の人間たちが出勤してくるとすぐに騒がしくなり、おちおち眠ってなどいられない。

睡眠不足の重たい頭で起き出した沖は、三階の刑事課の一番奥に押し込められた特捜の部屋に戻って思い切り濃いコーヒーを淹《い》れ、それを飲みながら立て続けに三本ほどたばこを喫った。

それでもまだ泥の中を歩くようなぐらいにしか働かない頭でパソコンを立ち上げ、前科者とブラックリストに並ぶ中国人の顔写真を片端から見始めた。たとえ頭がぼやけていたところで、間近で目にした人間の人相に出くわせば、すぐに見分けられる自信はある。とはいえ、念のためにこうして当たりを取ってはみるものの、よほどツイていない限り、これで昨夜の襲撃犯たちの身元が割れるとは思えなかった。

あの連中は、サイレンサーつきの拳銃を持っていた。しかも、手早く堂本均と崎村早苗のふたりを始末してしまっている。無論、堂本の口を割らせた上でのことだ。ほぼ間違いなく、プロなのだ。谷真紀子を殺害したのもあの連中と見るべきだろう。

案の定、睡眠不足で目がしょぼつき、途中からはひりひりとし出すのを我慢してパソコンの前に嚙りついてはみたが、昼前まで粘っても結局、リストに一致する顔は見つからなかった。

いったい誰があの連中を雇って堂本を襲わせたのか。見たくもない人相の男たちの顔を、何十も何百も次々に目にしながら、胸の中でそう問いかけ続けたものの、虚《むな》しい空回りにしかならなかった。

　堂本はなぜK・S・Pの前で自分たちが狙撃されることを知っていたのだろう。その点がどうにも心に引っかかっていた。なんとなく見えているように思ってきた構図の裏に、何かもう一枚隠された構図があるような気がするのだ。

　時計を見、こっちから堀内に連絡を取ってみるかと思っていたところに、逆にむこうから携帯に連絡が来た。

「どうだ、ファイルに昨日の襲撃者たちの顔写真は見つかったか？」

　堀内は、挨拶《あいさつ》も抜きに尋ねてきた。

「いや、駄目ですね。堀内さんのほうじゃどうです？」

「俺も駄目だった。おまえのほうが間近で連中の顔を見てる。それでもしやと思ったんだがな」

「連中はプロですよ。マエもなければ、今まで目をつけられるようなドジも踏んでなかったんでしょう。だが、俺はあの顔は絶対に忘れない。今度会ったら、必ずワッパを掛けてやりますよ」

「威勢のいいのはいいがな、電話をしたのはもうひとつ用件があったんだ。岡島友昭が死んだぞ」

「何ですって――」

「今日の明け方に、大阪湾に死体が上がった。近くに停めた自家用車の中から遺書が見つかったそうだ」

「その遺書にはなんと？」

「つまらんことは訊くな。手がかりになるようなことは書かれちゃなかったよ。どうせ本人が書いたんじゃあるまい。一応、府警には、こっちで起こってる事件の概要と岡島との関係は話しておいた。だが、むこうにはむこうの方針があるだろうからな、事件性を認めて捜査が始まるかどうかははっきりしない」

ちきしょう、先手を打ったのだ。それにしても、岡島は東都開発の社員だ。それをいとも容易《たやす》く消してしまうとは、いったいどういうことなのか。何かこちらの捜査に先がけて、動きが加速しているような感さえある。

「おまえ、そこはひとりなのか？」

堀内が訊いた。

「ええ、ひとりです」

「俺は昨日、武田の野郎が言ってた話が気になってるのさ」

「東都開発の総務の人間が、裏金を運んでるってやつですね」

「あの後もまた武田を問いつめてはみた。だが、野郎はやはり、あれ以上のことは知っちゃいなかった。約束した通り、武田の身柄はこのまま俺が確保しとくが、俺のほうじゃこれ以上この件は調べられない。ちょうど別のヤマも持ち上がっちまってな、今からそっちの指揮を執らねばならんのだ」

「わかってますよ。東都開発絡みは、俺のほうでやります」

「すまん、頼んだぞ」

どうもこういう態度に出られるとこそばゆい。早々に電話を切ろうとすると、「沖――」と呼びとめられた。

「おまえが昨日言ってた件を考えた。誰が捜査に茶々を入れ、俺たちを足どめしようとしてるのかってやつだ。俺にはやはり、残念ながら見当がつかん。だが、はっきりしてるのは、お偉方がその気になれば、俺たちの首を飛ばすなどいとも簡単だってことだ」

「だから何です？」

「ひとりで抱え込まず、まずいことになりそうならばすぐに相談してくれ」

余計な心配は無用だと啖呵《たんか》を切ろうとしたが、思いとどまった。

「わかりました」とだけ告げて電話を切った。

起きてから何も腹に入れていなかったので、沖は近くのコンビニから弁当と調理パンを買って来てぺろりと平らげた。どんなに疲れていても、食欲だけは衰えたことがなかった。たとえひどい宿酔《ふつかよ》いの日でも、亜熱帯かと思わせる新宿の真夏の暑さのさ中でも、それで物が食べられなくなった例《ため》しはなかった。

食べ終えた時には、ほぼ考えがまとまっていた。東都開発の総務部長は名前を古橋冬樹といった。既に平松が引き続きあの会社を調べているが、合流しもう一度あの総務部長に揺さぶりをかけるのだ。黄と小華のところには、今は柴原をつけていた。

東都開発の入った浜松町のオフィスビルの近くで車を停めると、平松が走って近づいて来た。

なぜか不機嫌な顔をしているのは、助手席に乗り込む前からはっきりしていた。理由がわからぬままで平松が指差す先を見ると、円谷太一の車が反対車線の路肩に寄せて停まっていた。

沖自身、他人のことは言えた柄ではないが、円谷は単独捜査を好み、自分がこれと思った時でなければ報告ひとつ上げない変わり種だ。今回のヤマでも、神竜会の西江の周辺を探ることだけは相談済みだったものの、それでどうなったのか、昨日一日何の音沙汰もなかったのだ。

「円谷がここにいるなら、なんで野郎の車で待ってなかったんだ?」

今日もかんかん照りだ。平松はすっかり汗まみれだった。

事情が今ひとつわからないままで尋ねると、平松は子供のように口を尖《とが》らせた。

「誰があんな野郎の車でなんか。相変わらず独断的で独善的な野郎だぜ」

「何があった?　何で怒ってるんだ?」

「どうもこうもあるか。ほんのちょっと前に野郎が車で現れたんで声をかけたんだが、なんでここに来たのか言おうとはしねえのさ。幹さん、あんたの命令でやつを来させたのか。東都開発の調べは、俺に任せるって話じゃなかったのかよ？」

沖は苦笑を嚙み殺して頭を撫でた。元々平松は円谷のことを面白く思っていないのだ。それにしても、西江の周辺を調べているはずの円谷が、この東都開発に何の用なのか。

携帯電話が鳴った。通話ボタンを押す前から、相手が円谷だとはわかっていた。むこうの車から、携帯を口元に当ててこっちを見ている。

「腹が立つ野郎だな。俺には事情を話せないくせに、幹さんが来たらこれ見よがしに電話なんかしてきやがって」

「うるせえな、一々膨れるな。あたりまえだろうが、俺はおまえらの上司だぞ」

面倒になったので平松を一喝し、通話ボタンを押した。

「どうした。ここで何をしてる？」

「チーフのほうは何をしてるんです？」

まったくとぼけた野郎だ。これでは平松が旋毛《つむじ》を曲げるのももっともだ。そう思っていると、さらに続けた。

「もしかして、総務部長の古橋辺りに用ですか？」

連絡をして来ないのだから、こっちが古橋に当たりをつけていることも当然知らないはずなのに、押さえるべき所は押さえているのだ。

「そうだが、神竜会の西江を調べてるはずのあんたのほうは、なぜここにいるんだ？」

「それはすぐに御報告しますが、チーフは古橋を揺さぶるつもりなんですか？」

「ああ、今からな」

「それはちょっと待って貰えませんか。なあに、じきに動き出すと思いますので、揺さぶるのはそれからでどうでしょう」

人を食った野郎だ。これじゃあ平松でなくとも腹を立てたくなる。怒鳴りつけようとしたが、それよりも電話のむこうで円谷が言うほうが早かった。

「噂《うわさ》をすれば、だ。案外に早く動いたな。古橋のやつが出て来ましたよ」

指摘されて目をやると、オフィスビルの地下駐車場のスロープから、車が一台上がって来ようとしていた。

後部シートにふたりの男が乗っている。沖たちの所からでははっきりとは見えないが、その片方が古橋らしかった。

「幸いこっちに曲がるようだ。私が先に行きます。一旦電話を切りますよ」

円谷はまた一方的に告げると、沖が何か答える前にもう電話を切ってしまった。古橋たちの乗る車のあとについて走り出す。

ちらっと見ると、沖もまた自分と同様にあしらわれたのが可笑《おか》しいのか、助手席の平松がニヤニヤしていた。

沖は舌打ちをして車を出した。

こちらからではUターンをする必要があり、それに少し手間取ったが、何とか古橋たちの車を見失わない位置にはつけられた。

だが、間に何台か車が入ってしまっており、頼りは円谷だった。

再び沖の携帯が鳴った。

「やれやれ、また円谷刑事殿から何か御指示のようですな」

茶化して言う平松を一睨みにした。

ディスプレイには非通知の文字がある。円谷じゃない。

「黙ってろ」

圧《お》し殺した声で言って通話ボタンを押した。耳元に運ぶと、第六感が当たり、孟沢潤《モン・ザールン》の声が聞こえてきた。

「沖だな」

「ああ、そうだ」

「今日の夕方五時に、新宿駅の地下通路だ。おまえひとりで来い」

「JRだな」

「そうだ」

「JRのどの通路だ。何本かあるぞ」

訊き返すと一瞬詰まったらしいが、腹立たしげに応じた。

「真ん中の通路だ。わかったな、おまえひとりで来るんだぞ。他のデカの姿が見えたら、それで終わりだ。俺は会わない」

「ああ、わかったよ。俺ひとりで行く」

「それから、どうして俺のお袋のアパートを張り込んでる？　あれは何の真似だ？　俺は小華に手を出したりしないと言ったはずだぞ」

「朱のところの連中が、小華やおまえのお袋さんを狙うかもしれん。警備してやってるんだ、ありがたく思え」

「余計なことはしなくていい。すぐに俺のお袋から手を引け」

「好意でやってるんだ。そう言うな」

軽くいなすような口調で言ったものの、その実、運転に必要な注意力だけを残し、それ以外の神経はすべて耳に集めていた。孟の口調に滲《にじ》む苛立ちのむこうに、何か切迫した雰囲気を感じ取っていた。

「言うことを聞かないなら、あんたとは会わないぞ」

一秒と考える必要はなかった。こいつはたぶん俺の助けを必要としている。詳しいことはまだわからないが、共和会の介入か何かが、この男の思惑《おもわく》を挫《くじ》いたのかもしれない。いずれにしろ、K・S・P前でデカを狙撃させた重要容疑者でありながら、刑事と会って話そうとしているのはそのためだ。

ということは、こちらが譲歩などしなくとも、必ず会おうとするにちがいない。

「お袋さんを守ってるのは、好意だと言ってるだろ。感謝しろ」

沖がそう繰り返すと、孟は口調を荒らげて怒り出した。

「おまえらがうろちょろしてると、朱の手下がお袋に気づくかもしれんだろうが」

なるほどそういうことなのか。納得がいった。こいつは、それを気にしていたのだ。沖たち警察でも、孟の母親がこの国にいたのを知らなかった。朱に知られれば、何か手出しをするかもしれない。

「そういう事情なら、益々俺たち警察の保護が必要だろ。安心しろ、おまえのお袋にゃ指一本触れさせねえよ」

孟は中国語で何か喚き、電話を切った。

沖は携帯をポケットに仕舞った。

「なあ、大丈夫なのかよ、幹さん。怒らせちまって、孟の野郎、もう会おうとはしねえんじゃないのか？」

平松が訊くのに、前方を見つめたままで首を振って見せた。

「いいや、野郎は来るさ」

「確かか？　言い切れるのかよ？」

「ああ、言い切れるね。賭《か》けたっていいぜ」

「で、どうするんだ？　昨日、朱と会った時みたいに、あんたがまたひとりで行くのか？」

「莫迦言え。署長に報告し、新宿駅全体を見張らせるに決まってる。詳しい話など、取調室でいくらでも訊く時間があるさ」

6

「チーフ、さっきは失礼しました」

　ホテルのロビーで合流してきた円谷は、潜めた声で言って沖に頭を下げた。赤坂見附の堀を見下ろす形で建つホテルだった。少し前に地下の駐車場に車を入れ、携帯電話で円谷と連絡を取り合ってここに上がったのだ。

「古橋たちは？」

「部屋にチェックインしました」

「どの部屋かは？」

　一応訊いてはみたものの、円谷は無念そうに首を振った。

「いや、駄目でした。そこまでは、ちょっと」

レセプションデスクでこっそりと警察手帳を提示すれば、ホテル側がすぐに部屋番号を教えてくれたのは、古きよき時代の話だった。現在はプライバシー意識の高まりと警察への信頼の低下により、よほど場末のホテルでない限りは門前払いを喰らわされる。

「でも、一緒にいた男は、どうやら社長の沢村和弥のようですね」

そうシラッと言ってのけた円谷に、沖の隣に立つ平松が目を剝いた。

「なあ、円谷さんよ。あんたがチーフから与えられた任務は、神竜会の西江を探ることじゃなかったのか。なんで東都開発を調べてるんだ」

円谷はいなすように薄い笑みを浮かべた。最近沖にもやっと、この男のこういった笑みは、本人が困惑している時のものだとわかるようになったが、それを知らずに出くわすとふてぶてしく見えることこの上ない。

平松は目を三角にした。

「お宅、俺を舐《な》めてるのか？　俺の捜査じゃ不充分だとでも言いたいのかよ」

「すまん、まあ怒るな。そんなつもりはないんだ。俺が沢村の顔を知ってたのは、何も東都開発を調べてたからじゃない。これで社長の顔写真を見ただけさ」

円谷は両手で平松を押し留めるようにしたあと、そう言いながら鞄を開け、中から薄い冊子を抜き出した。それは東都開発の会社案内のパンフレットで、昨日、沖たちが訪ねた時にも、受付に置いてあったのを目にしている。確か平松も一部持って来たはずだ。

「間違いないんだな？」

沖が念を押すのに、「ええ、おそらく」と頷いてページを開いた。

肉づきのいい、所謂《いわゆる》布袋《ほてい》顔をした五十年輩の男が、丸く刳《く》り貫《ぬ》かれた写真に写っていた。眼鏡はかけておらず、量の多そうな頭髪を整髪料でゆったりと後方に撫でつけている。左の頬に目立つ大きな黒子《ほくろ》があった。

その写真を見ながら、沖は思った。社長と総務部長がふたりで出てきて、ホテルの一室で秘密裡に誰かと会おうとしているのだ。是が非でも相手を知る必要がある。

プライバシーなどを盾に取り、レセプションデスクで部屋番号を訊き出せないなら、こっちも他の手を使うまでだ。

「おい、ヒラ。あの手で行くぞ」

顔を寄せて囁《ささや》くと、平松はすぐに訳知り顔で片目を瞑《つむ》り、背中をむけて遠ざかった。

「どうするつもりなんです？」

円谷が訊いた。

「まあ、見てな。うまくすりゃあ部屋番号が割れるぜ」

沖はそれだけ答え、周囲を見渡し、なるべく人気の少ない壁際へと円谷を誘った。午後三時のホテルのロビーだ。宿泊客や待ち合わせの人間たちの姿もほとんどなくがらんとしているが、少し長い立ち話になるかもしれない。なるべく人が寄りつかなそうな場所がいい。

「それよりも、そろそろいい加減に報告しろよ。神竜会の西江を調べて何がわかった。野郎を調べてたはずのあんたが、なんで東都開発にたどり着いたんだ？」

　沖の質問に答えて円谷は話し始めた。

「西江というより、きっかけは冠《グエン》と一緒に殺された神竜会筆頭幹部の栗原なんです。西江の周辺を調べていたところ、栗原の息のかかった総会屋が、東都開発に深く食い込んでるって噂を耳にしましてね。で、その世界に詳しい所謂《いわゆる》業界紙の編集長に探りを入れさせましたら、その総会屋絡みで、今じゃ社内に人間まで送り込んでるという」

「それがあの古橋なのか？」

　沖が訊くと、円谷はふっと苦笑を漏らした。

「チーフは相変わらずせっかちですね。そうなんですが、そう先を急がんでください。話には順序ってもんがある」

　沖のほうも苦笑を漏らすしかなかった。あくまでもマイペースな野郎だ。

　黙っていることで、先を促した。

「で、とにかくはその総会屋に張りついてみたんですよ。金森や藤崎の射殺事件との関連からすると、まずは神竜会と東都開発の繋がりを調べるのが先決だと思いましてね。そうしたら、今日の昼ですよ、この総会屋と秘密めかして会ってた野郎がいる。それがあの古橋だったんです」

「古橋については、調べたのか？」

「いえ、詳しくはまだ。さっき平松の旦那が目を吊り上げてましたが、私が東都開発にたどり着いたのは、まだほんの数時間前ですからね。何も抜け駆けして、やつの庭を荒らしてたわけじゃありませんぜ」

「そんなことは一々説明せんでもいいよ。ヒラに遠慮することはないんだ。あんたのほうで当たってくれ」

沖は昨日、東都開発の応接室で会った古橋の印象を思い出した。木で鼻を括《くく》ったような応対をする男だった。同じ総務部の係長である前田という男よりも年格好が若かったが、あれはそういうわけだったのか。

強引に企業に人を送り込むのは、暴力団新法以降のヤクザのやり口のひとつだ。単純にみかじめ料を集められる時代じゃない。企業の腹の中に食い込み、獅子《しし》身中の虫としてその腑《はらわた》を少しずつ食い荒らしていく。

それにしても、こうして人を送り込むには送り込めるだけの材料があったにちがいない。東都開発の何かよほどの弱みを握ったのだろうか。

それは金森たちが東都開発につけ入るのに握った弱みと同じだったのか。

いずれにしろ、東都開発という会社が神竜会と朱《チュー》の牛耳る五虎界《ウーフジェ》、さらには新宿の新興勢力として伸《の》してきた孟《モン》の紅龍《ホンロン》などにとって、ある種の台風の目となっているのではないかとの予感は益々強まっていた。

　そして、案外と古橋が突破口になるかもしれない。

「チーフがそう言ってくれるなら、いっそのこと、この神竜会と東都開発の間を繋いでる総会屋を引っ張らしてくれませんか」円谷が言った。「植村って野郎なんですがね、こいつを叩けば、古橋の素性もはっきりするでしょうし、上手くすりゃあ神竜会が東都開発のどんな弱みを摑んでるのかって辺りまでわかるかもしれない。なあに、容疑なんぞは何とでもつけられますよ」

「それに、植村って野郎がパクられりゃ、古橋のケツに火がつくな。狼狽《うろた》え、野郎のほうから何かボロを出すかもしれん」

　沖はひとりごちるように言いながら考えた。結論を得るのに、長い時間はかからなかった。

「やってくれ。繋ぎ目を攻めるのが一番だろうさ」

「わかりました」

「ところで、筆頭幹部の栗原がやられて、神竜会の動きはどうなんだ？」

「それはやはり、かなりきな臭くはなってますよ」

　沖は西の共和会が、本格的な新宿進出を目論《もくろ》んでいる話をして聞かせた。

「それじゃあ、神竜会と五虎界に手打ちの動きがあるのは、共和会に対抗するためだと？」

「その辺りは、朱の野郎もはっきりとは言わなかった。だが、そういった線は充分に考えられるだろうな」

「それを孟の野郎がぶち壊したのは、なぜなんでしょうね？」

「わからん。だが、それはじきにはっきりするだろうぜ。孟のほうから、今日の夕方に俺と会いたいと言ってきた」

「どこで？」

「新宿駅だ」

「無論、網を張るんでしょうな」

「もちろんだ。単独行もいいが、今度ばかりはつきあって貰うぜ。総出で新宿駅を張る」

「わかりました」

「で、肝心の西江についちゃ、どうなんだ？　その後わかったことは？」

「それがあまり芳《かんば》しくはないですね。ただ、栗原亡き今、神竜会の中で西江が筆頭幹部の座を手にするのはほぼ間違いないようです」

「つまり、見方によっちゃ、栗原の死は西江の出世に繋がったってわけか」

沖はスキンヘッドを撫でながら呟いた。

「何が言いたいんです、チーフ？」

円谷に訊かれて目を上げたが、自分の呟きに対して確たる答えを告げることはできなかった。

「わからん。だが、どうもあの野郎は気に入らん。上手く立ち回り、自分だけ甘い汁を吸おうって人間の目をしてる」

「それは同感ですよ。私のほうがチーフよりもあの野郎をずっと長く知ってますしね。だが、私も神竜会内部の勢力争いって線は考えないでもなかったんですが、栗原がいなくなりゃあてめえがナンバー2になれるっていうような、単純な線はちょっと」

「なんでだい？」

「なんでって、栗原を失うことは、神竜会にとっては大きな痛手です。組織の弱体化にも繫がる。新宿は他の街とは違うんだ。組織が弱体化すりゃあ、すぐに弾き出されるか喰われるかしちまう。西江にそれがわからんわけがない。そんな目先の利かない野郎じゃないですよ。ましてや、さっきのチーフの話によりゃあ、西から共和会が出てくる可能性があるんでしょ。そんな状況の中で、ちょっとありえないと思いませんか」

　その通りだ。だが、何かが気になる。

「もう一度最初の疑問に戻るんだが、なんで西江の野郎は俺やあんたを呼んで、警察内部に情報を流してる人間がいる可能性を耳打ちしてきたのか。その点についちゃ、その後何か見当はついたのか」

「私もずっとそれが気にはなってるんですが、駄目です。もう少し時間をくれませんか」

くれ」

「わかった」

若干の迷いがあるものの、沖は告げておくことにした。

「東都開発の古橋の件も、西江や神竜会を調べてることも、当分は俺にだけ報告を上げてくれ」

「それはつまり、新署長を無視しろってことですか？」

「はっきり言やあ、そういうことだ。警察の内部情報が漏れてる以上、誰も信用できん」

「チーフ、あんた、恐ろしいことを言いますな。つまり、あの新署長が漏らしてる可能性があると？」

「何も新署長本人じゃなくとも、やつの上の誰かが漏らしてるとすりゃあ、やつに上げた報告が漏れる危険があるってことだ。キャリアの世界のことは、俺たちにはわからん。警戒するに越したことはない」

「――わかりました」

「何か不服なのか？」

「そうじゃありませんが、新署長にそれがバレた時に、チーフが面倒なことになりはしないかと思いましてね。かなり小うるさそうな人でしょ」

「心配してくれて感謝するよ」

沖は軽く聞き流した。

円谷はまだ何か言いたそうにしていたが、その時、沖の携帯が鳴った。平松からだった。

やりとりは簡単に終わった。

「十六階だ。エレヴェーターで上がるぞ」

声を一際潜めて円谷に告げ、沖は先に立ってロビーを横切った。

「どうして十六階だとわかったんです？　部屋までヒラのやつが突きとめたんですか？」

エレヴェーターに乗り込むとともに、円谷が訊いた。乗り込んだのは、幸い沖たちだけだった。

「何号室かは、これから俺たちが突きとめるさ。ヒラは地下の駐車場に陣取って、そこから守衛の振りをしてフロントに電話を入れたんだ。駐車してある古橋たちの車が当て逃げされたとな。フロントから部屋に連絡が行き、古橋が駐車場に姿を現した。ヒラはエレヴェーターの表示板を睨んでるだけで、野郎が十六階から降りてきたのを容易《たやす》く確認できたってわけだ。この先は、俺たちが十六階に陣取り、野郎がどの部屋に帰るかを見届ければいい」

「なるほど、上手い手ですね。あとはその部屋に誰が訪ねるかを確かめればいいってわけですか。あるいは既に訪ねていて、社長の沢村と歓談中かもしれんですが」

円谷は口では感心して見せたものの、それほど気持ちが籠もってはいなかった。そういう男なのだ。

「そうだな」

「新宿駅に網を張るのに、もうあまり時間がありませんね。もしも、しばらくここに張りつく必要があるようなら、とりあえずは私がひとりで張りつきますよ」

腕時計を確かめる。孟との約束は五時だった。その前に、署長の深沢に話を通さなければならない。新宿駅に網を張るのだ。特捜部だけの手に負えるわけがなかった。

「そうなりそうな時は頼む」

だが、それは杞憂《きゆう》に終わった。

物陰に張り込んで見張っていると、やがて戻って来た古橋がエレヴェーターから姿を現し、部屋番号が割れた。

合流してきた平松も加えて目を光らせていたところ、ほどなくしてエレヴェーターから降り立った別の男がその部屋を訪ねたのだ。

「どうしたんだ、マルさん。今の男を知ってるのか？」

顔つきの変化から察した沖が小声で訊くと、円谷は黙って頷き、沖と平松のふたりを非常階段へと誘った。

「片桐一朗。民自党の須望和将《すぼうかずまさ》の秘書です。以前に本庁の二課にいた時に顔を憶えました。

――こりゃあ、瓢簞《ひょうたん》から駒だ。とんだ大物が出てきましたね」

沖は黙って頷き返した。

7

夕刻のラッシュアワーを前にして、新宿駅は既に多くの人間で埋め尽くされていた。

ＪＲ、私鉄、地下鉄が乗り入れる巨大ターミナル駅だ。その中央地下道は、新宿の西口と東口の間に延びる全長百メートルほどの通路で、ＪＲの一番線から十四番線まで、合計七本のホームと東西の改札口とを繋いでいる。

通路の両端はもとより、各ホームの昇り口に私服警官が陣取り、孟沢潤《モン・ザールン》の姿を見たらすぐに署長の深沢に連絡を入れるようにと命じられていた。深沢は、通路の東寄りの端に陣取っている。

柏木が率いる二課に応援を求めるだけでは足りず、一課の人間たちに加え、内勤の連中の中でも体格のいい男が何人か選り抜かれて参加していた。Ｋ・Ｓ・Ｐはあくまでも小所帯の分署であり、こうした大がかりな手配にはどうしても不むきだ。

沖は中央通路をゆっくりと東から西へ、そして西から東へと往復した。通路のどこ、と指定されたわけではないので、自ずとそうすることになった。二往復するうちに約束の五時になった。

だが、孟は現れず、それからさらに十分ほど待っても同じだった。焦れる気持ちを抑えつける。

五時十五分。マナーモードに設定してある携帯電話が振動して抜き出すと、深沢の携帯からだった。

「もしもし、孟は一向に現れんじゃないか」

深沢は沖に、早速不満を口にした。いくらこうして現場の陣頭指揮を取りたがったところで、部下を詰《なじ》っていれば事件解決が近づくと思っているところなどは、典型的なキャリアの態度だ。

「もう少し待ってください。やつは追いつめられてる。必ず来ますよ。野郎の手下が周辺に張ってるかもしれない。見られると困るので、電話を切ります」

沖は一方的に言って、通話ボタンをオフにした。

電話のむこうで不機嫌に舌打ちする深沢の顔が見えるようだったが、一々構ってはいられない。ホシと接触する予定の刑事に、不用意に電話をしてくるようなやつに構っている暇はないのだ。

だが、さすがに五時二十分を回り、約束から三十分近くが経過するに至って不安が芽生え出した。野郎は確かに追いつめられていたはずだ。だから俺に繋ぎを取ってきた。勘に狂いはないはずだとの確信は変わらなかった。しかし、何かがあったのかもしれない。

あるいはこちら側の動きが読まれたのだろうか。孟だとて莫迦じゃない。ああした電話を寄越したものの、待ち合わせの場所に出むけば、自分がその場で逮捕される危険性は充分に予想していたはずだ。もしかしたら、こっちの出方を確かめるために、ここの場所を指定してきたのかもしれない。

チャイニーズマフィアの連中が厄介なのは、青い目の連中とは違い、こうした人混みに紛れていた場合、日本人と見分けがつきにくいことだ。むこうはむこうで、この人混みに、デカらしき人間がどれぐらい紛れ込んでいるのかに目を光らせているのだろうか。

ラッシュアワーが近づくにつれ、益々人の数は増えており、通路を行ったり来たりするのにも窮屈な状態になってきていた。

孟は俺を試したのか。それにこういう形で応じてしまったことで、今後の接触は望めなくなったと見るべきなのか。

いや、そんなはずはない。必ず接触してくるはずだ。野郎は追いつめられている。昨夜の電話で話した雰囲気で、それははっきりと感じられた。やつは電話を寄越した時、八方塞がりだったにちがいない。そうでなければ、K・S・Pのデカにわざわざ自分のほうから繋ぎを取り、会いたいなどと願い出るわけがない。

それではなぜ現れない……。

携帯が鳴り、ディスプレイを確認し、沖は小さく舌打ちした。再び署長の深沢だった。

「来ないではないか。きみはからかわれたんだよ」

先ほど一方的に電話を切ったことを根に持っているのか、口調は最初から冷たかった。

「駅のどこかで、注意人物を見かけたといった報告は？」

苦し紛れに訊いてみたが、深沢の口調は益々冷たさを増すばかりだった。

「そんな報告は入ってはおらんよ。これ以上、ここに張り込んでいても無駄ではないのかね」

「もう少しだけお願いします。こうして電話をしているところを孟の部下が見ているかもしれない。切りますよ」

先ほどと同じ言葉を繰り返そうとすると、先んじて深沢のほうが電話を切った。

沖は舌打ちした。

通路の端に寄り、伸び上がるようにして人混みを見渡す。

誰かこちらの様子を窺っている人間はないかと目を光らせるが、見つからなかった。

そうして数分、通路の東側から近づいて来る深沢を見つけ、沖は怒りを嚙み締めた。一方的に張り込みを打ち切る腹だ。それにしても、いきなりこうして近づいて来るとは、どういう神経をしているのだ。上司でなければ、横面のひとつも叩いてやるところだ。

深沢は、人混みを掻き分けるようにして沖の前に立つと、沖が口を開きかけるのを手で制して告げた。

「張り込みは中止だ」

「しかし――」

「すぐに一緒に来い。たった今連絡が入った。孟沢潤の死体が見つかったぞ。新宿二丁目の廃ビルの中だ」


孟沢潤の死体は、廃ビルの二階に転がっていた。

右の顳顬《こめかみ》に一発ぶち込まれたのが死因であるのは明白だが、他に胸の真ん中にも赤い血の染みが大きく拡がっていた。両手を背中で括られており、目はまだ開いたままだった。

「くそ、処刑だ」

口の中で言葉を噛むように呟く沖を、署長の深沢が振り返った。

「何？」

「右の顳顬が射抜かれてる。跪《ひざまず》かせ、背後から顳顬に銃口を押し当てて撃ったんです。さらにその後、死体の心臓を射抜いてる。念には念を入れたってわけですよ」

深沢は沖の説明を苦々しげに聞き、改めて死体を見下ろした。

「発見者は？　事件を通報して来たのは、誰なんだ？」

深沢の問いに応じる形で、制服警官が小学校五、六年生ぐらいに見える子供ふたりを連れてきた。ここに入り込んで遊んでいた時に、死体に出くわしたそうだった。

「誰がやったのか、見たのかい？」

自分のほうから近づいた深沢が屈み込んで訊くが、少年たちは緊張で青ざめた顔を揃って振った。

「きみたちがここに来た時、もうあのおじさんは死んでたのかな？　それとも、誰かがあのおじさんを殺すところを見たのだろうか？」

互いの顔を見合わせたのち、一方が抑揚に乏しい声で、「死んでた――」と答える。

沖はそこまで聞くと、円谷と平松を手招きし、ビル周辺の野次馬に目を光らせるようにと命じた。

朱の配下がやったとの確信までは持てなかった。だが、処刑スタイルの殺人であることから見ても、現在の新宿の状況と照らしても、チャイニーズマフィア同士の抗争の結果である公算は大きい。朱か孟の部下が様子を確かめるために、辺りをうろうろしているかもしれない。

「構わねえから、気になる中国人がいたら引っ張っちまえ」

二課の柏木も少し離れたところで、沖と同様の指示を出しているようだった。

沖は孟の死体に屈み込み、その顔を睨みつけるように見つめた。そうしながら考えた。このタイミングでこいつが殺《や》られたのは、俺に繋ぎを取って会おうとしていたことが引き金になったのだろうか。

ナイロンの手袋を嵌《は》めて上着のポケットを探り、携帯電話を見つけた。

発信履歴に沖の携帯の番号があった。この携帯で繋ぎを取ったのだ。

次に札入れを抜き出して開けた。毎度のことながら、銀行もクレジット会社もどうなっているのだと呆れるが、正業も持たない不法滞在の外国人の財布は、各種のカードで膨れ上がっていた。

だが、札は綺麗に抜き取られていた。日本のヤクザはこんなことはしないし、仕事にこだわるプロの犯行というわけでもない。やはりチャイニーズマフィア同士の抗争の結果だろう。たとえ殺し屋の仕業だとしても、殺した相手の札入れに興味を示すなど、端金《はしたがね》で殺しを引き受けるような蛇頭崩れの連中にちがいない。

札入れを閉じる前に、カード入れの部分を一枚ずつ捲ってみると、そのひとつに母親の黄桂茹《ホアン・グイル》の写真が入っていた。まだ大分若い頃で、黄は赤ん坊を抱いていた。改めて見比べるまでもなく、面影に目の前の死体と共通点がある。

背後が騒がしくなって振り返ると、黄が階段を上って姿を現したところだった。中国語でさかんに何かを喚き立てながら、警官たちの制止を振り切ってこっちに近づいて来る。

柴原が一緒だった。黄のアパートを見張らせていた柴原に連絡を入れ、孟の死を伝えさせたのだ。

「母親だ。通してやれ」

沖は声を高めて告げた。

走って近づいて来た黄の二の腕を握り、死体に抱きついたりしないようにとめた。まだ現場検証の最中なのだ。

「あんたの息子の孟に間違いないか？」

その取り乱しようから、一瞥《いちべつ》で黄がそれを認めたことはわかったが、敢《あ》えてそう確かめた。柴原に言って黄をここに連れて来させたのは、息子の死を悼ませるためじゃない。動揺した母親の口から、何か新しい事実が出るのを狙ったからなのだ。

黄は嚙みつきそうな顔で沖を睨んだ。

中国語で何か喚きながら躰を揺すり、沖の手を振りほどこうとするが放さなかった。

「死体に触らせるわけにはいかん。息子は気の毒なことをした。だが、仇《かたき》は俺が取ってやる。だから、知っていることを全部話すんだ」

「日本鬼子《リーベン・グイズ》」

黄の叫んだ中国語はすぐに聞き取れた。新宿でデカをやるようになってから、何度となく浴びせかけられた罵声《ばせい》だ。何度浴びせかけられても気持ちのいいものではなかった。

目撃者の少年たちの聴取を終えた深沢が、沖たちのほうに近づいて来た。

「沖君、彼女の名前は？」

と訊いて確かめ、黄のほうにむき直る。

「黄さん、私はＫ・Ｓ・Ｐの署長の深沢です。息子さんを殺害した犯人は、私が責任を持って逮捕します。ですから、知っていることがあれば、すべて我々に話してください」

「署長だかなんだかしらないけどね。あんたらになんかようはないよ。わたしたちのことは、わたしたちでかたをつける」

唾《つば》を飛ばして喚き立てる黄に面くらった様子で、深沢はすっと躰を引いた。

「おい、婆さん」

沖が吐きつけた。

「粋《いき》がるのもいい加減にしやがれ。あんたがどうやって息子の仇を取れるっていうんだ。それより、知ってることを全部俺たちに話すんだ。それが息子のためだぞ」

「おまえらにゃなにもわからないよ」

「何がわからないんだ？」

「なにもかも。わたしのことはほっておいておくれ」

「そうはいかねえんだ。これは捜査なんだぞ」

「わたしたちチャイニーズのことは、わたしたちでかたをつける」

「とぼけたことを抜かしてるんじゃねえぞ」

押し問答を繰り返しつつ、さすがにわかった。これじゃあ話にならない。少し頭を冷やさせるしかないのだ。

ちょうどその時、部下をひとり連れた柏木が近づいて来て深沢に耳打ちした。

「表の野次馬の中に、怪しい中国人が混じってました」

「取り押さえたんだな」

「もちろん」

「わかった。すぐに行く」

そんなやりとりを交わして遠ざかるふたりを横目に、改めて黄に話しかけようとした時、深沢たちと入れ違いに近づいてくる貴里子が見えた。

「連絡を受けて飛んできたの。あのことは、深沢さんには？」

沖の耳元に口を寄せた貴里子が囁《ささや》き声で訊いたのは、小華のことを差していた。

沖は首を振っただけで、口ではその件には触れなかった。

「黄から話を聞きたいんだ。中国語の通訳が必要かもしれん。つきあってくれ」

貴里子にそう告げると、さりげなく立つ位置を変え、黄の目から孟の死体が見えないようにした。

黄が貴里子に中国語で何か訊く。

「孟の死体はいつ引き取れるのかって」

貴里子が言った。

「検死と遺体解剖が済んでからだ。だが、二、三日中には大丈夫だろう」

本当は法的にもこの黄が孟の母親であることを確かめなければならない。もしも違っていれば引き取ることなどできないが、そういった点には触れなかった。

さりげなく黄を死体から遠ざけるようにしながら、孟の札入れを抜き出して見せた。

「孟が持ってた財布だ。見てみろ。中におまえさんの写真が入ってる」

カード入れの部分を開いて渡した。

我が子を抱いた自らの若い頃の写真を見つめ、肩を小さく震わせる黄を、しばらくそのままにさせていた。

やがて静かな声で告げた。

「ついさっきまで、孟に言われた通り、俺は新宿駅の中央通路でやつを待っていた。昨夜の電話の口調で察しがついたんだ。やつは、何か俺に相談したいことがあるとな。何かを打ち明け、助けを求めるつもりだったのかもしれん」

黄は写真を見下ろすばかりで、何も答えようとはしなかったが、構わずに続けた。

「昨夜、俺たちが帰ったあと、今までの間に、息子とは話したのか？」

「はなしてない」

黄が答え始めたことに、内心でしめたと思った。

「繋ぎも何もなかったのか？」

「ないよ。ちきしょう。だれがやったんだ」

「孟は俺に何を打ち明けようとしてたのか、見当がつくか？」

黄は目を上げた。

何も答えようとはしなかったが、今度の沈黙は答えを拒んでいるのではなく、自らも探そうとしているのだと感じられた。

だが、見つからなかったようだ。

「わからないよ。あの子とはあまりあってなかった」

沖は質問を選び、ほどなくひとつの閃《ひらめ》きを得た。

「裏切られた。小華《シャオホア》の兄の許美良《シュー・メイリアン》は、そう言い残して死んだんだ。許が誰かに裏切られたのか、それとも、あんたの息子の孟も含めて、紅龍自体が裏切られたのか。あんた、これを聞いてどう思う。何か思い当たることはないか？」

黄の目の中で、何かが微《かす》かに動いたような気がした。

この女は何かを知っている。この言葉から何かに気づいたのか。だが、おそらくは長い辛苦を舐めてきた挙げ句に身につけたにちがいないふてぶてしさが、すぐに目の表情の変化を包み隠してしまい、正確な判断はできなかった。

もう一歩突っ込もうとしたが、それも叶《かな》わなかった。

「沖君、ちょっと話がある。来たまえ」

柏木を引き連れた深沢が、ずかずかと足早に近づいて来て、有無を言わせぬ口調で吐きつけたのだ。

深沢と柏木の後ろには、やや遅れて円谷と平松のふたりがつき従っていた。

それを目にするとともに、嫌な予感がしたものの、沖にはまだ何が起こったのか、正確な判断はつかなかった。

「今、孟の母親の聴取中なんですが――」

一応探りを入れる目的もあって口にしかけたが、最後まで言うことはできなかった。

「署長命令だ。一緒に来たまえ。聴取は柏木君の部下が引き継ぐ」

沖は仕方なく深沢につき従い、廃ビルの隅へと移動した。ちらちらと視線を送ってみるが、平松は目を伏せてしまっていて要領を得なかった。円谷のほうは反対に目で何かを伝えたがっている様子だが、それが何なのか見当がつかない。

充分な距離を移動したと判断したのだろう、深沢はいきなり足をとめ、すっと沖のほうにむき直った。

「東都開発を調べているそうだな。なぜそういった報告を、私に上げない」

単刀直入に吐きつけられ、さすがに答えに詰まってしまった。

「私は昨日、忠告したはずだぞ。今までの署長のようなやり方は私には通用しない。捜査の進展について、逐一報告を上げるようにとな。忘れたのかね」

「いえ、そういうわけでは……」

口ごもるしかない。

「幹さん、俺たちがちくったんじゃないぜ」

見かねた様子で口を挟もうとする平松を、深沢は頭から怒鳴りつけた。

「きみは黙っていたまえ。それから、上司にむかってその口の利き方は何だ。まったく、特捜のこの勤務態度の乱れは何なのだ。幹さんだとか、ちくっただとか、沖君、きみは部下に口の利き方ひとつ教えられんのかね」

腹立たしげに捲し立てたが、そこでニヤッとした。

何か決め台詞《ぜりふ》を思いついたと予感させる間を空《あ》けたのち、冷ややかな調子で吐きつけた。

「もっとも、これからは沖君も、平松君の上司ではなくなるわけだがね」

「それはどういう意味です」

沖は押し殺した声で訊いた。

深沢は得意そうだった。

「言葉通りの意味だよ。きみには特捜の主任を降りて貰う」

沖は一度目を閉じ、開けた。閉じた瞬間、額の中心に力を込め、そこにむけて息を抜くようにする。そうすることで激しい怒りを抑えつけようとしたのだ。

「解任の理由は？」

「報告義務違反。そして、捜査に結果を出せなかった。言ったはずだぞ。結果を出せねば、すぐに特捜を別の人間に任せると」

「まだ捜査の途中だ」

「狙撃事件の最重要容疑者である孟を捕まえられぬまま、むざむざと殺させてしまったではないか」

「それが俺ひとりの責任ですか？」

「きみは自分に任せろと太鼓判を押したのではなかったかね」

言葉を交わせば交わすだけむなしさが込み上げる。

「説明は何も聞かないんですか？」

「何か釈明があるなら、言いたまえ」

「釈明じゃない」

口調を荒らげかけたが、抑えた。内なる誇りがそうさせた。

「金森に逮捕状が出ることになってたという内部情報が、外に漏れていた可能性があります」

だが、深沢は沖がそう言いかけるのを遮《さえぎ》った。

「それは私が彼らを問い質《ただ》して聞いたよ」と、円谷と平松のふたりを顎で差した。

「だが、それで私に何の報告もしないように命じたということは、きみはこの私を疑っているのかね」

「そういうわけではありませんが」

「そうではないか。まったく、腹立たしいにもほどがあるよ。飼い犬に手を嚙まれたような気分だ」

「署長、俺はあんたの飼い犬じゃありませんよ」

深沢は目を剝いた。

「何だと！　もう一遍言ってみたまえ」

「別に繰り返すほどのこともないでしょ」

「今この時から、特捜部の主任は二課の柏木君が兼任する。沖君、きみは署に戻り、柏木君への引き継ぎのために、今度の事件で判明していることをひとつ残らず報告書にまとめるんだ。いいか、ひとつ残らずだぞ」

「わかりました」

背中をむけかけると、「おい」と柏木に呼びとめられた。

柏木はすっと右手を突き出した。

「出せよ」

「何をだ？」

「俺の目を節穴だと思うなよ。あんた、さっき孟のポケットから出した携帯を、まだそのまま持ってるだろ。重要な証拠物だぞ」

孟のポケットを調べている途中で黄が現れたので、無意識に自分のポケットに入れていたのだ。

沖はそれを取り出し、無言で柏木に突きつけた。嫌な野郎だ。

背中をむけ、歩き出した。

8

ゴールデン街の外れ、花園神社のすぐ裏手の道に面して、《サダ》という店がある。貞子という老婆が、ここ三十年以上ずっとひとりで切り盛りしており、客が五人も坐れば一杯になってしまうカウンターと、四人坐るのがやっとのテーブルがひとつあるだけの店だった。

いつでも大概はがらんとしている。誰も客がいないか、いてもひとりかふたりかが、もう七十を過ぎた貞子を相手に、ぼそぼそと古い話をしながら飲むぐらいだ。遅い時間になるとアフターのホステスが昔風の客を連れて来ることがあるが、最近ではその数も減っていた。ゴールデン街自体が、ここ数年で急速な変化を遂げ、新規の店が増える中で、生き残っているのが不思議な店だとも言えるだろう。

沖は貞子とむき合い酒を飲んでいた。店の天井に据えつけられた映りの悪いテレビで、阪神巨人戦をやっていた。貞子は大の阪神ファンなのだ。どれだけ見えているのかわからない目をしょぼつかせ、いつものように焼酎の薄いお湯割りを湯飲みで時折啜《すす》りながら阪神を応援し続けており、沖に話しかけて来ることはなかった。沖の手許《てもと》の水割りがなくなった時だけ、なぜか目聡《めざと》く見つけてお代わりを作ってくれる。

そんなふうに飲ませてくれるのが好きで、月に大体一度か二度、沖はこの店に顔を出す。どんな気分の時に顔を出すのか、貞子は悟っているのだろうが、やはり何も触れようとはしなかった。

飲み出して二時間近く経った頃だった。背後のドアが開き、今夜ふたり目の客が来た。そう思って軽く躰を捻ると、平松が戸口に立っていた。

「やはりここだったな」

沖と目が合い、幾分きまり悪そうに唇を歪めた。

沖は一旦躰のむきを正面に戻しつつ、言葉を探した。本当を言えば、今夜は会いたくはなかった。弱い部分をさらけ出しそうな気がする夜はひとりでいたい。

「ほら、言った通りだったろ。こういう夜は大概ここなのさ」

平松がそう続けるのが聞こえて再び躰を捻るとともに、沖は思わず顔を顰《しか》めた。狭い戸口の外に貴里子が立っていた。くそ、どうしてこの女を連れて来たのだ。

「婆さん、俺はビールね。生暖かいのは勘弁しろよ」

平松は沖の気持ちにはお構いなしに貞子に告げ、沖の隣を空けて壁際の止まり木に腰を下ろした。

「うちは生暖かいビールなんぞ売ってないよ」

貞子は平松を軽く睨んだが、阪神がチャンスの場面なので、すぐにテレビに注意を戻した。

「私もビールをお願いします」

貴里子が言いながら、沖の隣に腰を下ろす。

貞子がビールの中瓶を一本とグラスを二個カウンターに並べた。

平松が貴里子に注いでやり、貴里子が注ぎ返そうとするのを手で制して自分のグラスに注ぐ。

沖は一言も発しないままで水割りを飲み続けた。どんなつもりで平松が貴里子をここに連れて来たのかわからないし、そもそも貴里子が自分に何の用があるのかもわからない。そう思うと、ひたすらに不愉快だった。

「さて、それじゃあ俺は沙也加とデートがあるからよ」

平松はビールを一杯飲み干すと、そんな勝手なことを言って腰を上げた。どうしていいかわからず声をかけようとする沖にニヤッと笑いかけ、さっさと背中をむけて店を出て行ってしまった。

沖はあたふたした。

何も言わずにまた水割りを飲み続けたものの、グラスを握る手が僅かに汗ばんだような気がし、そう感じるとともにまた不快さが増す。

「聞いたわ、深沢さんとのこと」

言われて隣を見たが、貴里子は手許のグラスを見つめていてこっちを見なかった。

「だからどうした。何が言いたくて来たんだ？」

「でも、この時間まで署で様子を窺ってたけれど、柏木さんも深沢さんも小華が黄さんのところにいることは気づいていなかった。署長に命じられて報告書を出したそうだけど、それには触れずにいてくれたのね」

「俺が命じられたのは、進行中の捜査について報告書を出せってことでね。あの子の捜査は進行してない」

「ありがとう」

「別にあんたのためにしたわけじゃない」

「幹さんって、いつでもそういう言い方をするのね」

言われて睨むと、今度は視線が合ってしまい、沖は慌てて前をむいた。

「警察の内部情報が漏れてるって話、本当なの？」

貴里子が訊いた。

「金森にお札が出ることを、神竜会の西江が知ってやがった。K・S・Pの玄関前で金森を射殺させたやつだって、おそらくはそれを知っていたからそんな強引なことをしたんだ」

「それは孟なの？」

「おそらくな」

「でも、ああして口を塞がれてしまっては、それを確かめる術《すべ》がない」

「そうでもないさ。野郎の手下がきっと何かを知ってる。そういや、孟の射殺体が発見された現場の周辺で、気になる中国人をパクったみたいだったな」言いかけ、やめた。「いや、いい。よそうぜ、そんな話は。俺にゃ関係のないことだ」

貴里子はビールを口に運んだ。

案外にいける口らしく、一息に飲み干して残りのビールを注いだ。

「これから幹さんは、どうなるの？」

「別にどうもなりはしねえさ。しばらくは冷や飯を食わされる。だが、時間が経てばまた現場に戻れる。今までも何度も経験済みだよ。警察ってところは、結局はてめえの手を汚すデカを必要としてるんだ。いつかまた俺の出番が来る」

「――でも、それまでは？」

「大人しくしてるさ。窓際で給料泥棒を決め込むんだよ」

「私があなたを現場に戻すわ」

「何だと？」

「私だってキャリアの端くれよ。いくらかのコネはあるもの」

「よせよ。大事なコネは、そんなことになど使わずに取っておけ」

「打ちひしがれてるの？」

沖は無言で貴里子を見た。

その口調には、同情や思いやりよりも、何か挑んで来るような激しいものが込められていた。

「なあ、村井さん。言ってなかったかもしれんがな、俺はデカって仕事が好きなんだ。それがわけのわからねえ新署長の差し金で特捜の主任を下ろされ、柏木なんぞの指揮下に入ることになった。野郎が俺に、まともな捜査をさせるわけがないのはわかってる。どんな人間だって、一晩ぐらいは落ち込んで酒を飲んでも当然じゃねえのか」

「それがわかってるなら、どうして署長に喰ってかかったりしたのよ。あんたの飼い犬じゃないと見得を切ったそうね」

「そんなのは関係ねえ。どっちにしろ主任を下ろされてたんだ」

「そんなのわからないでしょ。もう少し我慢してればいいのに、どうして男っていうのはそれができないのか——」

沖は貴里子が言うのを遮《さえぎ》った。

「なあ、あんた、俺に喧嘩《けんか》を売りに来たのか」

沖が睨むと、睨み返してきた。

すぐに後悔した。この女は俺と同じだとわかったのだ。相手を慰めるつもりでも、ついつい反対のことを口にしてしまう。

貴里子はバッグを開けて財布を抜き出した。

「いくらですか？」

「もう一杯飲んでいきな」

貞子が言った。

「あんた、阪神ファンなんだろ。ちょうどいいとこだよ。次は金本だ」

「――どうして阪神ファンと思うの？」

「標準語を話してるつもりかしれんけど、関西訛《なま》りがあるやろ。ほんとはあんたら話が合うはずだよ。こっちの旦那も、生粋の江戸っ子のくせに大のトラ好きでね」

貴里子は毒気を抜かれた様子で止まり木に腰を戻した。

阪神タイガースの四番が打席に立った。

9

ゴールデン街から西新宿にある自宅の賃貸マンションまで、ぷらぷらと歩いて帰ることにした。一日中熱せられたコンクリートが溜め込んだ熱を発散させており、申し訳程度しかない風が躰《からだ》にまとわりついてきて気持ちが悪かった。

貴里子とはサダの前で別れていた。それでも二時間ぐらいは一緒に酒を飲み、貞子が作ってくれた焼き饂飩《うどん》などを腹に入れもした。貞子は機嫌がいい時だけ、何か食べ物を作ってくれる。今夜は阪神が金本の逆転ホームランで、宿敵巨人を下したのだ。

サダを出たところで、貴里子をもう少し酒に誘いたい気持ちが動き、誘いさえすれば承諾してくれそうな気もしたが、すぐに莫迦莫迦しいと思い直した。K・S・Pの特捜部は新設署の新部署であり、沖が一から育てたようなものだった。その主任を突然馘《くび》になったことに同情し、ああして時間を割いてくれただけだ。女には今まで何度も声をかけては袖《そで》にされているので、その辺の呼吸はわかっている。こんな蛸入道《たこにゅうどう》のような男に、個人的に好意を示す女などいるわけがないのだ。

西新宿は新宿界隈としては比較的開発の遅れた一角で、銭湯もまだ何軒か残っていた。気が塞いだまま自宅に戻りたくはなくて、沖は顔馴染《なじ》みの銭湯に立ち寄り、手拭《てぬぐ》いを借りて汗を流した。

熱い湯舟で汗を絞り出し、そのあと脱衣所でのんびりと汗が引くのを待つうちに、自宅に戻ったら志ん生の高座のカセットを聴きながらまたビールでも飲み、そのまま眠ってしまうつもりになった。久々に『火焔太鼓《かえんだいこ》』を聴き直そう。

だが、自宅付近の暗がりで、いきなり背後から声をかけられ、振り返ると朱徐季《チュー・スーチー》のとかった。


ころの若造が立っていた。同じ朱という苗字で、確か名前は栄志《ロンジー》といったはずだ。状況からして、あとを尾《つ》けられたと見るしかなかった。しかし、そんな気配は微塵《みじん》もなかった。

「俺に何の用だ？」

沖が吐き捨てるように言うと、若造はニヤッと唇を歪めた。

「なかなか電話をいただけないもんで、確かめに来たんですよ。いつになったら冠《グエン》に線香を上げられるんです？　まさか、ボスとの約束を忘れたんじゃないでしょうね」

「忘れちゃないが、約束は果たせなくなったかもしれんよ」

沖は今度は投げ出すように言った。言い争うのも、駆け引きをするのも面倒だった。今夜はもう、志ん生とだけつきあっていたい。

「特捜の主任を馘になったことが、よほどショックだったんでしょうか。約束を守れるように、戻して差し上げてもいい」

だが、若造がそう口にしたのを聞き捨てにはできなかった。

「それはどういう意味だ？」

「言葉通りです。ボスがあなたを、元の地位に戻してやっても構わないと仰ってる」

沖の顳顬《こめかみ》で血が騒いだ。

「チャイニーズマフィアが、警察内部の決定に口を出せる気でいるとは笑わせるぜ」

「口を出せるか出せないか、試してみますか」

沖は若造を睨《にら》みつけた。

朱栄志は蚊に刺されたほども顔つきを変えなかった。

「先日、その耳で聞いたでしょ。ボスはあなたを使える人間だと買っているんです。そんなあなたが、無能な同僚の部下に格下げされるなど、大変に心を痛めておいでしてね」

沖は平手で後頭部を掻《か》いた。

若造の胸ぐらを摑んで、力任せに引き寄せた。

「そんな話より、おまえらにゃ訊くことがある。孟沢潤《モン・ザールン》を殺《や》ったのは、おまえらだな」

「そういう質問に、はいそうですと答える人間がいると思いますか」

人を食った野郎だ。

平手打ちを喰らわせた。だが、若造は眉ひとつ動かさずに沖を見つめ返すだけだった。

「私たちは何も知りませんよ。孟という男が、自分で自分の首を絞めただけの話でしょう」

「どういう意味だ？」

「孟は私より五歳も年上でした。だが、それにしては余りに考えたらずで、無謀だった。物事の全体を見渡す力がなかったということです」

「なあ、兄ちゃん。力の強い人間にひっついて、我が物顔で振る舞っていても、それは物が見えてるわけじゃないんだぜ。ただ他人の威を借りてるだけだ」

朱栄志の顔が、刷毛《はけ》で何かを塗りつけたかのように違うものになった。冷えた目で沖を見つめ返す。この若者を初めて見た時に感じた危険な匂いが、あの時よりも何倍も色濃く漂った。

胸の奥に冷たい感触が拡がった。こいつは危険だ。本能的にそうわかった。いつかこの男が本当の力をつけた時、世界を力尽くで自分の色に塗り込めようとするだろう。異常殺人者でも、ヤクザでも、政治家でも、そんな人間が最も危険なのだ。

「それはまさか、僕のことを言ってるんですか」

「俺は目の前の若造に話してるんだ」

「新任署長に捜査の半ばで職を解かれ、女に慰められながら安い酒を飲んでいるようなデカに言われたくないですね」

「おまえ、誰にむかって口を利いてるんだ、この野郎」

吐きつけた時だった。気配を何も感じさせないまま、いきなり膝が飛んで来た。

相手の躰を押しやりつつ自らも体重を背後に逃がし、衝撃を和《やわ》らげるのが精一杯だった。それでも鳩尾《みぞおち》にもろに喰らい、一瞬呼吸が立ち往生する。

右の拳を溜めて繰り出すと、難なく躰をかわされてしまった。ボクシングか空手か、とにかく何か格闘技をやっている人間の身のこなしだ。

バランスを戻す前にすっと寄ってきて拳を突き出す。沖もかわしたが、それが相手のフェイントだったことに気づいた時には遅く、右の手首と指先を摑まれて捻り上げられていた。

あっという間の出来事で、何が起こったのかわからないまま、激痛が腕から脳天を突いた。手首を固定され、薬指と小指の二本を後ろに捻り上げられたのだ。呻《うめ》いて伸び上がる沖の耳元へと背後から唇を寄せ、朱栄志は低い笑いを漏らした。

「痛いですか。大の男でも、なかなかこの二本の指は鍛えられない」

言い終わるか終わらないうちに一層強く力が込められ、沖は歯を食い縛った。

「デカさん、あまり僕を怒らせないことです」

動きようがなかった。風呂上がりの皮膚に脂汗が滲《にじ》み出てくる。気がついた。暗い路地のあちこちから、数人の男たちがこちらに冷たい視線を送っている。新宿コマの前の広場で取り囲まれた時と同様に、背広姿からラフなTシャツやポロシャツを着た若者まで様々だった。皆、朱栄志の配下らしい。

拳銃を懐やバッグ類の中に隠し持っている。何人かの動きからそう察した。そう察するようにとそんな動きを際立たせているのだ。

気持ちの芯《しん》が萎《な》えかける。こうして人は怯《おび》え、屈するのだ。

だが、俺はそうじゃない。

沖は素早く体重を移動させ、右足の靴の踵《かかと》で思い切り朱の爪先を踏みつけた。

不意を突くことに成功し、腕の力が僅かに緩む。それを見逃さず、背後に倒れかかるようにして後頭部を若造の鼻面へと叩き込んだ。

朱栄志は「あ」と息の塊を漏らし、今度は完全にバランスを崩した。

躰を捻り様、その顔に右の拳を思い切り叩き込んだ。

男たちの何人かが服の内側へと手を差し入れようとした。沖が背中のホルスターから抜き出した拳銃で、ぴたっと朱に狙いを定めるほうが早かった。

「何を持ち歩いてるのかは知らんがな、莫迦な真似はやめとけ。デカにゃ、正当防衛の発砲って言い訳があるんだ」

吐きつけると、朱は鼻面を右手で押さえたまま、左手で配下の男たちを制した。

沖の顔を睨みつけ、ぺっと足下に血の混じった唾を吐く。

「いいか、若造、ボスに伝えとけ。冠《グエン》に焼香したけりゃ、もう少し待ってろとな」

「それは、あなたが自力で主任に戻り、ボスとの約束を果たせるようになるという意味だと理解していいんでしょうか？」

「てめえのケツはてめえで拭《ふ》ける」

「その日本語は、汚いですね」

「常套句《じょうとうく》だよ。日本人なら、誰でも使う。憶《おぼ》えておけ」

朱は白いハンカチを抜き出し、鼻から流れる血を拭った。

「それならば憶えておきましょう。あなたが自分で自分のケツを拭くのを待ってますよ」

そう言い置くと、配下の男たちに合図して背中をむけた。

気に入らなかった。

朱栄志の目の中には、不意を突かれてやられたことへの怒りよりも、どこか事の成り行きを楽しむような光が強かったのだ。


志ん生の語りを聴いても心は晴れなかった。そればかりか、時間が経てば経つほどに、朱栄志などという若造に舐められたという怒りが大きくなり、自分でも手に負えなかった。お手並み拝見。あの若造は、無言でそう言っていたのだ。あの目には、ただのノンキャリアの刑事が署長の決定を覆して特捜の主任に戻ることも、今度の捜査に復帰することも不可能だと決めてかかる光があった。

腹立ちはすぐに新署長の深沢へとむいた。そうなるといよいよ手に負えなくなり、ついには志ん生のテープをとめて強い酒をショットグラスで呷《あお》り出すしかなかった。

電話が鳴り、時計を見ると、もう十一時を回っていた。こんな時間に、いったい誰だ。家はただ眠りに帰るだけなので、電話を引いてはいなかった。沖はテーブルに放り出してあった携帯を取り上げた。

ディスプレイを見ると、昨日登録したばかりの堀内の名前が表示されていた。むこうも携帯だ。

「どうしたんですか、こんな時間に？」

通話ボタンを押し、挨拶も抜きに言った。他人と話すのが面倒だった。

「今どこだ？」

堀内もまた余計なことは何も言わずに訊いてきた。

「もう家ですよ。俺は捜査を外されましてね。酒を飲んでふて寝をしてしまおうと思ってたところです」

「それなら、顔を洗ってすぐに酒を抜け」

「――どういうことです？　放っておいてくれませんか」

「そうはいかん。警察内部の情報提供者が割れたぞ。堂本の野郎が武田を使って取りに行かせようとしていたビデオには、やはり大きな意味があったんだ。その中の一本に、このクソ野郎が映っていた。俺は、泣き言を言うやつは好かん。アルコールを抜いてすぐに飛んでこい」

堀内は一息に言って行く先を告げると、さっさと電話を切ってしまった。

10

指定されたのは、歌舞伎町の裏道にあるビデオボックスだった。

眠りにつくことはない街だ。下手に自分の車を使うと、混雑と駐車場所の確保でかえって時間を食ってしまう。沖は躊躇《ためら》うことなくタクシーを飛ばした。

靖国通りで車を降り、それほど探すこともなく行き着いた。沖にとっても堀内にとっても、自分の庭のような場所なのだ。簡単な説明で充分だった。

十畳ぐらいの広さの部屋に、びっしりとエロビデオが並んでおり、奥の粗末なカウンターに眠たげな顔をした男がいた。

沖が名乗ると、眠たげな顔はそのままだったが、その中に卑屈な表情が混じった。

「どのボックスだ？」

と尋ねるのに、

「違いますよ。こっちです」

と、自分の背後のドアを指差し、躰を脇にずらして道を開けた。

軽くノックをしてドアを開けると、中は三畳か四畳ほどの小さな部屋で、それが壁を埋めたスチール棚で余計に狭苦しくなっていた。ここにもまた、ビデオが所狭しと押し込められている。

そんな部屋の真ん中に置かれた椅子で足を組み、堀内は頭を垂れていた。

沖の気配に気づいて顔を上げた。

「眠ってたんですか？」

堀内は大きな欠伸《あくび》をしながら躰を伸ばし、首を左右に鳴らした。

「そのようだな。目の前のヤマを追いながら、どうしようもねえビデオを端から観てたんだぞ。昨日から、合計で二、三時間ってとこしか眠ってねえんだ。ここは俺が昔世話をしたヤー公がやってる店でな。署で観るわけにもいかんので、しばらく籠《こ》もらせて貰ってたのさ。入ってドアを閉めろ。椅子はこれしかねえから、おまえは立ってろ。頭出しはしてある。大した時間はかからん」

そう説明をしながら、リモコンを手に取った。

ひとつだけの窓を塞ぐようにして、二台のテレビと数台のビデオデッキとが置いてあった。どうやらここでダビングし販売も行っているらしい。

堀内がリモコンをそっちにむけると、頭の禿げ上がった男が映し出された。最初は男はビデオカメラのほうに臀部《でんぶ》をむけており、しかも四つん這《ば》いの姿勢だったので、禿げて後頭部に僅かに毛が残るという以外のことはわからなかった。男の臀部の手前には若い女がきちんと正座をして坐り、オイルでてかった手で男の下半身をさかんに刺激している。

女の巧みな愛撫《あいぶ》により、男は時折気持ちの悪いよがり声を上げたり甘えるように鼻を鳴らしたりしていた。この店に並ぶ数々のビデオで映されたものよりもずっと特殊で目を覆いたくなるような嗜好《しこう》を持つ男であることは、時間をかけずにすぐにわかった。

女はやがて石鹸《せっけん》水を男の体内に注入し、悦《よろこ》びの声を上げる男の下半身に介護用の紙オムツを着けた。

幼児言葉で話しかける女に促され、男が仰むけになった。四肢を折り、生まれたての赤ん坊がするように顔だけ動かして左右に振る。

その顔を見た瞬間に身震いがした。

「これは……」

呟き、堀内を見た。

堀内は苦虫を嚙み潰したような顔でたばこを引き寄せると、唇に運んで火をつけた。気《け》怠《だる》げに煙を吐き上げる素振りは、これ以上このくだらないビデオを目にするのはうんざりだと言っていた。

沖だって何度も見たい代物ではなかった。

だが、顔はもうはっきりと確認できている。

沖たちヒラのデカにとっては雲の上の存在であり、警察組織の中で強大な権力を手中にしている男。——第四方面本部長の島村幸平だった。

四章　奇襲

1

　警視庁は東京都を十方面の管轄に分けている。新宿、中野、杉並区の各署が第四方面に当たり、しかもK・S・Pの場合は特別分署という性格上、この第四方面本部長が直接統括する立場にある。すなわち、若い女におむつを宛《あてが》われて悦《よろこ》んでいた禿《は》げの五十男は、沖や堀内たちに対する生殺与奪の権を握るキャリアのトップのひとりなのだ。

　翌日、沖は仕事を干されたのをいいことに、分署には病欠届けを出し、島村周辺の調べを怠りなく進めた。どでかい切り札を手に入れたことになる。無論のこと、これを最大限に有効に活用するつもりだったが、万が一逆に足下をすくわれた時には、警察組織に残っていられなくなるのは火を見るよりも明らかだった。獲物を決して逃さぬよう、がっちりと足下を固めなければならない。だが、かと言って現状を考えれば、あまり時間をかけ過ぎるわけにはいかない。

夕刻、沖と堀内のふたりは、新宿のラブホテル街の中の一軒に島村を呼びつけた。

部屋に足を踏み入れた島村は、中で待ち受けていた沖と堀内を睨《にら》みつけたあと、落ち着きのない仕草であちこちに視線を飛ばした。

「きみらはいったい、何者なんだ。こんなところに呼び出して、どういうつもりなんだね」

必死で威厳を保とうとしているらしかったが、努力は実っていなかった。女がおむつを宛う場面など四枚ほどを見繕い、ビデオテープから紙焼きを起こして送りつけたのだ。威厳を保ちようがないのは考えるまでもない。

思った通り、腹の立つことに、島村は沖の顔も堀内の顔も知らなかった。警察組織のピラミッドの上と下とでは、住む世界がまったく異なるのだ。

「まあ、立ったままじゃ落ち着いて話せないだろ。そんなところにいないで、こっちに来て坐れよ」

沖はそう言い、島村をむかいのソファへと手招きした。けばけばしいものではあったが、一応は両側にふたりずつかけられる大きさのソファと応接テーブルのセットが置いてある。ここは沖に借りのある男がやっているホテルで、この部屋は最上級のスイートだった。巨大なダブルベッドの他に、かなりの種類の酒が揃《そろ》ったミニ・バーや、四畳半ほどの広さの風呂がついている。

島村は戸口から動こうとはしなかった。

怯《おび》えを湛《たた》えた目を一層きょろきょろとさせながら、眉間《みけん》に皺《しわ》を刻む。

「話なら、別にここで聞く。きみたちの目的は、いったい何なのだ。ただし、先に一言釘を刺しておくが、私の職権と関係するような要求については、一切屈しはしないぞ」

ぺらぺらと捲《まく》し立てているのは、予《あらかじ》めそう言おうと決めてきた言葉にちがいない。

そんな島村を見ているうちに、言うに言われぬ怒りが込み上げ、沖は口調を荒らげた。

「いいからこっちに来て坐りやがれ、この変態野郎！」

島村は熱い物にでも触れたかのように顔を顰《しか》め、唇を固く引き結んだ。

肩を落としてむかいのソファに坐ったものの、また自分のほうから言った。

「妙な小細工をしているわけじゃあるまいね」

「小細工とは、何のことです？」

堀内が訊《き》いた。沖とは違い、一応は敬語を使っている。

「この部屋に、盗聴器やビデオカメラなどが仕掛けられていないかと訊いてるんだ」

堀内は、隣の沖にちらっと視線をむけた。そうしながら、自分もまたこの男を怒鳴りつけたものかどうかと考えているらしい。

「そんなものは仕掛けちゃいない。島村さん、ただし、言っておくが、仕掛けようが仕掛けまいがそれは私たちの勝手で、あなたがそれをとやかく言うことじゃない」

島村が口を開きかけるのを遮《さえぎ》り、続けた。

「あなたは、俎板《まないた》の上の鯉《こい》なんですよ。煮て食おうが焼いて食おうが、我々の勝手だ。あなたにゃ、それをどうすることもできやしない。なにしろ、我々の手にあるビデオが公になれば、あなたはそれで終わりですからね」

口調こそ丁寧に保っているが、怒鳴りつけたに等しかった。

島村は俯《うつむ》き、暗い顔で瞬《まばた》きを繰り返した。

「話を聞こう。きみたちの望みは何だね？」

堀内の目配せを受け、沖が話を引き取った。

「K・S・Pの前で起こった狙撃《そげき》事件について、あんたが知ってることを何もかも話せ」

「何だと……。どうしてそんなことを？　きみたちはいったい何者なんだ？　なぜそんなことを知りたがる」

黙って見つめるだけで充分だった。

「きみたちは、まさか、警察官なのか……」

島村の声には、驚愕《きょうがく》に加え、どこか呆《あき》れたといった調子が感じられた。

呆れているのはこっちだと吐きつけたいのを我慢してもう少し黙っていると、テーブル越しにいくらか躰《からだ》を乗り出してきた。

「それでもきみらは警官か。こんなことをして、恥ずかしくないのかね。人の弱みにつけ込んで、これじゃあまるでヤクザ者だ。所属と名前を述べたまえ」

「別に隠す気はありませんよ」

堀内がそう前置きして名乗るのに続き、沖もそうした。

「ねえ、本部長」堀内が言った。「時間の無駄だから、余計なお喋《しゃべ》りはもうやめにしましょう。俺たちは、あなたが今度の事件で何をしたのかを知りたい。あなたは、金森や堂本たちに強請《ゆす》られていた。そうですね。強請のネタとなったのは、現在は我々の手にあるビデオテープだ」

俯き黙り込む島村を前に、沖がまた話を引き取った。

「堂本たちがカード決済を請け負っていた業者の誰かから、あんたのあのビデオが流れたのか、それとも連中が直接なんらかの手段であれを撮影したのか、その点についてはどうでもいい。だが、とにかくあんたはあの弱みを連中に摑《つか》まれ、連中がでかい顔で振る舞えるように色々と取り計らった。元々堂本たちは神竜会の西江の下にいたが、やつも連中に手を出せなくなった。それは、あんたが密《ひそ》かに西江に圧力をかけたからだ。そうだな。

――おい、俺の話を聞いているのか、この野郎！」

茫然《ぼうぜん》自失といった状態で黙り続けるのに業を煮やして怒鳴りつけると、島村はソファから何センチか飛び上がるようにして背筋を伸ばした。

「ああ、そうだ――。きみの言う通りだよ」

「よし、素直になればいい。わからないのはその先さ。あんた、その金森たちにお札が出ると知ると、それを金森たちに教えるんじゃなく、孟沢潤《モン・ザールン》たちに教えた。そして、金森たちを、うちの分署の前で狙撃させたんだ。そうだな」

今度は素直には頷《うなず》かなかった。

「私が狙撃をさせたわけじゃない。あんなことになるなど、わからなかったんだ……」

「順を追って話せ。あんたが情報を漏らしていた相手は誰だ？　孟なのか？　それとも、孟との間に誰かが入っていたのか？」

「知らんよ。孟が狙撃をやらせたという確証でもあるのかね」

沖は舌打ちした。くそ、往生際の悪い野郎だ。のらりくらりと行く腹なのだ。

その時、携帯電話が鳴った。マナーモードにはしていなかったのは、それなりの効果を狙《ねら》ってのことだった。抜き出し、ディスプレイを見ると、平松からだった。柴原とふたりで、ここの表を見張らせていた。

通話ボタンを押して耳に当てた。

「幹さん、あんたの言う通りだった。表に車が二台現れた。島村がそこに入ってじきさ。野郎との間で申し合わせてるな」

「身元は？」

「神竜会のチンピラだ。中の何人かは顔を知ってる」

当たりが来た。それにしても、紅龍《ホンロン》ではなく神竜会とは、面白い当たりが来たものだ。なぜ神竜会なのだ……。神竜会と東都開発、それに孟が頭をしていた紅龍。この三者は一枚岩だと見るべきなのか。いや、一枚岩だったというべきか。そこに何らかの事情で、朱《チュー》が率いる五虎界《ウーフジェ》が関わってきたということだろうか。

何かが見えかけている気がするものの、どうも今ひとつはっきりしない。もつれた糸玉を見ているような気分だ。

「連中には気づかれてないな？」

沖は平松に確かめた。

「ああ、気づかれちゃないよ。だが、何も俺たちだけで引っ張ることだってできるぜ」

「いや、そのままで次の指示を待て」

そう言い置き、携帯を仕舞った。

島村のほうに顔を近づけ、ニヤッとして見せた。糸のもつれを解いてやる。こいつの口を割らせればいいのだ。

「表の神竜会のチンピラどもは、用心棒のつもりか。大方、連中に、ビデオで強請をかけてきた連中がいる、お灸《きゅう》を据えてくれ、とでも泣きついたんだろ」

目を逸《そ》らした顔が蒼白になりかけている。

こいつはすぐにハチを割る。経験からそう確信できた。苦々しい気分は変わらなかった。

東京大学を出て国家公務員上級試験に受かり、キャリア警察官の道を歩んできた男だった。警察の中でも東大閥は力が強く、出世頭のひとりだ。世田谷の一等地に家があり、そこには妻と一男一女が住んでいることも、既に調べがついている。

だが、こいつはただの間抜けな変態野郎だ。警察内で巨大な権力を揮《ふる》う一方、莫迦《ばか》げた欲求の虜《とりこ》になり、その挙げ句には金森や堂本たちに弱みを握られてせっせと連中のために尽くしてきたのだ。

はっきりわかった。こいつは自分で糸を引き、絵を描けるようなタマじゃない。

「なあ、島村さん。あんた、神竜会の連中にも、何か弱みを握られてるんじゃないのか？」

吐きつけると、島村は虚《うつ》ろな目で沖を見つめた。図星を指されたのだ。そして、どうすべきかわからずにいる。

「俺たちにここで、すべてを洗いざらい喋るんだな。そうしないと身の破滅だぜ。あんた、てめえで墓穴を掘ったのさ。わからねえか。あんたをこうして呼び出したのが俺たちデカだとわかったら、神竜会がどう動くか。あんたにゃもう利用価値がないと判断すれば、連中はあんたの秘密を公表するぜ」

「そんな……」

「協力しろ。そうすりゃ、俺たちがあんたをヤー公たちから守ってやる」

再び目を伏せ、必死で考え込んでいる。

堀内がさり気なく席を立って壁際に移った。この一課長も、じきに口を割ると勘が働いたのだ。そうなったらひとりは少し距離を置き、表情や身振りなどを観察したほうが何かが見えてくる。

沖は長く待つつもりはなかった。テーブル越しに腕を伸ばし、島村の胸ぐらを摑んで引き寄せた。

「吐け！　おまえはどんな弱みを握られてるんだ。神竜会の連中にも、女におむつを宛われてる映像を握られたか？」

島村は必死で顔を背け、右頰を何かの発作のようにぴくつかせた。

「違う――」

「それなら何だ？」

「借金がある……」

「借金だと？　このド阿呆《あほう》が。あんた、ヤー公から金を借りたのか？　連中のいかさま賭《と》博《ばく》にでもはまったか？」

「そんな平《ペイ》ペイの警官のような真似《まね》を、私がするわけがなかろうが」

言いかけ、慌てて口を閉じた。自分の襟首《えりくび》を今摑んでいるのは、そんな刑事のひとりだ。

「――銀行と不動産屋にはめられたんだ。家内の実家の土地に、資産運用のためのビルを建てた。だが、テナントが入らず、保証した利益が上がらない。それなのに、毎月の返済期限は容赦なくやって来る」

「ごたごたとした説明は面倒くせえや。つまり、銀行に金が返せなくなり、法定外金利の街金《まちきん》に手を出したところが、その後ろにヤー公がいたってわけだな」

唇を引き結び、渋い顔で頷いた。

「なあ、本部長よ。てめえの阿呆さと、賭博に手を出してヤー公から金を借りる平ペイの警官の阿呆さと、いったいどこが違うんだ」

いよいよ渋い顔になった。

「で、あんたの手綱を引いてる神竜会は、K・S・P前の狙撃とどう絡んでるんだ？」

「手綱などと、そんな言い方はなかろうが」

「とっとと喋りやがれ。金森にお札が出る情報を、あんたは神竜会に漏らしたのか？　それが紅龍に流れ、紅龍が狙撃者を手配したってことか？　東都開発はどう絡んでる？」

「神竜会と紅龍の間には、東都開発がある。だが、東都開発と紅龍とがどう繫《つな》がっているのかは、私にはよくわからない。だから、チャイニーズマフィア同士の抗争については、私は何も答えられないよ」

「そんなわけがあるか」

「ほんとだ。信じてくれ」

「そんな話など、鵜呑《うの》みにできねえと言ってるんだよ。莫迦野郎」

もう一度胸ぐらを摑んで揺さぶろうとして、沖ははっと気がついた。

「待てよ。おまえ、今、何と言った？　神竜会と紅龍の間には、東都開発がある、だと。そうか、つまり、ルートってことか。本部長、あんた、語るに落ちたな。東都開発は純水の製造で、中国との間に太いパイプを持っている。そのツテを利用して非合法な物をこっそりと日本国内に持ち込むとしたら、格好の隠れ蓑《みの》になる。例えば、麻薬だ」

麻薬というのは当て推量にすぎなかったが、紅龍のようなチャイニーズマフィアの新興勢力が伸びて来る時は、こうした有利な資金源を摑んでいるものだ。

島村がぶるぶると震え出し、沖は自分の推測が的を射たことを知った。

「私は何も喋《しゃべ》れない。一言でも喋れば、殺される。お願いだから、この件についてだけは、これ以上何も訊かないでくれ」

血走った目で沖を見つめ、重い風邪でも引いたかのように、急に声も掠《かす》れている。

沖は首を振って見せた。

「いいや、それは考え違いだ。あんたが洗いざらい話せば、俺たちであんたが喋ったとは決してわからないように細工してやる。だが、何か隠しごとをすりゃあ、そこから細工にほつれが生じ、あんたが喋ったとバレるだろうな。あんたが唯一生き残る道は、知ってることを俺たちに何もかもぶちまけ、身柄を預けることだけなんだよ」

島村は鼻孔をひくつかせ、肩で息を吐きながら、沖と堀内の顔の間に何度も視線を往復させた。

業《ごう》を煮やした沖が口を開きかけた時、それに僅《わず》かに先んじて堀内が言った。

「本部長、現場のデカを舐《な》めんことです。あんたを救えるのは俺たちしかいない。それがまだわかりませんか？」

島村は両眼を大きく見開き、何かを訴えかけるようにじっと堀内を凝視した。やがて、息を吐きながら首を前に倒した。

「――わかったよ。何をどんなふうに喋ればいいんだ？」

堀内の目配せを受けて、沖は質問を再開した。

「それじゃ、さっきの話からだ。順に行こうぜ。あんたは金森にお札が出る情報を神竜会に漏らした。そうだな。その結果、紅龍が狙撃者を手配したのはなぜだ？」

「そんなのは決まってる。神竜会の栗原がそう命じたからだよ」

「命じただと……。紅龍の孟にか？」

訊き返した時、霧が晴れるように繋がりが見えてきた。

「そうか、紅龍は元々神竜会の紐《ひも》つきだったんだな。大して大きなグループじゃないのに、新宿で急速に伸《の》してきたのは、元々日本の暴力団の後ろ盾があったためか。だが、そうすると麻薬の密輸も――」

「その通りだよ。東都開発に片棒を担がせて密輸を始めたのは、神竜会だ。それに紅龍をかませて手なずけることで、他のチャイニーズマフィアの勢力を弱め、あわよくば新宿から追い出す腹づもりだったらしい」

「だが、それが途中で五虎界との手打ちを目論《もくろ》むことになったのはなぜだ？　西から共和会が新宿を狙い始めていると知り、五虎界と共同戦線を張る必要ができたか？」

「もちろん、それもあるだろう……。しかし、これは私の推測だが、おそらくは断れない筋から、そうするようにと圧力がかかったんだ」

　島村はそう漏らしはしたものの、うっかり口を滑らせたことを悔やむように慌てて口を閉じた。

「須望和将か」

　黙って話を聞いていた堀内が言った。寄りかかっていた壁から躰を起こし、続けた。

「思い出したぞ。須望は確か与党の中でも評判の中国通だったはずだ。大陸との間で太いコネがある。なるほど、東都開発を利用した上手い密輸ルートに気づいた五虎界がコネをたぐり、自分たちが紅龍に成り代わってパートナーの座を得られるように働きかけたんだな。西から新宿への本格的な進出を狙っている共和会は、神竜会と五虎界にとって共通の敵だ。共和会に対抗するためにも、手打ち話がとんとん拍子に進んだってわけか」

沖が話を引き取った。

「だが、東都開発を守るために狙撃を行った紅龍としては、これじゃあ完全に騙されたことになる。ふたつの組織のナンバー2同士が会っていたところを襲ったのは、そのためだ」

手打ちの現場を襲撃したひとりである許美良が亡くなる前に呟いた「裏切られた」という言葉の意味も、これで頷ける。

「全部きみたちの指摘した通りだよ。どうだ、もういいだろ――」

島村が弱々しげに言う。沖は首を振った。

「まだだ。まだ肝心な話を聞いてないぞ。神竜会は、どうやって東都開発を取り込んだんだ?」

「――東都開発は、バブル期に会社を大きくして以降、粉飾決算を繰り返してきた。神竜会の紐《ひも》つきの総会屋グループが、それを嗅《か》ぎつけたんだ。わかるだろ、そんなところに弱みを握られたら、それこそ白蟻《しろあり》にたかられたようなものだ。屋台骨までしゃぶり尽くされる。それを恐れた東都開発は、闇《やみ》社会から手を切るために須望に助けを求めた。元々須望への献金は、その謝礼だったんだ。しかし、実際には神竜会の後ろには、初めから須望和将がいた」

「——つまり、東都開発は元々てめえの会社を食い物にしてた連中の黒幕に、助けを求めたってわけか」

「そういうことだ。須望と神竜会の親分とは、昔からツーカーの仲なんだ」

狙った獲物を窮地に陥れ、時期を見て手を差し伸べる振りをし、さらに深みへと引きずり込んでいく。真綿で首を絞めるような手口だ。須望にすれば、自分の掌の上でひとつの会社の命運を弄《もてあそ》んでいるわけで、さぞかし気分がいいのだろう。

沖はここまでの話を頭の中で整理した。

狙いどころはすぐにはっきりした。

「東都開発の内部に食い込み、あの会社が須望に助けを求めるように仕向けた人間がいるな」

島村はぎょっとした目で沖を見つめ返した。

「そいつの名は何だ？　話しちまえよ、本部長。そのほうがずっと楽になるぜ」

「古橋冬樹。東都開発の総務部長だ」

「今の話をどう思いましたか？」

沖は堀内に訊いた。島村は浴室に押し込み、シャワーを猛烈な勢いで出し、この部屋の声に聞き耳を立てられないようにしていた。許しがあるまでは、勝手に出てきたら承知しないと言ってある。

「嘘や隠しごとはないだろう。野郎が知ってるのは、あの程度までだろうさ」

沖も同意見だった。ずっと壁に凭《もた》れて話を聞き、島村の様子を観察していたこの一課長もそう見るのならば、おそらく間違いはないだろう。

「なかなかの収穫ですね」

「ああ、これで俺たちのターゲットもはっきりしたな」

無意識だろうが、堀内は「俺たち」という言い方をした。悪い気分じゃなかった。

「ええ、獅子《しし》身中の虫として東都開発に入り込んでる古橋って野郎だ。こいつが昨日、あそこの社長の沢村と須望の秘書の片桐って野郎が会うのにもつき添ってる。この野郎を吐かせれば、何もかもがきっと明らかになりますよ。実はね、堀内さん。うちのがひとり、古橋と神竜会の間を繋いでる総会屋を洗ってましてね。上手《うま》くすりゃあ、この線から古橋を崩せます」

堀内は一瞬両眼を見開いたあと、ニヤッとした。なかなかやるな、というところらしい。

「さて、そうなるとあとは、浴室の本部長をどうするかってことだ」

「気づいてましたか。あの野郎、ひとつだけ隠し続けてることがある」

「舐めるなよ。おまえが気づいてるのに、俺が気づかないわけがあるまい。やつは、ビデオをネタに堂本や金森たちに強請られてた。上手く立ち回ることで、それを取り除きたかったんだ」

「そういうことでしょうね。金森たちが東都開発に強請をかけようとしてた話は、当然ながら神竜会にも伝わっていた。それで島村は、金森と藤崎の動きに目を光らせるように言われていたんでしょう。K・S・Pの前で狙撃するなんてハデなアイデアは野郎のものじゃないでしょうが、金森にお札が出るって情報を流すタイミングを見計らっていたのは、あの野郎だ。野郎にしてみりゃ、あっちからもこっちからも脅されてるんじゃ身が持たない。だが、自分の手を汚すような度胸はない。上手い時期に神竜会に情報を流し、金森たちが葬られるように仕向けたんでしょう。思惑通りになったのはツキもあったんでしょうが、てめえの手を汚さないキャリアの考えつきそうなことだ」

「で、おまえはどうするつもりだ?」

沖はそう問いかける堀内の目を見つめ返した。島村をこうして押さえたことは大きな切り札になるが、しかし、決して表には出せない。それをすれば警察の大スキャンダルになるし、そんなことに関わった自分たちも、必ず警察組織によって潰《つぶ》される。

「俺に任せてくれますか? もちろん、この先、野郎とのやりとりは全部、堀内さんの耳にも入れると約束はしますがね」

堀内は黙って頷いた。

沖は浴室に歩いてドアを開けた。シャワーを出しっぱなしにしていたために、湯気と湿気の塊がもわっと溢《あふ》れ出てくる。

　上着を脱いだ島村は汗でびっしょりで、顔は土砂降りにでも遭ったみたいに濡《ぬ》れそぼり、ワイシャツが肌にぴたっと貼りついていた。

「シャワーをとめて表に出ろ。さて、今後はすべて、俺たちの指示に従って動くんだ。そうすりゃ、神竜会の野郎どもが二度とあんたにつき纏《まと》わないように、俺たちが叩《たた》き潰してやる。これからはあんたはまたひたすらに、出世街道を突き進めばいい。ただし、時折俺たちに配慮をしろ。そうすりゃ、俺たちの手にあるビデオは決して表にゃ出ない。どうだ、悪い取引じゃないはずだぞ。わかったな」

「ああ、わかった――」

　島村はどこかぼんやりとした顔で、しきりと汗を拭《ぬぐ》いながら頷いた。

　沖は頷き返してニヤッとした。

「よし、それならばまずはあんたの力で、俺を特捜の主任に復帰させろ。今度のヤマは、俺がこの手で片をつける」

2

　K・S・Pの留置場及び取調室は建物の地下にある。かつては金庫室だった場所を改装していくつかの小部屋に区切ったのだ。取調室はその入り口で、かつては貸金庫だった部屋が当てられている。

沖が取調室のドアを軽くノックして開けると、中では平松とK・S・P二課の刑事のふたりがコンビを組み、中国人のチンピラを締め上げているところだった。

目配せを受け、平松が飛んでくる。沖を押し出すようにして一緒に廊下に出、後ろ手にすっとドアを閉めた。

「孟《モン》の手下のチンピラだな。まだ手間取ってるのか。どんな具合なんだ？」

沖の問いに、小さく首を振って見せた。

「駄目だな。案外としぶとい野郎で、なかなか口を割ろうとはしねえ」

「孟の配下だってことははっきりしたのか？　孟の野郎が射殺されたあの廃ビルの近くにいたのを見つけてパクったんだろ」

「そうだよ。左腕に、孟と同じ龍の刺青《いれずみ》をしてる」

「紅龍《ホンロン》のトレードマークってわけか。よし、わかった」

「ちょっと待ってくれよ、沖さん」

平松は、取調室のドアに手を伸ばしかける沖を慌ててとめた。

「まずいぜ。許可も取らずに勝手なことをしたら、柏木の野郎がまた何を言い出すかわからねえ」

ニヤッと唇の片端を歪《ゆが》め、沖は平松を見返した。

「心配するな。特捜の主任は俺だ」

平松は口を開きかけて、一旦《いったん》閉じた。

「それじゃ……」

「ああ、戻ったのさ」

「凄《すご》いじゃねえか。どうしたんだ。島村の野郎、素直に手早く動いたんだな」

あれから十数時間、正に鶴の一声であり、呆れる権力だ。

「詳しい話はあとだ。今はこのヤマに片をつけようぜ」

言い置き、取調室の中に入ると、二課の刑事が沖を押し出しにかかって来た。

「おまえはもういいぜ。あとは俺とヒラでやっておく。部屋に戻り、柏木にそう伝えておけ」

一睨《ひとにら》みにして逆に押し出すと、何か言いたげな顔をしたものの、結局はすごすごと姿を消した。柏木に言いつけに行ったのだ。放っておけばいい。

こちらに背中をむけて坐るチンピラに近づいた沖は、金色の髪を鷲摑《わしづか》みにして顔を仰むけ、もう一方の手でTシャツの袖を捲《まく》った。腕のつけ根に、確かに龍の刺青がある。

「なんだ、これは、タツノオトシゴか。こんなみっともねえものを入れやがって。日本にいるんだから、日本の刺青師に墨を入れさせろよ。そうすりゃ、こんな子供だましじゃねえ、もっと立派なもんを彫ってくれるぜ」

　チンピラは顔を背け、何も答えようとはしなかった。

　前髪を摑んだ手に一層力を入れると、「痛えじゃやねえか」と中国語で悪たれをつき出した。

「こいつの名前は？」沖は平松に訊いた。

「丁だ」

「そうか。じゃあ、丁よ。刺青なんぞ彫ってのさばってる場合じゃねえだろ」

　むかいに坐り、相手の目を覗《のぞ》き込む。様子を見ながら、続けた。

「孟が殺され、おまえんとこの組織は終わりだ。そうだろ。だけど、こんな刺青を入れてたんじゃあ、朱《チュー》のところにも、他の組織にももう移れやしねえ。災難だったな。これで新宿じゃ、もうおまんまの食い上げってわけさ。悔しかったら、おまえが知ってることを何もかも俺たちに話せ。それで孟の仇《かたき》が取れるんだぜ」

「サツなんか信用するか」

　今度は日本語で答えた。アクセントはあるが、案外とちゃんとした日本語だった。こっちの喋っていることも、大方理解しているようだ。

「俺たちを信用する必要なんかねえさ。だが、このままでいいのかよ。頭を弾かれて悔しいだろ。俺たちが、おまえらに代わって、孟の仇を取ってやると言ってるんだ。だから、知ってることを全部話せ」

「チャイニーズのもめ事はチャイニーズで片をつける。日本人の手助けなんか要るか」

この間、孟の母親の黄《ホアン》も同じ啖呵《たんか》を切っていたのを思い出す。

沖は丁の胸ぐらを摑み、思い切り自分のほうに引き寄せた。

「おい、デカい口を叩くなよ。そうして粋がってたって、てめえみたいなチンピラに、いったい何ができるっていうんだ。え、この莫迦スケが。おまえらは自分たちの力も知らず、朱の五虎界《ウーフジェ》と争ってた。そして、孟の野郎は、処刑スタイルで殺された。やつをやったのは、朱のところの殺し屋なんだろ。そうだな」

「知らねえ。おまえらにゃ、何も喋るか」

取調室のドアがノックもなしに開いたのは、その時だった。

真っ赤な顔をした柏木が立っていた。

「ちょっと来い、沖。話がある」

低く押し殺した声で告げるものの、怒りを押し込めることには成功していなかった。

沖は戸口に歩み寄ったが、部屋の外に出ようとはしなかった。

「今、仕事中だ。話があるなら、あとにしてくれ。なんなら、あとで俺が二課の部屋を訪ねよう」

「一昨日の署長とのやりとりを忘れたのか。特捜の主任は、この俺だぞ。おまえにゃ指揮権はない。すぐに取調室を出るんだ」

「聞いてないとは驚きだな。返り咲いたんだよ。耳に入っちゃいないとは、あんた、新署長から無視されてるんじゃないのか」

言い過ぎて安っぽくなったような気もしたが、まあいい。これぐらいは言ってやらないことには、腹の虫が治まらないのだと思い直した。

「なんだと、莫迦な……」

呟《つぶや》き、柏木は一瞬口を噤《つぐ》んだ。態度を決めかねているのだ。

その背後に深沢が姿を現した。廊下の先に陣取る留置管理課の職員を押しのけるようにし、廊下をずかずかと近づいて来たのだ。

「署長、いったいこれはどういう――」

柏木がそう言いかけるのを手で押しとどめ、沖の真正面に立った。廊下の先に姿を現してからずっと、沖の顔を睨みつけて目を逸《そ》らそうとしなかった。

「いったいどんな手を使ったんだ?!」

「何のことです?」

「とぼけるな。汚い手を使いおって。今度だけはきみを特捜の主任に戻すが、いつでもこんな手が通用すると思うなよ」

指を突きつけて唾《つば》を飛ばす深沢を見ているのは、内心いい気分だった。

深沢は柏木のほうにすっと躰のむきを変えた。

「きみは部署に戻れ。あとは我々でやる」

柏木は何が何だかわからないといった様子のままで背中をむけた。もう沖と目を合わせようとはしなかった。

「署長もどうぞ、引き揚げてください。今は取り調べ中です。何かはっきりしたら、すぐに報告を上げますよ」

そうして報告さえ上げていれば、今度は特捜部の主任の席を奪いにくいだろうとの計算があった。

だが、敵もさる者だった。

「チンピラの取り調べは任せた。植村のほうは私がやろう」

「植村とは——」

「まだ報告を受けてはおらんのかね。円谷君が今、別室で取り調べを行っている総会屋だよ」

内心でしまったと思いつつ、沖は平静を装った。現在、取り調べ中であることは、無論のこと少し前に聞いて知っていた。そちらは円谷に任せ、まずは孟のところのチンピラを落とすつもりだったのだ。

だが、何かと現場にしゃしゃり出たがるこの新署長が一枚嚙《か》むと、また話が厄介なことになりそうな予感がする。

「署長が取り調べですか。そんなことをなさる必要はないでしょ。円谷はヴェテランです。野郎がじきに落としますよ。だから、報告を待っていてください」

「円谷君の能力を疑っているわけではないよ。だが、植村という男を叩けば、古橋という東都開発の総務部長にたどり着ける。古橋が神竜会と東都開発双方のアキレス腱《けん》だ。こんな大事な取り調べを、部下だけに任せておくわけにはいかんからね。最初に話したのを忘れたのかね。私のやり方は、今までの署長とは違う。先頭に立って現場に出るつもりだと言ったはずだよ」

　言いたいことだけ言い置くと、深沢は沖が言葉を返す隙《すき》を与えずに背中をむけた。

　ふたつ先の取調室のドアをノックして開ける深沢を睨みつけつつ、平松が沖の耳元に唇を寄せた。

「どうするよ、沖さん。あの新署長の野郎、植村って総会屋を落とし、今度のヤマの手柄を独り占めにする腹だぜ」

「そうかもしれんな。だが、やつがそうしたいなら、しばらくは思った通りにやらせときゃあいいさ」

　沖は息だけの声でそう返した。

「何でだよ。古橋の後ろにゃ政治家の須望がいるし、東都開発絡みで神竜会も五虎界も叩けるかもしれねえんだろ。どでかい手柄だぜ。それを今まで調べてきたのは、俺たちじゃねえか」

沖は平松を横目で見据えて目を細めた。

「そういうことさ。だから、今さらあんな青白いキャリアがしゃしゃり出たところで、掻《か》き回させるもんか。現場は現場のデカがいなけりゃ動かねえってことを見せつけてやるんだ。いいな」

平松はニヤッと頷き返した。

「それでこそ幹さんだぜ」


取調室に戻った沖は、攻める手を変えることにした。深沢たちとのやりとりの間に、ある閃《ひらめ》きを得ていたのだ。

「おい、丁よ。孟のやつが一昨日、俺と新宿駅で会う約束だったことは知ってるな」

吐きつけると、丁は不機嫌そうに顔を逸らした。

「ああ、知ってるよ」

「おまえは、それをどう思ってたんだ? チャイニーズのもめ事はチャイニーズで片をつけるだっけ。さっき、おまえ、威勢のいいことを言ったが、紅龍のボスがそれができず、デカである俺に泣きついてきたんだ。え、そうだろ」

「違う。ボスはおまえに泣きついたわけじゃない。おまえをただ利用するつもりだったんだよ」

「おまえら手下には、そんなふうに言ってたのかもな。だが、孟はもう完全に手詰まりだったんだ。このままじゃ、紅龍を保たせることも、てめえが生き長らえることも無理だとわかり、俺に助けを求めに来たのさ」

「そんなのはおまえの勝手なでっち上げだ」

「でっち上げかどうか、その頭でよく考えてみろ。朱の五虎界を相手にして、おまえらに万にひとつも勝ち目があるのか。教えといてやるがな。朱は、おまえらみたいなひよっ子は何とも思っちゃないぜ。いつでも捻《ひね》り潰せると嘯《うそぶ》いてたよ」

「――――」

丁は唇を引き結んだ。沖の口元辺りをじっと睨みつけている。そうする顔には、まだどこか子供じみた雰囲気が残る。

「なあ、ところで孟はどうやってあの廃ビルに連れて行かれたんだ？」

沖はすっと質問の矛先を変えた。相手はこっちのペースに釣り込まれつつある。そんな時には、こうして鼻面を引き回すべきだとわかっていた。

「知らねえよ」

「そうか。おまえ、よっぽどの下っ端で、孟と一緒に動いてなかったんだな」

「そうじゃねえ」

「それなら知らねえわけがなかろうが」

丁はまだしばらくは口を閉じ、とぼけ通すべきか、それとも知っているところを見せた
ほうがプライドを満足させられるのかと考えていた。

「あの近所に、俺たちの溜まり場の店がある。そこから姿を消したんだ」

「姿を消しただと？」聞き咎《とが》めた。「おかしいじゃねえか。朱のところと争って、いつ命が危険に晒《さら》されるかわからない孟が、おまえらの知らないうちに姿を消したってのか？」

「ちょっとトイレに外した何分かの間のことだったんだよ」

沖と平松は目を見交わした。

沖はテーブル越しに上半身を乗り出した。

「なあ、誰かおまえらの仲間の中に、孟を売った野郎がいるな」

丁は忙《せわ》しなく瞬《まばた》きを始めた。

「莫迦を言うな」

「まあ、少し俺の話を聞け。孟が死体で見つかったあの時刻に、俺は新宿駅で野郎を待ってた。これは偶然じゃない。孟を処刑した連中は、俺たち警察に待ちぼうけを食わせ、わざわざ同じ時刻を狙って孟の死体が見つかるようにしたんだ。つまり、これは、孟が俺に相談を持ちかけようとしていたことへの見せしめで行われた処刑ってことだ」

「――――」

「おまえらの溜まり場の店ってのは、おまえら以外にも誰か知ってたのか？」

「――いいや、知ってるのは俺たち紅龍だけだ」

「そんな店から、難なくおまえらのトップが連れ去られたんだぞ。ちょっと頭を使えば、おかしいとわかるだろ」

「だけどよ、そんなことが……」

「孟が死んだあと、組織は誰が継ぐことになるんだ？」

「そんなこと知らねえよ……。知ってたって、おまえらに喋るわけがねえだろ」

強情を張って見せているが、内心はもうがたがたなのが見て取れる。まだほんのガキなのだ。

「おまえがそうやってここで強情張ってるうちに、さぞかしそいつはいい目を見てるだろうな」

「そいつが五虎界に孟を売ったって言うのかよ？」

「もう一度言うぞ。頭を使えよ、丁。五虎界と紅龍とがドンパチの最中だったら、孟の次の次のボスだって、すぐにまた五虎界に消されるぞ。思い出してみろ。その野郎は、てめえが次のボスになるのに、少しでも躊躇《ためら》いを見せたのか？　怯えた様子を見せたかよ」

「いいや、野郎は喜んで……」

言いかけ、はっとした様子で口を閉じた。

沖は丁に頷《うなず》いて見せた。

「賭《か》けたっていいぜ。その野郎は、近いうちに必ず五虎界に詫《わ》びを入れて手打ちをする。もう裏じゃ、そういう話し合いができてるのさ。だが、おまえ、ほんとにそれで構わねえのか」

「冗談じゃねえよ。そんなことが許せるか。メンバーが何人もやられてる。俺たちゃ、この街を牛耳ると言う孟を信じてついてきたんだ」

「言えよ、そいつの名を」

「呉《ウー》だ。元々グループのナンバー2だった」

「で、どこに行けば呉に会えるんだ?」

丁は沖の目を見つめ返したが、そうする顔つきは少し前とは違っていた。

「下落合に、呉の女のマンションがある」

「よし、わかった。それから、殺し屋のふたり組に心当たりがあるな」

「朱が香港から呼んだ男たちだ。名前はわからねえ。だが、そいつらがずっと孟を狙ってた。孟を処刑したのは、そいつらだよ」

名前など、パクって本人たちに訊けばいい。朱が雇い主だという証言を取り、朱の野郎にもワッパを掛けてやる。

3

呉のフルネームは呉隆盛《ウー・ロンチャン》。丁から聞き出した呉の女のマンションは、新目白通りから聖母病院のほうに曲がってしばらく走った辺りにあった。

マンション前に車を停め、沖と平松はエントランスを目指した。署で植村を尋問中の深沢に形ばかりの報告を済ませるとすぐ、平松とふたりでここに飛んできたのだ。円谷も深沢と一緒にいて、目でこの邪魔者をなんとかしてくれと訴えていたが、気づかない振りをするしかなかった。

エントランスの階段を駆け上がり、ロビーの郵便ポストで確認すると、丁が言った通りの名前があった。五階だ。日本人で、しかも女子大生だという。チャイニーズマフィアと女子大生。最近では考えられない取り合わせでもなく驚きはしなかったものの、いい気分はしなかった。親の臑《すね》を齧《かじ》るなら、きちんと勉強に励めばいいのだ。

エレヴェーターに乗り込もうとした時のことだった。沖は乾いた重たい音を腹に感じた。

エレヴェーターはロビーのいちばん奥にある。エントランスは自動ドアで、閉まっていた。屋外の音は、かなりの割でシャットアウトされている。だから、聞き間違いかと訝《いぶか》る程度にしか聞こえなかった。だが、腹に来るこの感じは、おそらく銃声だ。

「幹さん……」

平松が沖の顔を見つめた。同じ物音に気づいたのだ。

「おまえは呉の女の部屋へ上がれ。状況がわかったら、携帯に電話だ。いいな」

沖は手早く言い置くと、今入ってきたばかりのエントランスを目指して駆け出した。

夏の午後の陽射《ひざ》しが降り注ぐ表の歩道でマンションの周囲を見回す。

五階にいる人間を狙撃するには、それと同じ高さかそれ以上の場所からでなくては無理だ。見上げる。強い陽射しに、手で光を遮《さえぎ》ってもほとんど目が開けてはいられない。汗も一気に噴き出していた。

どこだ。呉の女のマンションのほうを振り仰ぐ。こちらが南側に当たり、各部屋のベランダはこの表の道に面していた。反対側にも窓はあるだろうし、そちら側から狙撃された可能性がないわけではないが、この配置からすれば狙撃はほぼ南側のどこかだ。

沖は気持ちを必死で落ち着け、道の反対側の空に聳《そび》え立つビルのひとつひとつに丹念に目を凝らした。

だが、狙撃犯がいつまでも狙撃場所に留まっているわけがないのはわかっている。銃声はひとつで、続きはなかった。つまり、一発で仕留めたのだ。すぐにその場を離れたことだろう。現在ビルの中をエレヴェーターで下っているか、あるいはそのビルの近くに停めた車で既に逃げ去ってしまったかもしれない。

候補となる高さのビルがありすぎる。駄目だ。見つけようがない……。そう思いながらも諦《あきら》めきれず、道を横断して走り始めた。垂直に交わる路地の一本に走り込み、左右の道に注意を払いながら進む。

　携帯が鳴って耳元に当てると、すぐに平松の声が聞こえてきた。

「ちきしょう、やっぱり呉だった。顳顬《こめかみ》を一発で射抜かれてる。リビングを横切ろうとしたところをやられたんだ」

「女は一緒なのか。倒れ方や撃たれた時の様子から、射撃の方角がわからないか」

　足をとめないようにし、路地を一本ずつ見渡しながら訊く。

「駄目だな。女はとてもじゃないが話せるような状態じゃないよ」

「この暑さだ。窓ガラスを閉めてエアコンを入れてたんだろ。ガラスの被弾箇所と呉の倒れた位置との関係はどうだ」

　今度は答えるまでに僅かな時間が空いた。

「右だ。この部屋から見て右のどこかから狙撃してる」

「すぐにベランダに出てこい！」

　振り返った。路地の先にマンションが見える。そのベランダに姿を現した平松が、大きく伸び上がるようにして両手を振ったのち、右腕で一方を指し示した。新目白通りの方角だ。指し示す先に、ひとつ、周囲を圧するようにしてビルが聳えている。だが、思ったよりもずっと遠い。あのマンションから狙ったのだとすれば、優に四、五百メートルはある。しかし、この狙撃者にとっては大した距離ではないだろう。

車を使わなかったことを悔やみつつ、沖は走った。あっという間に汗で全身がびしょ濡れになった。

路地を曲がった時、目当てのビルの駐車場から車が現れた。沖がいるのとは反対にハンドルを切って遠ざかる。距離があり過ぎて、ナンバーはおろか、正確な車種さえわからなかった。グレーのクーペだと見て取れただけだ。そもそも狙撃者を乗せた車かどうかさえわからない。

緊張の糸が切れるのを感じた。今から駆けつけたところで間に合わないと悟ったのだ。ほんの一歩違いで、目の前で呉を殺されてしまった。

それでも完全に足をとめることなく歩き続けた。万が一、ということがある。

そうしながら考え続けた。――やったのは武田のところで出くわしたあのふたり組だろうか。断言するのは危険だが、連中は朱が雇った殺しのプロだ。狙撃だって難なくやり遂げるにちがいない。

しかし、そうだとすればどういうことになるのだろう。朱は警察に相談を持ちかけようとした孟を処刑させた上、自分に寝返ろうとしていた呉まで抹殺したということか。なぜだ？　元々紅龍を完全に叩き潰すつもりで、呉を寝返らせたのもそのための段取りのひとつにすぎなかったのか。呉が生きていれば、余計なことを警察に喋るかもしれない。それならば、いっそのこと口を塞いでしまったほうがいいとも考えたか。

とにかくあのふたり組を押さえることだ。そうすれば、朱の首根っこを捕まえられる。

そう思った時、ふっと嫌な胸騒ぎがした。

連中はプロだ。大阪で自殺に見せかけて東都開発の岡島友昭を消したのも、このふたりの仕業なのかもしれない。

まさか、とは思う。だが、東都開発を強請ろうとしていた堂本を殺し、堂本や金森たちにつけ込む隙を与えた岡島も消し、一方でK・S・Pの狙撃を実行させた孟や、そのナンバー2だった呉まで殺して口を塞いだ徹底ぶりを考えた時、どうにも嫌な胸騒ぎがしてならなかった。

東都開発との関わりに於いて、神竜会にとって最大の課題は、あの会社の粉飾決算と、そうして作られた裏金が政治家の須望に流れていることを決して警察に知られないことだ。五虎界の狙いが、東都開発を隠れ蓑にした麻薬の密輸ルートの確保にあることも間違いあるまい。

嫌な予感が大きくなる。総会屋の植村をK・S・Pに呼んだことで、連中はこちらの狙いが古橋にあると気づきはしないだろうか。その場合、古橋は神竜会にとって守る意味のある男なのか、切り捨てるコマにすぎないのか。五虎界が独断で消そうとする可能性だってあるはずだ。神竜会と五虎界とは完全な一枚岩ではないのだ。

いずれにしろ、一刻も早く古橋冬樹の安全を確保しなければならない。

現場検証のために平松をその場に残し、沖は車でひとりで飛び出した。そして、若干の迷いはあったものの、携帯で東都開発に電話をした。古橋が社内にいるかどうかだけでも確かめようと思ったのだ。いくらあのふたり組でも、堅気の会社の中で襲うことはできないはずだ。だが、まずいことに、古橋は今日は休みを取っているとのことだった。

自宅の住所を尋ねるわけにはいかない。自分たちが古橋に目をつけていることを、東都開発に悟らせるわけにはいかないのだ。一旦電話を切った沖は、車を路肩に寄せた。東都開発がある浜松町を目的地として走り出したのだが、これではむかっても仕方がない。

短縮ダイヤルで円谷の携帯にかけるが、電源を切ってしまっていた。取り調べに当たる時、そうするタイプのデカもいる。

仕方がない。K・S・Pの代表にかけ、円谷に電話を取り次がせようとしたところ、恐れた通りに深沢が電話口に出た。一刻を争うかもしれない状況を理解させるのに、いくつか手順を踏まねばならない。

「呉はどうなった？」

案の定、沖が何か切り出す前に、深沢のほうから訊いてきた。

「それが一歩違いで消されました。今、平松が現場検証に立ち合ってます」

深沢はすぐに声を高めた。

「消されたって、いったいいつだね」

「三十分ほど前」

「なぜすぐに報告を入れん」

「ですから、今入れている。それよりも、次は古橋が危ないかもしれない。円谷なら、やつの自宅を調べてるはずです。代わって貰えませんか」

つい気持ちが急《せ》いて口調がぞんざいになるが、それが深沢の気持ちを逆撫《さかな》でしたらしかった。

「なぜ古橋が危ないと思うんだね。そもそも、次はというが、呉を殺った人間の身元は割れたのか？」

「――いえ、それはまだはっきりとは。だが、朱は殺しのプロであるふたり組を雇いました。そして、次々に口を塞いでいる。それは自分たちの美味《うま》いパイとなる東都開発を守るためです。古橋は東都開発のアキレス腱だ。我々があの男に目をつけたことを悟れば、先手を打って消そうとする可能性は充分にあります」

早口で捲し立てるように説明した。

「そうは言うがね、神竜会が自分たちの息のかかった人間を殺させはしまい」

「もしも古橋を切り捨てる気になったとしたらどうです」

そう言い返しながら、沖は苛立《いらだ》ちを抑えられなかった。最悪の可能性を念頭に置くのがデカの仕事ではないのか。

だが、深沢は一呼吸、それもゆっくりと間を置いた。

「とにかく、古橋については、我々が植村を落とせば何もかもはっきりするよ」

「その前に古橋が消されたらどうするんですか。野郎が消されりゃ、また捜査は頓挫《とんざ》する」

「その心配はあるまい」

「なぜですか？　どうしてそう言い切れるんです？」

「その辺りに抜かりはないと言ってるんだよ。きみは捜査を外れていたから知らんだろうが、古橋には、私の命令で、二課の連中がずっと張りついているんだ」

そうか、これを言いたかったのかと胸の中で舌打ちしながら、沖はさらに言い募った。

「張りついてるのは何人です？　すぐにその連中に連絡を取り、古橋が襲われる可能性を耳に入れてください。私もすぐにそこにむかいます。古橋は現在、自宅ですか？」

「一々きみに報告する気はないよ」

「署長——」

「取り調べ中だ。電話を切るぞ」

「待ってくれ。あんたの顔を立てなかったことは詫びる。だから、俺の言う通りにしてくれ」

「口の利き方に気をつけたまえ。私が部下のきみに、顔を立てなかったなどと詫びられる覚えはない」

それ以上何かを言う間もなく、もう電話は切れていた。くそ、完全に旋毛《つむじ》を曲げさせてしまったらしい。

どうする。怒りに喚《わめ》き出したい気持ちをなんとか宥《なだ》めて頭を捻るが、良い考えなど浮かばない。

たばこを抜き出し、火をつけた。自分の考え過ぎかもしれない。それに、二課の連中が古橋冬樹を見張っている。あのふたり組だって、そうそう手出しはできないはずだ。そう思おうとするものの、胸騒ぎは大きくなるばかりだ。

携帯が鳴って取り出すと、貴里子の携帯からだった。

通話ボタンを押して耳に当てる。

「現場復帰おめでとう。どんな手を使ったか知らないけれど、大したものね。僅か二日で元の席に返り咲くなんて。まさか、この間の夜の落ち込み様も、私の気を引こうって演技だったんじゃないでしょうね」

沖は息を吐き落とした。

気を引こうとしたら、乗ってくるというのか。そんな期待薄なことを考えつつ、軽口につきあう気も起きずに聞き流していると、

「でも、復帰早々にまた署長とやり合うとは。幹さん、いったいどういう神経してるの」

そう続けるのを聞いてふっと違う期待が涌《わ》いた。貴里子は深沢の傍で、今さっきの電話のやりとりを聞いていたのだ。

「住所を言うから、手早くメモを取って」

「感謝する。これは貸しに考えてくれていい」

「やめてよ。貸しになんか数えないわ。そんな安っぽい女じゃない」

貴里子はちょっと気分を害したように声を尖《とが》らせた。

4

古橋の自宅は板橋区常盤台にあった。東武東上線のときわ台駅の傍で、都心からは川越街道を下ることになる。幸いなことに夕方の下りが込み出す時刻まではまだ間があり、カーナビが示す道順によって三十分ほどで着いた。

大きな家だった。都心からは若干距離があるとはいえ、一介の総務部長が買えるような家じゃない。沖は近づき過ぎないようにして車を停めた。自分とその家との間に、もう一

台車が停まっている。K・S・Pの二課の連中の車だ。運転席と助手席にふたり。すぐに異常に気がついた。ふたつ並んだ頭が少しも動かない。

車を降りて早足で近づいた。

車の側面にたどり着き、屈《かが》み込んで中を覗くとともに、さっと背筋に冷たいものが走る。運転席の刑事はヘッドレストに後頭部を凭せかけ、助手席のほうは斜めに頭を下げて身動《みじろ》ぎもしない。

運転席のドアに手をかけて引くと、ロックされておらずすぐに開いた。死んではいない。意識を失っているだけだ。それを確かめ、ちょっとだけほっとする。K・S・Pの玄関前の狙撃では、何人もの同僚が死んでいる。これ以上、死人が出るのは真っ平だった。

だが、すぐに悟った。この敵はプロだ。デカ殺しはやらない。デカを殺せば、警察中が大騒ぎになり、全力でホシを追い始める習性を知っているのだ。

くそ、間に合わなかったのか。自宅で古橋はもう消されているのかもしれない。

車の無線に手を伸ばし、K・S・Pに連絡を入れた。

「非常事態が発生した。東都開発の古橋に張りついていた二課のふたりが気を失ってる。至急、応援を頼む」

身分と用件だけを手短に告げて切り、古橋の家の玄関へとむかう。道に面し、シャッターつきの駐車場があり、その横から階段を上って家の玄関にたどり着く作りだ。駐車場のシャッターは降りている。階段下の門扉に触れると、鍵が開いていた。

念のために拳銃を抜き出してから、門を開けて階段を上り出す。まさかとは思うが、まだふたり組が中に残っていないとも限らない。

階段は途中で直角に折れ、その先が玄関だった。たどり着き、ノブに手をかけようとした時に、家の中で大きな物音がした。

誰かいる。正にホシと出くわすかもしれない。

アドレナリンが一気に躰を駆け巡り、一瞬にして暑さを忘れた。

改めてドアノブを捻ろうとしたが、門扉と違って鍵がかかっていた。

見渡すと、車庫スペースの上がちょっとした前庭になっており、人工芝が敷かれていた。玄関脇の大して高くない塀とその上の植え込みが、そこととの間を隔てている。

沖は拳銃を右手に持ったままで塀に両手を突き、そっと躰を押し上げた。塀の上に立ち、植え込みの隙間から躰を乗り出して様子を窺《うかが》うと、前庭に面してリビングらしい部屋の大ガラスがある。引き戸が何枚も連なっているのだ。

リビングの床に、女がひとりと小学生ぐらいの男の子がふたり、全員が両手両足を縛られて転がっていた。古橋の家族だろう。

心臓がことことと小刻みに鳴り始める。音を立てないように注意して植え込みを越え、前庭を横切って近づくと、幸いなことに引き戸には鍵が掛かっていなかった。

少年のひとりが真っ先に沖に気づき、一拍遅れてもうひとりの少年と母親も気がついた。沖は手振りで騒ぎ立てないようにと示しつつ、そっとサッシのガラス戸を開けて足を踏み入れた。

「警察です。だから安心して。大きな声を出さないでください。御主人はどこです？」

女の耳に唇をつけて囁《ささや》き声で告げ、猿轡《さるぐつわ》を外してやった。

「二階です。おかしな男たちがふたり襲って来て……。お願い、すぐに主人を助けて」

女が言い終わるか言い終わらないうちのことだった。

沖は人の気配を感じて躰を捻った。リビングの奥のドアだった。

目が合い、一瞬お互いが竦《すく》んだ。武田の家で出くわしたふたり組の片方だった。やはりこいつらが古橋を狙ってきたのだ。

沖は男に拳銃をむけた。躊躇えば撃ってくる相手だとわかっていた。だが、男はそれよりも一瞬早く踵《きびす》を返し、ドアを閉めて姿を消した。

「家の裏手はどうなってる？」女に訊いた。「隣家との境目に高い塀は？」

「いえ、裏手は空き地です」

ちきしょう、簡単に逃げられる。胸の中で罵《ののし》りつつ男が姿を消したドアに走る。ノブを摑もうとすると、むこうから続けざまに撃ってきた。サイレンサーを装着している。ドアの前に躰を晒すような真似をしなかったので救われた。さもなければ、蜂《はち》の巣になっていたところだ。

耳に全神経を集めつつ、身構える。ふっと小さく息を吐き、思い切ってドアを押し開けた。

廊下の突き当たりの部屋から右半身だけ出して、ふたり組の片割れがこっちを狙っていた。その肩を狙い撃った。沖の射撃のほうが、一瞬だけ早かった。男は仰《の》け反《ぞ》り、天井にむけて発砲しながら背後に倒れた。男の拳銃が手を放れる。沖はそれを確かめるや否や、躰を低くして廊下を走った。もうひとりはもう表に逃げ出してしまったようだ。

部屋に飛び込むなり、しまったと思った。肩を撃たれた男は、部屋の絨毯《じゅうたん》を真っ赤に染めて呻《うめ》きながら、自由になる左手を持ち上げようとしていた。その手に22口径の小型拳銃がある。くそ、護身用にもう一丁持っていたのだ。

沖は男の胸を撃った。やむを得なかった。判断を躊躇っていたならば、こっちが弾を喰らっていたはずだ。だが、後悔は消えなかった。死人の口を割らせることはできない。

部屋の奥の窓が開いていて、湿った熱い風がレースのカーテンを揺らしている。その先の空き地を、もうひとりの男が逃げていた。何軒かに分けて分譲すると思わせるほどの広さがある空き地だ。

「とまれ！」

沖は叫んだ。足を狙える。そう確信するとともに引き金を引いた。とにかく動きを封じることが先決だ。住宅地の中で相手の思うようにさせれば、人質を取られないとも限らない。そんな事態を避けたかった。

　男がつんのめるように前に倒れる。沖は窓を飛び越えた。だが、空き地との間に設けられたブロック塀を越えようとすると、倒れた男が撃ってきた。躰を折って塀の陰に隠れる。男は威嚇の射撃を繰り返しながら、じりじりと地面を這《は》っていく。ここから狙い撃つのは簡単だが、殺してしまっては何にもならない。しかし、これ以上無闇に発砲させて、流れ弾が民間人を巻き込むのも避けねばならない。そう危ぶんだ矢先のことだった。銃声が響き、空き地を這っていた男の頭部が砕けた。夏の陽射しを受けて鮮血が飛び散る。

　唖然《あぜん》とする沖が見守る前で、男は糸の切れた操り人形のように地面に突《つ》っ伏《ぷ》した。

　頭が混乱した。

　どういうことだ。あのふたり組の他に狙撃犯がいたなんて……。しかも、狙撃犯は、この男たちふたりとは別の意図で動いていたのか。そう思いかけ、いや、と沖は違う答えを見つけた。必ずしもそうとは限らない。足を撃たれた男が逃げ切れないと計算し、その口を塞いだと見るべきかもしれない。その可能性のほうがむしろ高いのではないか。それ以外、この男を射殺する理由がない。

　狙撃者はどこだ？　沖が身を隠した場所からは窺《うかが》えなかった。男の死体のところまで這っていけば確かめられるだろうが、その途中で狙い撃たれないとも限らない。

沖はブロック塀に沿って移動した。塀の端にたどり着き、そこからそっと顔を出して様子を窺う。男の被弾の様子から、弾丸の方向に見当をつけていた。

ビルがいくつか見えた。視線を走らせるが、怪しい人影は見えない。もう逃げ去ってしまったあとなのか。くそ、今から追ったところで逮捕は難しいと認めるしかなかった。

沖は塀を乗り越えた。空き地を横切り、男の死体に近づいた。

頭の半分が吹き飛んでいる。人相も何もわかったもんじゃない。

話し声が聞こえて目をやると、バットとグローブを持った少年たちのグループが空き地のむこうの道からこっちを見ていた。

「来るな。家に帰ってろ！」

興味津々といった顔で見つめるのに罵声《ばせい》を浴びせかけ、手をぐるぐると振り回して追い払った。近づいてこの死体を見れば、一生消えない心の傷になる。

応援の連中が来ないことにじりじりしつつ周囲を見渡していたが、パトカーのサイレンが聞こえてきたのをきっかけに踵《きびす》を返して古橋の家を目指した。

同じ窓から室内へと戻ろうとして初めて、今までずっと靴を履きっぱなしだったことに思い至った。窓を越えて靴を脱ぎ、ひっくり返して床に置いた。

真っ先に古橋の部屋を覗き、その生死を確かめたいとの気持ちがもちろんあったが、とりあえずは居間に回って妻と子供たちの縛《いまし》めを解いてやった。

古橋の妻は沖をじっと見つめ、血の気のない顔で言問《こと》いたげに口を動かしかけた。

「もう大丈夫です。安心してください。すぐに応援もかけつけます」

それに先んじて沖は言った。子供たちにも聞こえるような声でそう告げたのち、彼女の耳に口を寄せた。

「お子さんと一緒に、絶対にここから動かないでいてください。廊下に出てはいけませんよ、奥さん。奥の部屋で、男たちのひとりが死んでいます」

女は両眼を見開いた。

「主人は――、うちの主人はどうなったんでしょうか……?」

「私が今、確かめてきます。ですから、決してここから動かないで。いいですね」

頷《うなず》くのを確かめて、沖はひとりで居間を出た。ドアをちゃんと閉めて廊下を戻る。男の死体がある部屋のドアも閉めて二階への階段を上った。

二階の廊下の突き当たりが、夫婦の寝室らしかった。ダブルベッドが部屋の中心にあった。左手奥の壁が凹《へこ》んで机が置かれ、書斎スペースとでも呼ぶような空間になっている。

古橋は、そこの机に突っ伏して死んでいた。両手を細い紐によって背中で縛られているのは孟《モン》の時と同じだ。

顳顬《こめかみ》を射抜かれ、机の上から死体の足下付近へと血が滴っている。

男たちと出くわした時から既に予期した事態ではあったものの、無念さは消せなかった。

もう一歩だったのだ。もう一歩先んじてこの男を押さえられさえすれば、東都開発、五虎《ウーフ》界《ジェ》、神竜会、さらにその背後に蠢《うごめ》く須望和将のような政治家にも捜査のメスを入れることができたにちがいない。

これでチャンスが潰《つい》えたとはもちろん思わない。デカは粘り腰が命なのだ。だが、古橋の口を塞《ふさ》がれることで、大きな道筋が一本途切れたのは紛れもない事実だ。

いや、少しはいい面も考えるべきだろう。もしも自分の到着がもう少し遅れていたならば、あのふたり組はこの部屋で古橋を殺害したのち、居間の家族たち全員も手に掛けるつもりだったのかもしれない。そして、凶悪強盗事件に見せかける。そんなとんでもないことまでやりかねない連中だったはずだ。

階段を上って来る足音がして、沖は部屋の戸口へと戻った。

応援のデカたちかと思ったのは間違いで、子供ふたりを両脇に抱えた古橋の妻が立っていた。

「夫はどうなったんでしょう……」

そう尋ねながら部屋を覗き込み、古橋の死体を見つけてしまった。

「あなた――」と呼びかけ、部屋に入り込もうとするのを、沖は全力で押し留めなければならなかった。

「落ち着いてください、奥さん。お子さんたちを下の部屋に下げて！」

必死でとめ、押し戻しながら、沖は胸の中で舌打ちした。少年たちも、父親の死体を目にしてしまった。ふたつの心に、一生消えない光景が焼きついたのだ。

5

「また後手に回ったというわけか」

深沢は沖と顔を合わせると、吐き捨てるように言って顔を背けた。

古橋の妻と子は全員病院に運ばれ、現在家にいるのは警察関係者だけだった。全員で手分けし、特に死体の見つかった部屋を中心に家捜しをしていた。東都開発と神竜会、あるいはその背後にいると思われる須望和将との繋がりを示すようなメモの類《たぐい》が目当てだったが、大きな期待は持てなかった。こういった手段に出た以上、手がかりは予《あらかじ》め葬り去っていた可能性が高い。殺し屋ふたりの衣服は既に沖自身の手で調べていたものの、身元や依頼主を知る手がかりも、古橋から奪ったと思われるようなものも身につけてはいなかった。

沖は嫌みや小言を聞くのを嫌い、死体のあった寝室の調べを深沢たちに譲って一階へと下りた。周囲はマスコミと野次馬で取り囲まれている。居間の窓の外は騒がしかった。

携帯電話が鳴り、抜き出してディスプレイを見て嫌な感じを覚えた。見覚えがあるとまではいえないが、確かちらっと目にしたことのある番号だ。

通話ボタンを押して耳に当て、嫌な感じのわけを知った。

「一昨日の夜は失礼しました。ちょっと待ってください」

朱栄志《チュー・ロンジー》という若造だった。これは先日御苑で渡された、あの若造の名刺にあった番号なのだ。

相変わらず人を食った口調で朱栄志はただそうとだけ言い置くと、沖の応えも待たずに電話の主が代わった。

「沖さんだね。復帰おめでとう。手早く特捜の主任に戻るとは、さすがに私が見込んだだけの男だ」

朱徐季《チュー・スーチー》だった。

沖は頭に血が上るのを感じた。顳顬の間にぴりぴりと電流が流れているようだ。

「舐めやがって、貴様、いったい何様のつもりだ。古橋を殺《や》ればそれで安泰と思ったら大間違いだぞ」

「そんな大声を出さんでくれたまえ。古橋を殺ったとは、何のことだね」

「白々しいおとぼけはよせ。ふたり組の殺し屋を、おまえが香港から呼びつけたことはネタが割れてるんだ」

「それは何か証拠があって言っているのかね。大方が孟の手下のチンピラか、街の下っ端連中が言って回ってる噂《うわさ》にすぎんのじゃないか。怯える人間には、ありもしない陰謀の類《たぐい》が見えるものさ。それとも、日本語でいう、幽霊の正体見たり枯尾花かもしれんな」

朱は自分の軽口に自分で低い笑いを漏らした。

「必ずおまえにワッパを掛けてやるぞ」

「どうやってだね。ふたり組はもうこの世にはいない。誰が何のために雇ったのかは永遠に闇の中だ。それよりも、約束を果たしてくれ。今夕、冠《グエン》の遺体に線香を上げに行きたい。よろしいね。なあに、死体の場所はわかっているよ。解剖が行われた新宿セントラル病院の安置所にそのまま安置してある。そうだな」

腹の底が煮えくり返ってくる。どこまでもふてぶてしい野郎だ。警察には自分に手出しができないと知った上で、かつての右腕だった男の遺体に堂々と線香を上げに現れようとしている。これはやつが新宿の暗黒街に睨みを利かせるためのパフォーマンスに他ならない。

この老人の思惑通り、こっちには本当に手の出しようがないのか。

「なあ、朱よ。あんた、案外とケツの穴の小さな男だな」

「何だと――」

「そうだろうが、俺を御苑に呼び出し、孟なんて野郎は気にもしねえみたいな口を叩いたくせに、実際にゃ随分と手の込んだやりようじゃねえか。野郎の右腕の呉《ウー》をたらし込んだ末に、野郎の口まで塞ぎやがって」

朱は鼻先でせせら笑った。

「勝手にほざいていろ。揺さぶろうとしてるのかもしれんが、無駄なことだ。ただし、善良な市民として、ひとつ捜査に協力しようじゃないか。なあ、沖さん。あんた、以前俺に、街の秩序を保つのは俺の役割じゃないと言ったな。それならひとつ質問だが、秩序を保つのに、あんたならどうするね」

「老人の戯《ざ》れ言《ごと》につきあってる暇はねえんだ。秩序は俺たち警察が守る」

「いいから黙って話を聞け。新宿で警察にそれができていると、あんた、ほんとに真顔で言えるのか。ヤクザが配下の締めつけをやめ、チンピラどもがてんでに勝手なことを始めたら、警察の力だけでそれをとめられるのかね。俺たち中国人の末端の連中に、街の一員としての秩序を与えてるのは、ほんとうにあんたら警察だと断言できるか。そうではあるまい。我々組織を束ねる人間が、あの街には必要なのだ」

「あんた、何が言いたいんだ?」

「孟がいなくなったあと、誰かがあの組織を束ねねば、行き場のなくなったチンピラどもがそれぞれ勝手なことをしでかす。そんな連中を生むよりも、孟などという莫迦は取り除いた結果、それに代わるリーダーを置いてやる。それでこそ街の秩序が保てる」

「どういうことだ? つまり、紅龍《ホンロン》のナンバー2だった呉隆盛《ウー・ロンチャン》を殺させたのは、自分じゃないと言うのか?」

「自分の頭で考えろ。俺が呉を殺して何の得があるんだ。紅龍などというグループのチンピラひとりひとりを押さえるなんてうんざりだ。それなら、孟に代わってトップに立ちたがっていた呉に飴《あめ》と鞭《むち》を与え、呉を押さえていればよかった。それが街の秩序を守ることになる」

——この老人は真実を喋っているのか。

咄嗟《とっさ》に何とも判断がつかなかった。真実なら、それを喋ることの狙いは何だ。いったい誰が呉を殺したのだ。

「共和会がやったとでも言いたいのか。それとも神竜会か？」

「わからんね。それを調べるのはあんたらの仕事だろ。ホシを挙げろ。そしたら、御苑で言ったように、俺が一目置いてやるぜ」

「とぼけたことをぬかすな」

「今夕、六時だ。別段、出迎えはあんたじゃなくたって構わんよ。ただ、話は通しておけ。我々は孟のようなガキが率いていたチンピラ組織じゃない。俺は自分の右腕だった冠鉄軍《グエン・チェジュン》に必ず焼香する。やつが日本人の手によって灰になどされてしまう前にだ。わかったな」

電話は一方的に切れた。

携帯をポケットに戻しつつ、沖は頭をフル回転させる必要を感じた。

紅龍のナンバー2だった呉隆盛を殺させたのが本当に朱徐季ではないのなら、本ボシは誰で動機は何なのか？　先ほど共和会の名前を出したのは半ば思いつきにすぎなかったが、共和会の連中が新宿の混乱を助長する目的で裏から手を回した可能性はどうだろう。はたしてそこまでするだろうか。神竜会にしろ、孟がいなくなったあとの紅龍からわざわざ呉まで取り除くほどの必要があったとは思えない。

いや、それよりは紅龍内部の内部抗争という線のほうが強いと見るべきか。呉が五虎界に寝返ろうとしていたことに気づいた人間の誰かが、孟の仇を討つ目的で殺ったと考えるほうが動機としては強い。

しかし、呉は遠方から狙撃されたのだ。紅龍などという若いチャイニーズマフィアの集まりに、そんな腕を持った人間がごろごろいるわけがない。いなかったからこそ、孟は許《シュー》兄弟の腕を頼りにして呼び寄せたのではないか。

何かが小骨のようにどこかに引っかかっている気がするが、その正体がわからなかった。いずれにしろ今のところはこれ以上考える材料がない。そもそも朱徐季が真実を述べたという確証さえないのだ。つまり、考えても時間の無駄だということだ。

それよりも、目の前に、是が非でもこの手で解決せねばならない難題がある。朱のやつが、今夕堂々と姿を現すのだ。こんな舐めた真似を許していいのか。

沖は二階の様子を窺うと、誰も捜査員がいない一階の和室を見つけてそこに移り、分署にかけて取調室の円谷を呼び出した。円谷は、古橋に繋がるはずのコマだった総会屋の植村という男の取り調べを引き続き行っている。

「どうだ、落ちそうか?」

余計な話を抜きで単刀直入に訊いた。

「駄目ですね。思ったよりもずっと強《したた》かなやつでして、なかなか一筋縄じゃあいきませんや。ましてや古橋が殺されたことが耳に入れば、まずいですよ、チーフ」

円谷の声は珍しく暗かった。

「愚痴りたくはないんですがね。古橋が殺られたニュースを耳打ちされて、新署長が植村の前で一瞬浮き足立ちましてね。勘のいい野郎だから、何か察したのかもしれませんよ」

沖は舌打ちした。キャリアのお偉方が現場に出たがってろくなことはないのだ。古橋の口が塞がれたのを察すれば、植村は一層頑強に口を閉じ続ける。

円谷が一対一でいくら押してかかったところで、お札を取って呼んだわけではない以上、ぎりぎり引っ張ったとしても日付が変わる前には植村を解き放たなければならない。そうなれば、自然と古橋の死が耳に入る。次に呼んでも、もう舐めてかかられるだけだ。

「今夕、朱の野郎が冠に焼香をしに現れる」

沖は静かに告げた。

「野郎、そんな舐めた真似をする気ですか」

「野郎が雇った殺し屋は、ふたり揃ってもう口が利けない。やつは堂々と自分の右腕だった男に焼香し、警察など屁でもないというところを新宿中に見せつける腹だ」

「言われなくてもわかってますよ。くそ、それを手を拱《こまね》いて見てるしかないとは……」

「誰がそんなことを言った。賭《か》けを打つ時かもしれんと言ってるんだ」

「何か手があるんですか？」

「ああ、何日か時間がかかるかもしれんが、上手く植村を踊らせられりゃあ、もっと早くに片がつくかもしれん」

「チーフ、何を考えてるんです？」

「ちょっとだけ待ってくれ」

沖は自分の思いつきを頭でたどり直した。

だが、長い時間はかからなかった。閃《ひらめ》きを何度も検討し直したところで、それは躊躇《ためら》いを増すだけの結果にしか繋がらないとわかっていた。

「マルさん、植村をこれ以上取調室で責めても無駄だと、あんた、署長に白旗を揚げてくれ。理由を聞かれたら、うっかり野郎の耳に古橋が殺された事実が伝わってしまったとでも言やあいい」

「必要ならば白旗ぐらいいくらでも揚げますがね。それでどうするんです？」

「野郎を囮《おとり》にする」

「――囮ですか？　しかし、いったいどんな手を使って……。やつが古橋をパクる上で重要なコマだったことは確かですが、こうして古橋が殺られちまった今じゃ、大きなコマにはなりませんよ」

「それをデカいコマに仕立て上げるのさ。そして、神竜会に揺さぶりをかける」

「神竜会に――？」

「東都開発の古橋を始末するのに、朱のところのふたり組の殺し屋が出て来た。堂本を殺《や》りに現れたのもあいつらだった。東都開発の秘密を守るのに、五虎界が積極的に動いている。紅龍に代わって東都開発を利用した麻薬の密輸ルートを自分のものにするのと引き替えに、今回は汚れ仕事を引き受けたのかもしれん。いずれにしろ、おそらくは、神竜会と五虎界の間で話し合いがあったはずだ」

「だから今度も神竜会を揺さぶれば、五虎界が動くと？」

「五虎界にゃ、すご腕のスナイパーがひとり残っている。もう一度そいつを引っ張り出せりゃ、めっけもんだ。もしも神竜会がてめえで片をつけようと動くなら、それはそれでも構わない。とにかくひとつ突破口が作れる」

「それはそうでしょうが、でも、いったいどうやって？」

「電話でこうして話してるより、隣で紅龍のチンピラを調べてるヒラにも声をかけ、一緒に出てきてくれ。ひとり、会わせる男がいる。その野郎のケツを叩いてお膳立てをさせるのさ」

6

呼び出されて昨夜と同じラブホテルの部屋に現れた島村は、ドアを開けるなりぎょっと表情を変えた。沖だけではなく、円谷、平松、柴原と、K・S・Pの特捜部のメンバーが勢揃いして待ち構えていたのだ。

「入ってくれ、本部長」

沖が促してもなお、戸口で躊躇いを見せて動かなかった。

沖は平松に無言で顎をしゃくった。平松は島村に近づくと、その背後のドアを静かに閉めてから、島村をソファのひとつに誘い坐らせた。

島村はハンカチを取り出し、額の汗をしきりと拭い出した。

「これはどういうことなんだね……。この連中は誰なんだ？　まさかきみは、昨日の件を、この連中にも話したんじゃないだろうな。あれはつまり、堀内君ときみの胸に納めておくと約束したはずだぞ」

早口で滔々《とうとう》と喋り続けそうなのにうんざりし、沖は手振りで島村を制した。

「そんな約束をした覚えはないぞ。俺たちに任せとけば悪いようにはしないと言っただけだ。ただし、あんたは俺たちノンキャリの生殺与奪の権を持つキャリアのトップだ。自分の立場がやばくなって、俺と堀内さんのふたりを組織から抹殺しようなんて了見を起こさないとも限らない。保険の意味もあってね、秘密を共有する人間を増やしたのさ。この三人はみんな俺の部下だ。もしも俺や堀内さんが飛ばされたり警察から追い出されたりされるようなことがあったら、こいつらが一斉に騒ぎ出す。なあに、とは言え、安心しろ。あんたが素直な態度を保っていれば、とりあえず俺のほうじゃこれ以上あんたの秘密を広めるつもりはないよ。ま、新宿署のほうがどう動くかは堀内さん次第だがな」

島村は青くなって唇を噛み締めるだけで、何も言おうとはしなかった。

「ま、それはそれとして、時間がないんで、早速用件に入るぜ。いいか、古橋が残したメモをK・S・Pの特捜が入手したという情報をすぐに神竜会に流せ。そして、聴取中の植村を一旦泳がせたあと別件で引っ張り、本格的な取り調べに入る予定だと報《しら》せるんだ」

「ちょっと待ってくれ。いきなりそんなことを言われても……、いったい植村というのは誰なんだ。私はそんな男など知らんぞ。東都開発とどんな関係がある？」

「そういうことについちゃ、あとでこっちの円谷が答えてくれるから、まずはあんた自身の役割をはっきりと認識しろ」

「しかし、それで、どうなる？　神竜会が植村を消しにかかるのか？」

「ま、そういうことだ」

「そんなに上手くいくとは思えんよ。罠《わな》だと悟るんじゃないのかね」

「悟られねえように上手く立ち回れ。あんたならできるはずだぜ。俺たちの目を節穴だと思うなよ。金森たちにお札が出るって情報を、あんたはタイミングを見計らって神竜会にリークしたんだ。だから金森たちはああして消された。そうだろ」

図星を指され、島村は黙って目を白黒させた。やはり昨日、ラブホテルの一室で話を聞きながら気づいたことは間違っていなかったのだ。

だが、あくまでも往生際の悪い男だ。居住まいを正すようにしてこう問いかけるのを忘れなかった。

「やってはみるが、もしも情報が嘘だとバレたらどうする？　もしもきみたちがしくじれば、情報を流した私は一気に信用を失う」

「あんたは俺たちを信用して動きゃいいんだ。それでも不安なら、いざという時にはお得意ののらくら戦法があるじゃねえか。その戦法で煙《けむ》に巻き、謝ればいいだろ。あんたは天下の方面本部長だぜ。神竜会だって、こんなに貴重な情報源を簡単にゃ手放しゃしねえ。あんたは生き延びられるよ」

島村は不安げに瞬《まばた》きを繰り返した。

「しかしだね……、囮捜査など、もしもそれでしくじって植村が殺されたりしたら、きみはどう責任を取るつもりなんだ。そんな無謀な賭けに出て――」

　もっと何か言いかけたようだが、うんざりした沖が近づき、胸ぐらを摑んで引きずり上げると慌てて口を閉じた。

　沖は島村の顔を自分の目の前に引き寄せた。

「聞いたような口を叩くんじゃねえ。てめえ、植村なんて男の命を本気で心配してるのか。そんな心優しい男が、金森たちにお札が出るという情報をリークするタイミングを計り、連中がみな口を塞がれる事態を望んだのかよ。いいか、はっきり言っておくぞ。ほんの数日前、K・S・Pの前で容疑者を連行中のデカが射殺され、さらには狙撃犯を逮捕しようとして分署から走り出た警官ふたりも同じ目に遭った。俺たちはな、玄関先を同僚の血で汚されたんだ。これで腑《はらわた》が煮えくり返らねえデカはいねえ。よく頭に叩き込んでおけ。それが現場のデカってもんだ。おまえに利用価値がある間は生かしておいてやる。だが、しくじりを犯して利用する価値がなくなったら、おまえはそれで終わりなんだ。警察を追われ、変態野郎として社会的にも葬られる。それをその胸によく叩き込んでおけ」

　島村は下顎を落とし、沖の後ろから自分を睨む平松たち三人を脱力したような顔で順番に眺め回した。

　やがて、小さく何度も頷きながらさめざめと泣き始めた。

K・S・Pの表玄関が見渡せる位置に車を停めた。運転席には柴原が陣取り、沖は後部シートに納まっていた。平松は別行動を取り、既に植村の自宅の周辺で配置についている。とは言え、特捜部の四人だけで目を光らせたところで、完璧《かんぺき》な罠を仕掛けようがないのはわかっていた。

沖が最も警戒しているのは、遠方から植村が狙撃されて命を落とすことだった。呉隆盛と古橋の自宅の裏手を逃げる殺し屋のひとりを狙撃したのはまさしく同一犯のはずだ。弾道検査の結果はまだ聞いていないが、状況から判断してそれに間違いないと思われた。朱徐季の話からすれば、呉を狙撃したのは朱の手の者ではないということになるが、それを鵜呑《うの》みにする気にはなれなかった。ただのヒットマンじゃない。狙撃を確実に行えるのは、プロの中のプロだ。そんな人間を、紅龍のチンピラが容易《たやす》く雇えるとは、やはりどうしても思えない。再び同じ狙撃者が動くとしたら、植村の身を守り、その狙撃者を捕らえるには、それなりの人手が必要なのだ。

その方策として、考えられる手はふたつ。ひとつは深沢に事情を話して人間を回して貰うか、もうひとつは新宿署の堀内に頼むかだった。

後者を選んだ。深沢は多くの人手を割いた新宿駅の張り込みが空振りに終わったことをマイナスにカウントしているにちがいないし、そもそもどう説明したところで植村を囮に使うなどというやり方に頷くわけがなかった。一方、啀《いが》み合っていたはずの近隣署の一課長は、いつかしら胸襟《きょうきん》を開く仲になっている。新署長は、冠に焼香に来る朱の相手でもしていればいいのだ。

しくじりが生じた時には責任問題に発展するのは間違いない頼みを呑むのに、堀内はさほどの躊躇いを見せなかった。現在、部下の中からかなりの頭数を回し、平松の指示で植村の自宅周辺を固めていた。

あとは囮本人を、自分が囮だとは気づかせないままで連れて帰るだけだ。

予《あらかじ》め円谷とタイミングを打ち合わせておいたので、それほど待つでもなく植村がK・S・Pの玄関に姿を見せた。小太りの小さな男だった。

植村は横に広い数段の階段を下ると、肩を大きく怒らせながら新大久保駅の方角に向けて歩き出した。そうしながらも、しきりと背後の車道を気にしているのは、タクシーの空車を探しているのかもしれない。

沖はドアを開けて表に下り、「おい、植村」と呼びかけた。

訝《いぶか》り、警戒した様子で見つめてくる植村に近づいて肩を抱いた。

「迎えに来てやった。車に乗れ」

「何だ、突然に？　あんた誰だよ？」

「そんなことはどうでもいい。立ち話はごめんだぜ。いいからすぐに車に乗れ。その頭を撃ち抜かれたいのか」

「何を言ってる？　俺はあんたに誰だと訊いてるんだぞ」

沖は親指を立てて道のむこうを指した。

「ついこの間、ここで、容疑者を連行中のデカが射殺されたのを忘れたわけじゃあるまい。あすこのビルから撃ったんだよ。おまえも同じ目に遭いたいのか。それからな、ずっと取り調べを受けてたんでまだ耳にしてねえかもしれないが、ダチの古橋が射殺されたぜ」

植村は無言で眉間に皺を寄せた。

沖は面倒になり、警察手帳を提示した。

「なんでえ、デカかよ？」

「乗らないと公務執行妨害でしょっ引くぞ。とにかく、悪いようにはしねえから、一緒に車に乗れよ」

猫撫で声で誘うと、渋々ながら従った。

沖たちふたりが後部シートに並んで納まるなり、柴原が予め言い聞かせていた手順通りに黙って車をスタートさせた。

「おい、どこへ連れていくんだ？」

「安心しろ。自宅に送ってやるだけさ。麻布だってな。いいとこに住んでるじゃねえか。話は車の中で済ませようぜ」

「話って何なんだよ？」

「実はな、五虎界がおまえの命を狙ってる」

植村はすっと顔つきを変えた。内面を表情に出さないように気をつけることにしたらしい。

「旦那、何が狙いか知らんがな、そんな出鱈目《でたらめ》は俺には通用しないぜ」

「出鱈目でわざわざ俺たちが出張って来ると思うか」

「け、わかってるぜ、こうして釈放した上でそんなブラフを耳に入れ、今後の俺の行動を見張るつもりだな」

「ちょっと違う。俺たちゃ、おまえのボディーガードだ」

「ボディーガードだと?」

「古橋がいなくなり、おまえも消えりゃ、東都開発への捜査は行きづまる。俺たちはそれじゃ困るんだよ」

「俺はデカの言うことなんか信じねえぞ……。口から出任せを言うな」

半信半疑の口調になっていた。

植村は携帯電話を抜き出した。

「どうするんだ?」

「弁護士に電話をする。そして、神竜会に守って貰う。すぐに車を停めて降ろせ。あんたらデカにゃ用はない」

沖は手を伸ばして携帯を押さえた。ここがポイントだとわかっていた。ひとりになってからではなく、沖たちの前で携帯を抜き出して繋ぎを取ろうとしたこと自体に、この男の狼狽《うろたえ》ぶりが窺える。

「電話をするのは勝手だがな。おまえ、そんなふうに神竜会を信じていいのか？」

「どういう意味だ？」

「おまえは俺たちにとっては大事な証人だ。死なれちゃ困るんで俺たちはおまえを全力で守るが、神竜会がほんとにそこまでしてくれるのかと言ってるんだ」

植村は沈黙した。ついさっき表情を変えないようにと心がけたことなどコロッと忘れ、迷いが顔に書いてある。

「賢くなれ、植村。古橋が今日、どんなふうに殺されたのか教えてやろうか。自宅を襲われ、妻とふたりの息子が居間で縛り上げられた。そして、やつは寝室で両手を背中で括られ、顳顬に一発喰らってたんだ。手を下したのはどうやら五虎界の殺し屋だが、俺たちはな、この古橋殺しは神竜会も黙認してたと踏んでる。捜査の手が古橋に伸びそうになったんで、やつは口を塞がれたんだ。それはおまえもわかるだろ」

「俺もそうなると言いたいのか……？」

「それは俺たちじゃなく、神竜会が決めることだ。おまえらはヤクザにとっちゃただのコマにすぎない。そんなことは、言われるまでもなく身に沁《し》みてるだろ。古橋が死んだ今、東都開発を食い物にする上でおまえが是が非でも必要だと判断されりゃいいだろうが、神竜会が違う判断を下したら、おまえだって古橋と同じ運命が待ってるんじゃないのか」

「しかし……」

「おまえ、本当にそこまで自分が神竜会にとって大切なコマだと思ってるのか？」

留《とど》めを刺すつもりで追い打ちをかけた。

植村は携帯を握り締めた両手を膝に置き、顎を引いてじっと黙り込んだ。

7

植村の自宅は、麻布十番の商店街からやや奥まったところにあるマンションの一室だった。妻子はなく、ここに独りで暮らしていた。

沖と、それに少し遅れて合流してきた円谷のふたりが居間に陣取り、トランシーバーと携帯を使って表の平松たちと連絡を取り合っていた。柴原も見張り組に加わっている。

少し前までロッキングチェアにだらっと坐って退屈そうにビールを飲んでいた植村は、汗が気持ちが悪いと言ってシャワーを浴び始めたところだった。

窓のカーテンは閉めてあった。この窓が狙えるビルには、手分けして表の連中が目を光らせている。

強い西陽が窓を覆い始め、クーラーが回転を上げたにもかかわらず部屋の中がいくらか蒸してきていた。沖はハンカチで顔を拭った。時計を見ると五時半を回ったところだ。じきに朱が冠の焼香に新宿セントラル病院に現れる。その様を想像すると、きりきりと胃が痛んだ。必ず近いうちにワッパを掛けてやる。

ふと危惧《きぐ》を覚えた。もしも本当に呉隆盛を狙撃して殺害したのが紅龍のメンバーか、もしくは紅龍の誰かが雇った人間だとしたら、次には朱徐季の命を狙おうとする可能性はないだろうか。

それは経験からして突飛な想像に思えた。朱は新宿のみならず香港など大陸の都市でも巨大な権力を揮《ふる》い、台湾、東南アジア等のマフィアとも強いパイプを持つ大物だ。その人間を殺そうとするのは自殺行為に等しい。

だが、紅龍の孟沢潤《モン・ザールン》はそんな朱に楯突《たてつ》いたのだ。二人目三人目の莫迦がいないと言い切れるだろうか。

携帯を出し、着信履歴から朱栄志の電話番号を引き出し、その番号を見ながら考えた。忠告などする必要はないと思う自分と、一言忠告することでこの胸騒ぎを抑えたいと思う自分とがいる。

「どうしたんです、チーフ?」

円谷に声をかけられたことがきっかけとなり、沖は円谷に簡単な説明をしてからリダイヤルボタンを押した。

だが、それですぐに後悔することとなった。

沖が円谷にしたのと同じ説明を繰り返して注意を促そうとすると、慇懃《いんぎん》無礼な若者は鼻先でせせら笑った。

「刑事さん、わざわざそんなことで電話をくれるなんて、あなた、見かけによらずいい人ですね。でも、それは余計なお節介ですよ」

「何だと……。俺はてめえの手であの爺にワッパを掛けたいから忠告しただけだ。それを――」

言葉を継ごうとすると、ぴしゃりと遮られた。

「だから余計なことだと言ってるんです。うちのボスがあんたに手錠など掛けられることもありませんが、狙撃をされることもありません。なにしろ、あの病院が見渡せる周囲のビルには、隈《くま》なくうちの連中が張りついてるんですからね」

沖は余計な心配をした自分に腹立ちすら覚えて電話を切った。

雰囲気を察した円谷も何ひとつ話しかけてこないままで数分が過ぎ、無精にタオルを腰の回りに巻いただけの植村が姿を現して新しいビールを飲み始めた。

これ見よがしに喉を鳴らす植村を見ているのも業腹で沖は窓辺に歩いた。指先でカーテンを僅かに撓《たわ》め、小さな隙間から表を覗いた。

麻布十番は比較的昔ながらの趣を残す商店街であり、メイン通りには昭和の面影を残した商店や飲食店などが結構生き残っているものの、空はいくつものビルの直線で切り取られて狭苦しい。坪何百万とする一等地なのだ。

眩《まぶ》しい西陽がいくつものビルをシルエットにしていた。このどれかのビルからここを狙う狙撃者がいるかもしれない。目を細めて表を睨んでいるうちに、沖はふとまた胸騒ぎを覚えた。

——俺は何か、途轍《とてつ》もなく大きな思い違いをしているのではないか。

自分でもなぜかわからないが、ふっとそんな思いが心をよぎっていたのだ。

それはデカになってからほんの数えるほどだが、あとあとまで記憶から消せないような重要なシチュエイションに出くわした時の感覚に思えた。思い違いか……。だが、もしも思い違いではなかったならば、取り返しのつかないことになる。

スキンヘッドを平手で撫でた。

植村がテレビをつけたことに苛《いら》つき、部屋を横切った。

「マルさん、ちょっとここを頼む」

「どうしたんです？　窓から何か気になるものでも？」

「いや、そうじゃない。ただ、ちょっと頭を冷やしたいんだ」

そうとだけ言い置き、沖は玄関を目指した。

靴を突っかけ、廊下に出た。

エレヴェーター前に陣取っていた新宿署の捜査員のひとりに軽く目で挨拶《あいさつ》をし、その男に背をむける。非常階段の表示を見つけてちょうどいいと思い、そこに歩いてたばこを抜き出した。

非常ドアを開け、階段の踊り場に出て火をつけた。

「わたしたちチャイニーズのことは、わたしたちでかたをつける」

そんな言葉を口にした時の、孟の母親である黄桂茹《ホアン・グイル》の顔が目に浮かんだ。

そうだ、あの女だ。嫌な予感がする原因は、新宿の廃ビルで息子の死体にしがみつこうとしていたあの母親の顔にある。

結局、孟沢潤は愚かなチンピラだった。身のほど知らずに朱に楯突き、容易く捻り潰されてしまっただけだ。そんな愚かなリーダーの弔い合戦のために朱の命を狙おうとするような愚か者は、紅龍には誰もいないかもしれない。だが、母親だけは別だろう。

貴里子があの女の素性を調べると言っていたが、ついその結果を聞き逃したままだった。もしもあの母親に、スナイパーを見つけて雇うような何らかのコネがあるとしたら、自らの命も顧《かえり》みずに朱を狙うのではないのか。

呉は紅龍のナンバー2だったにもかかわらずリーダーの孟を裏切り、隠れ家を朱の手先の殺し屋たちに教えた。そして、孟に代わって紅龍を仕切る腹だったのだ。朱もそうさせるつもりで合意していた。だから、自分には呉を狙撃して殺す理由などないという朱の説明には一理ある。

だが、息子を殺された黄には呉を殺す動機がある。古橋の家の裏手にあった空き地で、ふたり組の殺し屋の片割れを射殺した件もそうだ。あのふたりが孟の処刑を行った。黄にとっては、息子の仇だ。

沖は携帯を抜き出した。

貴里子の携帯にかけるとすぐに本人が出た。

「まだ聞いてなかったが、孟《モン》の母親の黄《ホアン》について調べると言ってたのはどうなった?」

貴里子は挨拶もそこそこにそう切り出す沖に戸惑ったらしかった。

「ええ、一応調べたわ」

「で、何がわかった? あの女は、いったいどんな経歴の持ち主なんだ?」

矢継ぎ早に質問を繰り出す沖に、そうする理由を尋ね直そうとしたのかもしれないが、しなかった。

「なかなかの女と言うべきでしょうね。一緒に暮らしてる木田祐二という男は、今じゃ足を洗ってるけれど元暴力団の組員で、前科もあるわ」

心臓の鼓動が大きくなる。

「どこの組だ?」

「ごめんなさい。それは今ちょっと手許《てもと》じゃわからないけれど」

「いや、構わん。今はその亭主は何をしてるんだ？」

「取りたてて何も。黄が家の近所で小さな中華料理屋を切り盛りしてるの」

「孟を調べる中で、母親の黄の存在が出てこなかった理由はわかったか？」

「孟沢潤《モン・ザールン》は、黄が前の中国人の亭主との間に産んだ子なの。黄はその男のめかけみたいなものだったようで、戸籍上の繋がりはないわ」

「だが、孟はあの女のたったひとりの息子だったわけだな」

「そうだけれど……、ねえ、幹さん。何を考えてるの」

孟の死体を前に泣き叫んでいた黄の姿が再び脳裏に浮かんだ。「わたしたちチャイニーズのことは、わたしたちでかたをつける」あの女が口にしたそんな言葉が大きくなる。

たったひとりの息子があんなして殺害され、黄は復讐《ふくしゅう》を企てたのではないか……。

だが、あの女に殺し屋を雇うことなど可能だろうか。亭主がいくら元暴力団の組員だったと言っても、足を洗った男が急にそんなツテを見つけることなどできないはずだ。だいいち、小さな中華料理屋を切り盛りする女に、プロのスナイパーを雇うような金があったとは思えない。

いや、そうじゃない……。そうではないのだ……。

黄の亭主の木田という男なら、昔のツテをたどれば狙撃用のライフルの調達ぐらいはできるはずだ。黄のヒモとして養われているような男だ。黄からどうしてもと頼まれれば嫌とは言わないだろう。

背中がざわついた。

なぜ気づかずにいた。

K・S・Pの前での狙撃の時に、弟の許選平《シュー・シュエンピン》は下階に陣取っていた。それは俺が射殺した。だが、あの時、上に誰がいたのかは、本当のところはわかっていないのだ。兄の許美良《シュー・メイリアン》と一緒に妹の小華《シャオホア》もいたのではないのか。そうだとすれば、狙撃を行ったのが美良だとなぜ言える。

気づくべきだった。許美良は、次の襲撃の時には孟の他の仲間たちとともに歌舞伎町の喫茶店に乗り込み、栗原健一、冠鉄軍《グエン・チェジュン》のふたりにチャカをむけた。

なぜ狙撃の腕前を持つ許美良が、ただの鉄砲玉にすぎない他の連中と一緒にあの襲撃に加わったのだ。美良には、狙撃の腕などなかったのではないのか。たとえあったとしても、妹の小華には到底及ばなかったのではないのか。

美良、選平、小華の兄妹は故郷で猟師をしていたという。たとえ幼い少女でも、兄たちと一緒に獲物を追っていた可能性は考えられる。そんな中で、幼いながらも素晴らしい腕前を身につけた可能性が……。

兄の美良と幼馴染みだった孟が必要としたのは、美良ではなく妹の小華の腕だったのではないのか。そして、母親の黄もまた、同じことを小華に望んだのだとすれば……。

そうだとすれば、次の標的は朱徐季《チュー・スーチー》にちがいない。普通ならば恐ろしくて手を出せないような老人でも、息子を殺された母親と兄を失ってこの街でひとりぼっちになってしまった少女にとっては別だ。

「ねえ、幹さんったら、何とか言ってよ――」

貴里子の声で我に返った。

「黄の居所はわかってるのか？　黄と小華は今、どこなんだ？」

「たぶん黄の自宅か店だと思うけれど、なぜ？」

くそ、孟が殺害されて以降、その母親である黄への張り込みは打ち切られている。その後、黄と小華のふたりは自由に動き回っていたわけだ。そして、今もなお――。

「俺はこれからすぐに新宿にむかう。そっちは今、分署なのか？」

「そうだけれど……」

「頼みがあるんだ。黄のアパート近くの派出所に連絡を取り、誰か人をやって黄と小華のふたりがいるか確認させてくれ。――いや、それよりも署長はどこだ？」

「新宿セントラル病院に出むいてるわ。朱徐季のツラを拝んで一言吐きつけてやる、と息巻いてた」

「すぐに署長に連絡を取ってくれ。そして、朱が狙われていると教えるんだ」

「狙われてるって、誰に――？」

「決まってるだろ。黄と小華にだ」

苛立ちが口調に濃く滲《にじ》んだ。

「何を言ってるの、幹さん。莫迦を言わないでよ」

「莫迦を言ってるわけじゃない。K・S・Pの玄関前の狙撃から始まって、金森の相棒の藤崎を殺ったのも呉《ウー》を殺ったのも、それに朱が雇ったふたり組のひとりを狙撃し殺したのも、たぶん全部小華の仕業だ。詳しい話は、あとで聞かせる。とにかく今は時間がないんだ。署長に連絡してくれ。俺もすぐに新宿に飛んで行く」

言葉を切りかけ、沖は慌てて言い直した。

「いや、やっぱり待て。駄目だ。朱徐季の周辺は、野郎の手下が分厚く取り囲んで護衛してるんだ。もしも小華と黄が狙ってるといった情報が伝われば、ふたりは朱の手下どもに消されちまう。そんなことをさせるわけにはいかん」

「わかったわ。じゃあ、その点は任せて。深沢さんに私から上手く伝える」

貴里子は困惑を押し鎮め、それほど間を置かずにそう答えた。

「よろしく頼む」

沖が通話ボタンを切ろうとすると、鋭い声がとめた。

「待って、幹さん。私もこれからセントラル病院にむかうわ。一緒に小華を見つけましょう。絶対にあの子をこの手で見つけ出す。朱の手下たちに殺させたりなどするものですか」

いつもの沖なら、女の出る幕じゃないと吐きつけただろうが、今の貴里子にはそんな言葉などかけようもない思いつめた雰囲気があった。

8

覆面パトカーにサイレンを取りつけて突っ走った。だが、そうして車を飛ばしながらも、何度となく自問し、その度に足下をすくわれそうになった。やはりそんな莫迦なことなどあるわけがない……。あんな小さな少女が、まさかそんなことを……。

助手席には平松が同席していた。万が一ということもあるし、わざわざ人手を割いてくれた堀内の顔を潰すわけにもいかないので、円谷と柴原のふたりは植村の部屋とその周辺に残していた。

しかし、小華が狙撃者だとすれば、植村が標的になることはないはずだ。呉殺しは、黄が息子を裏切った呉への恨みを晴らしたものだろう。だが、そこには「裏切られた」という一言を残して死んだ小華の兄の無念さも込められている。

同じく古橋のところから逃げるふたり組の片割れを撃ったのも、孟沢潤を直接手にかけた男への復讐だったにちがいない。黄と小華のふたりがどうやって古橋の家を見つけたのかについては別の思惑が絡んでいるはずで、それについてもおよその見当がつき始めていたが、今は別の問題だ。あとで改めて片をつけてやる。

だが、自分の推測が間違っていればいい。沖はデカになって以来初めて、そんなことを本気で願っていた。

六本木の交差点が混雑することは考えるまでもなかったので、裏道を経て六本木ヒルズを回り込み、六本木六丁目から青山一丁目へと抜けた。信濃町の信号を強引に擦《す》り抜け、四谷三丁目を左折。

夕暮れ時だ。新宿が近づくにつれて混雑はどうしても避けられなくなり、最後にはクラクションを鳴らして前の車を押しやろうとしても、裏道を抜けたり一方通行を逆走しても、にっちもさっちも身動きが取れなくなってしまった。

「ヒラ、ここまでだ。俺は走る。病院のメインエントランスで合流しよう。いいな」

沖は花園神社前に車を乗りつけ、平松に告げた。

この神社の裏側がゴールデン街で、そのさらにむこうが歌舞伎町だ。車でのろのろと進むよりも、斜めに突っ切ったほうが時間がかからないと判断したのだ。

「わかった」という平松の声を背中に聞いた時にはもう、沖は走り出していた。

人気の少ない参道を駆け抜けながら携帯を抜き出し、貴里子にかけた。

「そっちはどこだ？」

「病院に着いてるわ」

K・S・Pからならば、ほんの目と鼻の先の距離なのだ。

「署長は？」

「もう話した。今は朱と一緒に病院に入ってるわ。署長の指示で、朱の周囲に警備を増やしたけれど、小華たちが狙っていることは伏せて朱には告げていないはずよ」

腕時計を見る。六時を回っている。朱は無事に病院に入ったのだ。冠の遺体に焼香し、このまま何事もなく引き揚げてくれればいい。

花園神社裏の階段を駆け下りた。

「幹さんはどこなの？」

「もう近くまで来てる。朱の車はどこだ？　野郎は病院のどこから出入りしてる？」

「救急搬入口よ。この時間だともう正面ロビーは閉まってて、そっちが見舞客用の出入り口にもなってるの。車は表の車寄せにつけてる」

「連中の車を救急搬入口の前へ移させろ。朱が出入り口を出たら、すぐに車に乗れるようにするんだ」

「わかった。それは私がやる。早く来て」

「また連絡する」

沖は通話ボタンを切り、携帯電話をポケットに納めた。

ゴールデン街の一軒の店の前に、スクーターが停まるのを目にしていた。しめた、と胸の中で声を上げげつつ走り寄る。スーパーの買い物袋を下げたジーンズ姿のおかまが降りようとしていた。顔馴染みの男ではなかったが、構わない。

「K・S・Pの沖だ。緊急事態なんだ。借りるぞ」

沖は口早に告げると、おかまを押しのけてスクーターに跨《また》がり、スタートさせた。

夏の陽射しはまだ高いところにあるが、既に仕事帰りの人間たちが職場から吐き出されており、新宿は歓楽街の顔を露《あら》わにし始めている。細い路地に至るまで人間たちで埋まり出しており、下手にスピードを上げると誰かを撥《は》ねかねなかった。

それでも沖は可能な限りのスピードを出した。

新宿セントラル病院の表門を入り、中央玄関の前にスクーターを停めた。ロビーの電気は消えており、中には誰もいなかった。

平松はまだ来ていなかった。ラッシュの混雑から抜けられずにいるのだ。

沖は反射的に周囲のビルを見渡した。このビルのどこかに必ず小華がいる。あの小さな躰《からだ》でライフルを構え、この新宿のみならずアジア一帯の大都市を牛耳るチャイニーズマフィアのボスを仕留めようとしている。

くそ、なぜこんなことになったのだ。

携帯電話を抜き出し、貴里子にかけた。

「表に着いたぞ。そっちはどこだ？　救急搬入口はどこにある？」

「搬入口にいるわ。病院の建物にむかって右側に回り込んで来たらすぐわかる」

貴里子が言う途中で気がついた。客待ちをするタクシーが並ぶむこうに、車が三台連なって停まっている。どれも黒いベンツだ。

「おい、朱の車は救急搬入口へと移さなかったのか？」

「それが、駄目なの。朱のところの若い男に言ったのよ。でも、せせら笑うだけで取り合おうとしないの。それで深沢さんにこっそり相談をしたのだけれど、連中がそのつもりならばそんな必要はないと言ってるし。私じゃどうしようもないわ。連中に小華のことは喋《しゃべ》れないもの」

「わかった。車の件は俺に任せろ。電話を切るぞ」

沖は言い、通話を切って携帯を仕舞った。

せせら笑って貴里子の話に取り合おうとしなかった若い男が誰かは考えるまでもなかった。本人が、真ん中のベンツの運転席から降りてこちらを見たところだった。

沖は小走りで朱栄志《チュー・ロンジー》に近づいた。

「どうしたんです、刑事さん？　そんなに汗をかいて」

相変わらず人を食ったようなことを言う若造に、人差し指を突きつけた。

「うちの署の人間が、救急搬入口へと車を回せと言ったはずだぞ。なぜ素直に聞けん」

「ボスからそんな命令は受けていませんのでね」

「おまえのボスが狙撃されて殺されても構わんのか」

朱栄志は唇を歪めて薄い笑みを浮かべたが、目は笑ってはおらず、むしろ挑むような光が見え隠れしていた。

「いったい誰がそんな無謀なことを試みようとするというんです。ボスは自分の右腕の冠が殺されたのを、心から悼んでいらっしゃる。その自分の気持ちを伝えたくて、こうして焼香に来たんです。車は堂々と正面から入り、正面から出ますよ」

くそ、そういうことか。これは朱徐季のひとつのパフォーマンスなのだ。孟などというチンピラを葬り去り、東都開発をこれからも貪《むさぼ》り喰っていき、警察はひとつも自分に手を出せない。そんな状況を作った上で、殺された右腕の元へと堂々と焼香に訪れる。

「自信をひけらかすのはいいが、過信は命取りに繋がるぞ。誰かがおまえらのボスを狙ってる可能性があるんだ。おまえらだって、呉を殺ったのが誰で、おまえらが雇った殺し屋のひとりを殺ったのが誰か、押さえちゃいないんだろ。なぜその同じホシが、今度は朱徐季を狙わないと言い切れるんだ」

朱栄志はうんざりした様子を見せた。半分はポーズらしいが、あとの半分は本当だろう。

「またその話ですか。仕事熱心なのはいいが、電話でもう言ったはずだ。うちの人間がここを取り囲んでいる。あなたたち警察の警備よりもずっと安心ですよ。それにね、考えてみてください。この新宿で、うちのボスに銃口をむけるような莫迦者がいると思いますか」

その通りだ。この若造の自信は過信じゃない。普通に考えればそんな愚かなことをする人間などいるはずがないし、チャイニーズマフィアがごろごろした街にライフルを持ち込むなど不可能だとも言えるだろう。

だが、連中だってまさか幼い少女に注意を払おうとはしないのではないか。たったひとりの息子を殺されて半ば自棄《やけ》になっている母親と、兄ふたりを失い、故郷に帰ったところで身寄りもない少女ならば、愚かにも朱徐季を狙うとは考えつかないのだ。

「いいから、俺の言う通りにしろ！」

沖は声を荒らげた。

朱栄志は一瞬、沖の態度に面食らったようだった。

だが、すぐにいつも通りの皮肉な表情を復活させ、親指を立てた。

「でも、もうボスが出ていらっしゃいましたよ」

振り返り、沖は舌打ちした。大勢の手下を引き連れた朱徐季が、病院の横合いから現れたところだった。深沢が隣に並んでおり、私服と制服の警官たちもが周囲を遠巻きにしている。その中に貴里子の顔も見えた。

老人は、その小柄な躰をふたつに折り曲げるようにして、ほとんどとまるようなスピードでよちよちと歩みを進めていた。

深沢が気づいているのかどうかはわからないが、これでは傍《はた》からは分署の署長までが朱徐季につき従っているように見える。老人のパフォーマンスは、狙い通りに進行しているのだ。

「では、私はこれで」

朱栄志は言うと、沖を残して走り出した。他の車の運転席から飛び出た若造たちも一緒だった。

沖は周囲を見渡した。どこだ……。どこのビルにいる、小華……。

こうなれば腹立たしいパフォーマンスだって構わない。無事に最後まで演じ通してここを離れて欲しい。

祈った瞬間、乾いた音が日暮れの空へと抜けた。

老人の頭が砕け散った。

ビルの隙間《すきま》から差し込む残照が、ちょうど老人を照らしたところだった。飛び散った血と脳漿《のうしょう》とが、その光を受けて美しく辺りを染めた。

小柄な老人は腰を折ってへたり込み、前のめりに倒れた。

誰も動けず、息すらできない間隙《かんげき》を経て、甲高い女のような悲鳴が響いた。朱栄志だった。

一目散に老人の死体へと走り寄ろうとする若造を、途中ではっと気づいて現場保存の法則を思い出した警官たちが抱きついてとめにかかる。若造は暴れ、両手を振り回しながら地団駄を踏み、先ほどまでの冷ややかな様子をかなぐり捨て、まるでだだっ子のように泣き叫び続けた。

他の刑事とチャイニーズマフィアたちは、次の狙撃がないかと反射的に身を低くした姿勢のまま、四方八方に視線を飛ばしていた。こうして周囲にビルが多い場所での狙撃の場合、銃声がした方向など見定められない。老人の頭は砕け散ってしまい、入射口の方向もわからない。

だが、沖は素早く一方向に見当をつけた。西陽が射している時刻だ。一流のスナイパーは、決して太陽にむかっては立たない。おそらくはその逆を選択する。故郷で猟師として兄たちとともに山に入り、獲物を狙う腕を磨いたにちがいない少女もそうしたのではないか。

しかも、近場のビルではないはずだ。朱の手下たちが目を光らせていて、いくら少女だとて狙撃が可能な場所に得物を持ち込むことはできないにちがいない。それに、小華の腕ならば、標的まで距離があっても問題ではないだろう。情婦のマンションにいる呉を狙った時も、狙撃場所と思われるビルまで優に四、五百メートルは離れていた。

残照が射していた隙間の先にあるビル。――それを目指せ。

沖はスクーターに坐り直した。

エンジンをかけ、スロットルを開きかけると、後ろから誰かに抱きつかれた。背中に柔らかなふたつの膨らみが当たった。

「来るななんて言わないで。言い争ってる時間はないわ」

貴里子だった。

沖は開きかけた口を閉じた。スロットルを回し、猛スピードで飛び出した。


ＪＲの線路と小滝橋通りを越えた先の英語学校のビルだった。狙撃場所の選択については、小華よりもむしろ黄の意見が大きく入っているように思われた。線路を越えるのに回り込まねばならず、小滝橋通りの横断にまた時間を食った。大人の知恵が働いている。また逃げ去ったあとかもしれないという気がした。心のどこかではそれを望んでいたのかもしれない。あの少女にワッパを掛けることも、あの少女が朱徐季の手下たちに蜂の巣にされることも想像したくなかった。

目指すビルが間違っているかもしれないとの弱気もどこかにあった。新宿セントラル病院の前から西陽が射すビルの隙間には、この英語学校の看板が見えたのだ。おそらく距離にすれば標的まで四、五百メートル。呉のケースを鑑《かんが》みれば、狙撃者にとって格好の距離

ないと、もっと遠方のビルから狙った可能性だって否定しきれない。

そんな弱気は、英語学校の玄関口にスクーターを停めるとともに振り払われた。

建物の中から悲鳴が聞こえた。

沖は建物正面の階段を駆け上がり、さほど広さのないロビーを横切り、受付窓口のカウンターにしがみつくようにして躰を丸めている女の鼻先に警察手帳を提示した。

「警察です。何があったんですか？」

「おかしな男たちが上に……。たぶん、中国人だと……」

女が蒼白な顔で答える。

くそ、死んだ朱徐季の手下たちだ。狙撃現場付近の手下がこの看板を目にし、ここの近くにいる仲間に連絡を取ったにちがいない。

「上に生徒は？」

「七時から夜のコースが始まりますので、もう何人かは」

「上に上がった中国人の人数は？」

「五、六人」

ひとりでとめられる人数じゃない。

沖は貴里子を振り返った。

「署長に連絡をし、大至急連絡を寄越させてくれ。ここを封鎖しないと、チャイニーズマフィアがさらに入り込んでくる危険がある」

「わかったわ」

貴里子が携帯を抜き出し、通話ボタンを押す。

沖は前方に顔を戻した。

「女の子と中年の女が上に上がりませんでしたか？」

受付の女は怯《おび》えた顔を左右に振った。

「誰か、女の子と中年の女がビルに入るのを見た人は？」

受付窓口の奥の事務所で、それぞれ机の陰に身を隠す人間たちを見回して改めて訊く。

ネクタイ姿の男の事務員が小さく手を上げた。

「見ました。二、三十分前です。ふたりでこのロビーを通りました。ヴァイオリンか何かの楽器ケースを持ってました」

小華と黄と見て間違いあるまい。

こっちも上がるしかないということだ。

「さあ、ここは危険ですから、すぐに表に出てください」

事務所の中の人間たちを追い立てるようにしながら、沖は素早く視線を巡らせて階段の場所を確かめた。右手に一カ所。エレヴェーターは事務所のすぐ横に二基並んでいる。

「どうするの？」

エレヴェーターホールへとむかいかける沖を、後ろから貴里子がとめた。

「小華を探しに行く」

「危険よ。危ないわ。五人かそれ以上の中国人が上がってるのよ。しかも、拳銃を持ってるかもしれない」

「朱徐季の護衛でついてた連中だぜ。当然、持ってるさ。だから行かなけりゃならねえんだろ。小華を助けにゃならねえし、ここの生徒の誰かが銃撃に巻き込まれるのを防がなけりゃならん」

沖はエレヴェーターの上りボタンを押した。

「それなら私も行く。拳銃は携帯してるわ」

「女は――」言いかけて、慌てて口を噤《つぐ》んだ。「素人は引っ込んでろ」

「何と言われようと、引き下がらないわよ。ひとりじゃ駄目。誰が見たってパートナーの援護が必要なシチュエイションだわ。危険な状況では単独行動を慎め。警察学校で習うイロハよ」

エレヴェーターのドアが開いた。

「勝手にしろ。行くぞ」

沖は銃を抜き出し、エレヴェーターに乗った。同じく銃を抜き出した貴里子が続く。最上階のボタンと閉じボタンを次々に押した。

ドアが閉まり、上昇音が始まった。

「人を撃った経験は？」

沖は銃を点検しながら、訊いた。

「ないわ」

「いいか、実習で習った通りに動くことを心がけろ。そして、躊躇《ためら》わずに引き金を引くんだ。わかったか？」

「わかったわ」

沖は貴里子の顔を真正面から見つめた。

貴里子がはっとした様子で見つめ返す。

大丈夫だ。この様子ならば、この女は訓練通りの動きをできる。胸の中でそう確かめた次の刹那《せつな》、ふっと思いもしない感情が込み上げて戸惑いに襲われた。綺麗だ……。他の言葉すべてを振り捨て、ただそんな感慨だけが、唐突に胸をいっぱいに占めていた。

「何よ、どうしたの……？」

貴里子が訊いた。何かを感じ取ったのかもしれない。突っかかるような調子の奥に、僅かな戸惑いが潜んでいた。

「何でもねえ。肝っ玉が据《す》わってるかどうか、ツラを見定めてただけだ。あんたなら大丈夫だ。落ち着いて行け」

沖は吐き捨てるように言い、ドア上の表示板に目を移した。

七階建て。ランプがひとつずつ最上階を目指して上がっていく。銃声がし、反射的に天井に目を投げた。

「ひ」と貴里子が低い声を漏らしたが、そうしたことを沖に気づかれまいとするかのように銃を構え直してドアの脇に陣取る。

再び銃声。くそ、何が起こっているのだ。最上階からのものかどうか判断しにくかった。

エレヴェーターが最上階に着いた。

「俺が先に出る。ドアを開けておき、エレヴェーターの内側から援護しろ」

沖は貴里子と反対側のドア脇に陣取り、命じた。

ドアが開いた。貴里子が《開》ボタンに指を伸ばす。

沖は首を出して左右を窺《うかが》った。右側の廊下の先にあるひとつのドアの前で、男たちがふたり喚《わめ》き立てていた。ふたりとも拳銃を持っている。しきりと中国語で何か喚きながら、拳銃のグリップでドアを叩いているのだ。

ひとりが銃口を下げ、ドアのノブの辺りを狙って撃った。

沖は銃を両手で構えて飛び出した。

「警察だ。銃を捨てろ」

日本語でそう告げてから、中国語で同じ意味の言葉をすぐに続けた。

男たちはぎょっとした顔をこちらにむけた。

手前のひとりが銃のむきを変えかける。

沖はその男の太股《ふともも》を狙って撃った。

男は悲鳴を上げ、躰を折った。

「動くんじゃねえ。ぶっ殺すぞ！」

もうひとりが性懲りもなく動きかけたが、沖の怒声にびくっとして凍りついた。

沖は歩調を早めて近づいた。

手前の男が撃たれた拍子に取り落とした銃を蹴《け》って遠ざけ、まだ銃を持ったままのもうひとりに命じた。

「銃を捨てろ」

パトカーのサイレンが聞こえ始めた。四方八方から近づいてくる。

男は両眼を見開き、呆然《ぼうぜん》とした顔で沖を見つめていたが、サイレンを耳にするとともに諦めた様子で銃を捨てて両手を上げた。

抵抗をやめた相手には素早く手錠をかけるのが決まり事だ。だが、こっちが少人数の時には違ったルールがある。沖は銃のグリップで男の横っ面を殴りつけた。骨を叩く乾いた音がし、男は顔を押さえて蹲《うずくま》った。

その男の右腕を捻《ひね》り上げワッパを掛け、それからもうひとりの男がだらだら血を流す右足の足首にもう片方をかけた。これでほぼ逃げられない。

「幹さん――！」

手錠をかけ終えて腰を上げようとした時、貴里子の声が響いて沖は咄嗟《とっさ》に身を伏せた。男がひとり、廊下のむこう端から撃ってきた。

貴里子が男を狙い撃ち、男は右肩から血を噴き上げて後ろに倒れた。

貴里子は顔の脇に拳銃を、銃口を上にして構え、中国語でその男に何か命じながらエレヴェーターを出た。拳銃を改めて構え直し、ぴたっと男に狙いを定めて近づいて行く。腰を僅かに落とし、いつでも素早く左右に跳ね飛べるような姿勢を取っていた。

むこうの男は彼女に任せて大丈夫だと判断した沖は、男のひとりに銃を突きつけ、黄と小華の行方を問い質《ただ》そうとした。

その時、男たちが先ほどノブの辺りを撃っていたドアの奥から女の呻《うめ》き声がした。そこは給湯室で、ドアは明かり取りの窓もない薄いスチール製のものだった。おそらくは中から鍵を掛けて隠れたのを、見つかってしまったにちがいない。

沖はノブに手をかけて回した。鍵は壊れていて引き開けられた。

「黄か。Ｋ・Ｓ・Ｐの沖だ」

万が一女が拳銃を所持しており、中から撃って来られたりしたら堪《たま》らない。沖はそう呼びかけながらドアを開け、隙間からそっと中を覗いた。

給湯室の床で、足を撃たれた黄が呻いていた。

ドアを開け放ち、駆け寄った。

「小華はどこだ？」

抱え起こして訊いた。

黄は脂汗を流して苦痛に顔を歪めつつ、薄目を開けて沖を見た。だが、何も答えようとはしなかった。

戸口に現れた貴里子が中国語で畳みかけると、やっと重たい口を開いて何かを言った。

「何と言ったんだ？」

「屋上よ。降りてきたら、連中と出くわしたんですって。彼女はここに逃げ込んで、小華は屋上へ逃げ戻ったそうよ」

答え終えた時にはもう、貴里子は背中をむけて駆け出していた。

黄の躰を床に置いて立とうとすると、二の腕をきつく摑まれた。黄は下から沖の顔を見上げ、中国語で何か告げてにやっと気色の悪い笑みを浮かべた。

胃がざわつくような嫌な笑みだった。

沖は腕を振り解《ほど》いて給湯室から駆け出した。

階段の昇降口へと駆け込む貴里子が見え、沖もすぐ後に続いた。

踊り場を経て、屋上のドアに差し掛かろうとした時に屋上から銃声が聞こえた。心臓に木槌《きづち》で叩かれたような衝撃が走り、アドレナリンが全身を駆け巡る。

貴里子が屋上のドアを開けて駆け出そうとした時に再び銃声がし、彼女の躰がすっと沈み、沖の所からでは見えなくなった。やられたのか……。

「貴里子――！」

咄嗟に口を突いて呼んだ。

沖は二段抜かしで階段を駆け上がった。

屋上の出口にしゃがみ込んだ貴里子の背中が見えた。

「貴里子――」

再び名前を呼ぶと振り返った。目が合い、名を呼んでしまったことにはっと思い至って慌てて言い直した。

「大丈夫か、村井さん」

貴里子の躰のむこう側、屋上に仰むけに倒れる男が見えた。左胸に銃創があった。急所に喰らったのだ。ほぼ即死だったにちがいない。

「大丈夫か、怪我はないか？」

貴里子の肩にそっと手を乗せ、改めて訊いた。

貴里子は自分の肩にある沖の手に手を乗せた。沖を見上げ、小さく二度三度と頷《うなず》いた。

「大丈夫。私は何ともないわ……」

声が僅かにかすれていた。

「小華――」

口の中で呟《つぶや》くように言いながら躰を捻り、沖の手を握り直して力を込めた。彼女が立とうとしていることに気づいて手を貸してやった。

「小華。私よ、貴里子よ。どこ！」

貴里子は大声を張り上げ、それから流暢《りゅうちょう》な中国語で何かを告げた。

少女の姿はどこにもなかった。

屋上のむこう端に、配電室と水道水の水槽とが並んでいた。配電室はこの昇降口と同じぐらいの大きさだ。死角はそのふたつの裏側だけだった。

サイレンは今や正にこのビル全体を押し包むほどのけたたましさで足下からこの屋上へと駆け上っており、耳の奥に紙ヤスリでもかけられているようなざらついた気分が深まっていく。神経が逆撫《さかな》でされる。

沖と貴里子はちらっと目を見交わして歩みを進めかけた。

銃声がした。続け様にふたつ。そして、もうひとつ。

沖は走った。配電室と水槽の間から男がよろめき出て来るのが見え、反射的に銃口をむけた。

男はさらに数歩よろめき、倒れた。腹をぐしょぐしょに血で湿らせていた。

「小華――」

沖は怒鳴った。

「K・S・Pの沖だ。貴里子も一緒だぞ。ライフルを捨ててこっちに来い。もう何もかも終わったんだ。だから、すべて俺たちに任せろ」

そう話し続けながら、配電室と水槽の間の隙間に入った。何か話していなくては不安だった。

だが、配電室の裏手に差し掛かるとともに息を呑み、言葉が消え失せた。

壁に背をもたせかけて少女が坐っていた。

顔も頭部も無傷だった。時間が経ったあとで、それが少女とはいえ自らの顔を傷つけたくないという女らしい望みだったのだとわかり、改めて心を抉《えぐ》られることになった。

小華の華奢《きゃしゃ》な躰から噴き出た血が、背後の配電室の壁を真っ赤に染めていた。ライフルの銃口を抱え込み、足の指を引き金にかけて引いたのだと知れた。反動で銃口は躰から離れていたが、グリップやトリガーの辺りが足の指先と絡まるように残っていた。

「くそ、何てことだ……」

無意識にそう口を突いた。

鼻の奥につんと熱いものが拡がった。

背後に近づいてくる貴里子に気づき、沖は慌てて制しようとした。

「見るな！」

だが、遅かった。貴里子は沖を押しのけるようにして隣に並んだ。

「小華！」

声を張り上げた。

「どうして、小華──。どうして……」

口の中で呟きながら、沖を追い越して前に出ようとした。

沖は貴里子の二の腕を摑み、自分も一緒に近づいた。左肩の骨と肩胛骨《けんこうこつ》とが砕けていた。そのために頭部が幾分奇妙な格好で上むいていた。

小華は目を開けたまま死んでいた。

何も見ていない虚ろな目が、夜の帳《とばり》の中へと移ろいつつある新宿の空を見つめているように見えた。

少女の躰のむこうには、貴里子から貰った熊のぬいぐるみが、たったひとりの友のように寄り添っていた。

「くそ、何てことなんだ……」

沖はそう繰り返した。

両手を握り締めた。

はっきりと悟った。自分はこの光景を一生忘れることができない。デカを続けようと辞めようと関係ない。ひとりの人間として決して忘れられないのだ。

「近づくな。俺がやる」

動きかける貴里子を制し、小華の傍らにしゃがみ込んだ沖は、彼女の瞼《まぶた》をそっと閉じてやった。


屋上から最上階へと階段を下ると、下から平松が上がって来た。数人の制服警官を引き連れている。サイレンはいつの間にかやんでいた。既にこの英語学校の包囲を終えたのだ。

「大丈夫か、幹さん。怪我はないのか？　小華《シャオホア》のやつはどうなったんだ？」

沖はただ黙って頷《うなず》くだけで、何も答えられなかった。

口の中ががらがらに渇き、舌が張りついてしまっている。

打ちひしがれているように見られるのが嫌で、意地でも何か返事をしようとした時、沖に支えられて階段を下っていた貴里子が廊下の先にむけて声を上げた。

「ちょっと待って。その女を連れて行くのは、ちょっと待ってちょうだい」

給湯室の出入り口付近で、黄《ホアン》が担架に乗せられようとしていた。

とめる間もなく走り出す貴里子を、沖は慌てて追った。

貴里子は黄のすぐ傍らに仁王立ちになり、睨《にら》みつけ、中国語で何か捲し立てた。

黄が脂汗で顔をてからせながら何か言い返すが、剣幕で貴里子の敵ではなかった。

やがて黄は苦々しげに舌打ちし、撃たれていないほうの左足に体重をかけて立とうとした。とめようとする救急隊員の手を振りきり、立った。

中国語で何か貴里子に言ったのち、沖のほうに顔をむけて訊いた。

「どうなったんだい、あの子？」

だが、沖が答える前に貴里子が中国語で答えを述べたらしい。黄は一瞬唇を引き結んだ。やがてけたたましい笑い声を上げ出すまで、それほど時間はかからなかった。

「あたしたちチャイニーズのかたは、あたしたちがつけるといったろ」

沖は黄の顔の前に人差し指を突きつけた。相手が傷を負っていなかったなら、かっとして両手で突き飛ばしていただろう。

「この莫迦女が！　おまえ、自分が何をしたかわかってるのか。朱徐季《チュ・スーチー》が死んで、これから新宿のあちこちで小競り合いになる。おまえらの同胞の中国人同士が、縄張りを争ってお互いに殺し合うんだ。おまえだって、ただで済むと思うなよ。ムショの中だって安全じゃない。ただ殺されりゃいいほうだ。苦しみながら死んでいくことになるんだぞ」

「そんなことはじぇんぶ、わかってるよ。わたしはこどものかたきをとった。まんぞくだよ」

「小華はどうなるの。あなたに利用されて死んだ小華のことをどう思ってるの」

日本語に切り替えてぶつける貴里子を前に、黄は一層けたたましい笑いを上げた。すっかり熱に浮かされたような顔つきになっていた。

「甘ちゃんのにほんじんめ！」

吐き捨て、胸を張って貴里子を睨み返す。

貴里子が右手を振り上げた。

「よせ」

沖はその手を摑《つか》んでとめた。

貴里子がきっと沖を睨みつける。涙を溜めた目が、この女を殴らせろと懇願している。だが、沖にはわかっていた。殴ったところで何にもならない。ただ胸を抉《えぐ》るようなこの痛みを受けとめ続けているしかないのだ。

「よせ」

静かな声でもう一度言い、小さくそっと首を振って見せた。

貴里子は沖の目を見つめ、しばらくじっと動かなかったが、やがてほんの微《かす》かに頷いて手の力を抜いた。

「病院に連れて行ってやれ」

沖は救急隊員に命じた。

黄はエレヴェーターに消えるまでずっと、ヒステリックな笑い声を上げ続けていた。

9

ぼんやりとした思いつきは、東都開発の古橋冬樹の家の裏手で殺し屋のひとりを狙撃し射殺したのが小華だとわかったあたりから形を取り始めていた。孟沢潤《モン・ザールン》の右腕だった呉の居所ならば黄にもわかったろうが、なぜ黄と小華のふたりが古橋の家の場所を知り、しかも、そこに襲ってきたあのふたり組の殺し屋を射殺できたのか。たまたま自宅の場所を知り、たまたま殺し屋たちと同じ時間にやつらを狙える場所にいたなどありえない。朱徐季の狙撃にしてもそうだ。やつが自分の右腕だった冠鉄軍《グエン・チェジュン》の焼香に現れることを、黄たちはどうやって知ったか。自分に都合のいい情報を黄と小華のふたりに流し、ふたりを操ったやつがいる。

しかも、その野郎は上手く立ち回ることで、今度の一件で誰よりも得をしようとしている。いくつか確かめる必要はあったものの、それほど手間はかからなかった。沖が円谷とふたりで乗り込むことにしたのは、元々円谷から持ち込んできた線上の男だとする思いよりも、ひとりで乗り込めば冷静さを見失い、相手を殴り殺しかねない気がしたためだった。

殴り殺すぐらいじゃ、怒りが収まるわけがなかった。

部屋の戸口に現れた沖と円谷のふたりを見て、西江一成は目を丸くした。そんな態度は、途中からは演技になったようだった。

「これはいったいどうしたんです。俺も新宿セントラル病院での狙撃事件は聞きましたよ。まだてんやわんやでしょ。こんな忙しい時に、刑事さんがふたり、雁首《がんくび》を揃えておいでになるとは。声をかけて貰えれば、また一席設けましたものを」

「腐れヤクザと飯を食うなど真っ平だぜ」

沖がそう返すのを聞き、西江はおやおやといった顔を円谷にむけた。円谷は視線を合わせようとはしなかった。

「ま、坐ってくださいよ。あまり時間がないんですが、茶ぐらいは出しますよ」

応接ソファを指し示して言う途中で沖は部屋を横切り、どっかとソファに腰を下ろした。円谷が続く。

「茶は要らないぜ。しばらくこっちには来るなと、お宅の若い連中にゃ釘を刺してある」

沖は言い、むかいのソファを顎で差した。

「そこじゃ話が遠いや。おまえもこっちに来て坐んな」

西江はまたおやおやといった顔をしたが、円谷がやはり応じないと知ると、不機嫌そうに椅子から立ち、事務机の脇を回って近づいて来てソファに坐った。

「で、話って何ですね？」

「K・S・Pの玄関先を汚されたヤマにゃ、一応ケリがついた。だが、その先がまだごちゃごちゃしてやがる。それを綺麗に片づけるためにやって来たんだ」

西江は唇を歪めて微笑《ほほえ》んだ。目には油断のない光がある。

「俺で何かお役に立つのでしたら、何でも申しつけてくださいな。旦那たちとは、いい関係を保っていきたいんでね」

「頼むぜ。おまえにゃ、これから色々とやって貰わねばならん。だがな、その前にひとつ、話をしようじゃねえか。俺にゃ、おまえがどうしてわざわざてめえのほうから繫ぎを取って俺たちと会い、金森たちにお札が出ることになってたって情報を流したのかがずっとわからなかった」

「そんな小さなことは、もうどうでもいいでしょ。旦那がさっき言った通り、お宅の分署の玄関先を汚したヤマにゃ、片がついたわけですからね」

「まあ聞けや。デカの性分でね。一旦気になり出すと、答えが出るまではどうしても小骨が喉に引っかかってるような気がしてならねえのさ。だが、ついに答えがわかったんでな」

「それなら聞きましょう。何で、です」

「おまえはな、見込み違いをしてたんだよ。今回、おまえが描いた絵の中で、唯一の見込み違いと言っていいかもしれん。金森や藤崎の後ろに、野郎たちを使って東都開発に取り入ろうとしてる悪徳警官の親玉がいると見ていたのさ。そいつは、神竜会のナンバー2でおまえの兄貴分だった栗原健一とも繫がり、警察内部の情報を流していた。おまえはそうも踏んでた。だから、金森たちにお札が出るはずだったといった情報を俺たちに流し、野郎たちの周囲を嗅《か》ぎ回らせたんだ。適当な時期を見てまた俺か円谷に一席持ち、金森たちの後ろにいるのが誰なのかを聞き出すことが狙いさ。おまえとしちゃ、よっぽどこの点が気になっていたんだな。K・S・Pでの狙撃の直前になって、堂本は誰かから耳打ちされ、上手く自分だけ逃げる算段を立てた。その後、野郎が死んじまったんで、誰が悪知恵を授けたのかはわからず仕舞いになったが、俺はそれもおまえがしたことだと踏んでる。おまえは堂本を泳がせ、金森たちの後ろにいる黒幕を探し当てようとしたんだ」

ここで一度口を閉じ、相手の反応を窺《うかが》うことにした。

西江は余裕の笑みを浮かべた。

「もしもそうなら、何だって言うんだ？」

「それが誰なのか、教えてやってもいいぜ」

「いいや、結構だね。こっちにももうわかってますんでね。悪党警官の黒幕でも何でもなく、ただの変態だった。野郎が金森たちを使ってたんじゃなく、金森たちが野郎の弱みにつけ込んでやがったんだ。この点についちゃ、完全に見誤ったぜ」

「だが、ナンバー2の座を手に入れ、それぐらいの情報はすぐに摑んだってことだな」

「それに、どうもあんたたちらしい警察官が数名で、その変態野郎を新宿のラブホテルに呼びつけ、おかしな動きをしてたってこともな」

沖は無言で西江を見つめた。

西江はいくらか居心地の悪そうな顔をしたが、それを振り払うようにして再び口を開いた。

「俺のほうにゃ、旦那たちがあの野郎に何をさせたのかを詮索《せんさく》する気はねえんだ。沖さん、あんたがなぜ特捜のキャップに復帰できたのかってことについてもな。だから、どうだい。お互い持ちつ持たれつってわけで、あんたらのほうでも俺たちが野郎をどう踊らせ、どんな情報を入手しようとも、見て見ぬ振りをしてくれよ」

沖はにやっとした。

「まあそう話を急ぐなよ。まだ、さっきの話が終わっちゃねえんだ。俺は考えたんだ。それじゃ、なんでおまえはそんなふうにして、悪徳警官の親玉を知りたがったのかってことをだ」

「なあ、そんな野郎はいなかったんだから、もうその話はいいじゃねえか」

「黙って俺の話を聞け。おかしいじゃねえか。同じ神竜会の栗原が、既にあの変態本部長の首根っこを押さえてあれこれと警察の情報を流させてたのに、なんでその弟分に当たるおまえが、改めて何か画策する必要があったんだ。しかも、栗原があして冠との手打ちの席上で、盃のところの鉄砲玉たちにやられて殺されちまう直前によ」

沖はそこでまた言葉を切った。

西江は目を伏せ、ポケットから出したたばこを唇に運び、応接テーブルのライターでゆっくりと火をつけた。さっきの余裕の表情は消え、表情がすっかり硬くなっている。

「で、何なんだよ。あんたの考えじゃ、何だっていうんだ？」

別にどうでもいい、といった口調だった。

当たりを感じた。こいつは実際は焦っている。それを見せまいとしてたばこを喫い出した。本当は、こちらがどこまでどう突っ込んで来るのかを、一刻も早く知りたくてならないのだ。

当たりが来たことさえわかれば、別段長く焦らすつもりはなかった。こんな野郎と、ちんたらとやりとりを交わしているのは虫酸《むしず》が走る。

「おまえが栗原に成り代わって神竜会のナンバー2の座に坐った時に、栗原と同様にそいつからの情報を入れたかったのさ。警察に太いパイプがあるってのは、おまえらヤクザにとっちゃ大きな宝だからな。それに、栗原に代わって東都開発に食い込むのにも、その悪徳警官とのパイプが役立つのは間違いない」

「なあ、旦那、人聞きの悪いことを言うなよな。それじゃまるで、俺が栗原の兄貴の死を望んでたみたいじゃねえか」

「望んでたのさ。しかも、そうなるように絵を描いたのは、おまえだ」

西江の右頬が一度、小さな虫でも這《は》いずったかのように引き攣《つ》った。ややもすれば見逃してしまいそうな小さな反応だった。

「何を根拠に、そんなことを——」

「タイミングがよすぎるんだよ。ナンバー2同士の手打ちの場所だぞ。しかも、栗原も冠も、おそらくは互いの申し合わせの上で、最小限のボディーガードしか連れちゃいなかった。そんなところに、孟の手下の鉄砲玉たちが襲って来たんだ。情報を流した野郎がいるってことさ。孟にしてみりゃ、てめえがその日の朝にK・S・Pの玄関前で金森たちを狙撃させ、東都開発への既得権を守ったつもりが、同じ日の夜に神竜会と五虎界《ウーフジエ》がこっそりと手打ちし、東都開発ってパイを分けようとしてたんだ。腹に据えかね、鉄砲玉を差しむけたくもなる。そんな野郎の気持ちを読んで、おまえは匿名で情報を流したんだ」

「よせよ。たとえあの手打ちの時間と場所の情報を誰かが漏らしたんだとしても、どうしてそれが俺の仕業だと言えるんだよ」

「消去法さ。栗原と冠が死んで、唯一組織の中で得をするのはおまえだけだ」

「けっ、いい加減にしやがれ。それは全部、ただのあんたの推測にすぎない」

「だが、図星だろ」

「莫迦野郎、デカのそんな滅茶苦茶な大ボラを、うちの人間は誰も信じないぜ」

「ま、今のおまえにゃ、神竜会の中で、こんな話を揉《も》み消すぐらいの力はあるんだろうな。

だが、取っ捕まった黄桂茹《ホアン・グイル》が証言するぜ」

「黄が何を証言するって言うんだ。あの女など無関係じゃねえか」

「手打ち式への襲撃にはな。しかし、別の証言をできる。孟の右腕だった呉の居場所も、殺し屋のふたり組が東都開発の古橋冬樹を襲うタイミングも、そして朱徐季が新宿セントラル病院に冠の焼香に訪れることも、全部おまえから教えられたんだとな。まあ、呉の居所ぐらいは自分で探し当てたのかもしれんが、あとのふたつはどう考えたって黄ひとりじゃ知りようがねえ。おまえが吹き込み、唆《そそのか》したんだ」

「あの女の口から、俺の名前など出るわけがないだろ！」

「ほう、なぜだい。なぜそこまではっきりと言い切れる。俺が理由を言ってやろうか。それはおまえが直接、黄に情報を流したわけじゃなく、間に誰かを挟んでるからだ。なあ、西江。おまえは頭がよくて用心深い男だよ。だから、もちろんそうしてるだろうさ。そして、たとえ俺たちがその間に入った野郎を捜し出そうとしても、その前に消しちまう腹だろ。だからな、俺たちも、そんなまどろこしいことはしねえ。黄の取り調べにゃ、この俺が当たる。そして、今話したようなことを、全部あの女の耳に吹き込んでやる。そうすりゃ、あの女は喜んで全部おまえから情報を得ていたと証言するぜ。黄は母親として死ぬ気でいるんだ。自分自身がこの先ムショで殺されようとどうなろうと構わんってとこまで腹を括《くく》ってる。おまえを道連れにするなど、あの女にとっちゃ何でもないさ。それだけじゃねえぜ。俺たちは同じ話を、この新宿のあちこちで吹聴して回ってやる。そうすりゃ、神竜会会長だって、朱徐季を殺されたチャイニーズマフィアの連中だって、すぐにおまえを始末にかかるさ」

「汚えぞ、それがデカのすることなのか」

「てめえのようなダニを相手にするのに、綺麗も汚えもあるか」

西江はたばこを灰皿に擦りつけて消した。

「ちぇっ、ちきしょう、わかったよ。自首すりゃいいんだな。な、そうだろ。だがな、自首して名乗り出たところで、俺がやったことなど大した罪にゃならないぜ」

沖はまたにやっと唇を歪めた。

思い切り応接テーブルを蹴ってむこうに押しやる。テーブルの端が臑《すね》に当たり、西江は呻《うめ》き声を上げげた。足の力を緩めてやるつもりはなかった。

「西江、そうして嘯《うそぶ》いてるのもそこまでだ。てめえの腕に掛けるワッパなんかねえんだよ。おまえらヤクザがムショに入ったところで、中でやりたい放題をやり、箔《はく》をつけて出て来るだけだ。おまえ、この俺を怒らせて、そんなことで済むと思ってるのか。変態本部長の弱みにつけ込み、お互い持ちつ持たれつでいこうだと。けっ、笑わせるな。おまえは変態本部長と一緒なんだよ。この先、一生俺たちにこき使われるんだ」

「何を言ってるんだ。――あんた、正気なのか。なあ、円谷さん、さっきからずっと黙ってないで、このいかれた野郎をとめてくれ」

円谷は相変わらずの無表情を保ったままで、冷ややかに西江を見つめた。

「俺に助けを求めるのは、話をもう少し先まで聞いてからにしろ。おまえ、さっき、自分で役に立つことがあるなら、何でも申しつけてくれと言っただろ」

「――俺にいったい、何をさせようって言うんだ？」

沖は少しだけ足の力を緩めてやって口を開いた。

「話を続けるぞ。東都開発には、おまえら神竜会がもう長いことずっと食らいついてきた。おまえらは、政治家の須望和将を後ろ楯にして、あそこの会社を食い物にし、せっせと金を巻き上げてきたんだ」

何か言おうとする西江を、沖は手で制した。

「おっと、まだ何も言わなくてもいい。俺が言いたいのはこの先さ。さらにはおまえらはあの会社が持つ中国との貿易ルートに着目し、危《やば》い密輸までさせることにした。それを仕切っていたのが紅龍であり、これから仕切るのが五虎界さ。連中は安全な密輸ルートを守るため、東都開発絡みの汚い仕事は引き受ける。おそらくはおまえら神竜会との間でそう取り決めたんだ」

「おい、待てよ。いい線を行ってるとでも褒められてえのか。そんな話は、俺にじゃなく五虎界の連中にしろよ。今、あんたが言っただろ。俺たちゃ、取り決めをしたんでね、むこうさんのことは知らねえよ」

「いいだろう。なかなかのもんだ。さらにもうひとつ言ってやろうか。神竜会が東都開発絡みではなるべく手を汚さず、密輸もチャイニーズマフィアに仕切らせて上がりの一部を掠《かす》め取るぐらいに留めようとしてるのは、何かあった時に政治家の須望を守るためさ。万が一、警察が密輸の線に気づいても、幾重にも堀がめぐらせてあるんだ」

「なあ、あんた。そんな講釈を垂れて褒められたいのかよ」

「いいや、だから俺たちも外堀から埋めるようなまどろっこしいことはしねえと言ってるんだよ。そもそも東都開発って会社自体がなくなっちまえば、五虎界が重宝がってる密輸ルートもなくなる。それなら、連中だって諦めるだろ。つまり、俺たちにすりゃ、チャイニーズマフィアの麻薬ルートをひとつ潰すことになる」

「何が言いたい?」

「おまえ、察しが悪いな。おまえなら、東都開発がどう裏金を作り、それを秘書の片桐一朗経由で政治家の須望和将に流してるか摑めるだろ。その情報を俺たちに流すんだ。なあに、あとは俺たちのほうでやる。須望の首根っこを摑んで国会議事堂から引きずり出してやるよ。それに、東都開発の経営陣も総退陣だ」

「——あんた、自分で何を言ってるのかわかってるのか？　そんな情報をあんたたちに流したら、俺は生きちゃいられねえ」

「下手を打てばな。それもただ殺されるんじゃなく、酷《ひど》い拷問の末に殺られるだろうな。だが、おまえのその狡賢《ずるがしこ》さなら、おまえから漏れたとはわからないように工作することだってできるはずだ」

「そんなことは不可能だ……」

「いいや、できるね。やるんだ、西江。やらなけりゃ、俺が黄に証言をさせる。そうすりゃ、やっぱり手酷い拷問の末に殺されるのは間違いないぜ。つまり、おまえの選択肢は、危ない橋を渡ってなんとか生き残るか、このまま殺されるのを待つかのどっちかしかねえんだ」

「おまえ、それでほんとにデカなのかよ……」

西江は手もなく同じ台詞《せりふ》を繰り返し、助けを求めるように円谷を見た。

「なあ、円谷さんよ……」

円谷は唇の片端を歪めた。

「この人はうちのチーフでね。俺にゃ、この人のやり方に異を唱えるつもりはないさ。こうして一緒について来たのは、長いつきあいになるおまえが、誤った選択をして身を破滅しそうになったら、それをとめてやるためだ。おまえなら危ない橋を渡りきれるさ。そうだろ」

西江は円谷と沖の顔を交互に見た。

「警官に脅されたと訴え出てやる」

沖はせせら笑った。

「ヤクザが駆け込み訴えかよ。やりたければやれ。俺たちゃ馘《くび》になるだろうが、だが、命まで取られるわけじゃない。おまえのほうはお終《しま》いだ」

西江は口を引き結んだ。

「もしもしくじったら、おまえらに脅されたことを全部バラしてやるぞ」

「構わんよ。どっちにしろ、その時ゃおまえにゃ先はないぜ。いい加減に腹を括れよ。おまえが生き残るにゃ、これ以外にゃないんだよ」

「——頼む。少し考える時間をくれ」

「駄目だ。俺は短気で、待つのは嫌いなんだ。四十八時間のうちに工作し、東都開発と須望との繋がりを示す情報を寄越せ。それができなかったら、おまえはそれで終わりだと思え」

もう一度足に力を込めて西江の臑を痛めつけてから立ち上がった。続いて円谷も立つ。

だが、戸口にむかいかける途中でどうにも自分を抑えられなくなり、沖は西江を振り返った。

「それから、よく覚えておけ。おまえが俺たちの言う通りに動くのはこれが最後じゃない。これからずっと、折りに触れて、俺たちの言うがままにするんだ。それができなければ、おまえは終わりだ。この街は、この先おまえにとって地獄になるんだよ。この事務所にいる間だけじゃねえ。家族と過ごす時も、美味い酒を飲んでいる時も、どんな時でも怯えて過ごすことになるのさ。よく肝に銘じておけ」

西江の事務所があるビルを出て数歩歩いた辺りで、おそらく指摘されるだろうと思っていたことを円谷が口にした。

「最後のですが、あそこまで言う必要はあったんですか？　脅しすぎると、かえって逆効果になる」

「言われなくてもわかっているよ」

「亡くなった少女への気持ちからですか？」

沖は何も答えなかった。理屈じゃなく、おそらくそうだ。やり場のない怒りが、未だにふつふつと胸の中で硫黄臭い臭いを上げ続けていた。

円谷め、やはり嫌な野郎だ。人の気持ちを見抜いてやがる。

10

四十八時間まで待つ必要はなかった。翌日には亡くなった東都開発総務部長の古橋冬樹が残したメモというのが忽然《こつぜん》と現れ、本庁と検察も動き、東都開発と政治家の須望和将絡みの捜査が本格的に始まることになった。西江は約束を守ったのだ。

沖の狙いはその先にあった。朱徐季がいなくなった今、五虎界を一気にこの新宿の街から駆逐するまたとないチャンスだ。だが、神竜会と五虎界の力が弱まったことで、必ず近いうちに西から共和会が出て来るだろう。新宿というのは、ヤクザやマフィアにとっては、食いでのある美味いパイなのだ。すぐに新たな闘いが始まる予感があった。


夕刻、英語学校の屋上に上った沖は、はっとした。

水槽と配電室の隙間に貴里子の後ろ姿があった。屋上の金網をむいて立っている。近づく足音に気づいたらしく、沖が声をかける前にこちらに振りむいた。沖の顔を見、その手にある花を見、再び顔へと視線を戻した。

顔に疲労の色が濃かった。それを見て取った途端、何だかやけに狼狽《うろた》えてしまい、沖は花を持つ右手をぎごちなく上げた。

「花を供えに来たんだ。――たまたま近くに来たんでな」

言わずもがなのことをつけたしている。言ってしまってから、そう思った。

配電室の後ろの壁には、既に多くの花が供えられていた。十二歳のスナイパーがチャイニーズマフィアのボスを射殺したのちに自らの胸を射抜いて自殺したニュースは、新聞でもテレビでも大きく扱われている。

「あの時は取り乱してしまって、ごめんなさい」

「別に謝ることなんかないだろ。俺だってショックだった。誰だってそうさ」

貴里子は金網に片手の指先を絡ませ、ちらっと沖のほうに視線をむけた。

「でも、足に重傷を負った黄を殴りつけようとするなんて……」

「ほんとを言やあ、俺だってあの女を突き飛ばしたくてならなかったんだ」

それに、ああして西江のことはとことんいたぶった。片や今度の抗争に巻き込まれて人を撃つことになり、最後には銃口を自らにむけて命を絶った少女がいる一方、つまらない画策をして組織の中で成り上がり、自分の手は何も汚さずに美味い汁を吸おうとする野郎がいると思うと許せなかったのだ。

「忘れられないの、あの子が言った一言が」

「何だ？」

「ここにいれば寂しくない。あの子、私にそう言ったわ」

「――もう故郷に身寄りもなかった。あの子にゃ、帰る場所はなかったんだ」

「でも、この街はあの子が生きていけるような場所じゃなかったわ」

貴里子は激しい声を出したが、すぐにそれを羞《は》じるように顔を背けた。その顔に、傾き始めた日射しが当たり、項《うなじ》の産毛が光っていた。

その美しい項から、ビルをくっきりとしたシルエットに変えながら沈んでいく太陽へと沖は目を転じた。

貴里子とふたりで聞き込みに行った、綾瀬のドヤが思い出された。福建省の山村から密航船で海を渡ってこの国に来た兄妹は、あの噎《む》せ返るように暑い部屋の二段ベッドに躰を寄せて眠りながら、どんな未来を思っていたのだろうか。

くそ、考えてみても仕方のないことだ。ふたりとも、もう死んだのだ。

「私が殺したようなものだわ……」

貴里子がそう呟くのを聞き、慌てて彼女にむき直った。

「莫迦なことを言うな。あんたのせいなどであるものか」

「だって――」

「いいから、俺の話を聞け。何人かの大人が寄ってたかって、あの子の狙撃の腕を利用したんだ。それに、あの子は故郷に帰る場所もなかった。中国に戻れば、朱の組織やそれと関係した組織の誰かに殺されていた可能性だって高い。あの子があんなことになったのは、決してあんたのせいなんかじゃない」

「そんなことじゃないの……。そんなことじゃないのよ、幹さん。甘かった……。私は甘い日本人だった。黄の言う通りよ。秋田から出て来たばかりで、この街のことなど何ひとつわかっちゃいなかった。だから、小華を、黄なんて女に託してしまったの。私のそんな甘さが、あの子の命を奪ったんだわ……」

言葉を探した。

貴里子が小華を自宅に泊めると言い出した時に、もっとはっきりととめるべきだったのか。事件の関係者に、深く入れ込まないほうがいいと。それとも、これがデカという仕事の痛みだとでも、したり顔で言い聞かせるべきなのか。

何も口にできる言葉などないと認めるしかなかった。心にまたひとつ重石が載った。彼女もそれを自分で受けとめるしかない。

「ここにいれば寂しくない、か」

口の中に、躰のどこかから染み出すみたいにそんな言葉が浮いてきた。たったの十二歳で、もう孤独を感じることもない場所に行ってしまっただと……。悪い冗談だ。

「何……？　何と言ったの？」

「いや、何でもねえよ」

沖は微かに首を振って見せた。

日が沈んでいく。

今日もまた危険で長い夜が来るのだ。

解説

縄田一男

香納諒一が島田一男の警察小説の愛読者であることを御存じだろうか。

たとえば傑作『贄の夜会（上下）』（文春文庫）の、比較的はやい時点で、捜査本部の食堂に庄野部長刑事なる人物が、一シーンだけ、チラリと顔を見せている。

この人物は香納諒一の連作警察小説『刹那の街角』（角川文庫）に登場する。警視庁捜査一課第三班、中本係長麾下《きか》の通称（中本軍団）の補佐役兼お目付け役。作者が島田一男の『部長刑事』シリーズで主役をつとめる庄司部長に敬意を表し、オマージュとして創造した作中人物である。

そして、前述の『贄の夜会』で活躍する大河内刑事は、かつて島田作品の主人公たちが、終始一貫、「今も昔も、俺たちのやることはただひとつ、悪い奴にはワッパをはめる」といっていたように、幾度か「ワッパを塡めるのが俺の仕事だ」という台詞《せりふ》を繰り返す。

しかしながら、一見、ハードボイルドタッチを覗かせつつも、刑事部長にたむろする人情派の刑事たちが、一丸となって犯人を追い詰め、勝利をおさめる勧善懲悪の往年の警察小説と、捜査を進めていく過程で否応なく社会の諸問題や、さらには警察内部の壁にぶつからざるを得ない今日のそれとは、自《おの》ずから作者の取っているスタンスそのものが違っていよう。

　大河内刑事は、ニーチェの「深淵を覗き込む時、その深淵もこちらを覗き込んでいるのだ」という言葉におののきつつ、日本の暗黒と対峙することになったが、本書『孤独なき地／K・S・P警視庁歌舞伎町特別分署』（二〇〇七年三月、徳間書店刊）の主人公、沖幹次郎刑事の場合は、果たしてどうであったのであろうか――。

　本書刊行の前後あたりから、香納諒一は、「四十になり、何かが吹っきれて新たなスタートを切った作品が、そろそろまとまって本になる」と宣言。事実、『炎の影』（ハルキ文庫）、『冬の砦』（祥伝社文庫）、『夜よ泣かないで』（双葉社）、『ガリレオの小部屋』（実業之日本社）、そして、驚愕の展開の後、恐らくは主人公の救済と見るべきであろう、ラストで痛ましい感動がおしよせてくる私の大好きな『第四の闇』（実業之日本社）等の刊行ラッシュが続くことになった。

　敢えて結論からいえば、香納諒一は、新宿歌舞伎町におけるチャイニーズマフィアと暴力団との抗争、そして警察の介入と、凡手が書けば、また、その手の話か、とうんざりさせられるような内容を逆手にとって、実に清新かつ迫力ある、警察小説の傑作をものしたのである。

　既に冒頭から、新署長赴任の朝、歌舞伎町特別分署の前で凄まじい銃撃戦がはじまる、ノリノリの展開。これを通俗と誤解するなかれ――通俗とは読者に媚《こび》ることであって、作者は読者にサービスすることはあっても、一度として媚びてはいないのだから。

そして主人公の沖幹次郎刑事は、歌舞伎町の刑事コジャックともいうべき、スキンヘッドで、一見、コワモテながら（本当にそうなのだが）、情に厚く、大の落語好き。彼が新任の喰えない署長にたてつきつつ、事実上のパートナーとなる、キャリア警部の村井貴理子と、複雑な事件の裏に迫っていく。

そしてもうここからは作品の内容に立ち入っていくので、解説を先に読んでいる方は、ぜひとも本文へ移っていただきたいのだが、「俺たちはな、玄関先を同僚の血で汚されたんだ。これで腑が煮えくり返らねえデカはいねえ。よく頭に叩き込んでおけ。それが現場のデカってもんだ。おまえに利用価値がある間は生かしておいてやる」と、黒幕の一人を追いつめ、「きみたちは、まさか、警察なのか……」とビビらせるくだりの爽快感は無類。これまでの香納諒一作品中、最もテンポが良いのではないか。

ところが、そうとばかりもいってはいられない。それは、現在の歌舞伎町をめぐる暴力事件を活写しつつも、島田一男ファンの作者のこと――そこに沖幹次郎の〈情〉に厚い、というのっぴきならない側面が絡んでくるからである。

その〈情〉とは、スナイパーとして日本にやって来た二人の兄を殺され、ひとりぼっちになってしまった、十二歳の少女・許小華の存在である。小華は、遠からず入国管理局の手で本国へ強制送還される。だが、国に帰って証人という立場になった彼女を待っているのは、シンジケートによってすぐ口をふさがれてしまう、という運命――沖は「腹が立つ話だが、俺たちにゃどうもならんのだ」と嘆息せざるを得ない。ここからは、少女を救えるのか、という問題も含めて作品は加速度を増してゆく。

そして、あまりにも不吉などんでん返しの果てに沖を待っていたのは、「デカを続けようと辞めようと関係ない。ひとりの人間として決して忘れられない」光景だったのである。

読者をさんざん〈情〉に溺れさせておいて、自らは決して〈情〉に流されることなく、作品を冷徹にしめくくる。そりゃあ作家としては当然だろうが、こちとら、五十を超えたあたりから、猛烈に涙腺が弱くなっているのだから、もう、たまらない。

そして、本書で沖刑事が覗き込んだものは何か、と問われれば、それは、故国を捨て、異邦の地でデラシネとして生きる人間の凄まじいまでのバイタリティーではないのか。

作中人物の一人がラスト近くで叫ぶ、「甘ちゃんのにほんじんめ！」の一言は、沖ばかりか、読者の耳からもいつまでも離れないだろう。確かに事件は終わったが、沖は何かに勝つことはできただろうか――。

なお、本シリーズは続いて『毒のある街／K・S・P2』（徳間書店）が刊行されている。ぜひこちらもお読みいただきたいと思う。

二〇〇九年十二月（徳間文庫初刊再掲）

本書は二〇〇七年三月に単行本で刊行され、二〇一〇年二月に徳間文庫化されたものの新装版です。

本作品はフィクションであり、実在の個人・団体等とは一切関係がありません。

徳間文庫

孤独《こどく》なき地《ち》　K・S・P

〈新装版〉

2023年4月15日　初刷

著者　香《か》納《のう》諒《りょう》一《いち》

発行者　小宮英行

発行所　株式会社徳間書店

〒141-8202
東京都品川区上大崎三-一-一
目黒セントラルスクエア

電話　編集〇三(五四〇三)四三四九
　　　販売〇四九(二九三)五五二一

振替　〇〇一四〇-〇-四四三九二

印刷
製本　大日本印刷株式会社

ISBN978-4-19-894852-8　(乱丁、落丁本はお取りかえいたします)

徳間文庫の好評既刊

W県警の悲劇

葉真中 顕

W県警の熊倉《くまくら》警部が遺体となって発見された。彼に極秘任務を与えていた監察官の松永《まつなが》菜穂子《なほこ》は動揺を隠せない。県警初の女性警視昇任はあくまで通過点。より上を目指し、この腐った組織を改革する。その矢先の出来事だった。「極秘」部分が明るみに出ては県警を揺るがす一大事だ。事故として処理し事件を隠蔽《いんぺい》できないものか。そんな菜穂子の前に警部の娘が現れ、父の思い出を語り始めた——。